# Frankie va à Hollywood

Du même auteur
*aux Éditions J'ai lu*

EN POCHE :
À la poursuite de Roméo, *J'ai lu* 6461
Cupidon, m'entends-tu ? *J'ai lu* 7492

EN GRAND FORMAT :
Frankie va à Hollywood

*Alexandra Potter*

# Frankie va à Hollywood

*Traduit de l'anglais*
*par Anne Duchemin*

J'AI LU

*Titre original :*
GOING LA LA
Éditeur original : Fourth Estate
a division of HarperCollinsPublishers, London

À Kelly, qui est partie depuis
treize ans à Hollywood

## Remerciements

Merci à Arabella, mon éditrice, qui montre tant d'enthousiasme pour ce livre depuis le tout début, merci à Christopher pour son soutien de tous les instants, merci à Rachael et Jo et au reste de l'équipe de Fourth Estate. Et, encore une fois, merci à Stephanie, mon fabuleux agent, et à Eugenie et Rhiannon.

Un grand merci à ma sœur pour tous les moments géniaux que j'ai passés avec elle à Los Angeles et aux deux Kate pour leurs coups de fil, leurs cappuccinos et leurs virées au pub. Merci à mes parents, Ray et Anita, qui sont tout simplement les meilleurs parents du monde. Et enfin, merci à Pete, qui me supporte, m'écoute et ne cesse de m'encourager.

# 1

Vous n'avez jamais bu de vodka le dimanche à 9 heures du matin ? Frankie non plus, mais c'est ce qu'elle s'apprêtait à faire. Raide comme un piquet, elle inspira à fond et vida d'une traite le contenu de son verre. Le liquide clair descendit jusque dans son estomac vide en lui brûlant l'œsophage, et elle grimaça. C'était infect. Elle s'essuya la bouche avec une serviette en papier et fit signe au barman, qui se prélassait en lisant les derniers potins à la une de *News of the World*.

— Une autre vodka, s'il vous plaît. Double, cette fois.

Le barman – qui se prénommait Terry, si l'on en croyait le badge épinglé sur la poche crasseuse de sa fine chemise en nylon – reposa son journal en ronchonnant et actionna à contrecœur le doseur sur la grosse bouteille de vodka fixée au mur.

Frankie l'observa d'un œil vitreux. Elle avait la nausée. Normalement, elle ne buvait pas le matin, sauf, bien sûr, le jour de Noël, quand les traditionnelles fêtes de famille la clouaient sur le canapé, un verre de sherry à la main, et qu'elle se retrouvait à pousser la chansonnette devant la télé tandis que Julie Andrews gambadait sur sa colline autrichienne avec sa guitare et ses sept morveux qui braillaient leurs gammes. Mais aujourd'hui, on n'était pas le 25 décembre, et Frankie n'était pas du tout à la fête. On était au milieu du mois d'octobre, et c'était son chagrin qu'elle noyait dans la Smirnoff, rivée au bar de l'aéroport de Heathrow.

Une semaine plus tôt, elle était folle de bonheur : elle attendait en frétillant une promotion au boulot, une demande en mariage et une soirée d'anniversaire pour ses vingt-neuf ans. Six jours plus tard, il n'y avait plus de travail, plus de jules et, évidemment, plus de fête. Ce qui pouvait expliquer qu'une jeune femme d'ordinaire sobre et sensée avale cul sec des doubles vodkas en se lamentant sur son sort. En moins d'une semaine, elle avait tout perdu, absolument tout.

— Dernier appel pour Mlle Francesca Pickles, vol British Airways 279 à destination de Los Angeles.

La voix nasillarde se diffusa dans tout l'aéroport, dans les magasins duty-free qui vous tentaient avec leurs parfums et leurs barres géantes de Toblerone, dans les bistrots hors de prix qui vous promettaient de délicieux cappuccinos et vous servaient d'immondes jus de chaussette, dans les boutiques de souvenirs qui vous vendaient des châles en simili tartan et des aimants à l'effigie du Parlement britannique à coller sur votre réfrigérateur. Frankie fronça les sourcils. Avait-elle rêvé ou était-ce son nom que l'hôtesse venait de prononcer ? Elle fit un effort pour se concentrer sur le reste de l'annonce. Peine perdue. Tout ce qu'elle entendait, c'était Cliff Richard, qui beuglait dans le juke-box du bar. Elle haussa les épaules et but une autre gorgée de vodka. Elle avait dû se tromper. Elle jeta distraitement un coup d'œil à sa montre. 9 h 20. Pendant une fraction de seconde, elle n'enregistra pas l'information. Puis elle regarda de nouveau l'heure. Cette fois, l'information atteignit son cerveau.

Seigneur ! Malgré la vodka, sa bouche devint soudain très sèche. 9 h 20 ! Le temps avait filé à toute allure. Son avion devait décoller dans moins de dix minutes, et si elle ne se bougeait pas les fesses pour gagner dare-dare la porte 14, la seule chose qui allait s'envoler avec l'avion, c'étaient ses valises.

Elle reposa précipitamment son verre sur le comptoir et glissa de son tabouret, filant au passage sa paire de collants toute neuve. Et zut ! Elle regarda le trou s'agrandir jusqu'à sa cheville et se dit qu'elle avait sans doute un peu trop bu. Non, elle devait être honnête : elle n'avait pas un peu trop bu, elle avait beaucoup trop bu. C'était exaspérant. Pourquoi fallait-il toujours qu'elle se retrouve ivre morte au lieu d'être juste pompette ?

Elle tenta de se ressaisir. La vodka avait pour but d'effacer l'enchaînement d'événements désastreux de la semaine précédente, pas d'anéantir dans la foulée ce qui restait de la semaine en cours. Elle inspira profondément, se laissa tomber sur les genoux et avança les mains sur le tapis taché de bière pour rassembler la montagne de ses affaires. Son bagage à main avait pris des proportions hallucinantes. Frankie n'avait gardé qu'un sac, conformément à l'instruction qu'on lui avait donnée au moment de l'enregistrement, mais malgré toute sa bonne volonté, après deux heures à traîner dans le terminal 4, son sac à dos soigneusement compacté avait doublé de volume et engendré deux petits frères en plastique qui menaçaient d'exploser sous le poids des magazines sur papier glacé, de la boîte de Pringles, des deux paquets de Jaffa Cakes, du walkman, de l'oreiller gonflable et de la bouteille de parfum à cinquante livres qu'elle s'était achetés pour se remonter le moral. En pure perte.

Elle grimaça en sentant les anses en plastique lui scier les doigts, se releva et avança en titubant vers la porte d'embarquement. Elle avait à peine parcouru quelques centaines de mètres qu'une des poignées en plastique céda. Avant qu'elle ne puisse intervenir, le contenu d'un de ses sacs s'éparpilla sur le sol. La boîte de Pringles valdingua dans la salle des départs avant d'aller se ficher, tel un missile, sous une rangée de sièges en plastique. Frankie grogna. C'était stupide. À ce rythme-là, elle n'avait aucune chance d'arriver à temps pour attraper son avion.

Et soudain, du coin de l'œil, elle la vit, la réponse à ses prières : un chariot aux reflets d'argent, abandonné sans surveillance loin des siens. Mue par l'excitation, elle plongea en avant pour s'en emparer et, avec une technique digne de Magic Johnson, jeta triomphalement son sac à dos à l'avant. Enfin, quelque chose marchait. Elle était sur le point de pousser avec bonheur un énorme soupir de soulagement quand une voix derrière elle l'arrêta.

— Excusez-moi, mais c'est le mien.

— Pardon ?

Elle pivota sur ses talons. Devant le panneau qui annonçait « Réduction de cinquante pour cent sur les strings », il y avait un type en jean usé et chemise à carreaux. Les yeux de Frankie remontèrent de bas en haut, depuis les bottes en cuir et le Levi's effiloché jusqu'aux manches retroussées, qui dévoilaient deux avant-bras bronzés et quelques bracelets tressés, du genre de ceux qu'affectionnaient les beatniks illuminés. Il portait une chaîne en argent ras du cou et un vieux chapeau cabossé de cow-boy qui laissait son visage dans l'ombre. On aurait dit l'homme de la pub Marlboro, en plus défraîchi.

— C'est mon chariot.

Le cow-boy de la pub Marlboro parlait avec un accent américain et frottait nonchalamment son menton couvert d'une barbe de trois jours.

Frankie regarda le chariot, puis, de nouveau, l'Américain. Elle était du genre à fuir les affrontements et à se répandre en excuses à tout bout de champ, même quand elle n'était pas en faute. Mais la vodka, la triple raclée de la semaine précédente et le stress eurent sur elle un effet inhabituel. Elle avait déjà tout perdu, alors elle ne renoncerait pas à ce chariot.

— Vous devez vous tromper, répliqua-t-elle d'une voix polie mais ferme. C'est mon chariot.

Elle parlait calmement, en détachant exprès chacun de ses mots, tout en défendant le chariot de son corps. Avec un peu de chance, le cow-boy allait déguerpir et partir à la recherche d'un autre chariot.

Hélas, non.

— Je ne crois pas, fit-il.

Il secoua la tête et commença à empiler ses bagages sur le chariot – un gros trépied noir, du matériel photo dans des caisses métalliques tout éraflées et un énorme sac à dos.

Frankie le regarda, ébahie. Ce type avait un sacré culot, mais elle n'allait pas se laisser faire. Elle empila ses affaires sur les siennes, puis posa ses deux mains sur la barre métallique pour pousser le chariot. Il l'imita aussitôt.

— Écoutez, je n'ai pas le temps de jouer à ce petit jeu. Il faut que j'attrape mon avion.

Il écarta une mèche de cheveux qui lui tombait dans les yeux et la fixa.

Frankie se sentit rougir de colère. Il fallait qu'il attrape son avion, vraiment ? Et elle, qu'est-ce qu'elle faisait, selon lui, près des portes d'embarquement ? Du camping sauvage ? Elle serra les dents avec détermination.

— Excusez-moi, mais figurez-vous que j'ai moi-même un avion à prendre.

Il haussa les épaules.

— Eh bien, comme ça, on est deux.

Sur ce, il se mit à pousser le chariot, escorté de Frankie, qui refusait de lâcher prise.

— Bon sang, vous n'avez donc aucune éducation ? marmonna-t-elle, abasourdie, tandis qu'il poursuivait sa course folle, une expression de défi sur le visage. C'est mon chariot !

Il l'ignora complètement, ce qui l'exaspéra.

— Vous êtes sourd ? C'est mon chariot !

La voix de Frankie résonnait dans le couloir, mais le cow-boy fit comme s'il ne l'entendait pas. Il continua à avancer sur le tapis roulant, ses deux mains larges et fortes fermement plaquées sur le chariot. Ils devaient offrir un drôle de spectacle, songea Frankie – lui, détendu, calme et concentré sous son chapeau de cow-boy ; elle, soûle et débraillée avec son collant filé ; tous deux agrippés au même chariot avec le même air buté –, mais aucun d'eux n'avait envie de rire. Ils continuèrent leur duel en silence jusqu'à ce que, soudain, ils atteignent l'extrémité du tapis roulant. Frankie trébucha quand ils dérapèrent sur la moquette, avant de piler brutalement.

Elle crut qu'il s'était aperçu de son erreur et savoura sa victoire. Mais son euphorie retomba vite.

— Eh bien, merci pour la compagnie. C'est là que je m'arrête.

Il entreprit de décharger ses bagages, renversant au passage les sacs de Frankie par terre.

— Il est tout à vous, maintenant.

Il lui adressa un large sourire, toucha son chapeau dans un salut moqueur, puis jeta son sac sur ses larges épaules et se dirigea vers la nuée d'hôtesses qui, au vu de l'armoire à glace qui se présentait devant elles, cessèrent dans la seconde leurs aboiements énervés pour afficher un sourire enjôleur.

Clouée sur place, Frankie le regarda disparaître. Soudain, elle remarqua le numéro qui s'affichait au-dessus de la porte : 14. Elle était porte 14. La contrariété laissa momentanément place au soulagement de ne pas avoir loupé son avion, mais ce répit fut bref. Quand elle présenta sa carte d'embarquement, elle eut un éclair de lucidité : le voleur de chariot était de toute évidence dans le même avion qu'elle. Et il avait sans doute le siège à côté du sien. Elle chassa aussitôt cette pensée. Personne, pas même elle, ne pouvait manquer à ce point de chance.

Elle courut vers l'avion et fut accueillie par une hôtesse au visage impassible et par un 747 rempli de passagers mécontents, qui regardèrent leur montre en lui jetant des regards accusateurs. Frankie afficha un petit sourire d'excuse et, ses sacs à la main, avança dans l'allée avec la délicatesse d'un bulldozer, en cherchant du regard le numéro de son siège. Elle avait déjà repéré le Stetson familier, qui se dressait, menaçant, plus loin devant elle. Elle continua à avancer et remarqua, juste à côté du cow-boy et près du hublot, un siège vide. Son cœur se serra. Elle n'avait pas besoin de vérifier le numéro sur sa carte d'embarquement. C'était sa place, elle le savait.

Résignée, elle rangea ses sacs dans le casier au-dessus des sièges, se faufila jusqu'à sa place et attacha sa ceinture. Elle garda résolument les yeux fixés droit devant elle, bien décidée à ne pas regarder en direction du cow-boy, mais après quelques minutes, la curiosité l'emporta. Elle bougea imperceptiblement la tête et lui jeta un regard en coin. Le menton dans la main, les paupières closes, il respirait lentement et profondément, comme aux premiers stades du sommeil. Quelques mèches de cheveux blondies par le soleil s'étaient échappées de son chapeau, et de fines rides entouraient ses yeux. Frankie remarqua ses cils épais et sombres, sa peau bronzée émaillée çà et là de légères taches de rousseur, et la petite cicatrice qui coupait en biais son sourcil gauche. À vue d'œil, il devait avoir une petite trentaine d'années, et même si elle détestait l'admettre, c'était un beau mec, dans le genre brut de décoffrage.

Mais ce n'était pas un genre qui lui plaisait. Elle, elle aimait les hommes élégants et rasés de près, les cols de chemise empesés, les costumes fraîchement repassés et le parfum discret de l'après-rasage. Elle aimait Hugh, en somme. Elle ferma les yeux et l'imagina dans sa chemise Ralph Lauren, avec son nœud de cravate impeccable, ses cheveux blonds coupés en brosse et parfaitement coiffés. Hugh le magnifique. Son Hugh. Elle se mordit la lèvre inférieure pour refouler la larme qui lui chatouillait les cils et menaçait de glisser sur sa joue.

Soudain, le bruit à l'intérieur de la cabine devint un vrombissement aigu, et l'avion entama sa lente progression sur la piste. Frankie tourna la tête vers le petit hublot et regarda l'aéroport de Heathrow, qui ne formait déjà plus qu'une masse de béton gris. Puis les moteurs grondèrent à l'arrière, et elle sentit la force de l'accélération tandis que l'avion s'inclinait brutalement à la verticale et que les roues quittaient le sol.

Elle prit une profonde inspiration et s'enfonça dans son siège. Cette fois, c'était fait. Elle disait au revoir à Londres et à sa vie d'avant. Un mélange de soulagement, de panique et de doute l'envahit. Avait-elle raison de s'enfuir ainsi ? Elle n'en savait rien. Tout ce qu'elle savait, c'était que la veille, elle était au bord de la dépression et qu'aujourd'hui, elle se trouvait dans un 747 en partance pour Los Angeles et les sirènes de Hollywood. Il fallait qu'elle s'en aille, elle n'avait pas le choix. Rester à Londres, c'était se condamner à souffrir. Elle ferma les yeux, essuya la larme qui avait coulé le long de sa joue et esquissa un sourire. C'était parti pour Hollywood.

## 2

Tout avait commencé moins d'une semaine plus tôt, lorsqu'elle avait découvert le reçu de chez Tiffany. Non qu'elle ait eu l'intention de faire les poches de son petit ami, mais on était lundi matin, elle était en retard et elle avait besoin de monnaie pour le métro. Elle avait déjà retourné tous les coussins du canapé, ratissé la moquette le long des plinthes et vidé tous les petits bougeoirs et les bols ethniques sur le manteau de la cheminée. Elle était sur le point de renoncer quand, en désespoir de cause, elle avait sorti l'imperméable gris suspendu dans le placard de l'entrée.

Poche de poitrine : rien. Poche intérieure : un emballage de Snickers vide et un ticket de loto. Poche latérale : une pièce d'une livre et un reçu froissé. Elle faillit le jeter, mais quelque chose – sixième sens ou intuition féminine, appelez ça comme vous voulez – l'en empêcha. Elle déplia avec précaution le morceau de papier, le posa sur le plan de travail de la cuisine et le lissa avec la paume de sa main. Les mots « Tiffany » et « bijou » lui sautèrent aux yeux, et son cœur fit un bond. Elle essaya de lire le montant, mais l'encre avait fait un pâté. Sans se laisser abattre, elle leva le papier vers la fenêtre et plissa les yeux. Ça ressemblait à un deux suivi de quelques zéros. Deux mille livres !

Son cœur mit le turbo pour ne pas se laisser doubler par son imagination, qui fonçait comme un bolide. Hugh avait acheté un bijou chez Tiffany pour une valeur de deux mille livres. Rien ne coûtait aussi cher, sauf bien sûr... Elle ne pouvait pas dire le mot, elle n'osait même pas le penser. Certes, c'était bientôt son anniversaire, et Hugh se comportait de façon très bizarre, depuis quelque temps. Mais il n'avait quand même pas... Si ? Elle regarda le reçu. Si ! Il avait acheté une bague de fiançailles. Voilà, c'était dit. Il avait acheté une bague de fiançailles chez Tiffany, et il avait l'intention de la demander en mariage – le jour de son anniversaire, qui plus est.

Elle sentit ses jambes flageoler et se laissa tomber sur la poubelle en acier inoxydable, sans lâcher le reçu. Son ventre se tordait dans tous les sens, elle avait l'impression qu'elle allait pleurer et rire en même temps. Pour une surprise, c'était une surprise. Et quelle surprise ! Elle baissa les yeux vers sa main gauche et agita son annulaire pour s'entraîner. Mme Hamilton, Mme Hugh Hamilton. Un sourire d'extase se dessina sur ses lèvres. Elle avait eu d'autres histoires avant Hugh, mais c'était la première fois qu'elle éprouvait des sentiments aussi forts. Aucun homme avant Hugh ne l'avait fait régresser du stade de jeune ambitieuse avec fonds de pension, abonnement au club de gym et carte de cliente privilégiée chez Boots, au stade d'adolescente bébête et bredouillante. Jamais avant Hugh elle n'avait passé ses week-ends chéris à enlever des taches de gazon sur des culottes de golf ou à grelotter sous un parapluie pour regarder un match de rugby, alors qu'elle aurait pu être bien au chaud chez elle, blottie sur son canapé avec une tasse de thé et un bon film en noir et blanc. Mais maintenant, elle faisait tout cela. Et elle aimait ça. Car elle était profondément, follement amoureuse.

Frankie avait rencontré Hugh deux ans plus tôt, quelques jours avant Noël. Elle et Rita, sa colocataire, venaient de se voir signifier la fin de leur bail par ce rapiat de Figgins, le propriétaire du trou à rats qu'elles occupaient sur Westbourne Grove, juste au-dessus de Chez Toni, le salon d'UV. Figgins exigeait qu'elles aient débarrassé le plancher d'ici le 31 décembre. Rita, qui était hôtesse d'accueil, vendeuse et, accessoirement, mannequin pour coiffeurs débutants, s'était depuis peu lancée dans une carrière de comédienne pleine d'avenir et jouait à ce moment-là dans un spectacle de Noël pour enfants, du côté de Southend-on-Sea (« Rigole, mais jouer les fesses de Daisy la vache est un début, attends la suite », avait-elle déclaré, piquée au vif, quand Frankie, assommée par la nouvelle, avait pris un fou rire et manqué de s'étouffer avec sa saucisse végétarienne). C'était donc à Frankie de gérer leur problème immobilier.

C'est pour cela qu'elle s'éclipsa discrètement du bureau à 16 h 30 un après-midi et qu'elle se retrouva parmi les hordes d'acheteurs déchaînés que vomissait le métro et qui venaient faire une razzia sur les guirlandes, les compilations de Noël et les bustiers en satin. Il ne restait plus que six jours avant Noël, et Kensington High Street s'était transformé en terrain miné – un faux mouvement, et vous risquiez de vous faire éborgner par des lots de trois rouleaux de papier cadeau métallisé vendus pour le prix de deux. Des magasins qui étaient parfaitement sûrs en temps normal devenaient de véritables coupe-gorge. Chez Marks & Spencer, les étagères vides du rayon alimentation provoquaient la fureur des clients en mal de cadeaux, qui réclamaient leurs boîtes de truffes au chocolat et leurs coffrets de porto millésimé et de Stilton vieilli, pendant que chez W.H. Smith, d'affreuses bagarres éclataient autour des derniers paquets de cartes de Noël pour les bonnes œuvres.

Frankie commença par essayer de se frayer un chemin à coups de « pardon », « excusez-moi », mais cela ne donna rien, aussi adopta-t-elle la démarche du rugbyman : tête rentrée, coudes sortis. Fendant la foule, elle fonça en direction de l'enseigne blanc et bleu de Binkworths Estate Agents, l'agence immobilière. Arrivée au but, elle poussa la lourde porte en verre dans un état proche de l'épuisement. La douce chaleur du chauffage central l'accueillit. Tout en desserrant son écharpe, elle se précipita avec bonheur à l'intérieur et s'écroula, les joues rouges, les yeux mouillés, dans l'un des fauteuils en faux cuir brillant du service locations.

— Puis-je vous aider ?

Les yeux de Frankie quittèrent le papier glacé du magazine immobilier qu'elle était en train de feuilleter mollement et plongèrent dans le regard vert velours du très bel homme qui venait de s'asseoir derrière le bureau placé en face d'elle. Il leva des sourcils interrogateurs, lui sourit, s'appuya contre le dossier de son siège et passa la main dans ses cheveux blonds. Frankie en resta sans voix. Elle s'était attendue à rencontrer un agent immobilier banal – un de ces jeunes trentenaires issus d'une école privée, avec les pieds en dedans et de la bedaine, un vilain costume rayé, une chevalière et le teint toujours rouge, parce que leur col de chemise trop serré s'enfonce dans leur double menton naissant. Mais l'homme derrière le bureau ne faisait pas partie de l'espèce susmentionnée. Grand, mince, sûr de lui, attirant, cet agent-là était un spécimen mâle très séduisant.

Soudain prise de complexes, Frankie se débarrassa à la hâte de la vieille peau de mouton qu'elle avait sur la tête. C'était le genre de chapeau avec rabats pour les oreilles qui donne aux mannequins de *Vogue* un look irrésistible d'espionne russe, mais avec lequel, quand vous n'avez pas les pommettes de Kate Moss, vous ressemblez à un gosse joufflu affublé d'un bonnet en fourrure. Frankie appartenait malheureusement à la seconde catégorie.

— Euh… oui, je cherche un trois-pièces, répondit-elle en rejetant en arrière les mèches de cheveux qui s'étaient collées sur son front.

Le beau gosse se redressa sur sa chaise, desserra nonchalamment le nœud de sa cravate et défit le premier bouton de sa chemise.

— Vous avez déjà consulté nos annonces ?

Fascinée, Frankie regarda sa pomme d'Adam monter et descendre sous la peau fine et bien rasée de son cou. Elle aurait tellement voulu être une de ces filles bavardes et culottées, comme Rita, capables de draguer un type sans avoir à tourner sept fois la langue dans leur bouche avant de prononcer le moindre mot !

— Euh... non, pas vraiment, marmonna-t-elle d'une voix mal assurée.

Mettez-la avec sa bande de copines, et elle jacassait comme une pie. Bon sang, elle avait même été membre d'un groupe de rhétorique à l'université (en fait, elle n'y était allée qu'une fois, juste le temps de constater qu'on n'y débitait que de vieilles âneries et qu'il n'y avait que des garçons en vestes en velours avec des pièces aux coudes). Mais face à ce type plus beau que tous ceux qu'elle avait pu croiser en une année, elle se retrouvait ex aequo avec David Beckham en expression orale.

Le beau gosse continuait à la dévisager, avec l'air de quelqu'un qui attend quelque chose. Frankie s'efforça de recouvrer son sang-froid.

— Mais je suis prête à considérer n'importe quelle offre. Vous comprenez, j'ai moins de deux semaines pour trouver un nouvel appartement.

— Pourquoi ? Qu'est-ce qui se passe dans deux semaines ?

Son front se plissa sous l'effet de la sollicitude, ce qui le rendit encore plus beau. Frankie se mordit la lèvre inférieure. Elle avait de plus en plus de mal à se concentrer sur son problème de logement.

— Notre propriétaire nous met dehors.

— Nous ?

Il prit un stylo Mont Blanc sur son bureau et le fit tourner entre ses doigts comme une hélice.

— Ma colocataire et moi. Heureusement, elle, elle a un toit pour les deux mois qui viennent, vu qu'elle est en tournée.

— Elle est comédienne ?

— On peut dire ça comme ça...

À l'idée de Rita en train de trottiner sur scène dans son costume noir et blanc d'arrière-train bovin, Frankie ne put s'empêcher de sourire.

Le beau gosse lui rendit son sourire, posa son menton sur ses poings et se pencha par-dessus le bureau.

— Comme nous sommes en pleine période des fêtes, cela risque de vous prendre un peu plus de deux semaines pour trouver un appartement…

Frankie l'interrompit.

— Impossible. Je ne vais pas dormir sous les ponts.

Elle songea au père Figgins, à ses doigts tachés de nicotine et à cette manie répugnante qu'il avait d'essuyer son nez avec la manche de son gilet tandis qu'il lui parlait en lorgnant ses seins. Il était hors de question de lui demander la moindre faveur.

— Personne ne peut vous héberger pendant quelques semaines ?

Elle secoua la tête.

— Un petit ami, peut-être ? ajouta-t-il en baissant la voix.

— Non, non.

Le visage du beau gosse s'illumina. Frankie sourit, surprise et un peu gênée. Était-il en train de la draguer ? En tout cas, cela y ressemblait beaucoup.

— Je suis sûr que nous allons trouver une solution…

Il hocha la tête, recula son fauteuil en cuir noir, se leva et se dirigea vers un classeur à tiroirs, doublant au passage un de ses collègues rayés et bedonnants.

— Mais d'abord, j'ai besoin de connaître quelques détails.

Il ouvrit d'un coup sec le tiroir du haut, prit un formulaire, referma le tiroir et revint sur ses pas.

— Au fait, je ne me suis pas présenté. Je m'appelle Hugh. Hugh Hamilton, ajouta-t-il en lui tendant la main.

Frankie se redressa et se débarrassa de son gant en laine rose.

— Moi, c'est Frankie. Enchantée.

Elle lui serra la main et essaya de ne pas rougir au contact de ses doigts qui enveloppaient chaudement les siens. Elle se faisait des idées, ou il gardait sa main un peu trop longtemps ? Non, le temps réglementaire était bel et bien dépassé. Elle frétilla d'excitation. Finalement, il y avait peut-être de belles affaires à faire. En tout cas, elle l'espérait.

La semaine suivante, Frankie revit Hugh à plusieurs reprises. Malheureusement, leurs relations restaient toujours strictement professionnelles. Il lui fit visiter une douzaine d'appartements sordides avec une deuxième chambre à coucher qui ressemblait à s'y méprendre à un cagibi, des sanitaires couleur avocat qui dataient des années 1970 et où tout était d'époque, même la moquette à poils longs sur la cuvette des W-C, et suffisamment de moisi dans les placards de la cuisine pour justifier un traitement d'un an à la pénicilline, si bien que Frankie perdit tout espoir de trouver un appartement ou de sortir avec Hugh. Jusqu'au jour où elle se retrouva au vingt-septième étage d'une tour HLM d'Acton, dans l'appartement numéro treize, avec cuisine équipée et colonies de cafards. Elle était sur le point de reconnaître sa défaite et de rendre son tablier quand Hugh la coinça à côté du réfrigérateur et lui déclara sa flamme. Enfin, pas exactement, mais il lui avoua tout de même qu'il lui avait fait visiter les pires appartements de l'Ouest londonien pour pouvoir continuer à la voir. Flattée – et assez soulagée de savoir que, finalement, elle n'allait pas se retrouver SDF –, elle accepta de sortir avec lui. Soixante-douze heures plus tard, elle fêtait le passage à l'année 1998 en buvant du champagne et en chantant *Auld Lang Syne*, installée dans son nouvel et merveilleux appartement, en compagnie de son nouveau et merveilleux petit ami. À 22 h 30, la bouteille de Moët et Chandon était vide, elle ne se rappelait plus du tout les paroles de *Auld Lang Syne*, et elle roulait sous la couette avec Hugh. Elle n'aurait pu rêver meilleure fin pour 1997.

Et, deux ans plus tard, Hugh et elle habitaient ensemble. Ce n'était pas prévu, mais trois mois plus tôt, Rita était partie pour Los Angeles, laissant à Frankie le soin de trouver quelqu'un d'autre pour partager le loyer, tâche qui s'était révélée plus qu'ardue. Après trois ou quatre rendez-vous avec d'éventuelles colocataires, des scènes de *Jeune fille partagerait appartement* avaient commencé à peupler les rêves de Frankie. Mais avait-elle le choix ? Elle était sur le point de se résigner à vivre avec une meurtrière en puissance quand Hugh lui avait proposé d'emménager dans sa garçonnière à Fulham. Ce jour-là, Frankie avait poussé mentalement un énorme soupir de soulagement. C'était ce qu'elle avait espéré, et cela avait fini par arriver.

Évidemment, la cohabitation avait commencé par poser quelques menus problèmes. Lorsqu'il avait fait son offre, Hugh n'avait pas pensé au volume des effets personnels qui allaient avec la personne à déménager. Le bric-à-brac de Frankie avait provoqué quelque émoi chez cet adepte du minimalisme, chaud partisan du placard encastré et du canapé deux places Habitat. Il l'avait néanmoins laissée entasser dans sa Golf GTI cinq grands sacs de vêtements, son caoutchouc qu'elle avait depuis l'université et qui était devenu un grand gaillard d'un mètre quatre-vingts qu'il fallait maîtriser avec du scotch et de la ficelle, les vieux livres de jardinage qui lui venaient de son grand-père, sa collection de films en noir et blanc, un carton entier de produits lissants pour cheveux frisés et, bien sûr, Ginger et Fred.

Frankie les avait trouvés abandonnés derrière le supermarché. Fred était un matou tigré d'une douzaine d'années. Il était amoureux de Ginger, une rouquine beaucoup plus jeune que lui. Frankie les adorait tous les deux. Malheureusement, ce n'était pas le cas de Hugh. Il n'aimait pas les animaux et ne supportait les chats que dans les dessins animés. Pour tout arranger, Fred et Ginger avaient immédiatement senti l'hostilité de Hugh et avaient réagi en conséquence, en se faisant les griffes sur son tapis tout neuf en sisal et en arrosant abondamment ses clubs de golf. Ce n'était pas exactement ce que Hugh avait imaginé en proposant à Frankie de vivre avec lui...

La musique de Good Morning TV fit brusquement revenir Frankie à la réalité. Elle sursauta, toujours assise sur la poubelle, regarda autour d'elle et reconnut sur l'écran de télé le générique de fin de l'émission matinale. Bon sang, elle était en retard. Si elle ne se dépêchait pas, sa patronne allait lui tomber dessus. Et il y avait plus plaisant comme perspective, car la dame en question souffrait de mauvaise haleine chronique. Avec un soupir, Frankie se releva. Si elle courait jusqu'à la station Earls Court, elle réussirait sûrement à être au bureau pour 10 heures. Elle contempla une dernière fois le reçu de chez Tiffany, le froissa par souci de vraisemblance, puis le replaça dans la poche de l'imperméable de Hugh. Son anniversaire était samedi. Elle n'avait qu'à faire comme si de rien n'était jusque-là. Elle n'allait quand même pas lui gâcher sa surprise !

Tout en enfilant sa veste, elle regarda son reflet dans le grand miroir au cadre doré accroché dans l'entrée. Elle avait la même tête que d'habitude au réveil : des cernes, les cheveux emmêlés, un nouveau bouton sur le menton. Mais aujourd'hui, il y avait quelque chose de différent. Elle rougeoyait délicatement, comme ces fausses bûches qui marchent à l'électricité, et ça n'avait rien à voir avec le chauffage central. C'était l'idée que dans six jours, elle serait fiancée. Fiancée ! Mince, ça faisait vraiment adulte. Pourtant, elle avait l'impression d'avoir de nouveau quatre ans, d'être redevenue la gosse aux bonnes joues qui jouait à la mariée avec les chaussures pointues et le voile plus très blanc de sa maman. Mais cette fois, ce n'était pas un jeu.

Elle referma la porte derrière elle, dévala l'escalier et tourna à droite dans la rue. Arrivée à la station de métro, elle se fraya un chemin parmi les derniers banlieusards en retard. C'était un matin d'hiver triste et gris, et tout le monde avait l'air lugubre et fatigué, mais elle, elle avait un immense sourire béat collé sur le visage. Elle devait leur paraître un peu zinzin, comme ces gens qui portent du papier journal en guise de chaussures et qui parlent tout seuls. Mais elle s'en moquait. Elle avait trouvé l'homme de sa vie, et il était d'accord pour passer le restant de ses jours avec elle. C'était comme décrocher le gros lot à la loterie. Il y avait une chance sur un million, mais elle avait le ticket gagnant – et il se trouvait, tout chiffonné, dans la poche de l'imperméable de Hugh.

## 3

Frankie avait à peine eu le temps de faire deux pas dans le hall de *Lifestyle* – le magazine des trentenaires battantes qui savent combiner la réussite professionnelle et l'achat de bougies parfumées et qui veulent, pour seulement deux livres soixante par mois, tout connaître de la sexualité et de ses plaisirs, du dîner et de ses règles, du couple et de ses mystères, de la beauté et de ses secrets – qu'Audrey, sa rédactrice en chef, fondit sur elle, une moustache de cappuccino au-dessus de sa lèvre supérieure.

— Où est-ce que vous étiez passée, bon sang ? éructa-t-elle.

— Excusez-moi, j'ai été retardée…

Frankie haletait encore, à bout de souffle après le sprint de quatre cents mètres qu'elle avait piqué du métro jusqu'au bureau.

— Je suis vraiment désolée… J'ai dû passer au distributeur… Ensuite, il y a eu des problèmes dans le métro, on est resté coincé dans un tunnel, puis…

— Stop ! fit Audrey en levant l'énorme morceau de viande qui lui tenait lieu de main. Les excuses ne m'intéressent pas.

Avec un air de supériorité toute directoriale, elle transperça Frankie de ses yeux globuleux, encore grossis par les trois centimètres d'épaisseur de ses lunettes.

— Au bout de six semaines de présence ici, je pensais

que vous auriez compris qu'à *Lifestyle*, seuls les résultats comptent...

Elle croisa avec difficulté ses deux bras sur son opulente poitrine et marqua un temps d'arrêt théâtral.

— ... et que seuls comptent les gens qui réussissent à décoller leurs fesses de leur lit pour venir au bureau. À l'heure.

« Espèce de sale grosse vache », pensa Frankie, tout en hochant respectueusement la tête et en essayant de prendre un air contrit.

— Écoutez, je suis vraiment désolée. Ça ne se reproduira plus. Promis.

Audrey haussa des sourcils incrédules.

— Mmm... Au fait, il faut que vous m'écriviez un article d'ici le déjeuner...

— Entendu.

Frankie réussit à se faufiler entre l'extincteur et les fesses rose fuchsia d'Audrey – les spécialistes de la mode avaient beau conseiller le noir et le gris aux femmes enrobées, Audrey avait opté pour une garde-robe aux couleurs cent pour cent primaires –, puis fonça dans le couloir jusqu'aux portes coupe-feu.

— « Mettez du feng shui dans votre couple : un programme simple en dix étapes... »

Les derniers aboiements d'Audrey furent couverts par le bruit des portes qui se refermaient derrière Frankie.

*Vous avez un nouveau message.*

Frankie cliqua deux fois pour retirer son courrier et vit que l'adresse de l'expéditeur était unpeuplusprèsdesétoiles@aol.com. Elle sourit. C'était Rita. À cause des huit heures de décalage entre Londres et Los Angeles, elle lui envoyait souvent des mails en pleine nuit.

*Joyeux anniversaire ! Je sais, ce n'est que samedi, mais je me suis dit que j'allais prendre un peu d'avance. J'espère que tu vas bien et que tu adores toujours Hugh et ton nouveau boulot. Devine quoi ? Je crois que je suis tombée amoureuse de mon prof d'art dramatique. J'imagine que tu te demandes ce qui est arrivé à Kurt, le voiturier. Eh bien, il se trouve qu'il était marié. Franchement, pourquoi est-ce que je tombe toujours sur des hommes mariés ? De toute façon, on s'en fiche, Randy est mille fois mieux. Vraiment à la hauteur, tu me comprends ! Côté carrière, mon nom n'est toujours pas en haut de l'affiche, mais j'ai une audition la semaine prochaine. Croise les doigts pour moi. En attendant, j'essaie de bronzer. Tu me crois si je te dis qu'il fait 30 °C ici ? Et on est en plein mois d'octobre ! Tu ne sais pas ce que tu manques. Randy m'emmène ce soir à l'inauguration d'un nouveau bar sur Sunset. Je vais voir des tas de stars ! Bon sang, il arrive. Il faut que j'y aille. Je n'ai pas fini de me rafistoler la façade. Plein de baisers et de regrets que tu ne sois pas là…*

Frankie sourit. Elle et Rita étaient à l'opposé l'une de l'autre : elle avait un travail, un petit ami sérieux et une penderie remplie de tailleurs Next ; Rita, elle, alternait les boulots d'intérim et les auditions, couchait avec des hommes mariés et collectionnait les tenues colorées en lycra. Malgré ça, elles étaient les meilleures amies du monde, et elles s'étaient entendues comme larrons en foire pendant les six années qu'avait duré leur cohabitation. Six ans à rire, à boire de la vodka orange et à regarder *EastEnders* à la télé. Mais un jour, le bus numéro 27 s'était encastré dans la Mini de Rita, et celle-ci, avec son poignet cassé, ses cervicales traumatisées et sa cicatrice quasi invisible sur le front qui la « défigurait à vie » avait reçu des indemnités royales. Et tout avait changé.

Après avoir longuement réfléchi à la question – une petite soirée au café à papoter avec Frankie devant une bouteille de vin blanc et un paquet de Benson & Hedges –, Rita avait décidé de ce qu'elle allait faire de ce cadeau tombé du ciel. Elle avait trente et un ans, et ce n'était pas une carrière à vie chez Manpower, quelques spectacles de fin d'année pour enfants, une pub pour des serviettes hygiéniques et un rôle de figurante dans *The Bill* qui allaient la rendre riche et célèbre. Alors, au lieu d'écouter les conseils de Frankie qui, en fille raisonnable, lui suggérait d'ouvrir un plan d'épargne, elle avait plaqué son boulot, emballé ses affaires et, avec un rêve dans le cœur et quinze mille livres dans son portefeuille, s'était envolée pour Los Angeles. Rita n'était pas du genre à faire les choses à moitié.

Frankie cliqua sur « Répondre ».

*J'ai des trucs à te raconter…*

Elle tapait à toute allure, en jetant régulièrement des coups d'œil discrets autour d'elle, car Audrey avait la manie de se planter dans son dos sans bruit.

*Je crois que Hugh est sur le point de…*

Soudain, son ordinateur s'éteignit. Frankie fronça les sourcils. Que se passait-il ? Elle essaya plusieurs fois de rallumer la machine, sans résultat. L'écran restait désespérément noir. Elle fit pivoter sa chaise et vit alors que tous ses collègues se battaient comme elle avec leurs ordinateurs.

— Qu'est-ce qui se passe ? marmonna Audrey, la bouche pleine de croissant aux amandes. Qu'est-ce qu'elles ont, ces foutues machines ?

Elle donna à son moniteur quelques tapes bien senties.

— La photocopieuse ne marche pas non plus, gémit Lorraine, la stagiaire de seize ans, qui venait de parler de façon intelligible pour la première fois et qui, mortifiée par son audace, prit la même couleur que le tailleur-pantalon d'Audrey.

— Il doit y avoir un problème avec le système central, commenta Becka, la styliste en forme d'asperge qui savait toujours tout sur tout. Où est Simon ?

Simon Barnet était le directeur de la rédaction et le fondateur de *Lifestyle*. Autrefois coiffeur dans l'Essex, il avait commencé par se faire la main avec quelques magazines de coiffure bas de gamme, avant de s'aventurer sur le marché de la presse féminine sur papier glacé. Il semblait passer le plus clair de son temps dans son bureau, à appliquer des huiles essentielles sur ses points névralgiques, et personne ne le voyait jamais, sauf quand il partait en rendez-vous. Dans ces cas-là, il traversait les locaux du journal en laissant derrière lui un nuage d'essence de vanille, vêtu à la manière de Don Johnson dans *Deux flics à Miami*.

— Je suis là.

Simon venait, contre toute attente, de sortir de son bureau. Il avait l'air grave. Disparus, les vestes pistache et les pantalons à pinces. Il portait un costume marine rayé, et il n'avait même pas retroussé ses manches au-dessus des coudes. Il devait vraiment y avoir un problème, songea Frankie.

— J'ai peur de ne pas avoir de bonnes nouvelles, annonça-t-il en jouant nerveusement avec sa gourmette en or.

— C'est le système informatique ? fit Audrey. Ce foutu truc vient juste de nous claquer dans les mains.

Elle poussa un gros soupir mécontent et remonta ses lunettes sur son nez avec son index dodu.

— Je crains que ce ne soit plus grave que les ordinateurs...

Simon s'éclaircit la gorge et regarda par terre.

— J'ai eu un rendez-vous avec mon banquier tout à l'heure et... Bon, ce n'est pas facile à dire, mais ils ont suspendu mon prêt...

— Ça veut dire quoi ? demanda Frankie.

Elle avait parlé d'une voix calme, mais son ventre commençait à se nouer.

— Ça veut dire que je viens de perdre ma boîte, répondit lentement Simon. Et que vous venez de perdre votre boulot.

Un silence de mort suivit cette déclaration. Un silence qui parut devoir durer toujours, jusqu'à ce que la petite stagiaire laisse tomber une pile d'enveloppes sur le sol. Audrey retrouva alors ses esprits.

— Qu'est-ce que tu racontes ? On est en plein milieu d'un numéro.

Elle ramassa les articles inachevés qui s'entassaient dans une des corbeilles métalliques sur son bureau et les agita avec un air de défi.

— On ne peut pas s'arrêter comme ça.

Quelques personnes dans l'équipe approuvèrent en murmurant.

Simon haussa les épaules.

— On n'a pas le choix. Il n'y a que du matériel de location… Et comme je ne peux pas payer les factures, ils reprennent tout.

À cet instant, Frankie aperçut un type chauve en salopette orange sur laquelle était imprimé « Déménagements Jessops ». Il sortait du bureau de Simon et emportait le serveur.

La scène qui suivit aurait pu être drôle si les circonstances n'avaient pas été si dramatiques. Audrey se mit à courir dans tous les sens comme un poulet sans tête, en protestant avec véhémence et en se battant avec les déménageurs pour sauver le mobilier, tandis que Simon, assis par terre en tailleur, tirait frénétiquement sur ses cigarettes au menthol tout en psalmodiant une espèce de chant méditatif.

Frankie, elle, ne faisait rien du tout. Elle restait simplement debout, hébétée, à regarder ses collègues s'agiter. Elle venait de perdre son boulot. Elle avait été licenciée ! Cette idée la fit frémir. Être licencié était une chose qui arrivait aux autres, aux mineurs, aux métallos, aux hommes d'une cinquantaine d'années qui vivaient dans le Nord, pas aux jeunes femmes diplômées qui travaillaient dans la presse et habitaient l'Ouest de Londres. Jamais elle n'avait prêté attention aux présentateurs du journal quand ils évoquaient le nombre de chômeurs. Elle aurait mieux fait. Elle venait juste d'être admise au club.

Machinalement, elle commença à vider les tiroirs de son bureau, jeta des sachets de soupe périmés, une paire d'immondes collants couleur chair, un paquet de gâteaux rassis. Pendant des années, elle avait rêvé d'un travail comme celui-là, et aujourd'hui qu'elle l'avait décroché, on le lui enlevait. Qu'est-ce qui l'attendait, à présent ? L'intérim ? Le chômage ? Elle avait pris ses marques : rédaction d'articles le matin, shopping sur Oxford Street pendant la pause déjeuner, potins de bureau l'après-midi avec coups de fil à la famille et aux amis partis à l'étranger. Maintenant, que lui restait-il comme perspective ? Des matinées devant la télé, des déjeuners à base de haricots à la tomate sur toast, des après-midi à éplucher les offres d'emploi en essayant de se convaincre que la vente de polices d'assurance par téléphone pouvait être une aventure passionnante. Elle prit quelques dossiers et les rangea avec le reste de ses affaires. Ça ne pesait pas lourd, constata-t-elle avec tristesse. Toute sa carrière tenait dans un carton.

Elle lança quelques « au revoir » mal assurés. Personne ne savait quoi dire, même pas Audrey qui, pour la première fois de sa vie, découvrait qu'elle pouvait ouvrir la bouche sans qu'aucun mot en sorte. Son carton sous le bras, Frankie alla attendre l'ascenseur dans le couloir. Quand il arriva, il y avait déjà à bord deux secrétaires permanentées qui travaillaient pour le cabinet juridique du septième étage. En voyant Frankie avec son carton, elles arrêtèrent net leurs commérages sur les rumeurs de licenciement à *Lifestyle* et s'enfermèrent dans un silence pesant. Un parfum de mise à mort flottait dans l'air. Pour éviter les regards apitoyés des deux femmes, Frankie garda les yeux fixés sur les taches de la moquette, en priant pour que l'ascenseur les conduise directement au rez-de-chaussée. Mais, de toute évidence, le Ciel était contre elle ce jour-là. De son propre chef, l'ascenseur décida de s'arrêter à chaque étage et d'y patienter quelques minutes, pendant que ses portes s'ouvraient et se refermaient sans raison apparente.

C'est au troisième étage qu'elle remarqua le bout de papier glacé qui dépassait d'un de ses dossiers. C'était une photo d'elle et de Hugh. Il était irrésistible, avec son smoking et son nœud papillon qui pendait négligemment autour de son cou. La photo avait été prise l'année précédente, à l'occasion de la fête de Noël organisée par sa boîte. Ils se tenaient par la taille et souriaient comme deux alcooliques devant l'objectif. Bon sang, mais qu'est-ce qu'elle portait ? Ah, oui, c'était cette robe qu'elle avait achetée chez Laura Ashley, un modèle à ruchés en satin violet dans le style *Autant en emporte le vent* – un achat fait dans la panique du « je n'ai rien à me mettre », une folie qu'elle avait regrettée alors même que l'encre sur son chèque de trois cents livres n'était pas encore sèche. Profitant de son état délirant, la vendeuse avait réussi à la convaincre qu'elle faisait une ravissante Scarlett O'Hara. Mais de retour chez elle, devant le miroir en pied, l'horrible vérité lui était apparue : elle avait l'air d'une demoiselle d'honneur. Heureusement, Hugh avait volé à son secours. Il lui avait avoué qu'il avait toujours eu un faible pour les demoiselles d'honneur et l'avait embrassée de façon très rassurante.

Frankie sourit à ce souvenir et se sentit soudain soulagée. Grâce à Dieu, elle avait Hugh. Elle avait perdu son boulot, et c'était un coup terrible, mais Hugh était là, il saurait adoucir le choc. Elle pouvait compter sur lui. Il lui offrirait son épaule pour pleurer, la prendrait dans ses bras et lui dirait qu'il l'aimait, Assedic ou pas.

L'ascenseur finit par arriver au rez-de-chaussée, et les portes coulissantes s'ouvrirent avec un petit tintement. Sans un regard derrière elle, Frankie traversa le hall recouvert de moquette, passa devant le gardien en uniforme et s'engouffra dans la porte à tambour. Brusquement, elle se retrouva dehors, dans le froid. Elle s'immobilisa et se rendit compte alors que le nœud dans son estomac s'était défait. Une vive bourrasque de vent fit voleter les pans de son manteau autour d'elle. Elle le ferma, enfouit le menton dans son écharpe et partit à travers les rues bondées de Soho. Elle n'avait plus de travail, mais elle avait Hugh, et tout allait bien se passer.

# 4

Frankie tourna le robinet d'eau chaude et vida dans la baignoire tous les minuscules échantillons de gel à la framboise, de lotion au musc et de bain moussant à la menthe verte qu'elle avait amassés ces dix dernières années et qui prenaient la poussière dans une corbeille en osier qu'elle laissait dans la salle de bains. Elle avait lu un jour qu'il fallait éviter les bains chauds, parce qu'ils donnaient de la cellulite, provoquaient des varices et ralentissaient la circulation. Mais bon, c'était vrai de tellement de choses. L'ennemi numéro un, c'était le café, mais l'alcool ne valait pas mieux. Quant au soleil et aux cigarettes, c'était le suicide esthétique assuré. Installée confortablement dans la baignoire, elle regarda ses jambes prendre une teinte rouge velours et trempa les lèvres dans son verre de chardonnay bien frais. Si l'on voulait suivre tous ces fichus conseils de beauté, il fallait boire au moins dix litres d'eau par jour, s'appliquer une protection solaire indice cinquante et s'enrouler deux fois par semaine dans des algues froides et gluantes. Elle avait fait son choix. Tout en sirotant une autre gorgée de vin, elle renversa la tête en arrière et continua à cuire dans son mélange de bulles parfumées.

Cela faisait cinq jours qu'elle était sans travail. Le lendemain de son licenciement, elle avait passé la journée aux Assedic, à remplir des douzaines de formulaires classés par couleur et à poireauter dans des files d'attente interminables, jusqu'à ce que Brenda, la préposée aux indemnités, lui annonce finalement qu'elle devrait attendre au moins six semaines avant de toucher son allocation chômage – soit la somme hebdomadaire de cinquante et une livres, ce qui couvrait à peine sa sortie du vendredi soir. Frankie était rentrée chez elle démoralisée, et elle avait consacré le reste de sa semaine à embellir outrageusement son CV, à passer des tests dans des agences d'intérim prétendument spécialisées dans les techniques de pointe, mais où on évaluait encore le nombre de mots tapés à la minute, et à acheter des accessoires en perles pour se remonter le moral, tout en essayant de se persuader que cette période de chômage était juste un incident de parcours dans sa carrière de journaliste par ailleurs florissante.

Mais elle avait du mal à ne pas sombrer dans la déprime. En outre, la réaction de Hugh à l'annonce de son licenciement n'avait pas été des plus réconfortantes. Au lieu de la prendre dans ses bras et de lui dire de ne pas s'inquiéter, il était devenu pâle et nerveux et avait commencé à parler des factures, du loyer et du prix du Whiskas pour les chats. Ce n'était pas ce qu'elle avait envie d'entendre. Après s'être efforcée de faire bonne figure toute la journée, elle avait espéré un peu d'amour et d'affection. Un cours d'économie sur la façon dont il allait falloir qu'elle se serre la ceinture était bien la dernière chose dont elle avait besoin.

Mais aujourd'hui, c'était son anniversaire, et elle refusait de penser aux économies qu'elle devait faire et à tous ces trucs désolants qui vont avec le fait de ne plus avoir de boulot. Elle fêtait ses vingt-neuf ans ce soir et, chômage ou pas, elle allait en profiter. Ce matin, elle s'était autorisée à faire la grasse matinée. Hugh était parti quand elle s'était réveillée, mais elle avait trouvé une carte de vœux et un petit mot qui lui disait de se tenir prête pour 19 heures. Elle ne savait pas où il avait prévu de l'emmener, mais l'année précédente, elle avait eu droit à un somptueux restaurant français du West End. Elle lui avait pardonné son humeur grincheuse de ces derniers jours. Après tout, il devait être préoccupé par leur situation financière, sans parler du mariage à payer.

Elle eut un pincement au cœur en songeant à la nouvelle robe Karen Millen qu'elle s'était achetée, mais cet accès de remords fut vite balayé par une vague d'excitation. Ce soir, c'était le grand soir. Hugh allait la demander en mariage. Elle ferma les yeux et laissa libre cours à son imagination. Est-ce qu'il comptait s'agenouiller ?

Hugh avait un côté terriblement vieux jeu, mais il n'irait quand même pas si loin... Si ? Et elle, comment allait-elle réagir ? Valait-il mieux qu'elle joue l'étonnement ou qu'elle décharge sa conscience et lui avoue qu'elle avait découvert le reçu de la bague ? D'ailleurs, en parlant de bague, qu'avait-il choisi ? Un gros diamant tape-à-l'œil ? Un assemblage délicat de rubis ? Un bon vieux solitaire ? Et la monture, comment était-elle ? En or jaune vingt-quatre carats, en or blanc, en platine ? Tout en savourant les milliers de pensées qui voltigeaient dans sa tête comme des confettis, elle alla se servir un autre verre, se replongea avec délices dans son bain et se mit à chantonner en rythme avec Abba, dont le CD tournait sur la chaîne du salon.

Ses rêveries furent interrompues par un bruit de clé dans la serrure. Hugh rentrait du travail. Elle entendit la porte qui s'ouvrait et se refermait en claquant, le bruit sourd de l'attaché-case sur le sol, le cliquetis des clés qu'il jetait sur la table. Il enleva le CD qu'elle avait mis et alluma la radio.

— Frankie ?

Il semblait de mauvaise humeur.

— Je suis dans la salle de bains.

Elle dissimula son verre de vin sous la montagne de bulles qui flottaient sur l'eau. Mieux valait lui cacher qu'elle avait déjà commencé à boire.

Elle entendit ses pas approcher, puis la porte de la salle de bains s'ouvrit.

— J'espère que tu ne vas pas mariner là-dedans pendant une éternité. J'ai commandé un taxi pour 19 heures.

Il se dirigea vers le lavabo, essuya la buée qui recouvrait le miroir et se passa les doigts dans les cheveux.

— Je n'ai même pas droit à un baiser ? demanda Frankie en faisant mine de bouder, la bouche en cul de poule.

— Excuse-moi, j'ai des soucis.

Il se pencha vers elle, mais évita sa bouche et ne fit qu'effleurer sa joue moite.

— Tu as aimé ma carte ? s'enquit-il en desserrant sa cravate, qu'il enleva et jeta sur le porte-serviette.

— Oui, beaucoup.

Frankie adorait recevoir des cartes de Hugh, même si elle ne pouvait s'empêcher d'espérer quelque chose d'un peu plus romantique que l'habituel « Mille baisers » suivi d'un petit cœur souriant. Au début, elle trouvait que c'était mignon et l'interprétait comme une preuve d'amour, jusqu'à ce qu'elle découvre qu'il en dessinait un sur les cartes d'anniversaire de tout le monde.

Elle se redressa et posa la tête sur ses genoux pleins de savon. Une boucle de cheveux mouillés se colla sur son front.

— Hugh, où est-ce qu'on va ce soir ?

Hugh ouvrit la bouche et commença à se nettoyer les dents au fil dentaire pour retirer les restes de son sandwich au thon de midi. Frankie le regarda. Hugh était obsédé par son apparence. Toujours à se raser, s'épiler, se peigner, il passait plus de temps dans la salle de bains que n'importe quelle fille qu'elle connût.

— Hugh, tu m'as entendue ?

À présent, il faisait un gargarisme et gonflait alternativement chacune de ses joues, avant de recracher le liquide bleu dans le lavabo.

— Oui, je t'ai entendue, et non, je ne te le dirai pas. C'est une surprise. Tu verras bien.

Il s'essuya la bouche avec sa serviette, sourit à son reflet et, satisfait, sortit de la salle de bains.

« Tu verras bien... » Un grand sourire sur les lèvres, Frankie enleva la mousse qui s'était déposée sur le bord de son verre et avala son vin blanc d'une traite.

— Tu ne peux pas encore regarder. Encore deux minutes, et on arrive.

Assis à l'arrière du taxi avec Frankie, Hugh donnait des ordres au chauffeur et lui indiquait la direction, tout en gardant la main posée sur les yeux de Frankie pour l'empêcher de voir. La jeune femme se renfonça contre la banquette en PVC, tandis que ses jambes nues profitaient de l'air chaud qui passait par les petites grilles situées à hauteur de ses pieds. Elle ne savait toujours pas où ils allaient. Au début, elle avait essayé de deviner la direction qu'ils prenaient – Soho ? Chelsea ? Notting Hill ? –, mais l'orientation n'avait jamais été son point fort, et après une ou deux minutes de virages à gauche et à droite, elle avait renoncé.

Le chauffeur donna un coup de volant et freina brutalement.

— On est arrivés. Je sors en premier. Tu gardes les yeux fermés.

Frankie réprima un mouvement d'agacement. Ce que Hugh pouvait être autoritaire, parfois, se dit-elle en s'accrochant à sa main pour sortir du taxi. Dehors, l'air était froid et humide, et elle frissonna. Puis Hugh lui fit remonter une allée en ciment, elle entendit le bruit d'une porte qu'on ouvre, et soudain, ce fut une explosion de chaleur, de lumière et de musique.

— C'est bon, tu peux regarder, maintenant, dit-il en enlevant la main de son visage.

Plusieurs voix crièrent en chœur :

— Surprise !Frankie ouvrit les yeux. Devant elle se tenaient Adam, le vieux copain d'école de Hugh, un publicitaire à queue-de-cheval, et sa copine Jessica, une fille beaucoup plus jeune que lui. Ils arboraient de larges sourires et portaient deux énormes boules noires et luisantes. Frankie sentit sa bouche devenir de plus en plus sèche à mesure qu'elle découvrait le décor qui l'entourait. Son excitation s'envola, remplacée par un sentiment d'horreur pure. Elle ne se trouvait pas dans un restaurant avec bougies, nappes blanches et seaux à champagne, mais dans un bowling. Son cœur dégringola dans ses chaussures. Comment était-il possible qu'elle se retrouve dans un bowling le jour de ses vingt-neuf ans, avec une robe Karen Millen « nettoyage à sec uniquement » et une paire de talons aiguilles hors de prix de chez Pied à Terre ? Soudain, elle prit conscience que tout le monde la regardait et plaqua un grand sourire sur son visage.

— Jessica ! Adam ! Quelle surprise !

Elle fit de son mieux pour avoir l'air ravi et les embrassa tous les deux.

— C'est génial, non ? dit Jessica en gloussant bêtement. J'étais sûre que tu allais adorer l'idée d'Adam.

Elle se hissa sur la pointe des pieds et embrassa Adam sur le nez, avec un sourire béat d'adolescente enamourée.

— Il y en a dans la tête de ce garçon.

Frankie avait la gorge nouée.

— Comment ça, l'idée d'Adam ?

Elle regarda désespérément Hugh, en quête d'une explication, mais il ne vit rien de la déception qui l'anéantissait. Il hocha la tête d'un air amusé et répondit :

— Alors, voilà, j'avais réservé dans un restaurant et j'allais t'inviter à dîner... comme je le fais toujours.

Il bomba légèrement le torse, comme si c'était une prouesse.

— Mais Adam a proposé de passer la soirée au bowling. C'est ce qu'il a fait pour les vingt et un ans de Jessica, l'année dernière, et elle a adoré.

— C'était super, souffla Jessica en passant son bras autour des poignées d'amour qu'Adam avait essayé, sans succès, de dissimuler sous sa chemise hawaïenne. Est-ce que ce n'est pas une idée complètement dingue de fêter un anniversaire ici ?

Frankie tenta de refouler les hurlements qui menaçaient de franchir la barrière de ses lèvres. « Dingue » n'était pas le mot qu'elle aurait choisi. C'était une idée minable, lamentable, épouvantable, et même pire que ça. Elle jeta un regard noir à Adam, l'auteur de ce crime impuni. Ce n'était pas possible. Ce devait être une farce. Non ?

Malheureusement, non.

— Ce n'est pas toujours facile de garder un secret, mais on dirait que Hugh a réussi. Tu ne te doutais de rien, hein ? fit Adam en ricanant bruyamment et en désignant ses hauts talons.

Frankie lui adressa un sourire forcé.
— Non, de rien du tout, murmura-t-elle entre ses dents serrées.

## 5

Pour être dur à avaler, c'était dur à avaler, songea Frankie après avoir enfilé, contrainte et forcée, une paire de chaussures montantes rouge, blanc et bleu. Elle regarda Jessica, avec son petit tee-shirt moulant, son jean taille basse et son piercing au nombril. La petite amie d'Adam n'arrêtait pas de sauter partout et, à chaque nouveau saut de puce, elle faisait danser le rideau de ses cheveux blonds brillants. Avec son allure de petite poupée à la Kylie Minogue, Jessica rendait tout mignon, même des chaussures aux couleurs de l'Union Jack. À côté d'elle, Frankie se sentait complètement tarte. Avec neuf centimètres de talons aiguilles en peau de serpent, sa robe de créateur pouvait paraître légèrement sexy, mais avec ces chaussures à lacets toutes râpées, elle se faisait l'effet d'une mère de famille qui va conduire ses gosses à l'école au volant de sa Volvo.

Les choses ne pouvaient pas être pires. Du moins, c'est ce qu'elle croyait, jusqu'à ce qu'elle voie Jessica en pleine action. Non seulement cette fille avait le look parfait pour l'endroit, mais elle avait dû être championne de bowling dans une vie antérieure. Elle se dandina gracieusement jusqu'à la ligne et, avec un petit geste du poignet et un grand mouvement des cheveux, fit tomber dix quilles sur dix à chaque fois. Tout ce que le bowling comptait de représentants du sexe masculin resta pétrifié par sa technique. Les retraités en cardigan, dont c'était la sortie hebdomadaire au bowling, bavèrent d'admiration devant son adresse ; les jeunes branchés salivèrent d'envie en voyant la force qu'elle avait dans les doigts.

Frankie, hélas, n'éveilla pas le même enthousiasme. Elle lança sa boule sans conviction et la regarda, morte de honte, dévier sur le côté sans toucher une seule quille.

— Pas de chance. Tu feras mieux la prochaine fois, dit Jessica en gloussant de nouveau.

Déçue et frustrée, Frankie se retint de pleurer et se tourna vers Hugh, espérant un peu de réconfort, mais son petit ami ne lui prêtait aucune attention. Il buvait de la bière avec Adam, à qui il racontait comment il s'était arrangé pour faire monter le prix d'une maison dotée de quatre chambres dont deux avaient la taille d'un placard. Frankie soupira. Les mecs étaient tous les mêmes, ils vous laissaient bavarder avec les copines de leurs copains pendant qu'ils discutaient boulot, golf ou résultats de rugby. Elle n'avait rien contre Jessica, sincèrement, mais celle-ci ne parlait que de boîtes de nuit, de DJ et des disques de hip-hop et de garage underground qu'elle collectionnait. Frankie l'écoutait en prenant un air entendu, mais elle avait cessé de fréquenter les boîtes de nuit depuis qu'elle avait commencé à cotiser pour la retraite, et sa discothèque se réduisait à une sélection « prix doux » de CD d'Elvis, de Frank Sinatra et d'Abba. Deux chanteurs de charme morts et enterrés et quatre Suédois has been. Pas très tendance.

Finalement, après soixante longues minutes de souffrance, elle décida d'arrêter de faire semblant de s'amuser. Elle s'ennuyait à mourir, elle était épuisée, elle n'avait touché aucune quille, et ses ongles étaient tous cassés. Et si Hugh lui adressait à peine la parole, préférant parler placements et taux d'intérêt avec Adam, Jessica, elle, n'arrêtait pas de babiller. Heureusement, elle finit par manquer de souffle et par avoir faim, et elle traîna Adam jusqu'au bar.

Frankie se dirigea vers Hugh, qui se tenait, les mains dans les poches, devant le distributeur de boissons.

— Je veux rentrer à la maison, murmura-t-elle.

Elle se laissa tomber sur une chaise pliante en plastique et se mit à se frotter le tibia. Elle s'était donné un coup avec sa boule de bowling et s'était fait un bleu qui était en train de prendre toutes les couleurs de l'arc-en-ciel.

— Mais pourquoi ? fit-il, l'air surpris.

Pour Frankie, ce fut le coup de grâce.

— À ton avis ? Parce que c'est mon anniversaire et que je suis dans un bowling. Parce que j'ai des bleus partout, parce que j'en ai marre, parce que j'ai mal aux doigts, aux pieds et que, par-dessus le marché, tu ne m'as quasiment pas parlé de toute la soirée.

Hugh ne répondit rien. Il passa ses doigts dans ses cheveux enduits de gel et regarda par terre.

Frankie se radoucit. Elle se radoucissait toujours quand il se tripotait les cheveux.

— Écoute, si quelque chose te tracasse, on peut en parler.

Il ne lui avait toujours pas donné son cadeau, preuve qu'il attendait le bon moment pour sortir la bague. Manifestement, il avait opté pour une demande en mariage un peu dingue – type déclaration en ballon dirigeable, à mille lieues sous les mers ou, en l'occurrence, dans un bowling. Frankie appréciait cet esprit d'inventivité, mais, honnêtement, elle gardait un faible pour la demande en mariage vieux jeu pendant un dîner aux chandelles.

Après un silence embarrassé, Hugh répondit :

— Bon, en fait, il y a quelque chose dont je veux te parler depuis un certain temps, mais ce n'est sans doute ni le moment ni l'endroit…

Il se tut et s'assit. Par terre, pas sur la chaise à côté d'elle. C'était un mauvais présage. S'il y avait eu un piano, on aurait eu droit à un de ces accords en mode mineur pour annoncer que quelque chose de tragique se prépare. Mais Frankie n'entendit rien. Tout ce qu'elle voulait entendre, c'étaient les cloches de l'église qui sonnaient pour son mariage. Elle crut bêtement que Hugh avait le trac et tenta de l'aider.

— Écoute, je pense que je sais ce que tu as à me dire.

— Tu le sais ? fit Hugh en fronçant les sourcils.

— Oui, oui.

— Ah.

Il avait l'air franchement décontenancé.

— Et tu n'es pas fâchée ?

Frankie en eut le souffle coupé. Elle glissa de sa chaise, s'accroupit à côté de lui sur le sol plein de poussière et posa sa main sur la sienne pour le rassurer.

— Enfin, Hugh, pourquoi est-ce que je serais fâchée ? Je t'aime. Bien sûr que je veux t'épouser.

Un nouveau silence suivit.

— Qu'est-ce que tu as dit ?

— Je suis désolée, je sais, je vais trop vite, répondit Frankie à toute allure. Tu comprends, je ne voulais pas fouiller dans tes affaires, mais l'autre jour, je cherchais de la monnaie, et j'ai trouvé le reçu de la bague de fiançailles dans ta poche.

Hugh devint blême. Il se releva et commença à marcher en rond devant Frankie, qui le regarda, perplexe. Elle n'était pas une grande professionnelle de la demande en mariage, mais elle savait que ça ne se passait pas comme ça d'habitude.

— Je crois qu'il y a un petit malentendu, dit Hugh.

Sa voix était devenue distante et monocorde, comme s'il parlait à un client, pas à la femme qu'il était censé aimer. Il la regarda dans les yeux. Son visage était dur et dénué d'expression.

— Qu'est-ce que tu veux dire ? murmura Frankie.

À cet instant, il y eut une bousculade derrière eux, et Adam et Jessica leur tombèrent dessus.

— Hé, devinez quoi ? dit Jessica en suffoquant à moitié. Regardez ce qu'Adam vient de cacher dans mon hotdog !

Elle agita sa main gauche sous le nez de Frankie, qui put constater qu'elle arborait une magnifique bague de fiançailles.

— C'est génial, non ? On va se marier !

Elle se mit à sauter en l'air, tel Zébulon sur ses ressorts, faisant étinceler le diamant sous la lumière dure des néons à chaque rebond.

Frankie resta muette, tout comme Hugh, qui n'ouvrit la bouche que pour adresser ses « félicitations » pas très vives aux jeunes fiancés.

— Au fait, avant que j'oublie, fit Adam en se tournant vers Hugh, je crois que j'ai laissé le reçu de la bague dans la poche de ton imperméable – celui que je t'ai emprunté la semaine dernière, un jour où il pleuvait, tu te rappelles ? Vaut mieux que je le récupère, pour l'assurance, ce genre de truc. On ne sait jamais. Heureusement que je m'en suis souvenu, hein ? Ça aurait pu te créer des ennuis avec la demoiselle.

Il adressa un clin d'œil à Frankie, envoya un coup de coude dans les côtes de Hugh, puis prit sa fiancée surexcitée dans les bras.

— Allez, ça se fête. Je vais voir s'ils vendent du champagne ici.

Avec un gloussement joyeux, Jessica embrassa Adam sur la joue, où elle laissa une traînée de brillant à lèvres couleur fruits des bois. Puis les deux tourtereaux fendirent une nouvelle fois la foule en direction du bar.

Lorsqu'ils eurent disparu, les yeux de Frankie se remplirent de larmes. Hugh s'était mis à parler, mais elle ne réussissait pas à saisir le sens de ses paroles. Elle entendait des bouts de phrase, des suites de syllabes, mais son cerveau n'enregistrait rien. C'était comme regarder un film étranger en version originale non sous-titrée.

— Ça ne va pas entre nous. Pas de mon point de vue, en tout cas... Je me sens encore trop jeune pour me fixer... Je ne suis pas prêt pour ce degré d'engagement... J'étouffe... J'ai besoin d'espace...

Le dernier mot parvint au cerveau de Frankie. De l'espace. Il voulait de l'espace. Une immense vague de douleur l'envahit tout entière. Elle leva les yeux et le regarda à travers ses larmes.

— Tu me demandes de déménager ? C'est ce que tu veux dire ? demanda-t-elle d'une voix brisée.

Un autre silence suivit, qui lui parut durer une éternité. Puis, enfin, Hugh parla.

— Je veux dire que c'est fini.

Frankie eut l'impression de recevoir une boule de bowling en plein cœur. Et, comme une dizaine de quilles, sa vie s'écroula.

## 6

Frankie, dans un état second, resta recroquevillée à l'arrière du taxi, tandis que le choc se propageait dans son corps à la manière d'un anesthésiant, endormant la douleur. Elle se rappelait vaguement être sortie du bowling en courant, être passée comme une tornade devant un Adam et une Jessica ahuris, renversant au passage la bouteille de mauvais champagne qu'ils tenaient dans les mains, avoir bafouillé des excuses et s'être ruée sur le parking, avant de s'effondrer sur la banquette d'un taxi.

Elle regarda par la vitre la pluie qui tombait et vit les lumières du bowling s'éloigner lentement. Puis elle détourna le visage et, sans cesser de grelotter, baissa tristement les yeux par terre. Ce ne fut qu'à ce moment-là qu'elle remarqua qu'elle avait oublié de se changer : à ses pieds, les affreuses chaussures tricolores de bowling la narguaient.

Lorsqu'elle arriva chez elle, elle eut l'impression, pendant une fraction de seconde, que toute cette scène au bowling n'avait été qu'un cauchemar. Dans l'appartement, rien n'avait changé. Tout était encore comme ils l'avaient laissé : la tasse de café de Hugh près du téléphone, sa trousse de maquillage sur la table de l'entrée. Cela lui rappela un jeu de son enfance : vous fermez les yeux, quelqu'un enlève un objet dans la pièce, et vous devez deviner ce qui manque. Sauf que cette fois, ce n'était pas un jeu. Ce qui manquait, c'était l'amour. Hugh ne l'aimait plus, et cela changeait tout. La vie, qu'elle avait jusque-là vue en couleurs, était soudain passée au noir et blanc.

Elle laissa tomber ses clés dans le cendrier en argent posé sur la table basse et s'assit sur le canapé. Fred ouvrit mollement un œil et, sans quitter sa position de Sphinx, allongea une patte sur la cuisse de sa maîtresse. Ginger, elle, se montra plus démonstrative. Elle s'étira, bâilla, puis s'approcha délicatement et s'installa sur les jambes nues de Frankie en ronronnant. En temps normal, Frankie les aurait câlinés tous les deux, elle les aurait chatouillés dans le cou, aurait caressé leurs pattes douces comme du velours. Mais ce soir, elle était incapable de bouger. Elle resta tétanisée contre les coussins, le regard perdu dans le vide.

Un sanglot remonta dans sa gorge, et les larmes affluèrent de nouveau à ses yeux brûlants. Jamais elle n'avait imaginé qu'il lui arriverait un jour une chose pareille. Hugh et elle ne se disputaient pas – enfin, pas vraiment, juste pour des bêtises, quand il fallait faire la vaisselle ou que le dernier rouleau de papier toilette était terminé –, et ils s'entendaient bien au lit... Du moins, c'était ce qu'elle avait toujours pensé. S'était-elle trompée ? Elle sentit son ventre se serrer. Bon sang, non, pas ça. D'accord, elle ne connaissait pas le *Kâma-sûtra* par cœur, mais il avait l'air d'aimer faire l'amour avec elle.

Frankie se pelotonna sur le canapé, tandis que d'horribles pensées se fichaient dans son cœur comme autant de flèches empoisonnées. Alors, tout ça, c'était du toc, quand il l'embrassait dans le cou et qu'il lui mordillait les oreilles – Hugh avait un faible pour les lobes d'oreilles – et même quand il bandait, c'était bidon. Après tout, si les femmes pouvaient feindre l'orgasme, les hommes devaient bien pouvoir simuler une érection. Non, c'était encore pire que ça : il avait besoin de penser à une autre femme pour être excité – à Suzy et à sa belle paire de seins ou à cette nouvelle intérimaire à l'accent français qui n'arrêtait pas de lui acheter des croissants aux amandes. Seigneur, avait-il une liaison avec elle ? Il ne la sautait quand même pas derrière le placard des fournitures, si ? En tout cas, plus elle y réfléchissait, plus il lui paraissait évident que Hugh avait eu un comportement étrange durant ces dernières semaines. Il lui avait semblé distant, moins attentif, comme s'il avait quelque chose en tête. Mais elle avait cru qu'il pensait au mariage, alors qu'il n'avait pas cessé, pendant tout ce temps, de penser à leur rupture.

Et comme si les choses n'étaient pas assez glauques comme ça, il fallait encore qu'elle trouve un autre logement. La question était: comment? Avec ses allocations chômage, les appartements à deux cents livres la semaine du centre de Londres étaient largement au-dessus de ses moyens. Elle pouvait toujours passer quelques coups de fil à ses amis. Ils accepteraient sans doute de la laisser dormir sur leur canapé. Mais non, cela ne marcherait pas. Personne ne voudrait d'un saule pleureur planté au milieu de son salon. Restaient ses parents, mais elle n'avait pas envie de les inquiéter. Elle avait vingt-neuf ans, elle n'avait plus l'âge de se précipiter dans les jupes de sa mère en pleurant comme une gamine qui a fini dernière au jeu de l'œuf et de la cuillère ou qui a laissé sa poupée qui pleure tomber tête la première dans la mare des voisins.

Ses parents commençaient à se faire un peu vieux l'un et l'autre – son père allait sur ses soixante-douze ans, et sa mère avait trois ans de moins que lui –, mais ils formaient toujours un couple heureux, même après cinquante ans de mariage. Sa mère adorait raconter à Frankie leur rencontre à la salle des fêtes de Blackpool, puis leur mariage, six mois plus tard – ils avaient quitté l'église en valsant et dansé le fox-trot jusqu'à la salle de réception. Mais la meilleure histoire, toutes catégories confondues, celle dont sa mère ne se lassait pas, c'était celle de ses quarante ans, quand elle avait commencé à se sentir malade et à vivre dans la terreur du mot qui commence par un C. Jusqu'à ce que – et c'était le passage qu'elle préférait – elle découvre qu'elle s'était trompée de lettre. Finalement, c'était un E. Elle n'était pas mourante, loin de là. Elle était enceinte de quatre mois et demi, elle attendait Frankie. Il y avait des grosseurs plus funestes.

Le visage enfoui dans ses mains, Frankie se remit à pleurer. Les petits reniflements étouffés laissèrent bientôt la place à de gros sanglots, avec convulsions et risques d'étouffement. Fred et Ginger la regardèrent avec perplexité, mais Frankie continua à sangloter jusqu'à ce que son visage soit marbré et bouffi et que le pelage des chats soit dégoulinant de larmes. Puis elle cessa de pleurer.

Tout en respirant à petits coups rapides et désespérés, elle s'essuya les joues avec la manche de sa veste toute neuve, où elle laissa des traînées de larmes salées, puis elle se leva lentement du canapé et marcha jusqu'à la grande fenêtre du salon. Elle pressa sa joue brûlante et moite contre la vitre froide et regarda en bas, espérant sans y croire que Hugh allait tourner au coin de la rue et grimper deux à deux les marches du porche de l'immeuble. Mais il n'y avait rien d'autre dehors que des rangées de voitures et des tas de feuilles mortes pourrissantes.

Elle n'aurait su dire combien de temps elle resta ainsi, sans remarquer que le voyant du répondeur posé sur la table à côté d'elle clignotait. Elle regarda un moment la machine sans la voir, puis réalisa qu'elle avait un message et se pencha pour appuyer sur le bouton de lecture. La cassette se rembobina, il y eut un déclic, et une voix forte et familière, dotée de l'accent caractéristique du Lancashire, emplit la pièce. C'était Rita.

— Salut, Frankie, c'est moi, hurlait-elle. Je me suis acheté une voiture, une décapotable, et je suis en train de rouler sur Sunset. Du coup, je ne sais pas si tu m'entends. J'appelais juste pour te souhaiter un joyeux anniversaire. Je t'ai envoyé un mail, mais je ne pense pas que tu l'aies reçu, vu que tu n'as pas répondu. Et évidemment, maintenant que j'appelle, tu n'es pas là. Enfin, j'aurais dû m'en douter. J'imagine que tu es en train de dîner avec Hugh dans un restaurant chic, sacrée veinarde !

Frankie entendit un coup de klaxon, suivi de jurons proférés à haute et intelligible voix par Rita.

— Bon sang, il y a vraiment des gens qui conduisent comme des pieds, ici !

Nouveau coup de klaxon.

— Tu dégages, oui ou merde ? Désolée, c'était un connard en... Oh, attends, je crois que c'est Rod Stewart.

Elle se mit à babiller avec enthousiasme.

— Bref, passons. Quand est-ce que tu viens me voir ? Tu me l'avais promis, je te rappelle. Tu ne peux pas quitter ton chéri pendant quelques semaines ? Tu sais ce qu'on dit : l'absence renforce les sentiments...

Il y eut un crissement de pneus.

— Bon sang, qu'est-ce qui se passe maintenant ? Nom de Dieu, je crois que c'est les flics. Je file. Je t'embrasse ! lança-t-elle avant de raccrocher.

Frankie écouta la cassette se rembobiner en souriant tristement. Rita la fofolle, la grande gueule, la fille au cœur d'or... Si seulement elle avait été là, à ses côtés ! Mais Rita était de l'autre côté de l'Atlantique, à des milliers de kilomètres de Londres. Exactement là où Frankie aurait voulu être. À des milliers de kilomètres de ce désastre qu'était devenue sa vie.

Ce fut à ce moment-là que l'idée germa en elle et grandit, grandit. Et soudain, la colère balaya le désespoir. Alors, comme ça, Hugh la plaquait ? *Lifestyle* la virait ? Eh bien, elle n'allait pas encaisser tout cela sans réagir. Elle allait prendre sa vie en main, pour changer.

Elle décrocha le téléphone et composa le numéro de Rita. Il n'y avait personne, aussi laissa-t-elle un message confus sur le répondeur. Puisque l'invitation de Rita à Los Angeles tenait toujours, elle allait accepter son offre. Sa décision était prise. Hugh voulait de l'espace ? Il allait en avoir. Avec dix mille kilomètres de distance entre eux, il ne risquerait plus d'étouffer, n'est-ce pas ?

# 7

Les roues du 747 heurtèrent le tarmac avec un bruit sourd, et l'avion s'engagea sur la piste en grondant sous l'effet de la violente décélération. Le choc tira Frankie d'un sommeil lourd et peuplé de rêves. Elle ouvrit les yeux et fut éblouie par la lumière du soleil qui passait à travers les rangées de hublots. Sonnée par dix heures d'inconscience ininterrompue, elle cligna plusieurs fois des paupières, essayant de faire la mise au point sur le décor qui l'entourait. Pendant un court instant, elle ne se rappela pas où elle se trouvait, puis, soudain, elle entendit la voix du capitaine de British Airways et son accent distingué dans les haut-parleurs.

— Il est midi et demi, et la température extérieure est de 30 °C. Une journée chaude et ensoleillée vous attend, mesdames et messieurs. Bienvenue à Los Angeles.

Los Angeles ! Frankie se tourna vers le hublot. Au-dessus d'elle, les rayons du soleil perçaient à travers le ciel brumeux, tandis que devant elle, l'aéroport miroitait dans la chaleur comme un mirage. Mais ce n'était pas un mirage. C'était vrai. Elle était à Los Angeles.

Elle avait du mal à y croire. La veille encore, elle était à Londres, elle triait les petits souvenirs qui s'étaient amassés dans ses tiroirs, jetait les vieux tickets de cinéma, les bouchons de champagne et les pétales de rose fanés de son dernier bouquet de Saint-Valentin, feuilletait les albums photo en essayant de ne pas pleurer. Oui, cela ne faisait même pas vingt-quatre heures qu'elle avait appelé le service de réservation continu de British Airways, fait exploser sa carte bleue en achetant un billet pour Los Angeles, puis sorti à la hâte les valises cabossées rangées sous le lit, dans lesquelles elle avait entassé pêle-mêle toutes sortes de vêtements, de chaussures et d'objets divers non identifiés.

L'aube pointait quand elle avait entendu une voiture klaxonner dans la rue. Elle avait fermé la porte d'entrée, jeté son trousseau de clés dans la boîte aux lettres et grimpé à l'arrière du taxi. Lorsqu'elle était arrivée à Heathrow, le service d'enregistrement venait tout juste d'ouvrir. Elle avait été accueillie par des hôtesses en uniforme qui cachaient leurs traits tirés sous des couches de fond de teint et de fard à joues soigneusement appliqués. Sans l'ombre d'une hésitation, elle avait signé le reçu et empoché son billet. Alors, pour la première fois depuis qu'elle avait décidé de s'expatrier, les décharges d'adrénaline avaient cessé, et elle avait pris le temps de réfléchir à ce qu'elle était en train de faire. C'était très bien d'emballer ses affaires et de s'envoler pour Los Angeles – c'était un signe de force, de volonté, ça montrait qu'elle avait du cran, qu'elle avait ce côté « de toute façon, je n'en ai rien à faire ». C'était sa façon de chanter *I Will Survive* sans karaoké. Mais si elle était si forte, pourquoi avait-elle l'impression que son cœur se brisait en mille morceaux ?

— Nous vous demandons de rester assis jusqu'à l'extinction du signal lumineux, supplia une voix affolée.

Le steward en nage s'était emparé du micro et essayait désespérément de contrôler deux cent cinquante passagers énervés par onze heures de vol. Comme des animaux en cage, irritables et impatients, ils avaient commencé à quitter leurs sièges, à prendre leurs sacs et à se pousser dans l'allée en jouant des coudes, prêts à tout pour gagner la sortie avec quelques minutes d'avance sur les autres.

Frankie, qui les regardait faire, prudemment planquée sur son siège, remarqua un Stetson qui s'agitait à l'avant de l'appareil. C'était son voisin, le sale type plein d'arrogance qui avait refusé de lui laisser son chariot à Heathrow. On pouvait lui faire confiance, à celui-là, pour avancer en bousculant tout le monde.

Elle détourna les yeux et regarda par le hublot. Contrairement aux autres passagers, elle n'était pas pressée de descendre. La nuit précédente, sous le choc de la rupture, elle avait trouvé que c'était une bonne idée de s'enfuir à Los Angeles. Maintenant qu'elle avait le mal du pays et la gueule de bois, elle n'en était plus si sûre.

Elle n'avait vu Los Angeles que dans des films et des reportages télé sur la vie des gens riches et célèbres. D'après ce qu'elle avait compris, c'était une ville glamour et paillettes, dont les habitants étaient des fous de musculation, obsédés par leur santé et totalement refaits au bistouri, qui passaient leurs journées à rouler dans des limousines aux vitres teintées. Une ville où les femmes avaient besoin de l'une des deux choses suivantes : soit un corps tout maigre avec des seins géants en silicone, soit un très vieux mari avec un très gros portefeuille. Elle, elle n'avait ni l'un ni l'autre. Elle était redevenue une pauvre célibataire en 90 B, avec un fessier menacé d'affaissement et suffisamment de cellulite pour estimer que les strings devraient comporter la mention « nuit gravement à la santé mentale ». D'accord, elle était membre d'un club de gym, mais pour elle, l'exercice physique s'était toujours borné à flemmarder vingt minutes dans le jacuzzi trois fois par mois. Et puis, elle aimait le chocolat et l'alcool, elle se déplaçait en métro, et la seule fois où elle était passée sur le billard, c'était pour se faire enlever les amygdales, quand elle avait neuf ans. Abattue, Frankie referma les yeux : tout ça n'était peut-être qu'une très grosse bêtise.

L'aéroport de Los Angeles, avec ses innombrables couloirs et tapis roulants, était un véritable dédale. Tel un rat soumis à une expérience de laboratoire, Frankie enchaîna les virages, avant de repérer finalement l'escalator qui conduisait au retrait des bagages. Soulagée, elle s'appuya contre la rampe pour se reposer. En contrebas, des têtes apparurent, et à mesure qu'elle descendait, elle vit se dessiner les corps qui allaient avec. Ce ne fut qu'à ce moment-là qu'elle comprit que cette foule formait une queue – une queue type grand huit, une queue de dimanche devant l'unique tabac ouvert de la ville, une queue qui avançait en zigzaguant le long de barrières disposées avec soin pour délimiter le parcours. C'était le service d'immigration.

Après avoir pris place au bout de la file, Frankie observa avec crainte les dragons en uniforme chargés de la sécurité. Elle tripota nerveusement son formulaire vert. Allaient-ils deviner qu'elle était une pauvre fille abandonnée qui fuyait le chômage et un ex-petit ami du nom de Hugh ? Elle examina les gens autour d'elle. Il y avait là des amateurs de randonnée avec des guides de voyage tout écornés et des Converse aux pieds, des pères et mères de famille avec des poussettes pliantes et des lingettes plein les poches, des hommes d'affaires à l'air supérieur avec des attachés-cases en cuir et des ordinateurs portables. Frankie baissa les yeux sur son collant filé et ses sacs en plastique. Force lui était de reconnaître qu'elle ne faisait pas très bonne impression.

Malgré la foule, la pièce était étrangement silencieuse. Les touristes, assommés par le décalage horaire, se rapprochaient un par un de l'avant de la queue. Ils essayaient de paraître blasés et détendus, alors que leurs mains moites transformaient en papier buvard les formulaires destinés au service d'immigration et des douanes. Car ce n'était pas un simple contrôle de passeport, c'était la roulette russe. Impossible de dire qui serait autorisé à rester et qui serait refoulé. La sélection semblait s'effectuer au petit bonheur la chance. Un motard tatoué et visiblement amateur de substances illicites pouvait passer sans problème, alors qu'une vieille dame aux cheveux bleutés et au chemisier en polyester fleuri pouvait être prise sous les aisselles par deux gardes armés et emmenée sans ménagement dans la salle réservée aux interrogatoires.

Debout dans la queue, Frankie attendait que tombe le couperet, encore sous le coup des derniers événements. Mais qu'est-ce qu'elle fabriquait là ? Tout était arrivé si vite ! Le temps de cligner des yeux, et elle avait tout perdu : travail, petit ami, appartement. La veille, elle était à Londres, dans un bowling, et aujourd'hui, elle se retrouvait à Los Angeles, au service d'immigration. Elle ne savait plus quoi penser. Si on la laissait passer, elle était libre de commencer une nouvelle vie à Los Angeles. Mais en avait-elle vraiment envie ? Honnêtement, est-ce qu'elle ne préférait pas être escortée jusqu'au prochain avion en partance pour l'Angleterre et rentrer pour reprendre son ancienne vie ?

— Personne suivante.

C'était le moment de vérité. Un fonctionnaire vêtu d'un uniforme beige, les yeux cachés par des Ray-Ban d'aviateur, lui fit signe d'avancer. C'était le sosie de Poncherello dans *Chips*.

— Quelle est la raison de votre venue aux États-Unis ?

Assis derrière son guichet, Poncherello feuilletait son passeport d'un air soupçonneux. Il s'arrêta sur l'affreuse photo d'identité qu'elle avait faite dans un photomaton de la gare de Waterloo. Frankie tendit le cou pour y jeter un coup d'œil et regretta d'avoir choisi le rideau bleu en arrière-plan. Elle aurait mieux fait de prendre l'orange, cela lui aurait donné un teint moins blafard.

— Je suis là pour des vacances, répondit-elle d'un ton léger, essayant de se faire passer pour une touriste joviale et pleine d'entrain alors qu'elle n'était qu'une pauvre fille que son petit ami venait de plaquer.

Elle n'était pas très convaincante, mais ce n'était pas grave. Au moins, cela prouvait qu'elle n'était pas une de ces actrices de seconde zone qui arrivent à Los Angeles en s'imaginant qu'elles vont devenir stars de cinéma. Autrement dit, cela prouvait qu'elle n'était pas Rita, songea-t-elle avec un pincement de remords.

— Combien de temps comptez-vous rester ?

Poncherello, qui ne relevait jamais les yeux, se mit à taper sur son clavier. Frankie prit peur. Cet ordinateur était sans doute relié à un gigantesque système informatique type Big Brother qui avait des connexions dans le monde entier et qui connaissait tous les détails de sa vie, depuis la dernière ardoise qu'elle avait laissée au supermarché jusqu'à ses résultats de frottis. Il devait être programmé pour pouvoir retrouver tous les crimes qu'elle avait commis. Elle se rappela soudain la cassette qu'elle n'avait jamais rendue au vidéoclub et qui était tombée derrière le canapé. Et si Big Brother le découvrait ? Elle croisa les doigts.

— Euh... deux semaines.

Ce n'était manifestement pas le moment de répondre : « Vingt ou trente ans. » Elle risquait de se retrouver sur son siège British Airways en classe économique avant même d'avoir mis sa montre à l'heure. Or, plus elle y pensait, plus les choses lui semblaient claires : l'option « retour à la maison » n'existait pas, pour la simple raison qu'il n'y avait plus de maison.

Nouvelle agitation frénétique des doigts sur le clavier. Poncherello n'aurait aucun mal à réussir un de ces tests de dactylo que les boîtes d'intérim faisaient passer aux malheureux demandeurs d'emploi, songea Frankie en se remémorant l'agence de Soho qui l'avait appelée pour lui dire qu'ils ne prenaient pas les gens qui tapaient avec deux doigts. Heureusement, la scène avait eu lieu au téléphone. Sinon, elle leur aurait montré de quoi elle était capable avec deux doigts.

Poncherello cessa finalement de taper. Il donna un coup de tampon sur son passeport, agrafa quelque chose à l'intérieur, puis prit son stylo et se mit à faire toutes sortes de graffitis incohérents sur les pages.

— Bon séjour.

Son visage resta impassible tandis qu'il lui tendait solennellement son passeport. Frankie sourit avec soulagement. Elle n'était pas sur le prochain vol retour.

Tout en attendant qu'arrivent ses bagages, elle fouilla dans sa trousse de maquillage et sortit son poudrier, qu'elle ouvrit et orienta vers la lumière. Seigneur ! Onze heures d'avion et l'abus d'alcool avaient fait des dégâts. Elle avait une peau de crocodile et deux petits yeux de cochon. Son moral chuta un peu plus bas. Comment faisaient donc les stars qui passaient leur vie aux quatre coins du monde pour arriver toutes pimpantes dans les aéroports, avec une peau aussi fraîche que la rosée du matin ? Elle, elle avait le visage carrément lyophilisé après un simple vol au-dessus de l'Atlantique.

Elle était en train de se palper les joues pour essayer de redonner un peu de souplesse à sa peau quand son miroir lui renvoya soudain l'image de l'Américain au Stetson. Il avait chaussé des lunettes de soleil, mais il était évident qu'il la fixait. Gênée, elle referma son poudrier, en regrettant de ne pas avoir, elle aussi, une paire de lunettes noires. En fait, n'importe quel camouflage aurait fait l'affaire, pourvu qu'il ne puisse pas la reconnaître. Car maintenant qu'elle avait retrouvé son vrai moi, qu'elle était redevenue une personne sensée et sobre, elle était morte de honte au souvenir de ses hurlements dans l'aéroport de Heathrow.

Elle décida de faire comme si elle ne l'avait pas remarqué et poussa son chariot vers le toboggan d'où les valises n'allaient pas tarder à tomber. Plus tôt elle partirait d'ici, mieux cela vaudrait. Il y eut un bruit sourd, et la première valise apparut, bombant fièrement son torse en vinyle noir. C'était la sienne ! Frankie en resta bouche bée. Cela faisait des années qu'elle prenait l'avion, et elle figurait systématiquement parmi les infortunés passagers condamnés à regarder tourner sans fin la même paire de skis et le même carton défoncé avec son étiquette « attention, fragile » alors que tout le monde avait déjà récupéré ses bagages. Jamais, pas une fois elle n'avait eu le privilège de voir ses bagages passer les premiers la ligne d'arrivée.

Ce devait être un signe. Persuadée que la chance avait tourné, elle s'empara de ses valises et se dirigea à toute allure vers l'escalier qui menait à la sortie. Elle eut un frisson d'excitation au moment où les portes automatiques s'ouvrirent, révélant une foule massée derrière les barrières. Les uns brandissaient des pancartes, les autres tenaient des bouquets de fleurs. Pendant un court instant, elle rêva que Hugh était là, à l'attendre, mais elle se ressaisit. C'était fini, il fallait qu'elle l'oublie. Elle se hissa sur la pointe des pieds pour voir par-dessus la tête des gens et scruta le hall des arrivées. Rita n'était nulle part. Peut-être était-elle en retard, peut-être n'avait-elle pas eu son message, peut-être...

Frankie se fraya un chemin parmi les groupes de Californiens bronzés en short, tee-shirt et lunettes de soleil Persol qui jouaient avec leurs clés de voiture, tout en parlant dans des téléphones portables et en buvant du Coca-Cola dans des gobelets géants. Tout était impressionnant: les volumes, la lumière, le bruit. Un brouhaha de conversations résonnait autour d'elle, dominé par des centaines d'accents américains. C'était étrange, comme si elle se retrouvait tout à coup sur un plateau de cinéma et que Mel Gibson allait surgir d'un instant à l'autre avec son arme fatale.

Elle marcha vers les baies vitrées en verre teinté, s'appuya contre un mur et sentit le souffle chaud et humide de l'air extérieur, qui contrastait avec la fraîcheur de l'air conditionné. Elle étouffa un bâillement. Elle commençait à sentir les effets du décalage horaire. Pourvu que Rita arrive bientôt! Mais mieux valait ne pas se faire d'illusions: Rita avait une façon bien à elle de gérer un emploi du temps. Elle ne serait sans doute pas là avant des heures...

Cette idée déprimante s'insinuait lentement dans son esprit lorsqu'elle reconnut un son familier. En temps normal, ce bruit lui mettait les nerfs à vif, mais là, cela lui parut aussi doux qu'une berceuse.

— Youhou!

L'écho se répercuta dans le hall et rebondit sur les murs, telle une pendule à coucou prise de folie.

— Youhou!

Le volume sonore augmenta jusqu'à ce que, telle la mer Rouge, la foule s'écarte pour laisser passer une rouquine d'un mètre cinquante qui arrivait au petit galop, moulée dans un short en satin minuscule et juchée sur des talons de huit centimètres.

## 8

— Désolée, je suis en retard. Il y avait une de ces circulations, un vrai cauchemar !

Énervée et à bout de souffle, Rita replaça derrière son oreille la grosse mèche de cheveux roux qui s'était échappée de sa queue-de-cheval et tira sur l'ourlet de son short, qui avait tendance à remonter et dénuder une bonne partie de ses fesses.

— Enfin, mieux vaut tard que jamais.

Elle se mit à sourire, cessa de s'occuper de son short et, comme si elle se rappelait soudain ce qu'elle faisait là, jeta ses bras autour de la taille de Frankie en hurlant :

— Je n'arrive pas à croire que tu sois là ! Je n'arrive pas à y croire !

Frankie atterrit sur le sol ciré du hall des arrivées, plaquée au sol par l'accueil enthousiaste de Rita. Elle esquissa un sourire hésitant. Elle non plus, elle n'arrivait pas à y croire.

Une fois dehors, les deux amies chargèrent les bagages de Frankie dans le coffre de la voiture de Rita, un coupé Thunderbird bleu layette des années 1950 qui étendait ses ailes interminables le long du trottoir. Frankie n'avait jamais rien vu de semblable. Cette voiture devait bien mesurer six mètres de long. On était très loin de la Mini cabossée dans laquelle Rita fonçait autrefois dans les rues de Londres.

Rita sourit en voyant son air ahuri et ses yeux écarquillés.

— Alors, que penses-tu de mon nouvel engin ? Je me suis dit que, quitte à devenir actrice à Hollywood, j'allais commencer par m'acheter les bons accessoires.

Elle s'appuya contre le capot et prit une pose à la Rita Hayworth – jambe relevée, poitrine sortie.

— Ça me va bien, non ?

Frankie hocha la tête. Une folie pareille, c'était du Rita tout craché.

— Bon, on a tout ? demanda celle-ci en refermant le coffre.

— Presque, soupira Frankie. J'ai juste un dernier bagage à aller chercher. J'en ai pour une minute.

Sur ce, elle s'éloigna et disparut à travers les portes automatiques de l'aéroport.

Rita s'installa au volant, tourna le rétroviseur face à elle et se remit soigneusement une couche de rouge à lèvres brique. Puis elle chaussa ses lunettes de soleil et essaya différentes poses pour l'audition qu'elle devait passer cette semaine-là : le mouvement de tête vulnérable à la Lady Di, la moue sensuelle à la Marilyn, le sourire plein d'assurance face caméra à la Madonna. Elle était sur le point de tester le tremblement de lèvres ému à la Gwyneth Paltrow lors de la remise des Oscars quand elle remarqua le beau gosse qui remontait vers elle, chargé de bagages. Elle orienta le rétroviseur de façon à mieux le voir et continua à le dévisager lorsqu'il passa près de la voiture. Elle fit le mouvement de tête à la Lady Di et lui sourit. Il lui rendit son sourire et poursuivit son chemin. Rita ne le quitta pas des yeux. Un peu plus, et elle bavait. Ce type était une vraie bombe sexuelle. Elle le regarda avec envie tandis qu'il rangeait ses sacs dans un taxi. De jolies petites fesses, de larges épaules et des cheveux bruns un peu trop longs qui dépassaient d'un vieux Stetson. Mmm...

Elle regarda le taxi démarrer et s'insérer entre les voitures. Il était en train de quitter l'aéroport quand Frankie réapparut, une grosse boîte partiellement recouverte de plastique noir dans les bras. Rita s'arracha à son film interdit aux moins de dix-huit ans, fit glisser ses lunettes sur le bout de son nez retroussé et la dévisagea.

— Bon sang, mais qu'est-ce que tu transportes là-dedans ? Un évier ? Tu as besoin de tout ça pour deux semaines de vacances ?

Frankie hésita.

— En fait, je voulais t'en parler plus tôt...

— Me parler de quoi ?

Rita, qui ne semblait pas remarquer l'embarras de Frankie, commença à tripoter les boutons de l'autoradio d'origine de la Thunderbird pour essayer de trouver une station.

— Je me disais que je pourrais peut-être rester un peu plus longtemps.

Au même moment, le plastique de la boîte se mit à faire du bruit et à bouger violemment.

Les lunettes de Rita quittèrent son nez pour atterrir sur le tableau de bord.

— Mais qu'est-ce que c'est que ce truc ?

Frankie ne pouvait pas différer plus longtemps les aveux. D'une main nerveuse, elle enleva le cache qui recouvrait la cage blanche en plastique. Deux paires d'yeux clignotèrent, aveuglés par le soleil.

— C'est Fred et Ginger.

Tandis qu'elles roulaient sur la 405, Frankie raconta tout à Rita : le reçu de chez Tiffany, son licenciement, son anniversaire dans un bowling, la façon dont Hugh lui avait annoncé que tout était fini entre eux... Elle lui raconta absolument tout, même sa décision d'emmener Fred et Ginger avec elle à Los Angeles. Et cela avait été une sacrée paire de manches. Même s'ils étaient parfaitement à jour dans leurs vaccinations – Frankie était une vraie mère poule avec ses chats adorés –, le type bourru avec qui elle avait parlé au téléphone lui avait rétorqué que la compagnie aérienne avait besoin de vingt-quatre heures pour les formalités. Point final. Fin de l'histoire. Mais Frankie avait refusé d'abandonner aussi facilement la partie, et grâce à son propre pouvoir de persuasion – elle avait éclaté en sanglots comme une hystérique – et à celui de sa carte Visa, elle avait réussi à déchirer l'enveloppe administrative qui entourait le cœur de l'employé de British Airways et à faire monter Fred et Ginger avec elle dans l'avion.

— Je ne pouvais pas les laisser avec Hugh. Il les aurait probablement pris par la queue et utilisés comme clubs de golf. Il les a toujours détestés...

Rita, qui observait un silence attentif, tirait sur sa cigarette et actionnait le klaxon tandis que Frankie lui racontait sa tragédie en détail, passant des larmes à la colère, puis, de nouveau, aux larmes. Cela dura plus d'une heure, et quand ce fut fini, elle s'écroula contre le dossier de son siège en cuir, épuisée par ce grand ménage sentimental.

— Écoute, je sais que tu n'as pas envie d'entendre ça et que tu ne m'as pas demandé mon avis, mais tu es bien mieux sans cet enfoiré. Hugh est peut-être beau mec, mais il est affreusement frimeur. Et autoritaire, avec ça. Toujours à te faire tourner en bourrique.

Elle laissa tomber sa cendre dans le cendrier, sans remarquer apparemment que le vent l'emportait aussitôt et la dispersait dans les airs.

— Franchement, j'ai toujours trouvé qu'il y avait un truc pas clair chez lui.

Elle se tourna vers Frankie, qui avait cessé de s'apitoyer sur elle-même pour s'agripper à son siège, car Rita, qui se croyait visiblement aux Vingt-Quatre Heures du Mans, roulait à tombeau ouvert sur l'autoroute.

— Enfin, quoi, comment est-ce qu'on peut faire confiance à un type qui s'épile les sourcils ? fit celle-ci en secouant la tête avec exaspération.

Elle s'apprêtait à poursuivre ses critiques quand elle remarqua l'expression de Frankie. Elle semblait de nouveau sur le point de pleurer.

— Évidemment, il n'y a pas de mal à s'épiler les sourcils quand on est un homme…

Rita changeait brusquement de tactique. Elle venait de se rappeler la règle d'or : ne jamais débiner le copain de votre meilleure amie, même quand c'est un enfoiré de première. C'est le meilleur moyen pour qu'ils finissent par vous détester tous les deux.

— Mais il ne faudrait quand même pas qu'il en vienne à s'épiler les jambes à la cire, non ?

Elle sourit gaiement, mais elle avait malheureusement l'impression que ses efforts pour sauver la situation ne faisaient qu'empirer les choses.

Frankie essuya une larme.
— Oui, mais je l'aime. C'est l'homme de ma vie. Je croyais qu'on allait passer le restant de nos jours ensemble.
Elle renifla et se moucha dans un kleenex qui avait connu des jours meilleurs.
— Qu'est-ce que je vais devenir sans lui ?
Son visage se plissa, et une seconde plus tard, elle sanglotait de nouveau.
Rita quitta l'autoroute des yeux et la regarda.
— Oh, allez, courage, Frankie... Je t'en prie, supplia-t-elle en se jurant de ne jamais proposer ses services à SOS Amitié. Je sais que tu souffres, mais il faut que tu essaies de l'oublier. La vie continue.
Elle se pencha vers Frankie et lui pressa la main.
— Tu vas adorer Los Angeles, et ne t'inquiète pas, tu peux rester aussi longtemps que tu veux. Ce sera comme au bon vieux temps. Juste toi et moi...
Elle aperçut dans le rétroviseur Fred et Ginger, qui tremblaient dans leur cage posée sur la banquette arrière.
— ... et tes deux froussards de chats.
Elle sourit, puis, sans prévenir, déboîta et se déporta trois files plus loin, avant de freiner brutalement derrière une voiture de police.
— Maintenant, tu te détends.
Tandis que la Thunderbird reprenait de la vitesse, la radio passa *Hotel California*. Rita monta le son, alluma une cigarette avec le mégot qui finissait de se consumer et la tendit à Frankie. Celle-ci hésita. La dernière fois qu'elle avait demandé une cigarette à un passant, cédant à un besoin urgent de nicotine, Hugh était devenu fou furieux et l'avait obligée à la jeter. Il ne supportait absolument pas qu'elle fume. Le souvenir de cette scène la décida. Et zut, Rita avait raison. Il fallait qu'elle essaie d'oublier Hugh. La vie continuait. Et c'était une vie où il n'avait plus de place. Elle accepta la cigarette, la glissa entre ses lèvres avec un air de défi et prit une longue bouffée. Il n'y avait personne pour lui interdire de fumer,

et elle filait dans une décapotable, les cheveux au vent. Est-ce que ce n'était pas le paradis sur terre ?

Rita lui sourit, l'air de dire « C'est ça, ma fille », et se mit à chanter *Hotel California* d'une voix suraiguë, tout en écrasant la pédale d'accélérateur pour doubler un semi-remorque. Le chauffeur klaxonna et fit une embardée. Rita se contenta d'agiter son bras couvert de taches de rousseur, faisant voler les braises orange de sa cigarette derrière la voiture tandis qu'elle prenait de la vitesse. Frankie ferma les yeux, enleva ses chaussures, posa ses pieds sur le tableau de bord et s'abandonna à l'ivresse.

## 9

Un demi-paquet de cigarettes plus tard, Rita négociait les virages de la route qui montait vers Laurel Canyon, où se trouvait son appartement. Elle avait offert à Frankie une visite guidée de Los Angeles en rentrant de l'aéroport, et à présent, la nuit était tombée. Sur les collines de Hollywood, il n'y avait pas d'autre lumière que les deux faisceaux projetés par les phares de la Thunderbird. Épuisée, Frankie était sur le point de s'endormir quand Rita tourna dans Pacific View Drive, s'engagea dans une allée et coupa le moteur. Les phares et la radio s'éteignirent, laissant place à un calme bienvenu après le vacarme de l'autoroute et le grondement ininterrompu du moteur. Seul le chant cadencé d'un criquet troublait le silence.

— Voilà, on est arrivé.

Rita tira le frein à main, sortit de la voiture, puis, tout en fouillant dans son sac, remonta la petite allée qui longeait le garage et menait à son appartement. Frankie la suivit, chargée de la cage qui contenait Ginger et Fred.

— Merde, j'ai oublié mes clés, marmonna Rita. Bon, ne t'inquiète pas. Mon voisin est sans doute chez lui.

Mais elle n'eut pas le temps de frapper à la porte dudit voisin, car celle-ci s'ouvrit soudain en grand.

— Arrêtez-vous tout de suite, ordonna une voix rauque et profonde, dont le propriétaire braquait une lampe de poche sur les deux amies. J'ai une arme.

— Quoi ?

Frankie recula en trébuchant, aveuglée par la lumière.

— Je suis armé et je n'hésiterai pas à tirer.

— Dieu tout-puissant, mais qu'est-ce qui te prend ? cria Rita, au grand effarement de Frankie.

Il y eut des bruits de pas et des aboiements, puis la lampe de poche s'éteignit et la lumière extérieure s'alluma, révélant aux yeux de Frankie un très étrange spectacle. Debout devant elle, enveloppé dans un long peignoir léopard, se tenait un grand type un peu chauve d'une trentaine d'années. Il tenait dans la main gauche quelque chose qui ressemblait à une arme et portait un shih-tzu sous son bras droit. Le chien et son maître tremblaient violemment.

— Nom de Dieu, j'ai failli avoir une crise cardiaque ! Comment est-ce que j'étais censé savoir que c'était toi ? J'ai cru que c'étaient des cambrioleurs…

Pendant cette petite tirade, sa voix monta de plusieurs octaves, passant du roulement grave du chanteur de gospel au pépiement aigu du moineau. Il ferma les yeux et respira plusieurs fois à fond.

Frankie resta figée sur place, à le fixer sans savoir quoi faire. Heureusement, Rita prit la situation en main.

— Bon sang, Dorian, tu m'as flanqué une frousse bleue, espèce d'idiot !

Elle lui donna négligemment une tape sur la poitrine, comme si elle chassait un moustique.

— Et Frankie est sans doute aussi morte de trouille à cause de toi. Franchement, est-ce que c'est une façon d'accueillir ma colocataire et ta nouvelle voisine ?

Dorian ouvrit de grands yeux.

— Tu ne pouvais pas le dire plus tôt ?

Il posa aussitôt son arme et laissa tomber le chien, qui se faufila entre les jambes de Rita et se sauva dans l'allée.

— Je m'appelle Dorian, déclara-t-il en prenant la main de Frankie dans la sienne. Ravi de faire ta connaissance.

Il avait retrouvé son panache et commençait son numéro de charme, à grands coups de sourires qui révélaient une dentition parfaitement blanche et régulière.

— Rita m'a beaucoup parlé de toi, mais elle ne m'avait jamais dit que tu étais une telle beauté... Hein, Rita ?

Rita roula des yeux ronds, et Frankie sourit avec embarras. Dorian lâcha finalement sa main et, tout en resserrant la ceinture de son peignoir, fit un pas sur le côté.

— Eh bien, venez... Vous n'allez pas rester sur le pas de la porte toute la nuit, quand même.

D'un grand geste, il les invita à entrer.

— Ramenez vos splendides petites fesses à l'intérieur, et que ça saute !

Dans l'appartement de Dorian, Frankie découvrit avec stupeur un mélange hétéroclite d'appareils hi-fi, de postes de télévision, d'étagères chargées de bibelots et de guirlandes électriques qui s'allumaient et s'éteignaient alternativement autour de la cheminée. Mais l'essentiel de l'espace était occupé par un immense canapé en cuir et une table basse chromée recouverte de billets, sur laquelle trônait un cendrier plein à ras bord qui représentait deux seins bonnet D. Frankie en eut le souffle coupé. Elle adorait cet endroit. Elle avait l'impression de se retrouver dans la grotte d'un Père Noël pour adultes – un repaire kitsch, éclectique, aux antipodes de l'appartement minimaliste de Hugh, avec ses coussins bien droits et ses cassettes vidéo rangées par ordre alphabétique.

Mais tout ça n'était rien comparé à la vue spectaculaire qu'offrait l'appartement. Construit sur pilotis au-dessus de la vallée, il possédait une baie vitrée qui courait sur tout un mur et s'ouvrait en coulissant sur une petite terrasse. Un hamac se balançait au milieu des bongos, des coussins en broderie indienne, des plantes vertes et des planches de surf. Médusée, Frankie contempla longuement le paysage. Devant elle, la vallée noire comme l'encre cédait la place aux lumières dorées qui scintillaient au loin et composaient le cœur de la ville. Pour la première fois depuis qu'elle avait perdu son travail, elle oublia tout. C'était Los Angeles dans toute sa splendeur, avec sa magie et ses tentations. C'était fascinant.

Tandis que Frankie admirait la vue, Rita déchargea la voiture, rentra les bagages de son amie dans son appartement et sortit les chats de leur cage. Soulagés de pouvoir se dégourdir les pattes, Fred et Ginger firent le tour de leur nouveau logis, inspectant les piles de linge sale, les placards restés ouverts et les corbeilles à papiers qui débordaient d'emballages de barres chocolatées, avant de se jeter sur un reste de bagel au saumon fumé, qu'ils avalèrent sans mâcher.

Pendant ce temps, Dorian, dans l'appartement voisin, arpentait l'immense parquet en bois de son salon en sirotant du thé à la réglisse et en jonglant avec ses portables. D'après ce que Frankie avait pu constater, il en possédait plusieurs dizaines. À tour de rôle, ils se mettaient à sonner, vibrer ou jouer *La Charge de la brigade légère*, composant une véritable symphonie électronique. Tel un parfait standardiste, Dorian enchaînait les conversations de quelques phrases et prenait frénétiquement des notes dans un carnet. Finalement, les appels cessèrent, et il se laissa tomber dans le fauteuil en osier suspendu au plafond.

Sur ces entrefaites, Rita réapparut et s'affala sur le canapé.

— On dirait que la vue te plaît, hein ? lança-t-elle à Frankie, qui était retournée à sa contemplation.

— C'est incroyable, répondit celle-ci.

Elle rentra à l'intérieur en souriant.

— On a la même depuis ton appartement ?

— Pas tout à fait. Dorian a la vue la plus chère. Mon appartement n'a pas le même standing que le sien. On ira voir ça dans une minute, si tu veux.

— Bonne idée. D'autant qu'il faut que je m'occupe de Fred et Ginger. Les pauvres chéris doivent être morts de faim.

— Ne t'inquiète pas, je viens de les nourrir. Ils sont déjà en train de dormir sur ma couette.

— Merci.

Frankie lui sourit avec reconnaissance.

— Ils sont probablement aussi crevés que moi.

— Crevés ? fit Dorian. Mais tu ne peux pas être crevée, tu viens juste d'arriver !

— Ce doit être à cause du décalage horaire, répondit Frankie avec une grimace d'excuse.

Elle ne voulait pas passer pour la rabat-joie de service devant quelqu'un qu'elle connaissait à peine, mais elle n'avait qu'une envie : se mettre en pyjama, boire une tasse de thé et aller se coucher, même s'il était tôt.

Mais Dorian ne voulut rien entendre. Son visage s'éclaira soudain comme une ampoule électrique, et il se frotta les mains l'une contre l'autre comme s'il essayait de faire des étincelles.

— J'ai ce qu'il te faut pour te requinquer.

— Pas ton immonde thé à la réglisse, protesta Rita, qui s'éventait avec un numéro du *National Enquirer*.

— Tu me fais confiance ou pas ?

Il se leva et posa les mains sur ses hanches, les jambes écartées.

— Ce qu'il lui faut, à ta copine, c'est une soirée, déclara-t-il.

Frankie ouvrit des yeux horrifiés et se tourna vers Rita. Une soirée ? C'était la dernière chose dont elle avait envie. Malheureusement, son amie ne semblait pas partager son avis. Elle semblait même surexcitée par cette perspective.

— Une soirée ? Chez qui ? demanda-t-elle en s'agrippant à l'accoudoir du canapé.

— Ah ah… fit Dorian avec un sourire mystérieux. Je n'en dirai pas plus, mais tu peux me croire, il y aura des dizaines de gens connus, des fontaines de champagne et…

Il s'interrompit, le temps de lui décocher un clin d'œil malicieux.

— … même si je sais qu'aucun homme ne t'intéresse quand je suis avec toi, j'ai entendu dire qu'il y aurait des morceaux de premier choix pour vous, mesdames.

L'air rayonnant, il regarda Frankie, qui lui adressa un petit sourire peu convaincu. D'abord, il lui brandissait son arme sous le nez, et maintenant, il lui proposait des hommes ! Ses yeux se mirent à la picoter, signe annonciateur de nouvelles larmes.

— Formidable ! s'écria Rita. Randy est en voyage d'affaires, je suis libre comme l'air.

Elle surprit alors l'expression désespérée de Frankie.

— Allez, Frankie, ça te fera du bien. Une soirée, c'est exactement ce dont tu as besoin, ajouta-t-elle en lui tapotant la main pour l'encourager.

— Oui, oui, je sais.

Frankie hocha la tête avec un air faussement enthousiaste qui ne trompa personne. Mais Dorian ne se laissa pas démonter. Il prépara trois petits verres de tequila et lui en tendit un en déclarant :

— Ça t'aidera à te mettre dans l'ambiance.

Il vida son verre d'une traite, et Rita suivit son exemple. Frankie, moins emballée, grimaça en sentant le liquide lui brûler la gorge. Après s'être resservi, Dorian ramassa une de ses multiples télécommandes, alluma sa chaîne stéréo, et une salve de flamenco s'échappa soudain des baffles.

— Allez, quoi, on ne va pas à un enterrement ! hurla-t-il en avalant sa deuxième tequila cul sec.

Il prit une paire de castagnettes et les agita sous le nez de Frankie, qui toussait encore sous l'effet de la tequila.

— Je te jure que tu vas passer un moment fabuleux.

Il la prit par la taille et, sans lui laisser le temps de réagir, l'entraîna dans une valse autour du canapé.

— Et tu peux me faire confiance...
Il la renversa en arrière.
— ... parce que je suis le roi de la nuit ! rugit-il, la bouche collée contre son oreille.

## 10

La circulation était complètement bloquée sur Sunset Strip. Coincés entre les limousines blanches, Rita, Frankie et Dorian regardaient les feux de signalisation passer du rouge au vert, puis à l'orange et, de nouveau, au rouge. Frankie pressa son nez contre la vitre teintée du cabriolet Mercedes gris métallisé de Dorian et fixa les immenses panneaux publicitaires qui se détachaient sur le ciel étoilé.

Pourquoi diable avait-elle accepté d'aller à cette soirée ? Pourquoi n'était-elle pas chez Rita, en pyjama, pelotonnée contre Fred et Ginger, au lieu d'être là, toute pomponnée, avec son éternelle petite robe noire et ses hauts talons, le visage tartiné d'autobronzant Body Shop pour réparer les dégâts causés par ses larmes et les cils épaissis par le mascara enrichi aux protéines de Rita ? Elle regarda son amie, qui était assise à l'avant et fumait une cigarette pendant que Dorian discutait avec un de ses innombrables correspondants grâce à son kit mains libres, tout en appliquant du gel dans ce qui lui restait de cheveux. Il était 20 heures. Là-bas, à Londres, il était 4 heures du matin. Hugh devait être en train de dormir. Et Frankie avait beau faire, elle ne pouvait s'empêcher de rêver qu'elle était blottie contre lui...

— Enfin, on avance ! Ce n'est pas trop tôt.

Dorian appuya sur l'accélérateur et profita du feu vert pour changer de file. Devant eux, la route n'était qu'une longue suite de phares avant blancs et de feux arrière rouges, mais les trottoirs, eux, restaient vides, comme dans une ville fantôme. Frankie chercha un signe de vie, mais elle n'aperçut aucun piéton. Apparemment, les habitants de Los Angeles se déplaçaient uniquement sur quatre roues.

Tandis qu'ils roulaient, elle remarqua le long de la rue quelques bars aux façades éclairées aux néons, trois magasins de vins et spiritueux, un wagon de train aménagé en restaurant bon marché et l'immense silhouette en carton du cow-boy Marlboro. Elle lança un regard noir en direction de l'homme au chapeau, qui lui rappelait l'enfoiré arrogant de l'aéroport, puis son attention fut attirée par le spectacle d'un hôtel éclairé par des stroboscopes bleu-violet. Arrivé au niveau du bâtiment, Dorian donna un grand coup de volant à droite, et la Mercedes remonta une allée bordée de gigantesques palmiers, dont le feuillage s'agitait doucement dans la brise du soir.

Une armée de voituriers en uniforme se précipitèrent pour les aider à descendre, firent habilement disparaître la voiture, puis reprirent leur poste, prêts à accueillir les prochains arrivants. Projetée dans la lumière des stroboscopes, Frankie resta pétrifiée comme un lapin apeuré. Un flot continu de Rolls-Royce, de Ferrari et de limousines la dépassa. Elle les regarda avancer et remarqua alors que le sol de l'allée brillait. Des paillettes avaient été mélangées au goudron, qui scintillait sous les spots. Aucun doute : elle était bien à Los Angeles.

Devant l'entrée de l'hôtel se massait une foule de minettes en pantalon taille basse, de femmes fatales en Gucci et d'hommes au bronzage impeccable, qui attendaient tous qu'on les autorise à entrer. Le videur, qui avait les dimensions d'une baraque en préfabriqué, jouait au héros que rien n'arrête, barrant le passage d'un bras et criant dans le micro relié à son oreillette. Il ressemblait étonnamment à Mark Tyson. C'était peut-être même Mark Tyson, songea Frankie.

Pensant qu'ils allaient devoir attendre avec les autres, elle essaya de trouver le sens de la file. Elle ne voulait pas donner l'impression de se faufiler en douce.

— Excusez-moi, où est la queue ?

— La queue ?

La jeune blonde à qui elle s'était adressée fronça les sourcils sans comprendre.

— Oui, la queue pour entrer.

La blonde resta perplexe. Le retraité qui l'accompagnait l'aida un peu.

— Elle parle de la file d'attente, mon cœur.

Ce fut l'illumination. La fille se retourna gaiement vers Frankie et gloussa.

— C'est là, la queue, mon chou.

Elle avait l'air ravie. Tout comme son compagnon, qui la serra contre lui en palpant ses hanches taille 32. Le vieux libidineux amateur de chair fraîche sourit comme un grand-père débordant de fierté et révéla une dentition blanchie au fluor pour quinze mille dollars. Éblouie, Frankie hocha la tête sans rien dire.

— Youhou !

Alertée par le son familier, Frankie pivota sur ses talons, se hissa sur la pointe des pieds et balaya la foule du regard. Elle aperçut Rita au début de la queue, qui lui faisait de grands signes. Effarée, elle eut un mouvement de recul. C'était une habitude chez Rita. Elle doublait toujours dans les queues – que ce soit à la poste, à l'arrêt du bus ou dans les bars – et Frankie la suivait, morte de honte, en s'efforçant d'ignorer les regards furieux qu'on leur jetait.

Affreusement mal à l'aise, elle contourna la foule qui attendait. Les gens la dévisagèrent des pieds à la tête, en se demandant dans quel film ils l'avaient vue. Avait-elle tourné pour Quentin Tarantino ? Pour Spike Lee, peut-être ? Spielberg ? Non, exclu. Ils se mirent à chuchoter entre eux. Non, avec des seins comme ça et des dents pareilles, c'était forcément une Anglaise. Donc, elle avait dû jouer dans un film de James Ivory ou, plus probablement, de Ken Russell. Après tout, elle avait forcément tourné dans quelque chose. Sinon, comment aurait-elle fait pour se retrouver sur la liste des invités ?

— Viens par ici, bécasse. On est avec Dorian.

Comme pour la sauver de la noyade, Rita harponna Frankie et l'entraîna à l'intérieur.

— Et maintenant, qu'est-ce qu'on fait ? demanda Frankie, déroutée.

— Qu'est-ce qu'on fait ? répéta Rita en levant les yeux au ciel. On avance tout droit.

— Mais pourquoi ?

Elle n'y comprenait rien.

— Je n'en sais rien, rétorqua Rita, exaspérée par la stupidité des questions de Frankie. Et puis, on s'en fout, bon sang. On a réussi à entrer, non ?

À l'entendre, on aurait cru qu'elles étaient deux cambrioleuses qui avaient triomphé d'un système de sécurité hypercomplexe.

— Allez, viens.

Sans laisser le temps à Frankie de poser d'autres questions, elle traversa le hall couvert de marbre, en se dandinant dans sa minijupe dorée assortie à son bustier à paillettes. Frankie, elle, avait sa tenue d'enterrement : robe noire, bas noirs, chaussures noires. Elle portait toujours le deuil de Hugh. Le sermon de Rita dans la voiture n'y avait rien changé.

Elles scrutèrent les alentours, à la recherche de Dorian, mais il n'était nulle part. Il avait dû disparaître dans les profondeurs de l'hôtel, avec son attaché-case gris métallisé et son long manteau de fourrure dont l'ourlet balayait le sol. Frankie et Rita passèrent rapidement devant les agents de sécurité, s'engouffrèrent sous les bandes de mousseline blanche qui tombaient du plafond et se gonflaient comme des voiles de bateau, puis continuèrent à avancer en se fiant au bruit des conversations, de la musique, des rires et des verres qui s'entrechoquaient.

Soudain, elles arrivèrent à destination.

Frankie chancela sur le seuil, les yeux écarquillés. Elle se trouvait dans le bar d'un hôtel, le célèbre *Cloudsbar*, mais ça ne ressemblait à aucun des bars d'hôtel anglais qu'elle connaissait. Il n'y avait pas de fausse cheminée victorienne, pas de vases remplis de fleurs séchées, pas de fauteuils en chintz, pas de rideaux retenus par des embrasses. Il n'y avait d'ailleurs même pas de bar, ni en chêne ni en cuivre. En fait, la soirée avait lieu en plein air, devant une piscine de taille olympique qu'éclairaient des dizaines de torches plantées dans les mains de statues romaines juchées sur des colonnes en marbre. Autour de la piscine, le sol était couvert de mosaïque et jonché de centaines de coussins – pas des coussins IKEA tout bêtes, mais d'immenses coussins somptueux aussi grands que des canapés, recouverts de velours blanc nacré et remplis de plumes d'oie – sur lesquels se prélassaient des tas de gens distingués qui buvaient du champagne.

Frankie avait l'impression d'avoir pénétré dans la quatrième dimension. Les flammes tremblotantes des torches donnaient à la scène un éclat doré digne des œuvres des vieux maîtres flamands, mais les personnages du tableau étaient tous des clones de Barbie et de Ken. C'était un monde de gens parfaits. Certes, les hommes ressemblaient plus ou moins à ceux qu'elle avait pu voir ailleurs, au bronzage et aux abdominaux près, mais les femmes, elles, semblaient sorties d'une bande dessinée. Frankie découvrait une nouvelle espèce : la femme-enfant, une spécialité de Los Angeles qui se caractérisait par une puberté bloquée à la taille. Alors que la moitié inférieure ne présentait ni fesses, ni ventre, ni hanches, la moitié supérieure rappelait le buste de Pamela Anderson. On aurait dit des gamines de douze ans avec des seins siliconés bonnet D et, pour compléter l'ensemble, des jambes aussi longues que des gratte-ciel. Frankie les contempla de bas en haut. Elle avait beau mesurer un mètre soixante-dix-sept, elle se sentait soudain aussi minuscule qu'un des sept nains de *Blanche-Neige*.

Elle essaya de ne pas avoir l'air intimidée – et ce n'était pas évident – et suivit Rita qui, contrairement à elle, semblait n'avoir aucun complexe et marchait, pleine d'assurance, en direction de deux coussins libres. Une fois assise, celle-ci rajusta son bustier et tira sa minijupe en lycra sur ses cuisses.

— Je meurs de soif. Pas toi ?

Sans attendre la réponse de Frankie, elle fit signe à une serveuse qui, comme ses collègues, flottait dans un sarong orange et se déplaçait pieds nus, en portant un plateau chargé de coupes de champagne. Rita en prit quatre, qu'elle faillit renverser.

— Il n'y a rien à boire dans ces petits trucs, expliqua-t-elle.

Elle lécha le champagne qui avait coulé sur ses mains et fit glisser deux coupes devant Frankie.

— Allez, cul sec. Tu ne vas pas cracher sur le champagne, quand même ?

Frankie poussa un soupir sinistre.

— Sûrement pas, répondit-elle en songeant à la quantité d'alcool qu'elle avait avalée depuis que Hugh l'avait plaquée.

Rita se trompa sur le sens de sa phrase.

— Voilà, je te retrouve.

Elle lui adressa un sourire encourageant, vida sa première coupe d'une traite et attaqua immédiatement la seconde. Malgré son petit gabarit, elle tenait étonnamment bien l'alcool.

— Il faut que j'aille au petit coin. J'en ai pour une minute.

Elle se releva, révélant encore un peu plus de son anatomie, et partit en titubant à la recherche des toilettes pour dames.

Seule sur son coussin géant, Frankie se sentit soudain aussi perdue et insignifiante que Poucette sur son nénuphar. Elle envisagea un instant d'aller chercher Dorian, mais changea d'avis quand elle l'aperçut de l'autre côté de la piscine. Malgré ses manières extravagantes et quelque peu efféminées, Dorian était cent pour cent hétéro, et en ce moment même, il était couché sur un coussin et entouré de superbes créatures qui le régalaient de sushis et de champagne. Il faisait penser à un empereur romain au milieu de sa cour d'esclaves. Frankie regarda sa montre. Cela faisait des siècles que Rita était partie. Pour la deuxième fois de la journée, elle pria pour qu'elle se dépêche d'arriver.

Frankie vida une nouvelle coupe de champagne. Elle se sentait mal à l'aise. Cela faisait longtemps qu'elle ne s'était pas retrouvée seule à une soirée. Normalement, Hugh était avec elle. Elle pouvait lui parler ou, au moins, le regarder quand il discutait des prix de l'immobilier et des taux d'intérêt avec un parfait inconnu. Elle avait l'habitude d'être en couple, et même quand Hugh et elle n'étaient pas ensemble, cette idée lui donnait un sentiment de sécurité. Mais maintenant, elle était célibataire, ce qui signifiait qu'elle devait engager la conversation, faire du charme et s'accrocher. Elle avait complètement oublié la façon dont il fallait s'y prendre. Et même si elle s'en était souvenue, elle n'aurait pas eu le cran de se lancer. Quand Hugh lui avait dit que c'était fini, il lui avait ôté toute confiance en elle, il avait ouvert la voie à la névrose, si bien qu'à présent, elle ne pensait plus qu'à ce qui n'allait pas chez elle. Était-ce à cause de ses fesses que Hugh l'avait quittée ? À cause de ses seins ? De sa cellulite ? Était-ce parce qu'elle était trop casse-pieds ? Nulle au lit ? Parce qu'elle aimait boire et qu'elle chantait des chansons de Frank Sinatra ? Avant, elle était en couple, elle était heureuse, équilibrée, confiante, et en une minute, elle avait rejoint le club des Bridget Jones, des filles seules, dépressives et accros à la nicotine.

Tandis qu'elle s'enfonçait un peu plus profondément dans la déprime, elle remarqua le paquet bleu ciel d'American Spirit qui dépassait, tout chiffonné, du sac à main doré de Rita. Elle sortit le paquet, et tout en essayant de se convaincre qu'elle n'avait rien d'une vraie fumeuse, elle jeta discrètement un coup d'œil à l'intérieur. Il restait une cigarette. Bah, une toute petite cigarette de rien du tout ne pouvait pas lui faire grand mal, n'est-ce pas ? Et puis, elle allait juste tirer une bouffée. Rita ne lui en voudrait pas. Après tout, c'était un cas d'urgence. Elle glissa la cigarette entre ses lèvres et prit une boîte d'allumettes dans l'un des bols soigneusement disposés çà et là pour les invités.

— Je regrette, c'est non-fumeur.

Elle leva la tête. Une serveuse était apparue devant elle comme par magie.

Frankie la regarda, perplexe. Comment ça, non-fumeur ? Elle était bien dans un bar, non ?

— Pardon ?

La serveuse répéta comme un robot :

— Je regrette, c'est non-fumeur.

— Vous êtes en train de me dire que je ne peux fumer nulle part ? insista Frankie, toujours incrédule mais de plus en plus énervée.

Elle regarda, troublée, les bols qui contenaient d'innombrables boîtes d'allumettes décorées du logo du bar. Mais qu'est-ce que les gens pouvaient bien en faire, s'ils ne fumaient pas ? Des modèles réduits ?

La serveuse secoua la tête et répondit d'une voix monocorde, comme si elle lisait son texte sur un prompteur :

— Non, pas dans un bar public. C'est la loi de l'État de Californie. Vous pouvez toujours aller dehors.

— Mais je suis dehors, répliqua Frankie en levant les yeux vers le ciel au-dessus de sa tête.

La serveuse ne releva pas, mais posa les mains sur ses hanches inexistantes. Son sourire s'était figé.

— Si vous voulez fumer, je vais devoir vous demander de quitter le bar.

Elle désigna les portes vitrées à l'autre bout de la piscine.

— C'est bon.

Cela ne servait visiblement à rien d'essayer de raisonner cette serveuse caractérielle, aussi Frankie se leva-t-elle. Elle réalisa alors que tout le monde la dévisageait. Et que personne ne fumait.

Comme une criminelle, elle retira la cigarette de sa bouche, longea la piscine au pas de course et poussa les portes vitrées. La tête lui tournait, et elle remplit ses poumons d'air pour tenter de se dégriser. Puis elle regarda autour d'elle. C'était désert. On n'entendait aucun bruit, à part l'écho assourdi de la fête et le ronronnement lointain de la circulation. C'était donc ça, la zone fumeurs, se dit-elle. Rien à voir avec Londres, où les accros à la nicotine, quand on les bannissait, se serraient fraternellement les uns contre les autres, liquidant dans la joie et la bonne humeur leurs paquets de Benson & Hedges, un verre dans une main, une cigarette dans l'autre.

Elle se sentit vaciller et s'appuya contre la balustrade en pierre qui courait jusqu'à l'autre bout du patio, alluma sa cigarette, inspira une longue bouffée et regarda les lumières en contrebas. La mélancolie la submergea de nouveau. Hugh était à des milliers de kilomètres de là, sur un autre continent. À des milliers de kilomètres d'elle. Peut-être que c'était un frimeur et qu'il la faisait tourner en bourrique, comme disait Rita, mais elle l'aimait toujours. Il lui manquait.

Sa gorge se noua, et elle sut qu'elle allait se remettre à pleurer. Mais, en entendant soudain des bruits de pas derrière elle, elle se contenta de renifler bruyamment. Elle se retourna. Il faisait trop sombre pour qu'elle puisse distinguer le visage de l'inconnu, mais il s'agissait de toute évidence d'un homme grand et baraqué.

— Excusez-moi, vous avez du feu ?

Elle hocha la tête et lui tendit sa boîte d'allumettes, tandis qu'il cherchait un endroit pour poser son verre.

— Attendez, je vais vous l'allumer.

Elle détacha une allumette, qu'elle frotta sur le côté de la boîte. Le phosphore flamba, et elle s'avança pour approcher l'allumette de la cigarette. L'homme posa son verre sur la balustrade, plaça ses mains autour des siennes et tira sur le filtre orange. La flamme éclaira son visage, révélant une peau bronzée, une barbe de trois jours et une mâchoire volontaire. Bizarre, songea Frankie. Elle avait l'impression d'avoir déjà vu cette tête quelque part. Elle le regarda droit dans les yeux, jusqu'à ce que la flamme meure en lui brûlant les doigts. Elle laissa vivement tomber l'allumette, et au moment où celle-ci touchait le sol, la mémoire lui revint. Seigneur, c'était lui !

## 11

Nom de nom, c'était elle. La fille de l'aéroport. Il était sorti pour fumer et avait d'abord cru qu'il était seul, jusqu'à ce qu'il entende un reniflement et qu'il voie une silhouette appuyée contre la balustrade. Lorsque ses yeux s'étaient accoutumés à l'obscurité, il avait réalisé qu'il s'agissait d'une femme, grande et mince, avec une paire de fesses extraordinaire. Elle avait l'air mignonne, de dos en tout cas. Devinant qu'elle pleurait, il s'était d'abord dit qu'il allait rentrer, puis il s'était ravisé. Alerte, demoiselle en détresse. Pourquoi ne pas lui offrir son épaule pour pleurer ? Peut-être que ça lui ferait du bien. Alors, il lui avait demandé du feu – le bon vieux truc qui marchait toujours –, et la chance avait paru lui sourire quand elle s'était approchée pour allumer sa cigarette. Elle sentait divinement bon et, il avait vu juste, elle n'était pas mal du tout. Chose étrange, son visage lui avait semblé familier. L'avait-il déjà rencontrée quelque part ? Il avait feuilleté mentalement son carnet d'adresses. Était-ce quelqu'un avec qui il avait travaillé ? Une fille avec qui il avait bavardé dans un bar ? Une aventure d'un soir ? Puis le déclic s'était fait dans son esprit. Incroyable. C'était la fille qui avait essayé de lui voler son chariot à Heathrow. La foldingue d'Anglaise. La femme qu'il avait vue pour la dernière fois dans le hall de l'aéroport de Los Angeles.

— Vous !

Frankie recula d'un bond, comme si on l'avait mordue. Puis, tout en suçant son doigt meurtri par la flamme de l'allumette, elle lui décocha un regard furieux dans le noir. Passée la surprise initiale, l'agacement arrivait au grand galop.

— C'est vous, répéta-t-elle.

Elle ne l'avait pas reconnu immédiatement, sans son stupide chapeau de cow-boy. Mais c'était bien lui. Le goujat de l'aéroport.

Il soupira.

— Écoutez, à propos de ce qui s'est passé...

Mais Frankie l'interrompit.

— C'est vous qui m'avez piqué mon chariot à Heathrow.

Elle n'arrivait pas à y croire. C'était vraiment lui. Bon sang, il avait un sacré culot de venir rouler des mécaniques et lui demander du feu comme si de rien n'était !

Il se frotta nonchalamment le nez.

— Je vous jure que c'était mon chariot.

Il lui sourit. Il n'avait pas l'intention de recommencer à se battre avec elle. En fait, il avait plutôt envie de faire la paix et de lui demander son numéro.

— Quelle importance, de toute façon ? Vous étiez un peu paumée, c'est tout.

— Paumée ?

Frankie se hérissa. Est-ce qu'il faisait exprès de prendre ce ton condescendant ?

— Allez, quoi, vous aviez quelques verres dans le nez.

Il se mit à rire, dans l'espoir qu'elle se détendrait. Raté.

Frankie fulminait intérieurement. Cet imbécile prétentieux se moquait d'elle, maintenant ?

— Qu'est-ce que vous voulez dire ? Que j'étais soûle ?

— Ce n'est pas ce que j'ai dit.

Il essaya de faire marche arrière. Mais il était trop tard. La situation lui échappait. Ils allaient tout droit vers un autre choc sanglant.

— Eh bien, encore heureux que vous ne l'ayez pas dit. Parce que, pour votre information, sachez que je n'étais pas soûle. J'avais bu quelques verres pour me calmer les nerfs, c'est tout. Ça ne fait pas de moi une alcoolique.

Mais quel crâneur, ce type ! L'arrogance américaine personnifiée.

— D'accord, je retire ce que j'ai dit. Inutile de monter sur vos grands chevaux.

Quelle pimbêche, cette fille ! L'Anglaise coincée dans toute sa splendeur.

— Mais vous vous attendiez à quoi, franchement, en me sautant dessus comme ça ?

— Hé, du calme. Je voulais juste du feu.

Il leva les mains en signe de capitulation et fit un pas en arrière. Bon sang, elle était vraiment dingue.

Sans rien dire, Frankie tira sur sa cigarette et se mit à jouer avec le fermoir du sac doré de Rita.

Il la regarda un instant, et sa mauvaise humeur disparut aussi vite qu'elle était venue. Elle semblait tellement perdue, tellement vulnérable.

— Je vous ai entendue pleurer... J'ai pensé que je pourrais peut-être vous aider.

Frankie referma le sac d'un coup sec et l'observa d'un œil soupçonneux. À quoi jouait-il, maintenant ? Était-il sincère ou se payait-il sa tête ? Elle opta pour la seconde hypothèse.

— Je n'ai pas besoin d'aide de la part de quelqu'un comme vous.

— Quelqu'un comme moi ? répéta-t-il, de nouveau agacé.

Ses mâchoires se serrèrent, et un nerf se mit à battre dans sa joue.

— Que voulez-vous dire par là ?

Frankie poussa un soupir excédé.

— Écoutez, laissez-moi tranquille, d'accord ? fit-elle en lui lançant un regard furieux.

— Avec plaisir, rétorqua-t-il.

Au même instant, des talons aiguilles cliquetèrent sur le sol du patio, et des paillettes dorées brillèrent dans l'obscurité.

— Bon sang, où est-ce que tu étais passée ? s'exclama Rita. Je t'ai cherchée partout...

Elle ne termina pas sa phrase. Frankie était en train de parler avec un homme. Et pas n'importe quel homme. Les yeux de Rita faillirent sortir de leurs orbites. C'était le type de l'aéroport. La huitième merveille du monde. Le cow-boy sexy. Elle se recoiffa rapidement et tira sur son bustier pour obtenir un décolleté encore plus plongeant. Ses yeux passèrent de l'homme à Frankie, puis revinrent à l'homme. Personne ne parlait. La tension était presque palpable, mais Rita ne s'aperçut de rien. Elle avait perdu toute sensibilité depuis que ses hormones avaient commencé à se déchaîner.

Elle se tourna vers Frankie.

— Alors, tu ne me présentes pas ?

Elle afficha son sourire cent mille watts, celui qu'elle réservait habituellement aux directeurs de casting, et dévisagea le beau cow-boy en gloussant.

Frankie serra les dents. Elle n'allait certainement pas présenter sa copine à ce goujat. Elle lança un regard noir à l'inconnu, en espérant qu'il allait déguerpir. Il saisit le message.

— J'étais sur le point de m'en aller.

Il regarda Frankie, qui se détourna pour ne pas croiser ses yeux, puis il partit en faisant un petit signe de tête à Rita.

— Ravi de vous avoir rencontrée.

— Ah, mais moi aussi, répondit Rita en couinant – elle couinait toujours quand elle était émoustillée.

Frankie ne dit rien. Elle garda le dos tourné, à écouter le bruit des bottes qui s'éloignaient. Mais Rita, incapable d'attendre que le cow-boy ait disparu, lui donna un coup de coude dans les côtes et chuchota :

— Tu es une sacrée cachottière. Où est-ce que tu as dégoté un mec pareil ?

Frankie se retourna enfin et regarda la silhouette qui disparaissait dans l'obscurité. Elle eut un petit pincement de culpabilité. Peut-être qu'elle y était allée un peu fort… Peut-être qu'il avait juste voulu l'aider… Mais elle chassa rapidement cette idée. Enfin, où est-ce qu'elle avait la tête ? Ce type n'avait jamais eu l'intention de l'aider. Il avait simplement décidé de rire un peu à ses dépens. De toute évidence, il l'avait reconnue et s'était dit qu'il allait s'amuser à la faire craquer. Quel enfoiré ! Et avec quel mépris il lui avait reparlé de son état à

Heathrow ! Eh bien, oui, elle était un peu soûle. Qu'est-ce que ça pouvait bien lui faire ?

— Alors ? demanda Rita avec impatience, tirant Frankie de ses pensées.

— Oh, c'est une longue histoire.

Elle poussa un soupir et regarda son verre. Il était vide.

— On rentre ? J'ai sommeil. J'ai bu trop de champagne.

— Ah, bon... Enfin, oui, bien sûr, si tu veux. On va prendre un taxi. Dorian ne quitte jamais une fête avant l'heure du déjeuner.

Rita était déçue de n'avoir droit à aucun détail croustillant, mais elle n'en dit rien. Elle prit Frankie par le bras et lui fit traverser l'hôtel jusqu'à l'entrée, où attendait une file de taxis. Ce n'était pas la peine d'essayer de tirer quelque chose de Frankie lorsqu'elle était de mauvaise humeur, se dit-elle en hélant une voiture. Puis elle se ressaisit. Depuis quand se laissait-elle arrêter par si peu ?

— Alors, comment s'appelle-t-il ? demanda-t-elle d'un ton faussement indifférent.

Elle ouvrit la porte du taxi, donna l'adresse au chauffeur et se hissa à l'intérieur.

— Qui ça ? demanda Frankie, qui s'installa à côté d'elle et referma la portière.

Rita soupira avec exaspération. C'était évident, non ? Il y avait quelque chose qui ne tournait pas rond chez Frankie. Sa rupture avec Hugh devait vraiment l'avoir traumatisée, si elle n'était même plus capable de remarquer un spécimen mâle de catégorie supérieure !

— La bombe sexuelle avec qui tu parlais dans le patio, répondit Rita en agitant le bras derrière elle, tandis que le taxi quittait l'allée privée.

— Lui ?

Frankie réfléchit un court instant pendant qu'ils s'engageaient sur Sunset. Elle avait beau s'être disputée deux fois avec ce type, une fois de chaque côté de l'Atlantique, elle n'avait pas la moindre idée de son nom.

— Oui. Comment s'appelle-t-il ? répéta Rita.

— Je n'en sais rien, répondit Frankie d'une voix faible.

Rita émit un grognement de frustration.

— Bon, on ne connaît peut-être pas son nom mais une chose est sûre : c'est une pure merveille.

Sans répondre, Frankie ferma les yeux et appuya sa tête endolorie contre le dossier de la banquette. Une pure merveille ? Un emmerdeur de première, oui.

Ce soir-là, Frankie eut bien du mal à s'endormir. Rita était couchée à côté d'elle, bras et jambes en croix, avec son bandeau en satin noir sur les yeux et ses boules Quies dans les oreilles, le visage tartiné de crème de nuit antirides, anti-peau grasse et anti-pores dilatés, qui vous rendait vos dix-huit ans pour seulement quatre-vingts dollars le pot. Elle ronflait. Frankie écouta le bourdonnement régulier de sa respiration. Elle avait l'habitude de partager son lit avec un homme qui ne faisait pas plus de bruit qu'une souris et qui restait en position fœtale toute la nuit sans bouger, pas avec une femme qui alternait les bruits d'animaux et les mouvements de boxe thaï.

Tout en frottant sa cuisse, que Rita venait de marteler à coups de pied, Frankie lança des regards désespérés en direction du plafond. Il se mit à tourner comme le tambour d'une machine à laver. Elle se dit qu'en fermant les yeux, ça irait mieux. Mais c'était pire. Bon sang, elle n'aurait jamais dû boire ces six coupes de champagne ! Quelle mouche l'avait piquée de picoler comme ça ? À ce rythme-là, son tout nouveau statut de fumeuse célibataire sans emploi n'allait pas tenir longtemps. Elle allait vite rétrograder dans la catégorie des fumeuses célibataires sans emploi et alcooliques. Non, des fumeuses célibataires sans emploi alcooliques et dépressives, pour être exacte.

Soudain prise d'une soif irrépressible, Frankie se glissa hors du futon, en veillant à ne pas déloger les deux boules de poils compactes que formaient Fred et Ginger au pied de la couette, et avança à tâtons dans la chambre, non sans trébucher sur la paire de talons aiguilles que Rita avait abandonnés en plein milieu de la pièce. Elle étouffa un juron et continua à avancer d'un pas hésitant vers la cuisine, les bras tendus devant elle comme une aveugle. Enfin, elle trouva le réfrigérateur et l'ouvrit.

La lumière éclaira la cuisine à l'américaine et le salon plongés dans le noir. Frankie cligna des yeux et scruta prudemment l'intérieur du réfrigérateur – Rita n'était pas réputée pour son hygiène. Il n'y avait aucune bouteille d'eau, et d'après ce qu'elle avait compris, elle ne devait pas boire au robinet (ce qui aurait impliqué en outre de s'agripper à l'évier, tête en bas, et de laisser traîner ses cheveux dans la vaisselle sale). En fait, le réfrigérateur était quasiment vide, à l'exception d'une moitié de vieille pizza moisie qui se ratatinait sur l'étagère la plus haute et d'une bouteille remplie d'un liquide immonde, épais et vert – sans doute une mixture à base de protéines et de légumes, songea Frankie. Son estomac, horrifié, voulut battre en retraite, mais la déshydratation et la menace d'une gueule de bois épouvantable prirent le dessus. Frankie but une gorgée. Beurk. Ce truc avait le goût de choux de Bruxelles moulinés. Elle rangea la bouteille. Si elle buvait une goutte de plus, elle allait vomir.

Vaincue, elle referma le réfrigérateur, puis erra dans le salon et s'écroula sur le canapé. Elle regarda distraitement sa montre. Il était minuit. À Londres, il était 8 heures, et Hugh dormait encore. Frankie ferma les yeux et laissa son esprit traverser l'Atlantique. D'une minute à l'autre, le radioréveil de Hugh allait s'allumer sur Capital FM. Il roulerait paresseusement sur le matelas, les paupières toujours fermées, calerait sa tête contre un oreiller et resterait dans cette position, sans bouger, jusqu'à la fin des informations. Ensuite, il ouvrirait les paupières, éteindrait la radio, sortirait du lit, s'étirerait devant la fenêtre en bâillant, passerait ses doigts dans ses cheveux aplatis et se frotterait le torse, encore à moitié endormi. Après, vêtu de son seul caleçon Calvin Klein, il se rendrait dans la salle de bains, examinerait son ventre dans la glace (muscles relâchés, muscles rentrés), traquerait le moindre poil de nez, d'oreille ou de sourcil, délogerait sans merci l'éventuel intrus à l'aide de sa pince à épiler, avant de disparaître sous la douche pour une bonne demi-heure avec toute la gamme de produits Aveda.

Frankie soupira tristement. Autrefois, les rituels matinaux de Hugh la rendaient folle, mais aujourd'hui, cela faisait partie de ces petites choses que toutes les ex au cœur brisé regrettent. S'il lui revenait, elle jurait qu'elle ne s'énerverait plus. Plus jamais elle ne resterait plantée en robe de chambre dans la salle de bains, à tirer sur le rideau de douche pour qu'il se dépêche un peu. Plus jamais elle ne pesterait contre tous ces petits morceaux de fil dentaire qui jonchaient le sol de l'appartement, tels de petits vers de terre blancs et ondulés. Plus jamais elle ne rouspéterait quand il viderait le flacon d'après-shampoing. Il lui manquait, et elle voulait être de nouveau avec lui. Jamais elle n'avait autant souffert.

Elle prit un coussin, le serra contre sa poitrine et regarda sans le voir le fouillis qui encombrait la table basse. Mais soudain, au milieu des magazines ouverts et des mouchoirs en papier usagés, elle remarqua quelque chose. Un téléphone.

La tentation était trop forte. Elle tendit la main et saisit le combiné. Puis elle hésita. Elle avait l'impression de tenir un fusil chargé. Était-ce bien raisonnable d'appuyer sur la gâchette ?

Évidemment, la réponse était non, non, non, non. Mais ses doigts, comme doués d'une vie indépendante, avaient déjà composé le numéro. Elle entendit sonner à l'autre bout du fil. Sa bouche devint sèche, et sa gorge se serra. Elle attendit.

Soudain, il y eut un déclic, et une voix familière répondit :

— Allô ?

C'était Hugh.

Le cœur de Frankie se mit à battre comme un fou, et ses lèvres refusèrent de s'ouvrir.

— Allô ? fit Hugh avec impatience.

Elle devait répondre. Elle voulait répondre…

— Hugh ? C'est moi, Frankie, lâcha-t-elle enfin d'un ton désespéré.

Elle aurait préféré parler avec calme, apparaître comme une fille détachée, mais elle en était incapable. Le simple son de la voix de Hugh la bouleversait.

— Frankie ?

Un mot. Deux syllabes. À partir de là, elle devait essayer de deviner s'il était content, ennuyé, excité, intéressé ou triste.

Il n'attendit pas sa réponse.

— Où es-tu ?

— À Los Angeles.

— Quoi ?

Il y eut un silence, et elle l'entendit arrêter la radio.

— Qu'est-ce que tu as dit ?

— J'ai dit que j'étais à Los Angeles, répéta-t-elle en essayant de contrôler le tremblement de sa voix.

— À Los Angeles ? s'écria-t-il. Mais qu'est-ce que tu fous là-bas ?

C'était quoi, ça ? De l'intérêt, de l'agacement, de la jalousie ?

— Je suis chez Rita.

Bon sang, pourquoi est-ce qu'elle n'avait pas trouvé quelque chose de plus intelligent à dire ? Pourquoi n'avait-elle pas tranquillement répondu : « Cette ville est incroyable, je m'amuse comme une folle » ? Sans doute parce qu'elle s'ennuyait comme un rat mort.

— Tu me manques, dit-elle sans réfléchir, alors que ses yeux commençaient à se remplir de larmes.

Et zut ! Qu'est-ce qui lui prenait de dire ça ? Il fallait qu'elle soit forte, calme, désinvolte. Mais les mots sortirent tout seuls :

— Tu me manques tellement.

Elle pleurait, à présent. À chaque nouveau reniflement, elle avait l'impression de perdre, l'un après l'autre, tous les points qu'elle avait éventuellement pu marquer avec l'annonce de son départ théâtral pour Los Angeles.

À l'autre bout du fil, il y eut un petit silence gêné. Elle entendit Hugh s'agiter dans la pièce et fermer une porte.

— Écoute, ce n'est pas le bon moment pour parler. Il faut que je me dépêche, sinon je vais être en retard au boulot.

Frankie regarda sa montre. À Londres, il était 8 h 05. Normalement, Hugh aurait dû être en train de s'occuper de son ventre devant la glace de la salle de bains.

— Je te rappellerai.

Il avait pris sa voix officielle, comme s'il organisait un rendez-vous d'affaires.

— Quand ? gémit-elle, affolée.

À ce stade, elle n'en était plus à essayer de rester calme et distante. Elle serra les doigts autour du combiné, si fort que ses articulations blanchirent.

— Bientôt.

Elle aurait voulu crier : « Quel jour ? À quelle heure ? » pour pouvoir rester dans l'appartement, collée au téléphone. Mais, évidemment, elle n'en fit rien. À la place, elle lui donna le numéro de Rita. Deux fois. Puis Hugh lui dit au revoir et raccrocha. Comme ça, tout simplement.

Elle contempla l'appareil d'un œil lugubre. Elle savait que Hugh ne rappellerait jamais. Au fond d'elle-même, elle l'avait su au moment même où elle lui avait donné son numéro. Mais elle aurait tellement voulu y croire ! Elle aurait tellement voulu l'entendre dire qu'il avait fait une terrible erreur, qu'il l'aimait, qu'il désirait l'épouser et passer le restant de ses jours avec elle. Mais il n'avait rien dit de tout cela. Et elle savait qu'il ne le ferait pas. Elle n'était pas dans un de ces films romantiques qu'elle regardait avec sa maman et qui se terminaient toujours bien, mais dans la vraie vie. Une vie qui n'avait plus de sens.

Le téléphone serré contre sa poitrine, elle se recroquevilla sur elle-même, enfouit son visage dans le dossier du canapé et pleura toutes les larmes de son corps.

# 12

— C'était qui ?

— Un ami.

Hugh revint dans la chambre, posa le téléphone, puis s'étendit sur la couette toute chiffonnée et se mit à promener ses mains sur les seins de la jeune blonde maigrichonne qu'il avait rencontrée la veille, à la soirée de fiançailles d'Adam et Jessica. Elle était allongée sur le lit, bronzée et nue comme un ver, tandis que les deux pots de yaourt de son Wonderbra en dentelle noire reposaient sur la moquette.

— Pourquoi il t'appelait si tôt ?

La blonde ouvrit un œil barbouillé de mascara et regarda Hugh, qui se concentrait sur les pointes de ses seins et les tournait maladroitement à droite et à gauche, comme s'il essayait de régler la radio. Quand les hommes cesseraient-ils de croire que les femmes fonctionnaient comme des transistors ? Elle étouffa un bâillement. Elle avait une terrible gueule de bois. Tout ce qu'elle voulait, c'était se rendormir.

— Mmm, va savoir, dit Hugh, qui prit un sein dans sa bouche et se mit à le sucer comme un bonbon.

Il s'était réveillé excité, et il était en train de tripoter la blonde quand le téléphone avait sonné. Il avait d'abord décidé de ne pas répondre, puis s'était ravisé en se disant qu'il s'agissait peut-être d'un coup de fil pour le boulot. Mais c'était Frankie, qui pleurait dans le téléphone et lui disait qu'il lui manquait. Et c'était la dernière chose qu'il avait envie d'entendre quand une fille l'attendait dans son lit.

Évidemment, l'appel de Frankie ne l'avait pas surpris. Il s'y attendait depuis qu'il était revenu à l'appartement et qu'il avait découvert qu'elle avait fait ses valises et disparu avec ses deux satanés chats. Ça, oui, ça l'avait surpris. Il s'était imaginé qu'elle serait toujours là quand il rentrerait à la maison, qu'elle voudrait discuter pendant des heures, qu'elle essaierait de le faire changer d'avis. Il n'avait pas pensé qu'elle partirait sans un mot. Et pour Los Angeles, en plus. Il s'était dit qu'elle atterrirait chez ses parents ou chez des amis, mais sûrement pas à Los Angeles.

Il n'arrivait pas à y croire. Frankie était d'ordinaire une fille raisonnable et prudente, qui ne prenait jamais de décision brusque. Cela ne lui ressemblait pas de s'envoler pour la Californie sur un coup de tête – et Los Angeles, c'était le pire des endroits pour elle, ce n'était pas son style du tout, elle allait détester. Bien sûr, elle devait être très en colère, mais qu'est-ce qu'il y pouvait ? Adam avait raison, il ne fallait pas qu'il culpabilise. D'accord, ce n'était pas le moment idéal pour la quitter, vu qu'elle venait de perdre son boulot, mais à la réflexion, y avait-il un bon moment pour quitter quelqu'un ? Ils étaient restés ensemble pendant presque deux ans, et ils avaient vraiment passé de bons moments, mais après tout, il n'avait que trente-deux ans. Il n'était pas prêt à se fixer, et c'était ce que Frankie voulait, elle. À part Adam, la plupart de ses copains étaient célibataires, ils faisaient la fête, ils s'amusaient, ils avaient des aventures. Et il voulait profiter de tout cela, lui aussi.

Il pressa les seins de la blonde comme deux prunes charnues. Qu'est-ce qui lui prenait de penser à Frankie ? Ce n'était vraiment pas le moment. Il avait d'autres chats à fouetter.

Il essaya, le plus naturellement du monde, de se débarrasser de son caleçon en le faisant glisser. Pas facile. Il ne réussit qu'à le descendre en dessous des hanches. Ensuite, l'élastique se coinça dans le creux de ses genoux.

— Tu es sûr que ce n'était pas ta copine ?

La blonde était soupçonneuse. L'appartement était très bien tenu pour un célibataire, et elle avait trouvé une pince à épiler sur la tablette de la salle de bains.

Hugh commençait à sentir frustré. Cela faisait deux jours qu'il était célibataire et qu'il attendait désespérément de célébrer sa liberté retrouvée. La veille, la blonde lui avait fait du charme au bar, elle s'était laissé peloter dans le taxi, elle avait accepté de monter prendre un café. Alors, bien sûr, quand ils s'étaient retrouvés tous les deux chez lui, il s'était dit que c'était dans la poche, mais, au dernier moment, elle s'était mise à jouer la fille pudique et s'était défilée en prétextant qu'ils se connaissaient à peine, si bien qu'il avait dû se contenter d'exercices manuels. Et voilà que maintenant, elle voulait lui parler de Frankie. Mais il ne l'avait pas invitée pour parler, bon sang !

— Je t'ai dit que c'était un ami, d'accord ? répliqua-t-il d'un ton sec.

Vexée, la blonde se mit à faire la tête et remonta la couette sur elle.

Comprenant qu'il n'arriverait jamais à célébrer sa liberté sans un minimum de délicatesse, Hugh changea de tactique et déposa un baiser sur le bout de son nez.

— Allez, quoi, Carol, je ne te plais pas ? murmura-t-il en prenant sa voix la plus attendrissante, tout en glissant ses lèvres sur son visage, son cou, sa clavicule, avant de lui mordiller le lobe de l'oreille.

— Moi, c'est Cheryl, rectifia la blonde.

Elle boudait toujours et tenait fermement la couette remontée jusqu'à son menton.

— Cheryl, voilà, c'est ce que je voulais dire, reprit-il en montant un peu plus sur elle.

Sous lui, la blonde restait aussi raide qu'un bout de bois. Ce n'était pas gagné. Avec Frankie, c'était plus chaleureux, plus facile, plus amusant. Il redoubla d'efforts.

— Mmm, tu es si belle...

Il l'embrassa dans le cou et poussa quelques grognements pour faire bonne mesure.

— Mmm... mmm...

Il était prêt à tout pour s'envoyer en l'air, et il ne bougerait pas de là avant – il jeta un coup d'œil à sa montre – avant, disons, cinq bonnes minutes. Parce qu'il n'était pas question d'arriver en retard au bureau.

Heureusement, cela ne prit pas autant de temps. Alors qu'il guettait les réactions de Cheryl, tel un médecin à l'affût du moindre signe de vie, il la sentit soudain qui bougeait imperceptiblement, comme si ses vaillants efforts pour la ranimer commençaient à faire effet. Le succès était à portée de main.

— Tu n'as pas un peu chaud là-dessous ? chuchota-t-il.

Elle desserra son emprise sur la couette. Aussitôt, avec la rapidité du magicien qui tire sur une nappe, Hugh réussit, en un tour de main, à enlever la couette et son caleçon et écrasa victorieusement son corps nu contre le sien.

— Tu ne peux pas savoir à quel point tu me plais, Cheryl, murmura-t-il, tandis qu'il se préparait pour l'assaut final. Tu es tellement... spéciale.

Il avait l'impression d'essayer plusieurs combinaisons – avec de la persévérance, il finirait bien par tomber sur celle qui lui permettrait d'ouvrir les cuisses de Cheryl et d'accéder au trésor.

— Je parie que tu dis ça à toutes les filles, protesta-t-elle, mais Hugh entendit dans sa voix quelque chose qui ne demandait qu'à y croire.

— Non, c'est vrai, je t'assure. Je te trouve incroyable. Et je ne dis pas ça parce que j'ai envie de faire l'amour – ça sonnait tellement mieux que « tirer un coup ». Si toi, tu n'en as pas envie, ce n'est pas un problème.

« À condition que tu me le dises maintenant, songea-t-il. Comme ça, j'arrête de raconter mes conneries et je me prépare pour le boulot. »

— C'est ce que tous les mecs racontent, répondit la blonde d'une voix pantelante, tandis que Hugh remontait sa main entre ses cuisses.

— Non, sérieusement, c'est la première fois que je ressens ça. Je ne suis pas du genre à coucher à droite à gauche, tu sais. Ce que je veux, c'est une histoire qui dure.

Nom de nom, si Frankie l'entendait ! Il attendit une seconde. Cette fois, il en était sûr, la blonde était en train de rendre les armes. Sans doute le coup de l'histoire qui dure.

— J'aimerais qu'on apprenne à mieux se connaître, toi et moi...

— Tu es sérieux ?

Il pouvait entendre la serrure du coffre céder. Il y était presque... Les jambes de Cheryl s'ouvraient déjà. Encore un dernier effort, et il pourrait crier victoire.

— En fait, je crois que tu es le genre de fille dont je pourrais tomber amoureux.

— Oh...

La blonde agrippa fermement ses fesses pour l'attirer en elle, et ses yeux perdirent toute expression.

Hugh eut un sourire triomphant. Il avait réussi. Il avait fracturé le coffre.

## 13

— Tu ne vas pas me croire, mais je suis enceinte de trois mois, annonça Rita, les lèvres tremblantes.

Elle leva les yeux vers Frankie.

— Enceinte ?

Rita hocha la tête. Elle semblait sur le point de pleurer.

— Et ce sont des jumeaux.

— Mon Dieu, murmura Frankie.

— Et il y a autre chose.

Elle s'interrompit, le temps d'essuyer la larme qui avait roulé sur sa joue.

— Les médecins m'ont dit que je n'avais plus que six mois à vivre.

Il y eut un silence.

— Alors, qu'est-ce que tu en penses ?

Rita reposa le scénario de *Malibu Motel* sur le menu.

— Je pense que tu vas décrocher le rôle, dit Frankie en souriant. Après l'audition de demain, fini l'actrice au chômage. Tu vas devenir une vraie star. Sincèrement, tu étais formidable.

— C'est vrai ?

Rita rayonnait de bonheur.

— Alors, tu trouves que j'étais crédible ?

— Non, répondit Frankie, mais ça n'a aucune importance. Tu passes une audition pour un *soap* diffusé dans la journée. Et d'après ceux que j'ai pu voir sur Channel 5, ce n'est pas à proprement parler un genre réaliste.

Elle prit le scénario et feuilleta le début, en parcourant du regard le petit récapitulatif qui figurait en haut de chacune des pages.

— Réfléchis un peu : Kimberley Kartier, ton personnage, est censée attendre des jumeaux et être atteinte d'une mystérieuse maladie. Malgré tout ça, elle trouve le temps de tuer son mari et d'avoir une aventure avec le fiancé de sa meilleure amie, tout en dirigeant un empire florissant de la mode. Qu'est-ce qu'elle va faire, après ? Se présenter aux présidentielles ?

— Aucune idée.

Rita haussa les épaules et remplit leurs verres d'eau à ras bord.

— Elle va sans doute se réveiller et se rendre compte que tout ça n'était qu'un rêve.

Elle garda son sérieux encore une seconde, avant d'éclater de rire. Frankie joignit son rire au sien.

Elles étaient attablées à la terrasse du *Hankerings Restaurant* sur Sunset Plaza, une petite place bordée de restaurants élégants, de cafés branchés et de boutiques chics, où, chose inhabituelle à Los Angeles, on trouvait même des piétons. L'ensemble formait un lieu joyeux et animé, qui contrastait avec la jungle de la circulation, les trottoirs déserts et l'immensité bétonnée de Sunset Boulevard. Par chance, alors qu'elles ne connaissaient personne dans le show-business, Rita et Frankie avaient réussi à être placées en terrasse, à l'une de ces tables très convoitées où l'on pouvait voir et être vu.

Et il y avait beaucoup à voir au *Hankerings Restaurant*. Tous les stéréotypes de Los Angeles semblaient y être réunis. Les réalisateurs et les producteurs discutaient de films à gros budget au-dessus d'immenses salades ; les femmes au foyer de Beverly Hills échangeaient les cartes de leurs chirurgiens au-dessus de leurs verres de San Pellegrino et examinaient dans le miroir de leur poudrier Chanel les cicatrices laissées par leur lifting du mois précédent ; les jeunes cadres dynamiques et sportifs mangeaient, seuls à leur table, des assiettes de pâtes au nom ronflant et concluaient des affaires dans leur téléphone portable ; tandis que dans un coin reculé, cachée sous un parasol géant et une casquette de base-ball, l'une des actrices les plus connues de Hollywood piochait dans une assiette de poisson et légumes vapeur sans huile, sans sel et sans saveur. Elle tentait de perdre trois kilos pour son prochain rôle d'un million de dollars et en était à sa troisième semaine de régime, ce qui expliquait pourquoi elle regardait avec envie le plat débordant de frites luisantes de mauvaise graisse qui passait à côté d'elle, en direction d'une autre table. L'autre table, évidemment, c'était celle de Rita et Frankie. Qui d'autre à Los Angeles aurait pu commander des frites ?

Cela faisait une semaine que Frankie était à Los Angeles, mais au lieu de jouer les touristes et de visiter la ville, elle était restée chez Rita, à pleurer et à attendre désespérément que Hugh la rappelle, ce qu'il n'avait pas fait, évidemment. Elle savait que c'était pathétique, qu'elle devait essayer de l'oublier, mais elle n'y arrivait pas, c'était impossible. Elle n'avait jamais pensé qu'un jour, quelqu'un lui manquerait autant. Tout ce qu'elle voulait, c'était rester au lit et sangloter. Mais Rita avait fini par ne plus être d'accord. Elle avait décrété qu'il y avait d'autres solutions pour réparer un cœur brisé. Les frites, par exemple.

Frankie s'appuya contre le dossier de sa chaise, mit sa main en visière pour protéger ses yeux du soleil éblouissant de Californie et regarda autour d'elle. Elle avait encore du mal à réaliser qu'elle était en train de déjeuner dans un restaurant de Los Angeles, un lundi d'octobre. D'ordinaire, à cette heure, elle se faufilait au milieu des gens fatigués qui faisaient leurs courses sous la pluie dans Oxford Street, avalait un café et un sandwich chez Prêt à Manger et se dépêchait de retourner au bureau. Et aujourd'hui, elle se trouvait à Los Angeles, assise avec sa meilleure amie dans un restaurant branché rempli de stars, elle prenait un bain de soleil et s'amusait à reconnaître les célébrités et à repérer les liftings. C'était complètement fou.

Elle sourit. Rita avait raison, cela lui faisait du bien de sortir. Avec tout ce qui se passait autour d'elle, elle était trop occupée pour ressasser son histoire avec Hugh. Elle cligna des yeux, regarda les gens qui l'entouraient et se rendit compte alors qu'ils avaient tous un point commun : on ne voyait pas leurs yeux. Ce fut ainsi qu'elle apprit la règle numéro un à Los Angeles : ne jamais quitter ses lunettes de soleil.

Que ce soient des Persol en écaille, des Ray-Ban noires, des Chanel à monture dorée ou des Gucci de la dernière collection, tout le monde avait ses lunettes. Tout le monde, sauf elle. Elle avait oublié les siennes chez Hugh. La dernière fois qu'elle les avait portées, c'était pendant leurs vacances en Espagne – vacances qu'elle avait passées à côté de la piscine, étant donné que Hugh l'abandonnait tous les jours pour aller jouer au golf. À Londres, c'était le parapluie qui était obligatoire, pas la paire de lunettes. Mais dans ce restaurant de Los Angeles, les parapluies étaient remplacés par des parasols rayés bleu et blanc fixés au centre de chacune des tables.

Perdue au milieu d'une mer miroitante de lunettes design, elle se faisait un peu l'effet d'être le vilain petit canard. Mais, après tout, quelle importance ? Elle ferma les yeux et offrit son visage au soleil. C'était un autre monde. Un monde irréel et féerique. Elle sentit la chaleur des rayons du soleil sur sa peau et sourit de plaisir. Elle commençait à aller un peu mieux. Peut-être qu'elle réussirait à s'habituer à Los Angeles, en fin de compte.

— Mmm, ça a l'air bon.

Rita saliva en voyant le serveur poser une énorme portion de frites au milieu de la table.

— Je peux t'en piquer une ?

— Sers-toi, répondit Frankie en rouvrant les yeux. Tu n'en as pas commandé ?

— Non, je suis au régime, grogna Rita en trempant une frite dans une flaque de ketchup. Mais une seule ne peut pas me faire de mal, hein ?

Elle engloutit sa frite et se lécha les doigts.

— Pas aussi bonne que dans un *Fish and Chips*, mais délicieuse quand même, commenta-t-elle avec un air de ravissement.

Frankie sourit de nouveau. Depuis qu'elle la connaissait, Rita se mettait régulièrement au régime. À chaque nouvelle tentative, elle jurait que cette fois, c'était la bonne et que d'ici quatre semaines, ses fesses rentreraient dans le jean taille 38 qu'elle avait porté pour son vingt et unième anniversaire. Dix ans et des centaines de régimes interrompus plus tard, ledit jean ne passait toujours pas la barrière de ses cuisses. Si elle avait été un tant soit peu sportive, elle aurait sans doute réussi à maigrir, mais elle était allergique à toute forme d'exercice physique, sauf, bien sûr, quand il y avait un partenaire masculin et une chambre… ou une table de cuisine… ou la banquette arrière d'une voiture…

— Qu'est-ce que tu as commandé ? demanda Frankie en grignotant une frite.

En temps normal, elle essayait d'avoir une alimentation saine et pauvre en graisses – elle était en très bons termes avec la gamme diététique de Marks & Spencer –, mais bon, quelques frites n'allaient pas la tuer. Et même si elles la tuaient, qu'est-ce que ça pouvait bien faire ? Après le coup de fil de la semaine précédente, la mort lui semblait une fin heureuse, comparée à la vie sans Hugh.

— Une salade.

Rita fronça le nez avec un air de dégoût. Au même moment, un bol de laitue géant apparut.

— C'est ça ?

Frankie regarda le bol. Il n'y avait pas une tomate, pas un concombre, pas une branche de céleri en vue.

Juste une montagne de laitue pas franchement appétissante.

— Oui, oui.

Rita piqua courageusement une feuille de salade avec sa fourchette.

— C'était censé être une salade chinoise avec du poulet et des pâtes, mais je l'ai demandée sans poulet, sans pâtes et avec la sauce à part.

— Pourquoi ? s'enquit Frankie, qui n'était pas encore parfaitement rompue au mode de pensée local.

— Regarde autour de toi.

Rita agita sa fourchette en l'air.

=

Elle baissa les yeux sur son tee-shirt moulant et poussa du doigt ses bourrelets.

— Il faut que je perde du poids.

Elle hocha la tête avec détermination, ce qui fit cliqueter ses longues boucles d'oreilles.

— Franchement, si Jennifer Aniston y est arrivée, pourquoi pas moi ?

Sur ce, elle prit une autre feuille de salade, comme pour prouver le sérieux de ses propos.

— Comment tu crois qu'elle a réussi à attraper Brad Pitt ?

Elle se mit à mâcher comme un lapin, tout en regardant les frites de Frankie avec des yeux d'enfant affamé.

— Toi, tu n'as pas de souci à te faire. Tu es grande et mince comme un fil.

Frankie fit la grimace.

— Ce n'est pas le succès garanti pour autant. Regarde : mon mec m'a plaquée, je me suis fait virer…

— Licencier, corrigea Rita.

— Licencier, si tu veux. Je vis avec ma maison sur le dos…

— Tu vis avec moi.

Frankie ne releva pas.

— Bref, je ne respire pas franchement le bonheur et la réussite.

Rita secoua la tête.

— N'empêche que tu pèses cinquante-sept kilos. Et je te jure que je donnerais tout pour peser cinquante-sept kilos.

Elle regarda au loin, l'air rêveur.

— Je ne vois pas ce que le fait de peser cinquante-sept kilos m'a rapporté, répliqua Frankie. Ça ne m'a pas donné l'amour de Hugh.

Et zut, voilà que cela la reprenait. Elle pensait de nouveau à Hugh.

— Parce que tu crois qu'à soixante et un…

Frankie sourit. C'était impossible de garder son sérieux avec Rita.

— Enfin, peu importe. Je me suis peut-être complètement ridiculisée en passant ce coup de fil à moitié soûle, mais ça m'a permis de comprendre que c'était vraiment fini entre nous… Pour lui, en tout cas.

Elle trempa une frite dans le ketchup et s'en servit comme d'un pinceau pour dessiner un cœur dans son assiette.

— Comme tu dis, la vie continue, reprit-elle. Il faut que j'essaie de l'oublier.

— Exactement. Et pour commencer, tu devrais sortir avec d'autres garçons.

— Oh, non. Je n'en ai vraiment pas envie.

Mais Rita n'était pas du genre à s'arrêter au premier obstacle.

— Et ce type fabuleux à la soirée ?

— Cet Américain mal sapé ? Tu plaisantes ? Il n'est absolument pas mon genre.

Frankie s'aperçut soudain qu'elle était peut-être un peu trop virulente pour être crédible.

— De toute façon, c'est beaucoup trop tôt, s'empressa-t-elle d'ajouter.

Imaginer la vie sans Hugh était déjà difficile, alors comment pourrait-elle imaginer la vie avec un autre homme ?

— Peut-être, mais n'attends pas trop quand même. Dégoter un mec correct, c'est comme faire une affaire au moment des soldes. Si tu ne te bouges pas un peu, tu te retrouves avec toutes les fins de série dont personne ne veut.

Ignorant sa salade, Rita piqua encore quelques frites à Frankie. Elle fit taire ses remords en se disant que ses paroles pleines de sagesse constituaient une excellente nourriture spirituelle pour son amie.

— Il y a des tonnes de mecs à Los Angeles, mais il faut faire gaffe. Crois-moi, il y a vraiment de drôles de types par ici.

De joyeux coups de klaxon interrompirent leur conversation. Elles tournèrent la tête et virent le cabriolet Mercedes de Dorian glisser le long du trottoir devant le restaurant et s'arrêter derrière une Ferrari rouge vif.

Rita regarda Frankie et haussa les sourcils.

— Tu vois ce que je veux dire ?

## 14

— Salut, les filles !

Dorian agita gaiement la main, puis coupa le moteur et se mit à arranger ses cheveux, que le vent avait ébouriffés sur son crâne dégarni. Sur le siège du passager se trouvait une jeune brune bronzée et à moitié nue qui se collait contre lui. Elle gloussait en essayant de retenir Elvis, le chien de Dorian, qui jappait d'impatience et essayait de s'échapper.

Frankie jeta un coup d'œil à Rita.

— C'est qui ? articula-t-elle.

Elle désigna discrètement la brune, qui était en train de chatouiller Dorian dans le cou, pendant que celui-ci recoiffait sa frange.

— Va savoir.

Rita haussa les épaules. Elle avait renoncé à se tenir au courant des aventures de Dorian. Son voisin changeait de petite amie comme de chemise et n'en choisissait jamais aucune pour sa personnalité.

Intriguées, elles regardèrent Dorian rassembler ses affaires – c'est-à-dire sa collection de portables, ses lunettes de soleil, son attaché-case gris métallisé et la brune susmentionnée. Puis il sauta de la voiture et laissa Elvis trottiner vers Rita et Frankie en tirant sur sa laisse extensible. Son maître suivait juste derrière, avec son manteau de fourrure et sa compagne aux longues jambes, qu'il tenait par la taille. Même à Los Angeles, leur allure détonnait et attirait les regards.

— On peut s'asseoir avec vous ?

Sans attendre la réponse, Dorian prit une chaise et, quand il jugea qu'il y avait suffisamment d'yeux braqués sur lui, appuya avec un naturel étudié sur la télécommande de sa voiture. Fascinée, Frankie regarda le compartiment à l'arrière de la Mercedes s'ouvrir automatiquement et libérer la capote en cuir noir, qui se déploya lentement, telle une aile de chauve-souris, s'éleva vers le ciel, puis recouvrit la voiture et s'enclencha sans un bruit. C'était m'as-tu-vu, mais ça faisait son petit effet. En comparaison, la Golf GTI de Hugh était vraiment minable.

Dorian fit mine de ne rien remarquer et se jeta voracement sur un petit pain, avant de piocher dans la tapenade maison.

— Ah, au fait, je vous présente Jamie. Jamie, voici Rita et Frankie, mes voisines.

— Salut, fit Jamie, qui mâchait son chewing-gum comme si sa vie en dépendait.

Rita sourit du bout des lèvres, tandis que Frankie s'efforçait de ne pas fixer les cheveux hirsutes de la nouvelle venue, ses vêtements froissés et son maquillage dégoulinant. Elle avait la tête de quelqu'un qui a veillé toute la nuit.

— Jamie et moi, on vient juste de quitter la fête de *Playboy*, expliqua Dorian, manifestement très content de lui. Et vous, les petites natures, qu'est-ce qui vous est arrivé ? Vous étiez invitées.

Il se lécha les lèvres et termina ce qui restait de tapenade.

— J'étais fatiguée, répondit Frankie, penaude.

Comment pouvait-elle espérer avoir un jour l'air branché, alors qu'à vingt-neuf ans, elle se comportait comme si elle en avait quatre-vingt-dix ?

— C'était bien ? demanda Rita, tout en jetant un regard soupçonneux à la brune.

Elle remarqua que son ventre était uniformément bronzé et plat comme une planche à repasser. Pas une tache de rousseur, pas un pli de graisse en vue. C'était écœurant. Prise de complexes, elle cessa de voler des frites à Frankie et s'attaqua de nouveau à sa montagne de salade.

— Tout dépend de ce que tu appelles « bien », répondit Dorian. Si c'est faire la fête jusqu'à l'aube, jouer au strip-poker et finir dans un jacuzzi avec quelques-unes des plus belles femmes de Hollywood, alors oui, c'était bien. Très bien, même. Dommage que vous n'ayez pas été là. Plus on est de fous, plus on rit.

Il se pencha vers Jamie et l'enlaça.

— On a passé un sacré bon moment, pas vrai, Jamie ?

La brune gloussa et tira sur son chewing-gum avec ses longs ongles manucurés.

— Tu ne sais pas ce que tu as manqué, ajouta Dorian à l'adresse de Rita, en lui décochant un clin d'œil suggestif.

Cela faisait maintenant trois mois qu'il essayait de mettre Rita dans son lit, mais jusqu'à présent, elle avait résisté à ses charmes. Dieu seul savait pourquoi. Le côté coincé des Anglaises, sans doute. Mais cela ne le travaillait pas plus que ça. La capacité de concentration de Dorian rivalisait avec celle du poisson rouge. D'ailleurs, en une seconde, ses yeux venaient de passer de Rita au menu.

— Bon, qu'est-ce que je vais manger ? Je meurs de faim.

Avec de grands gestes, il déplia sa serviette blanche en tissu, la coinça dans son col et claqua des doigts pour attirer l'attention des serveurs.

Frankie resta bouche bée. Elle n'avait jamais rencontré personne qui ressemblât à Dorian, de près ou de loin.

Il collait parfaitement à l'image de ces gens extravagants qu'elle avait vus dans des documentaires sur Hollywood. Elle avait toujours pensé que c'étaient des acteurs engagés par la production pour qu'ensuite, au Royaume-Uni, les gens hochent la tête en se disant que les Californiens étaient vraiment tous complètement cinglés. Mais Dorian ne jouait pas la comédie. Il était réellement comme ça. Elle l'observa. Il faisait 27 °C, et il portait un manteau en fourrure. C'était ahurissant.

— Tu n'as pas trop chaud ? demanda-t-elle.

— Non, ça va très bien, mentit-il.

Il était en nage, mais à Los Angeles, les apparences comptaient plus que le confort.

— Bonjour. Je m'appelle Julie, et c'est moi qui vais m'occuper de vous.

La serveuse aux cheveux blond vénitien qui était apparue devant leur table portait des socquettes blanches, des chaussures de sport et un appareil dentaire.

— Y a-t-il quelque chose sur la carte qui vous ferait plaisir, Monsieur ?

Elle avait débité son baratin habituel avec un sourire éclatant, stylo et bloc-notes au garde-à-vous.

Dorian se redressa comme un ressort.

— Une double portion de votre charmante petite personne, à emporter, s'il vous plaît.

Il la draguait de façon éhontée, sans aucune considération pour la brune qui s'accrochait à son cou. Non que celle-ci ait remarqué quelque chose. De toute évidence, elle était complètement shootée.

Décontenancée, la serveuse répondit :

— Je crains que ce ne soit pas possible, Monsieur... Mais peut-être y a-t-il quelque chose sur la carte qui vous ferait plaisir ?

Elle avait appris son texte de serveuse par cœur, comme si c'était du Shakespeare, mais personne ne l'avait prévenue qu'il pouvait y avoir des improvisations. En s'écartant de l'habituel « pour moi, ce sera... », Dorian avait introduit le désordre dans son dialogue bien rodé.

Frankie regarda la serveuse, qui souriait et clignait nerveusement des paupières. On aurait dit un robot détraqué.

— Oh...

Dorian fit mine d'être déçu.

— Eh bien, dans ce cas, je vais être obligé de prendre mon plat habituel. Yvonne, votre chef, sait comment me faire plaisir.

C'était une autre tentative d'expression à double sens, mais cela échappa apparemment à Julie, qui sourit dans le vide.

— Et je voudrais une assiette de saumon fumé pour Elvis.

Il se baissa et caressa le chien, qui s'était mis à l'ombre, sous la table.

— Et pour vous, Madame ? demanda la serveuse.

Elle adressa un sourire radieux à Jamie. Elle avait l'air absolument ravie de servir les clients, comme si rien ne pouvait lui faire plus plaisir que de leur apporter des cafés et des couverts supplémentaires ou de remplir leurs verres d'eau glacée. Jamie secoua la tête. Malgré son bronzage, elle était soudain devenue aussi blanche que la nappe. Ce qu'elle désirait n'était pas sur le menu non plus. Elle s'excusa et marcha en titubant en direction des toilettes, suivie de près par Rita, qui voulait lui demander comment elle faisait pour rester aussi mince – elle avait comme l'impression que son ventre plat n'était pas seulement dû à un régime à base de salade.

— Autre chose, Monsieur ? s'enquit Julie la serveuse, qui n'était pas du genre à se laisser abattre.

Dorian plissa les yeux.

— Ne me tentez pas.

La serveuse repartit au galop sur ses chaussures de sport, et Dorian reporta son attention sur Frankie qui, les yeux perdus dans le vide, avait recommencé à penser à Hugh.

— Alors, dis-moi, pourquoi fais-tu cette tête ? On croirait que tu viens d'enterrer père et mère.

Frankie sursauta, tirée de sa rêverie.

— Tu as du temps devant toi ? Parce que c'est une longue histoire.

Gênée, elle baissa les yeux vers son assiette. Il n'y avait plus aucune frite. Elle décida de ne plus rien manger de la journée. Le virus de la minceur la prenait.

— Ça ne peut pas être si grave que ça. Tu es à L.A., qu'est-ce que tu peux vouloir de plus ?

Une telle insouciance, alors qu'elle se débattait dans la tragédie de sa vie, énerva Frankie.

— Mon ex, un boulot et de l'argent, répliqua-t-elle sèchement.

Dorian ne se vexa pas.

— Bon, je ne peux pas faire grand-chose pour tes amours, mais pour ton problème d'argent...

Il sortit une grosse liasse de billets de cent dollars de son portefeuille et l'agita devant elle.

— Tu as besoin de combien ?

— Je te remercie, mais ce n'est pas ce que je voulais dire, répondit Frankie en posant la main sur la sienne.

Elle regrettait d'avoir été aussi désagréable, alors qu'il essayait simplement de se montrer gentil.

— Ce que je voulais dire, c'est qu'il faut que je gagne de l'argent. Que je trouve du travail.

C'était la première fois qu'elle y pensait sérieusement, mais compte tenu du fait qu'elle possédait la somme faramineuse de quarante livres – c'était tout ce qu'il restait sur son compte après sa visite au distributeur automatique de Heathrow – et que Hugh ne la suppliait pas de rentrer à la maison, elle allait devoir rester à Los Angeles plus longtemps que prévu, ce qui signifiait qu'elle avait besoin de travailler.

— Tu as une carte verte ?

Frankie secoua la tête.

— Ah, c'est délicat...

Il la vit se rembrunir.

— Mais pas impossible, ajouta-t-il.

Dorian ne disait jamais non à une femme. Il ouvrit son carnet d'adresses, qu'il feuilleta avec une concentration extrême, puis passa un coup de fil.

— Bonjour, c'est Dorian, gazouilla-t-il dans son téléphone portable métallisé. Tu cherches toujours quelqu'un pour demain ? Oui ? Parfait, j'ai la personne qu'il te faut. Une fille formidable. Belle, douée, intelligente…

Frankie se recroquevilla sur sa chaise. Est-ce qu'il était sérieux ?

— Non, ce n'est pas une blague. Alors, tu la prends ou pas ?

Il écouta la réponse de son correspondant, puis se mit à glousser d'un air entendu.

— Et elle n'est pas chère.

Mais qu'est-ce qu'il racontait ? Frankie commençait à s'inquiéter.

— Fabuleux…

Il coinça son téléphone entre sa tête et son épaule et gribouilla quelque chose sur son carnet.

— Très bien… Tu veux lui parler ? Non ? Ah, d'accord.

Il coupa la communication et reposa triomphalement son portable sur la table.

— C'était qui ?

Rita était revenue des toilettes et avait saisi la fin de la conversation. Elle s'assit et interrogea Dorian du regard. Avoir été pendant des années la reine du commérage de bureau laissait des traces. Elle ne supportait pas qu'il se passe quelque chose sans qu'elle soit au courant.

— Un ami.

Dorian restait volontairement dans le flou, pour faire durer le suspense.

— Et ?

— Il ne pouvait pas discuter, il était au milieu d'une prise de vue.

Dorian prit sa serviette et essuya ses lèvres maculées de tapenade. Puis, tout en ignorant délibérément Rita, qui s'agitait sur sa chaise, il arracha tranquillement la page de son carnet et la posa dans l'assiette vide de Frankie.

— Tous les détails sont là.

Frankie regarda bêtement la feuille de papier. Elle était stupéfaite. Parler de trouver un travail était une chose. En voir soudain un qui vous tombait tout cuit dans votre assiette en était une autre. Sa présence à Los Angeles devenait soudain plus réelle. Tout à coup, elle n'était plus une touriste.

— C'est quel genre de travail ?

Elle venait de retrouver sa langue.

— Assistante photographe. La fille avec qui mon pote travaille d'habitude est malade. Une angine, je crois. J'espère que tu t'y connais un peu en installation de trépieds.

Frankie n'eut pas le temps de répondre, car Julie la serveuse revenait, brandissant solennellement les pâtes à la carbonara de Dorian. Elle semblait aux anges à l'idée de pouvoir faire atterrir d'une minute à l'autre l'assiette de pâtes sur la table, mais Dorian leva les bras en l'air pour l'en empêcher, avant de s'excuser en roucoulant :

— Désolé, ma douce, je suis en retard. Je vais l'emporter.

Julie la serveuse faillit tourner de l'œil. On lui volait sa minute de gloire, on lui ôtait l'espoir de moudre le poivre noir et de saupoudrer le parmesan sur les pâtes.

Elle s'éclipsa en cuisine, et Dorian regarda sa montre digitale. Il ne passait jamais plus d'une demi-heure par jour au même endroit, et le temps était écoulé. Il sourit, se leva et laissa tomber un billet de cent dollars sur la table comme si c'était un vulgaire ticket d'autobus.

— Excusez-moi, les filles, les affaires m'appellent.

Il ramassa ses portables et son carnet, coinça Elvis sous son bras et parcourut la table des yeux, l'air perplexe.

— Jamie, lui rappela Rita.

Au même moment, la brune réapparut. Frankie la vit traverser le restaurant en sautillant et en reniflant, de nouveau pleine de vie. Elle déposa un baiser sur la joue de Dorian, qui bomba la poitrine, et bras dessus, bras dessous, ils quittèrent le restaurant. Au passage, Dorian récupéra son plat à emporter, que lui tendait Julie la serveuse, debout sur le côté, telle une de ces groupies dévouées qui offrent des boissons aux coureurs de marathon.

— Bon, au moins, il s'est passé quelque chose de bien, commenta Rita en regardant Dorian et Jamie grimper dans la voiture, puis démarrer en trombe en direction de Melrose Avenue. J'ai l'impression que tu viens de trouver du boulot.

Elle repoussa son bol de laitue sur le côté d'un geste écœuré. Au diable la salade ! Son petit tour aux toilettes lui avait confirmé que la minceur de Jamie était le résultat de ce qu'elle se mettait dans le nez, pas dans la bouche.

Frankie hocha la tête, mais elle avait du mal à se réjouir. Elle, une assistante photographe ? Ses connaissances en photo se limitaient à deux choses : braquer l'appareil et appuyer sur le bouton. Le reste, elle laissait ça aux professionnels. Elle prit le morceau de papier que Dorian avait posé dans son assiette et lut à haute voix :

— Enterprise Studios. 8 heures. Reilly.

— Reilly, répéta Rita. Ce n'est pas courant, comme nom. Ce doit être le photographe, ton nouveau boss. Je me demande à quoi il ressemble.

Frankie se mordit la lèvre et sentit son estomac se serrer sous l'effet de l'appréhension.

— On verra bien.

## 15

Le lendemain, à 6 h 30 du matin, alors qu'elle descendait la route de Laurel Canyon, Frankie fut prise d'une sérieuse crise de doute. Comment avait-elle pu accepter de devenir assistante photographe ? Elle n'avait pas passé trois années à l'université à étudier la littérature anglaise et huit autres à batailler et à grimper les échelons dans le journalisme pour finir par trimballer des trépieds et des appareils photo. Elle était une jeune et fringante journaliste qui mettait d'élégants tailleurs-pantalons et des jupes avec de ravissantes bottes achetées chez Russell & Bromley. Rectification : elle avait été journaliste. Aujourd'hui, elle n'était plus qu'une sans-papiers obligée detravailler au noir, qui portait un jean crasseux, un sweat-shirt et de vieilles baskets.

Comme la chanson de Sting, *English Man in New York*, passait à la radio, elle changea les paroles pour *English Girl in L.A.* et commença à fredonner entre ses dents serrées, accrochée au volant de la Thunderbird qu'elle avait empruntée à Rita, concentrée sur les virages qui s'enchaînaient à vous soulever le cœur, le pied collé sur la pédale de frein. Elle était morte de peur. Elle avait entre les mains le bien le plus précieux de sa meilleure amie – deux tonnes de métal qui devaient mesurer dix mètres de long et trois mètres de large – et elle aurait tout donné pour conduire l'ancienne Mini de Rita plutôt que cet engin du diable.

Un ensemble de feux de signalisation se dressa devant elle. Ils étaient tous verts. Elle pria en silence pour qu'ils le restent et qu'elle puisse suivre aveuglément le flot de voitures qui tournaient à droite. Ses prières ne furent pas entendues. Elle freina et se retrouva en première ligne, le cœur jouant du tam-tam, avec le sentiment que le monde entier avait les yeux braqués sur elle. Elle regarda prudemment autour d'elle. Il avait beau être tôt, on se serait cru en pleine heure de pointe. Les huit files étaient pleines – deux files pour tourner à droite, quatre files au milieu pour continuer tout droit et deux files pour tourner à gauche.

« Reste à droite, reste à droite... » C'était le conseil de conduite que lui avait donné Rita. Elle se répéta la formule comme un mantra. Le gros 4 x 4 derrière elle se mit à klaxonner. Et zut ! Rita ne lui avait-elle pas dit qu'il était possible de tourner à droite quand le feu était rouge ? Impossible de se souvenir. Elle hésita. Un concert de klaxons s'éleva. Zut et re-zut. Les mains crispées sur le volant, les paumes moites, elle appuya sur l'accélérateur et fit une embardée.

— Chaud devant, Anglaise au volant sans contrat d'assurance, marmonna-t-elle, avant de tourner à droite et de foncer en direction de Sunset.

Ouf, elle avait réussi. Mais une fausse manœuvre, et elle risquait d'accrocher un pot d'échappement, de provoquer un traumatisme cervical et de finir devant les tribunaux... Quand elle arriva au studio, son imagination s'était emballée, et elle était condamnée à dix ans de prison ferme pour conduite imprudente.

Le parking était plein. Il y avait là d'énormes camions chargés de matériel d'éclairage, des remorques remplies d'accessoires, une douzaine de modèles de 4 x 4 différents et une flopée de voitures américaines dont elle ne connaissait pas le nom. Il ne restait qu'une toute petite place dans un coin, et elle portait la mention « Véhicule compact seulement ». Bon, ça la mettait hors course. Elle pilotait un paquebot. Elle tourna pendant cinq minutes sur le parking sans trouver d'endroit où se garer. Le désespoir finit par la gagner. Il était quasiment 8 heures, et elle ne voulait surtout pas arriver en retard.

Au bord de la panique, elle balayait une dernière fois le parking des yeux quand elle aperçut soudain dans son rétroviseur une Honda Civic crème qui quittait sa place à l'autre bout du parking. Hourra ! Un soulagement indescriptible l'envahit. Elle enclencha violemment la marche arrière et appuya sur l'accélérateur. Le moteur gémit tandis qu'elle reculait à toute allure. Elle y était presque... presque...

Le choc la propulsa en avant, tandis que retentissaient d'affreux bruits de tôle froissée et de verre brisé. Elle regarda dans le rétroviseur et écarquilla les yeux. Le véhicule qui l'avait percutée n'était rien de moins qu'une énorme camionnette Bronco. La colère l'envahit. Mais quel crétin ! Le chauffeur était clairement en train d'essayer de lui piquer sa place quand il lui était rentré dedans. Il n'avait pas vu qu'elle reculait ? Il ne pouvait pas regarder ? Il n'y avait qu'un homme pour faire ça. D'accord, c'était du sexisme, mais à cet instant précis, elle se moquait pas mal d'être politiquement correcte. Sa voiture était bonne pour la casse, et elle, elle était bonne pour les urgences psychiatriques. Puis sa colère s'évanouit, laissant la place à divers sentiments qui se succédèrent en elle à la vitesse de la lumière. D'abord, ce fut l'horreur – elle avait bousillé ce qui faisait la joie et la fierté de Rita, Rita allait la tuer –, ensuite, ce fut la panique – elle n'était pas assurée, qu'est-ce qu'elle allait faire ? – et enfin, la peur – mais comment pourrait-elle payer les réparations ?

Elle posa la tête sur le volant et sentit qu'elle allait encore une fois se mettre à pleurer. Elle respira à fond pour essayer de se calmer, mais cela ne servit à rien, car son cœur se mit à palpiter encore plus violemment lorsqu'elle entendit la portière du Bronco claquer. Résignée, elle écouta le bruit lourd des pas qui se rapprochaient.

— Mais vous êtes dingue, putain ! hurla un homme en colère.

Elle aurait bien voulu se cacher quelque part, mais c'était impossible.

L'individu se mit à marteler sa vitre à coups de poing, la faisant sursauter.

— Mais qu'est-ce que vous foutiez ? Vous ne m'avez pas vu ?

Frankie, qui tremblait comme une feuille, leva la tête et glissa un regard en coin vers l'automobiliste énervé. Elle savait bien que ce n'était pas sa faute, mais elle avait l'impression qu'il fallait qu'elle s'excuse. Elle changea d'avis au moment où ses yeux croisèrent les siens.

— Vous ! s'exclamèrent-ils en chœur.

Frankie écarquilla les yeux, incrédule. Ce n'était pas possible... Ce n'était pas vrai... Los Angeles était une grande ville, non ? Alors, pourquoi fallait-il qu'elle tombe encore sur ce foutu Américain de l'aéroport ?

Le silence ne dura qu'un instant. Elle retrouva vite l'usage de la parole.

— J'aurais dû me douter que c'était vous. C'est une habitude chez vous de piquer ce qui appartient aux autres ?

Il n'était plus du tout question de s'excuser.

— Quoi ? cria-t-il, en faisant signe qu'il n'entendait rien.

Frankie baissa sa vitre et désigna la place de parking qui était devenue le lieu de l'accident.

— Vous étiez en train de me voler ma place, hein ?

— Mais de quoi vous parlez ? Ce n'est pas votre place. De toute manière, ça ne vous dispense pas de regarder où vous allez. Si vous ne savez pas conduire, vous n'avez rien à faire au volant de cette pièce de musée.

Il contempla avec dégoût la Thunderbird de Rita, qui était maintenant beaucoup moins effilée et beaucoup plus défoncée. Des morceaux de carrosserie gisaient par terre, et des écailles de peinture tombaient sur le bitume comme des confettis.

— Ce n'est pas ma faute, et vous le savez. C'est la vôtre, c'est vous qui ne regardiez pas où vous alliez.

Elle lui jeta un regard furieux. Il portait de nouveau ce stupide chapeau. Pas étonnant qu'il n'ait rien vu.

Il ricana.

— Dites donc, ce n'est pas moi qui vous ai foncé dedans en marche arrière.

— Non, c'est vous qui m'avez foncé dedans en marche avant.

Ils se toisèrent. La bagarre reprenait. Il poussa un soupir excédé, enleva son chapeau et passa ses doigts dans ses cheveux tout aplatis.

— Écoutez, je ne peux pas rester là à discutailler. J'ai du boulot.

— Moi aussi.

Zut. Le boulot. Elle avait complètement oublié.

— Dans ce cas, on échange nos noms et nos numéros de téléphone. Pour le constat, ajouta-t-il en insistant bien sur les derniers mots.

Frankie sentit son estomac se nouer. Il se doutait qu'elle était anglaise et la soupçonnait de ne pas être assurée, c'était évident. Elle le regarda fouiller dans la poche arrière de son Levi's défraîchi qui lui tombait sur les hanches, puis dans sa veste en cuir râpée. Qu'allait-elle lui dire ? La vérité ? Ils n'étaient pas vraiment en bons termes. Il serait sans doute enchanté d'appeler les flics et de l'envoyer en prison. Elle frissonna. Elle s'était dit que son imagination s'emballait, tout à l'heure, mais c'était peut-être une prémonition, finalement.

Enfin, il exhiba un vieux Bic tout coulant et mâchonné au bout. Il n'y avait que lui pour avoir un stylo pareil. L'image du Mont Blanc de Hugh, toujours accroché à la poche intérieure de sa veste de costume, lui traversa l'esprit.

— Bon, c'est quoi votre nom ?

— Frankie… Frankie Pickles.

Elle lui donna le numéro de téléphone de Rita, les joues en feu, dévorée par la culpabilité et la peur.

Il écrivit son nom à l'intérieur d'une pochette d'allumettes, puis arracha le rabat supérieur et nota le sien.

— Tenez, dit-il.

Elle prit le morceau de carton qu'il lui tendait et le regarda. Et là, ses pires cauchemars devinrent réalité. Entre les pâtés qu'avait laissés le stylo étaient écrits, d'une écriture étonnamment lisible, un numéro de téléphone et, en dessous, un nom : « Reilly ». Le cœur de Frankie manqua un battement. Elle venait juste de rencontrer son nouveau patron.

L'intérieur du studio bourdonnait comme une ruche. Des machinistes bedonnants, affublés de tee-shirts à l'effigie de groupes de *heavy metal*, faisaient de l'escalade sur des échafaudages de six mètres de haut, tandis que des électriciens coiffés de bandanas, des têtes de mort tatouées sur les bras, s'occupaient d'installer l'éclairage, qui devait valoir plusieurs centaines de milliers de dollars. Des stylistes squelettiques, habillés en noir de la tête aux pieds, faisaient glisser des portants chargés de vêtements, et des accessoiristes couraient dans tous les sens, paniqués à l'idée d'avoir oublié quelque chose, pendant que, dans un coin reculé, les maquilleurs s'activaient autour de leurs houppettes et de leurs fonds de teint.

Le réalisateur, le producteur et les clients se tenaient à l'écart, loin de toute cette agitation. Assis sur leurs chaises en toile, ils surveillaient le plateau devant eux et discutaient « concepts » et « images de marque » autour d'une tasse de café et d'une assiette de muffins et de beignets préparée spécialement pour eux par Shirlene, la Texane plantureuse en charge du service restauration. Shirlene savait, pour avoir déjà travaillé avec lui, quelles étaient les petites faiblesses du réalisateur, et elle s'était levée à l'aube pour passer à la boutique Krispy Kreme Donut et charger des munitions dans son camion réfrigéré.

Aujourd'hui, Pacific Productions tournait une publicité pour de nouvelles céréales « totalement sauvages », ce qui, d'après les créatifs de l'agence de publicité, nécessitait un décor de jungle, quelques vrais lions (qui marchaient de long en large dans leurs cages en regardant tout le monde d'un œil affamé, pendant que le dompteur, un homme chauve d'une cinquantaine d'années, leur faisait passer des souris blanches à travers les barreaux) et un type habillé comme Tarzan. Frankie ne s'y connaissait pas assez pour saisir le rapport entre les corn-flakes et Tarzan. Mais bon, ce n'était pas à elle qu'on avait donné un budget de cent mille dollars pour en trouver un. Elle, elle touchait cent cinquante dollars pour faire la bête de somme et porter deux trépieds, trois réflecteurs, un énorme sac et une valise remplie de flashs et d'un nombre hallucinant de rouleaux de pellicule. Elle venait de découvrir que dans le monde de la photo, « assistante » signifiait bonne à tout faire.

Comme une petite nouvelle à l'école, elle attendit nerveusement à l'entrée du studio, qui s'étendait devant elle comme un immense hangar à avions, et regarda avec inquiétude tous ces gens qui s'affairaient. Des gens sûrs d'eux-mêmes. Des gens vraiment intimidants.

— Salut !

La représentante de l'espèce femme-enfant qui s'avançait vers elle était vêtue d'un treillis Gap (taille 0, long) et d'un tee-shirt blanc noué autour d'une taille d'une finesse écœurante. Elle avait toute la panoplie de l'employée de production : le dossier, le bipeur, le talkie-walkie. On lui aurait donné dix-neuf ans à peine. En la voyant, Frankie regretta aussitôt sa tenue. Il n'y avait qu'elle pour se tromper à ce point de code vestimentaire. Mademoiselle Treillis Gap avait un look décontracté, mais branché et plein de charme, alors qu'elle, elle donnait l'impression d'avoir enfilé les premiers vêtements qui lui tombaient sous la main pour sortir le chien.

— Je m'appelle Tina, je travaille à la production.

Le boulot de Tina, c'était l'accueil. Elle rayonnait de fausse gentillesse, talent qu'elle avait développé quand elle était vendeuse chez Gap. D'où le treillis.

— Tu es l'assistante de Reilly ?

— Euh... oui, répondit Frankie à contrecœur.

« L'assistante de Reilly. » Les mots imprimèrent une marque au fer rouge sur son ego. Elle n'avait toujours pas digéré le moment où elle avait dû lui avouer qu'elle était sa nouvelle assistante. Elle avait cru qu'elle allait défaillir, en particulier quand il l'avait chargée comme un sherpa sur le parking et qu'elle avait dû se laisser faire sans rien dire. Elle savait qu'il le faisait exprès pour se venger, mais est-ce qu'elle avait le choix ? Elle lui aurait bien dit d'aller se faire voir, et son boulot avec, mais elle avait ravalé sa fierté et avancé docilement. Car elle avait besoin de l'argent. Maintenant plus que jamais.

Tina parcourut de son ongle carré la liste des noms sur son dossier, à la manière de ces jolies poupées qu'on trouve plantées devant les bars branchés de Soho, à côté des videurs, et qui vous regardent de haut en répétant que non, vous n'êtes pas sur la liste, et que non, vous ne pouvez pas entrer, alors que vous mourez d'envie de vous frotter contre les clones de Robbie Williams qui, eux, sont à l'intérieur. Mais Tina n'était pas une Anglaise condescendante. C'était une Américaine enthousiaste.

— Formidable ! s'écria-t-elle en donnant un coup de feutre fluo sur sa feuille. On t'a mise à côté de la jungle et...

Son bipeur l'interrompit. Soudain, sur son visage, la joie céda la place à l'abattement, comme on lui avait appris à le faire au cours d'art dramatique.

— Mon Dieu ! souffla-t-elle en plaquant la main sur son front. Il faut que j'aille voir la costumière. Installe-toi là-bas.

Elle agita son dossier en direction des cages des lions, puis partit comme une fusée à travers le studio, tout en donnant des ordres dans son talkie-walkie avec l'air de quelqu'un qui est sous pression mais qui sait gérer ça.

Les cages des lions ? Frankie hésita et regarda avec appréhension l'un des rois de la jungle, qui la contemplait d'un air gourmand, en se léchant les babines. C'était comment, l'expression, déjà ? Être jeté dans la fosse aux lions ?

## 16

Les dix minutes que Frankie passa accroupie, à défaire le sac, vider la valise et essayer d'installer les trépieds suffirent à confirmer ses pires craintes : c'était mission impossible. Si seulement elle avait écouté les doutes qui l'avaient assaillie sur la route de Laurel Canyon, si seulement elle avait fait demi-tour sur Sunset, si seulement elle était rentrée se coucher… Elle insulta mentalement le trépied qui refusait de tenir debout. Bon sang, qui avait eu l'idée perverse d'inventer ce truc ? Elle se battit contre les pieds, qui n'arrêtaient pas de lui taper dans les jambes et partaient tout le temps sur les côtés, incapables de se stabiliser à la même hauteur. Comment un engin à trois pattes pouvait-il être aussi compliqué ?

Du coin de l'œil, elle pouvait voir Reilly, qui venait juste d'entrer et tapait dans les mains des autres membres de l'équipe. Il enleva sa veste et la jeta sur le dossier d'une chaise, sans cesser de rire et de bavarder, puis se rendit d'un pas nonchalant jusqu'au buffet pour se servir un café. Frankie le regarda avec envie. Elle aurait pu tuer pour un café. Ce matin-là, elle n'avait pas entendu le réveil, elle n'avait donc pas eu le temps de s'en préparer. Elle continua à regarder Reilly. À présent, il plaisantait avec Shirlene, qui lui tendait un beignet. Son estomac gargouilla. Elle n'avait pas eu le temps de déjeuner non plus.

Adossé contre un mur, Reilly trempa son beignet dans sa tasse en plastique remplie de café brûlant, puis mordit dedans. Le mélange de sucre et de caféine lui donna un coup de fouet. Et, bon sang, il en avait bien besoin. Il regarda du côté de Frankie. Il n'arrivait toujours pas à y croire. Parmi toutes les filles que comptait Los Angeles, il fallait que ce soit elle, sa nouvelle assistante, cette pimbêche d'Anglaise. Il allait tuer Dorian. Quand celui-ci l'avait appelé, la veille, pour lui dire qu'une de ses copines cherchait du travail, il avait pensé qu'il s'agissait d'une de ces poupées idiotes avec lesquelles Dorian avait l'habitude de traîner. Il aurait dû dire non, et il avait même failli le faire, mais il avait finalement écouté ses stupides instincts. Quel homme aurait refusé de passer la journée avec une jolie fille ? Il s'était dit qu'il pourrait sans doute s'amuser, flirter un peu. Il but une gorgée de café qui lui brûla la langue. Flirter ? La bonne blague !

En remarquant le regard que Reilly jetait dans sa direction, Frankie songea un moment à hisser le drapeau blanc et à lui demander de l'aide. Mais quelque chose l'en dissuada. Ce quelque chose, c'était Tina, Shirlene et l'une des stylistes. Toutes trois convergèrent vers Reilly, se placèrent en cercle autour de lui et se mirent à pouffer et à plaisanter, sans oublier de boire la moindre parole prononcée par le maître. Tina agitait sa chevelure comme une actrice dans une pub pour un shampooing. La styliste française au visage de marbre s'était déridée et gloussait comme une collégienne après ses premières bières, en ouvrant de grands yeux de raton laveur. Quant à Shirlene, elle avait relevé le col en strass de sa veste en jean délavé et flirtait avec la légèreté d'une cavalerie lancée au grand galop.

Pas étonnant qu'il soit aussi imbu de lui-même, songea Frankie. Elle en avait de plus en plus marre. Pendant qu'il faisait son Don Juan, elle, elle restait à trimer dans son coin. Elle serra les dents et continua à déballer le matériel sans plus faire attention à lui. Il fallait bien que quelqu'un se charge du boulot, hein ?

— Hé, tu as besoin d'un coup de main ?

Frankie leva la tête, prête à décocher un cinglant « non, merci, ça va ». Mais ce n'était pas Reilly. C'était Tarzan, avec son pagne et son bronzage artificiel.

— Salut. Je m'appelle Matt, déclara-t-il en lui tendant une main dorée comme le miel.

Frankie eut tôt fait d'apprendre que Matt pratiquait assidûment le surf et essayait de percer dans le cinéma.

— C'est ma première fois, je suis un peu nerveux, expliqua-t-il en tripotant ses longs cheveux blonds décolorés par son activité de surfeur des mers.

Il portait en tout et pour tout un morceau de tissu léopard et une paire de Converse effilochée, mais le fait d'être quasiment nu n'avait pas l'air de le gêner. Cela ne gênait pas non plus Frankie. Elle avait l'impression d'être dans un épisode d'*Alerte à Malibu*, avec Matt dans le rôle de David Hasslehoff. Et elle ne perdait pas au change.

— Je m'appelle Frankie, dit-elle en souriant.

— Tu es australienne ?

— Non, anglaise.

— C'est vrai ? J'ai un ami en Angleterre. Tu le connais peut-être, il s'appelle Stephen.

Matt parlait aussi lentement qu'un quarante-cinq tours qu'on passe en trente-trois.

— J'ai peur que non.

Mais rien n'arrêtait Matt.

— Les cheveux foncés, à peu près ma taille...

Frankie eut un sourire navré. Apparemment, Matt croyait que l'Angleterre, cette contrée reculée, ne comptait pas plus d'un millier d'habitants.

— Non. Je suis désolée.

Et elle l'était sincèrement. Ça avait l'air d'être tellement important pour lui. Elle aurait peut-être dû mentir et lui dire qu'elle connaissait son copain Stephen. Heureusement, il parut se remettre rapidement de sa déception.

— Enfin, bon, je traînais par là, et je me suis dit: « Tiens, on dirait que cette poulette a besoin d'un coup de main. »

— C'est vrai.

Elle lui sourit avec reconnaissance. Après ces moments d'intense solitude, c'était un soulagement de parler à quelqu'un. Même si c'était au petit frère de Oui-Oui.

— C'est ma première fois aussi, avoua-t-elle en adoptant sa façon de parler – c'est-à-dire un mot à la minute.

Matt fit un bond en arrière, éberlué par cette extraordinaire coïncidence.

— Hé, mais c'est complètement dingue.

Il sourit et se pencha pour attraper un trépied, qu'il cala sous son bras comme une planche de surf. Les abdominaux sous la peau de son ventre formèrent des tablettes de chocolat.

— Trop bien, commenta-t-il.

Malheureusement, la conversation époustouflante de Matt et ses prestations physiques tout aussi ahurissantes furent interrompues par l'arrivée de Cedric, de l'équipe du maquillage, qui traversa le plateau en coup de vent en brandissant une bombe aérosol. À bout de souffle, il se mit à badigeonner Matt d'autobronzant, qu'il fit pénétrer consciencieusement.

— Vite, vite, on t'attend sur le plateau, dit-il d'une voix autoritaire.

Il donna une claque sur les fesses de Matt, auxquelles il jeta un regard d'envie.

— Bon, il faut que j'y aille, dit Matt à regret.

Il haussa les épaules et sourit lentement.

— Et, Frankie, n'oublie pas: reste cool.

Sur ce, il s'éloigna en s'exerçant à imiter la démarche de Tarzan, tandis que Cedric lui courait après en l'aspergeant avec sa bombe.

Reilly regarda le type musclé qui jouait Tarzan. Il parlait avec Frankie. Mais qu'est-ce qu'ils pouvaient bien se raconter pendant si longtemps ? Et voilà qu'il l'aidait, maintenant ! Mais qu'est-ce qui lui prenait ? Et pourquoi est-ce qu'elle souriait comme ça ? Quand elle était avec lui, tout ce qu'elle faisait, c'était se renfrogner et s'énerver. C'était vexant, à la fin. Il s'excusa auprès des gens avec qui il discutait – des copines avec qui il avait travaillé sur d'autres prises de vue –, prit une seconde tasse de café et se dirigea vers Frankie. Quand il la rejoignit, elle était accroupie au milieu d'un fouillis inextricable de câbles électriques, d'accumulateurs et de trépieds.

— Vous... Enfin, tu as fini ? demanda-t-il, incapable de résister à l'envie de l'asticoter.

Frankie ne répondit pas et continua à se battre avec le trépied.

— Tu devrais peut-être essayer de visser ce boulon. Il sert à fixer les pieds.

« Tu n'as qu'à le faire toi-même », pensa Frankie, irritée de l'entendre lui donner des instructions, debout audessus d'elle. Mais elle se mordit la lèvre, suivit son conseil et réussit à mettre le trépied debout. Il ne tomba pas. Elle regarda l'engin, partagée entre l'énervement et le soulagement.

— Tu ne pouvais pas le savoir, déclara-t-il d'une voix traînante, en avalant bruyamment son café.

Seigneur, ce bruit ! Slurp, slurp. On aurait dit un chien en train de laper de l'eau. Elle se releva, épousseta ses genoux et s'essuya les mains sur son sweatshirt. Des mèches bouclées s'étaient échappées de sa queue-de-cheval. Elle enleva l'élastique, secoua la tête et essaya de rattacher ses cheveux.

Reilly la regarda faire. Elle avait de beaux cheveux, épais et châtain foncé.

— Tiens, je t'ai apporté un café. J'ai pensé que ça te ferait du bien.

Frankie le regarda avec méfiance, mais son besoin de caféine fut plus fort que son orgueil. Elle prit la tasse du bout des doigts.

Reilly soupira et se gratta le menton. Il avait toujours trouvé difficile de faire longtemps la tête – ça demandait trop d'efforts –, et puis, de toute façon, son énervement commençait à passer. Il se sentait même un peu coupable. D'accord, c'était la foldingue qui lui avait volé son chariot à Heathrow, qui lui avait dit d'aller se faire voir au *Cloudsbar* et qui venait d'emboutir sa camionnette. D'accord, c'était une tête de mule maladroite et caractérielle. Mais il en avait assez de se disputer avec elle.

— Écoute, je sais que les choses ont mal commencé entre nous, mais on doit bosser ensemble aujourd'hui. Le boulot n'est pas très compliqué. Il faut juste que je prenne des photos de plateau et quelques clichés pour la campagne de pub… Mais ce serait quand même vachement plus facile si on ne passait pas la journée à s'engueuler. On fait une trêve ?

Il lui tendit la main. Ses doigts étaient couverts de taches de rousseur et de grains de sucre.

— Tu sais, je ne suis pas si méchant que ça.

Frankie n'en était pas sûre, mais pour une fois, elle était d'accord avec lui. Mieux valait ne pas se disputer avec lui aujourd'hui.

— Va pour la trêve.

Elle serra la main qu'il lui tendait. La paume de Reilly était collante et avait la texture rugueuse du papier de verre. Un grand sourire paresseux éclaira son visage, et au coin de ses yeux, de petites rides se plissèrent comme un emballage de bonbon. Frankie ne put s'empêcher de sourire à son tour.

Ils avaient donc fini par faire la paix. Provisoirement, en tout cas.

Le tournage de la publicité dura une éternité. Pendant toute la journée, on entendit les bruits de la jungle et le clap qui indiquait le début d'une prise interminable, laquelle débouchait invariablement sur une autre prise interminable. Il fallait changer le pagne, ramasser la banane qui s'était écrasée par terre, convaincre le lion qui boudait de rugir devant l'objectif. Heureusement, Shirlene régla le problème en lui donnant un tas de côtelettes, et le fauve rugit de plaisir chaque fois qu'on le lui demanda. Le dompteur se tenait sur le côté, armé de tranquillisants qu'il destinait à son lion, mais qu'il semblait bien près d'avaler lui-même. Frankie n'en revenait pas. Jamais elle n'aurait pensé qu'une publicité pour des céréales demandait autant de temps et d'énergie. Désormais, se promit-elle, elle ne partirait plus se faire une tasse de thé pendant la pub.

Reilly était là en tant que photographe de plateau, mais entre les prises, il faisait aussi des clichés publicitaires avec Tarzan et les lions. Sa grande carcasse courbée au-dessus de l'appareil, les manches de son tee-shirt élimé retroussées sur ses avant-bras, il regardait dans l'objectif et se concentrait sur la mise au point en fronçant les sourcils. Puis l'appareil crépitait sans interruption, jusqu'à ce qu'une pellicule soit terminée et qu'il en remette une autre en place. Et une autre, et encore une autre. Frankie le regardait faire, surprise de voir le changement qui s'était opéré en lui. Avant, c'était un type prétentieux et arrogant, mais avec un appareil photo entre les mains, il devenait quelqu'un d'autre.

Et quelqu'un de bien. D'accord, le travail le plus important sur le plateau était celui du réalisateur, mais quand celui-ci faisait une pause et disparaissait pour aller chercher du café et des beignets, Reilly avait cinq ou dix minutes pendant lesquelles il était seul maître à bord. Frankie pouvait alors voir son orgueil se transformer en assurance et son arrogance en professionnalisme. Elle détestait le reconnaître, mais elle était impressionnée par la façon dont il dirigeait les acteurs et l'équipe technique, dont il maîtrisait la situation, dont il contrôlait son stress – il ne disposait que de quelques minutes pour faire la bonne photo. Loin de s'énerver, il continuait à rire et à blaguer. Lors de leurs précédentes rencontres, à l'aéroport, sur le patio ou sur le parking, son culot l'avait prodigieusement agacée, mais maintenant qu'elle le voyait mettre tout le monde à l'aise devant l'objectif, elle réalisait que cet aplomb devenait un atout. Et cela le rendait attirant, elle devait l'admettre.

Si seulement on avait pu dire la même chose d'elle ! Jamais elle ne s'était sentie aussi moche. Elle transpirait à grosses gouttes sous les spots du studio, et elle avait mal aux bras à force de transbahuter le matériel photo et de tenir les réflecteurs au-dessus de sa tête. Ça, un boulot ? Sûrement pas. Travailler, c'était s'asseoir dans un bon fauteuil, bien au chaud dans un bureau doté du chauffage central, c'était faire de longs détours en allant aux toilettes, passer des coups de fil aux copines, surfer sur Internet et regarder les offres de dernière minute pour partir en vacances alors qu'on était censé chercher des statistiques pour un article. Elle repensa à son boulot à *Lifestyle*. Son ancien boulot. Il lui manquait autant que Hugh.

— Plus haut, le réflecteur.

La voix de Reilly, accroupi derrière le trépied, la tira de ses pensées.

— Plus haut, le réflecteur sur le plateau, répéta un technicien à l'autre bout du studio.

— Levez le réflecteur, dit un autre.

— Le réflecteur, s'il vous plaît.

Cette fois, c'était Tina dans son talkie-walkie.

Frankie gémit. C'était donc ça, Hollywood. Épuisée, elle leva les bras et se hissa sur la pointe des pieds. Pour le glamour, elle repasserait.

Le tournage reprit, et on arriva enfin à la dernière séquence. Les cameramen zoomèrent sur Tarzan, qui se balança de liane en plastique en liane en plastique, en frappant sa poitrine enduite d'autobronzant et en hurlant son texte : « Aaaa aaaa aaaa aaaa. » Une voyelle. C'était dur, ça ?

Assez, oui. Une demi-heure plus tard, le réalisateur n'était toujours pas content. Il marchait de long en large, tout en liquidant la deuxième fournée de beignets de Krispy Kreme Doughnut.

— Coupez ! aboya-t-il dans son porte-voix pour la dix millionième fois.

Puis il appela les membres de son équipe. Comme une mêlée de rugby, ils se rassemblèrent pour parler des « Aaaa ». La rumeur courait que les clients trouvaient qu'il n'y avait pas assez de « Aamph » dans les « Aaaa ».

Après quelques minutes, le réalisateur émergea de la mêlée.

— Bon, on reprend depuis le début. Toi, Tarzan, tu nous la fais moins Bee Gees et plus Pavarotti.

Il essuya son front en nage, remit sa casquette et mordit dans un nouveau beignet.

— Je veux que ça fasse sérieux.

Frankie l'écoutait avec ahurissement. Comment pouvait-on faire sérieux avec un personnage de dessin animé qui poussait des cris de chimpanzé et passait son temps à se balancer dans les arbres ? Ça la dépassait, mais elle avait cessé de se poser des questions. Elle était trop épuisée pour cela.

— Bon, dix-neuvième prise… Action.

Tarzan vola à travers le plateau, en se frappant la poitrine et en poussant des « Aaaa » qui auraient mérité un Oscar.

Le réalisateur adora. L'affaire était dans le sac.

— Bon, on plie, hurla Tina, qui avait attendu toute la journée pour dire ça.

Il y eut beaucoup d'applaudissements et de cris de joie. La prise de vue était terminée. Enfin.

Immensément soulagée, Frankie avança au ralenti vers Reilly. Il était plus de 21 heures, et ils avaient été tellement occupés qu'ils ne s'étaient quasiment pas reparlé depuis le matin.

— Alors, tu as survécu ? demanda-t-il, en levant les yeux du matériel photo qu'il était en train de démonter.

— Tout juste, gémit-elle en se laissant tomber sur une chaise pliante.

Elle s'attendait qu'il lui dise de se relever et de lui donner un coup de main, mais il n'en fit rien. Il alluma une cigarette, tira longuement dessus et la lui tendit.

— Ne te fais pas surprendre en train de fumer. La sécurité risquerait de s'affoler.

Il s'assit par terre, face à elle, la tête appuyée contre le mur.

— Merci.

Frankie prit la cigarette et aspira une bouffée en fermant les yeux.

Il l'observa un instant, immobile sur sa chaise, ses longues jambes étendues devant elle.

— Alors, qu'est-ce que tu es venue faire à L.A. ?

Frankie haussa les épaules et lui repassa la cigarette.

— Je ne sais pas. Je me pose encore la question.

Elle hésita. Qui essayait-elle de duper ? Elle savait exactement pourquoi elle était à Los Angeles.

— Il fallait que je quitte Londres.

— Pourquoi ?

Il la regarda droit dans les yeux. Déstabilisée par ses questions, trop directes à son goût, Frankie détourna la tête.

— C'est à cause d'un mec ?

— Non.

Elle avait répondu vite. Trop vite. Elle s'était trahie. Mais elle n'avait pas l'intention de parler de ce qui s'était passé avec Hugh. Pas à Reilly, en tout cas.

Reilly regrettait sa question. Il n'aurait pas dû la brusquer. Elle avait commencé à s'ouvrir, mais maintenant, elle se refermait.

— Excuse-moi. Je ne voulais pas être indiscret.

Frankie leva la tête. Il avait l'air sincèrement désolé. Peut-être qu'elle s'était complètement trompée sur son compte, après tout.

— Bon, d'accord, si tu tiens à le savoir, c'est bien à cause d'un mec… Mon petit ami, Hugh. Et aussi à cause de mon boulot. Je les ai perdus tous les deux la même semaine.

Voilà, c'était dit.

— Pas de chance.

Reilly haussa les épaules et écrasa sa Marlboro sous sa botte.

Pas de chance ? Frankie faillit hurler. Perdre cinq livres, oui, c'était pas de chance. Être surpris par la pluie sans parapluie, ça aussi, c'était pas de chance. Mais ce qui lui était arrivé, c'était bien pire. Comment pouvait-il tout mettre sur le même plan ? Apparemment, il n'avait aucune idée de ce qu'on pouvait ressentir quand on perdait la personne qu'on aimait. Finalement, elle ne s'était pas trompée : ce type était bien un goujat insensible. Furieuse et meurtrie, elle se releva et posa ses mains sur ses hanches.

— Ça t'est déjà arrivé d'être avec quelqu'un que tu aimes vraiment, d'avoir un boulot que tu aimes vraiment, une maison que tu aimes vraiment, et de tout perdre d'un coup ? Est-ce que tu as la moindre idée du mal de chien que ça fait ?

Sa réaction surprit Reilly. De toute évidence, il avait touché une corde sensible.

— Écoute, je voulais juste dire que…

— Eh bien, ne dis rien. Tais-toi. Tu ne sais manifestement pas de quoi je parle.

Elle pivota sur elle-même et se dirigea vers la sortie.

— Hé, où vas-tu ?

— Je rentre.

Une partie d'elle-même voulait vraiment quitter cet endroit. Mais une autre aurait bien aimé qu'il la rappelle encore une fois. Qu'il lui demande de rester. Elle se retourna.

— Pourquoi ? fit-elle.

— Tout ce matériel, il faut le ranger.

Mauvaise réponse.

Frankie le fixa.

— J'ai déjà perdu un boulot, alors un deuxième…

Elle lui lança un regard furieux, avant de tourner les talons et de sortir à grands pas.

Reilly reprit sa position contre le mur et la regarda partir.

— Frankie, murmura-t-il.

Mais cela ne servait à rien. Elle n'était plus là.

Il sortit son briquet de la poche de son jean et alluma une autre cigarette, mais l'écrasa après une seule bouffée. Il poussa un long soupir. Cette fille lui tapait vraiment sur le système.

## 17

Rita prit la nouvelle de l'accident étonnamment bien.

— Bah, ce n'est que de la tôle, dit-elle en haussant les épaules, debout dans l'allée avec ses chaussons en peau de chèvre et sa chemise de nuit de grand-mère, tandis qu'elle éclairait de sa lampe électrique les ailes de la Thunderbird ratatinées comme un accordéon. Ce n'est pas la fin du monde.

Mais après trois jours à errer dans l'appartement en attendant que le garagiste ramène la voiture à la vie, ça commençait à y ressembler. Trois journées entières passées à lire de vieux numéros du *National Enquirer* et de *US*, à écouter le jardinier de la résidence qui, au lieu d'utiliser un bon vieux râteau, faisait voler sans interruption les feuilles dans l'allée avec une machine affreusement bruyante, à manger n'importe quoi pour peu que ce soit livré à domicile et à regarder la même chaîne de divertissement à la télé. C'était pire qu'une vie de marmottes. Mais elles n'avaient pas le choix. À Los Angeles, c'était la seule vie possible pour deux pauvres âmes sans voiture. Même si personne n'était assez fou pour vivre à L.A. sans voiture. Sauf Frankie et Rita.

Le samedi matin, Rita en eut assez.

— C'est bon, je n'en peux plus des histoires sur les légendes de Hollywood, dit-elle en appuyant sur le bouton d'arrêt de la télécommande.

Elle regarda Frankie, qui était assise à côté d'elle sur le canapé et qui grattouillait les oreilles de Fred et Ginger en lisant les petites annonces de chirurgie esthétique parues dans *L.A. Weekly*, le programme télé gratuit. Apparemment, cette semaine, il y avait des soldes : « Faites-vous poser des implants mammaires et gagnez une liposuccion gratuite des cuisses » ou « Payez-vous un lifting et bénéficiez d'une rhinoplastie d'une valeur de deux mille dollars. » Mais ce qui l'intriguait le plus, c'était la promotion spéciale sur les « élargissements du pénis » et les « rajeunissements du vagin ». Rajeunissement du vagin ? En quoi cela consistait-il, exactement ?

— Je veux sortir, gémit Rita, qui n'avait pas réussi la première fois à obtenir toute l'attention désirée.

Elle écrasa sa cigarette, se leva du canapé et regarda avec envie par la fenêtre. Une voisine soucieuse d'écologie était en train de vider ses déchets soigneusement triés dans les poubelles au bout de l'allée. Ce qui ne l'empêcha pas, la minute d'après, de sauter dans son 4 x 4 qui consommait autant d'essence qu'il dégageait de monoxyde de carbone et de démarrer en faisant vrombir le moteur. Rita détourna les yeux et avala une gorgée de Nescafé froid en grimaçant.

— Et je veux un café correct, dit-elle en reposant sa tasse avec dégoût.

Frankie leva la tête. Elle supportait mieux l'enfermement que Rita. Ces derniers jours, elle n'avait pratiquement fait que dormir, pour se remettre de l'épuisement provoqué par le décalage horaire et sa journée épuisante aux Enterprise Studios.

— Pourquoi on n'irait pas faire un tour dehors ? suggéra-t-elle gaiement.

— Un tour dehors ? À pied ?

Rita avait l'air horrifiée.

— Je m'ennuie, mais je ne suis pas maboule. Personne ne fait de marche à pied à L.A.

Elle se rendit dans la cuisine, s'appuya contre l'évier et prit un Oreo. C'était le troisième en une heure. Frankie faillit lui rappeler qu'elle était censée être au régime, mais changea d'avis.

— Et Dorian ? demanda-t-elle. Tu ne crois pas qu'il pourrait nous prêter une voiture ? Après tout, il en a quatre qui sont garées dans l'allée.

Dorian achetait des voitures comme d'autres achètent des chaussures : la Toyota Landcruiser, pour lui, c'était comme des bottes, parfaites pour les jours de pluie (ce qui, à Los Angeles, arrivait en tout et pour tout une semaine par an, vers février) ; la Jeep, c'était sa paire de nu-pieds, légère et pratique pour l'été ; pour sortir, il prenait ses escarpins couture, c'est-à-dire son cabriolet Mercedes métallisé avec vitres teintées ; et pour aller en ville, il avait sa BMW bleu marine avec ses sièges en cuir et son air conditionné, aussi confortable et sûre qu'une paire de Nike.

Rita secoua la tête.

— J'y ai déjà pensé, mais ça fait plusieurs jours qu'il n'est pas rentré chez lui, et il ne répond sur aucun de ses portables. Tel que je le connais, il doit être en train de se soûler dans une de ces fêtes qui durent toute une semaine. Ou alors, il est chez une femme.

Elle ouvrit l'Oreo en deux et commença à racler l'intérieur fondant avec ses dents.

— Et Randy ? Quand est-ce qu'il revient ?

Frankie n'avait toujours pas rencontré le nouveau petit ami de Rita, qui était parti en voyage d'affaires à New York la veille de son arrivée.

— Pas avant lundi.

Elles se regardèrent avec effroi, saisies par la même pensée : encore quarante-huit heures.

Sur ces entrefaites, le téléphone sonna. Rita plongea sur le combiné en s'exclamant :

— Avec un peu de chance, c'est quelqu'un qui va pouvoir venir à notre secours.

Elle décrocha.

— Allô ?

Frankie attendit en croisant les doigts. Il y eut un instant de silence, puis elle vit le visage de Rita s'assombrir.

— Oui, oui… C'est de la part de qui ?

Déçue, elle tendit l'appareil à Frankie.

— Un type qui vend des assurances de voiture, marmonna-t-elle d'un ton bougon. Il veut te parler.

— À moi ?

Déconcertée, Frankie prit le téléphone.

— Allô ?

— Bonjour, est-ce que vous seriez intéressée par une assurance auto ?

Frankie paniqua. Cela avait-il un rapport avec l'accident ?

— Euh…

— Parce que nous avons un contrat spécial qui couvre les marches arrière dans les Bronco…

C'était Reilly. Elle aurait dû s'en douter.

— Ah, c'est toi.

Elle essayait de paraître contrariée, mais elle ne pouvait s'empêcher de sourire.

— C'est qui ? demanda Rita en tendant soudain l'oreille, intriguée.

Frankie articula silencieusement : « Reilly. » Rita ouvrit de grands yeux. Avec ses cils chargés de mascara enrichi aux protéines, on aurait dit Malcolm McDowell dans *Orange mécanique*.

— Qu'est-ce qu'il veut ? chuchota-t-elle.

Enfin, chuchoter, c'était beaucoup dire. Tout Los Angeles avait dû l'entendre.

Frankie haussa les épaules et, gênée, se boucha l'oreille pour pouvoir se concentrer sur ce que Reilly lui disait. Vexée, Rita se mit à bouder et reporta son attention sur le paquet d'Oreo, qui fondait à vue d'œil.

— Je voulais t'appeler plus tôt…

— Écoute, si c'est pour ta voiture, je paierai les réparations…

Il l'interrompit.

— Non, la voiture n'a rien. Enfin, rien dont un marteau ne puisse venir à bout.

Il fit une pause, et elle l'entendit allumer une cigarette.

— Je t'appelle parce que je te dois de l'argent. Cent cinquante dollars. L'autre jour, tu es partie avant que j'aie eu le temps de te payer.

— Ah…

— Alors, je me demandais si on ne pouvait pas se retrouver quelque part. Aujourd'hui, par exemple, si tu as un moment…

— Euh…

Sa proposition la prenait de court. Le retrouver quelque part ? Mais où ? Et qu'est-ce qu'ils allaient se raconter ? Ils n'étaient pas amis. Elle le connaissait à peine. Elle pouvait toujours apprendre à le connaître, bien sûr, mais est-ce qu'elle en avait envie ? Son esprit enchaînait les questions et les doutes, lancé comme un bolide sur un circuit de formule 1. Elle freina.

— Je suis désolée, c'est impossible, je n'ai pas de voiture…

— Je peux passer te prendre.

— Non, c'est bon. Je…

Puis elle remarqua Rita, qui faisait « oui, oui, oui » avec les lèvres, les mains jointes en un geste suppliant.

Frankie saisit le message.

— Enfin, je veux dire, oui, si ça ne t'embête pas.

Malgré la petite sonnette d'alarme qui s'était mise à sonner dans sa tête, elle lui donna l'adresse de Rita, puis regarda son amie qui, apparemment, ne partageait aucune de ses réserves. Elle brillait comme une ampoule électrique.

— Alors ?

Frankie reposa le téléphone.

— Il arrive dans vingt minutes.

Reilly s'attendait à voir Frankie, aussi tomba-t-il de haut quand, après avoir frappé à la porte, il se retrouva nez à nez avec une petite poupée toute rousse et toute ronde qui portait un pantalon taille basse et un haut minuscule de chez Rampage. Pourtant, il tomba de moins haut que Rita.

— Tu ne m'avais pas dit que c'était lui, siffla-t-elle à l'oreille de Frankie, tandis qu'elles se serraient toutes les deux à l'avant du camion.

Reilly n'avait pas prévu qu'ils seraient trois et n'avait donc pas remis en place la banquette arrière, qu'il avait enlevée quelques semaines plus tôt. Frankie fit comme si elle n'avait pas entendu Rita et s'efforça de s'installer un peu plus confortablement, ce qui ne fut pas facile. Elle était coincée entre la portière et Rita et suffoquait sous les effluves de White Musk dont son amie s'était généreusement aspergée. Ce qui, finalement, n'était pas une si mauvaise chose, vu que le Bronco de Reilly empestait le tabac froid.

— Ça va ?

Pour faire un peu plus de place, Reilly ramassa une partie de son bazar et voulut le ranger dans la boîte à gants, mais celle-ci était déjà pleine. Sans hésiter, il balança tout derrière.

— Ne faites pas attention au désordre.

Il sourit, mit le contact et se cala dans son siège.

Manifestement, le désordre ne le gênait pas, lui. Lorsqu'il démarra, un cendrier débordant de mégots se renversa sur la moquette jonchée de paquets de cigarettes froissés, d'emballages de sandwiches et de canettes vides de Coca. Quant au tableau de bord, il disparaissait sous les stylos et les crayons, les tournevis, les chiffons tachés de graisse et les vieux numéros de *Vanity Fair*. Frankie n'en croyait pas ses yeux. Elle était habituée à la Golf GTI de Hugh, avec son autocollant « ne pas fumer » et son désodorisant en forme de sapin de Noël suspendu au rétroviseur intérieur. Hugh avait tellement peur de tacher sa voiture qu'il avait laissé les plastiques sur les sièges. Avec une certaine appréhension, elle déplaça délicatement son pied droit. Et sentit quelque chose se coller à sa semelle.

Cinq minutes plus tard, ils se garaient dans une petite rue de Studio City pour prendre le café tant désiré. Frankie regarda par la vitre. Elle n'arrivait toujours pas à se faire à ces blocs de magasins sur un seul niveau, où l'on retrouvait invariablement une boutique de manucure, un bar à sushis, un vidéoclub et un drugstore. Il y en avait partout dans la ville, comme une réplique miniature des rues commerçantes d'Angleterre, mais avec beaucoup plus de place pour se garer. Sauf que, bien sûr, à Los Angeles, les gens ne flânaient pas et ne faisaient pas de lèche-vitrines. C'était même tout le contraire. Ils se garaient, sautaient de leur voiture, faisaient leurs courses en deux temps, trois mouvements et remontaient dans leur voiture. Mais il fallait reconnaître que le décor – des préfabriqués déprimants et des enseignes fatiguées aux néons criards – ne donnait pas vraiment envie de s'attarder, songea Frankie.

Mais ce n'était pas le cas chez *Tea Leaf*. L'endroit était rempli de gens installés confortablement dans des fauteuils en osier, qui lisaient les journaux mis gratuitement à leur disposition et faisaient sans complexe des saletés avec le sucre et le lait. Il y avait même des clients assis dehors, autour des quelques tables qui avançaient courageusement sur le trottoir désert à côté de la route à quatre voies.

Rita poussa la porte, leva le nez et inspira profondément.

— Tu sens cette odeur de café ?

Elle marcha jusqu'à la caisse en se dandinant sur ses hauts talons et reluqua avec envie les gâteaux au café et les tranches de cheesecake dans la vitrine réfrigérée.

Frankie la rejoignit avec Reilly. Lorsqu'il tira un portefeuille écorné de la poche de son pantalon et l'ouvrit, elle ne put s'empêcher de remarquer la photo de la jolie blonde qui était glissée sous le plastique transparent. Sa petite copine ? L'idée l'étonna, mais elle n'aurait su dire pourquoi. Pourquoi n'aurait-il pas de petite copine ? Elle détourna rapidement les yeux, de peur de se faire surprendre en flagrant délit d'indiscrétion.

— Pendant que j'y pense…

Il sortit plusieurs billets et les lui tendit.

— Ah, merci.

Elle prit l'argent et remarqua qu'il lui avait donné cinquante dollars de plus que prévu.

— La journée a été longue. C'est pour les heures supplémentaires, expliqua-t-il, avant même qu'elle ait dit quoi que ce soit. Et c'est aussi une tentative de corruption, ajouta-t-il en regardant ses bottes d'un air gêné. Je me demandais si ça t'intéresserait de faire d'autres prises de vue. Mais bon, tu vas probablement me dire non, après ce qui s'est passé mardi. Mon assistante est toujours malade.

Elle hésita. Elle avait besoin d'argent, mais travailler impliquait de revoir Reilly. Est-ce qu'elle en avait envie ? Elle le regarda et s'aperçut que son visage portait encore les traces de son oreiller et qu'il avait les cheveux humides. Il venait sans doute de se réveiller et de se doucher. Elle sourit. Apparemment, il ne mettait pas de réveil et ne passait pas quarante minutes dans la salle de bains pour se préparer, contrairement à Hugh. Et, à la réflexion, elle était plutôt contente qu'il ne soit pas comme ça.

— Bon, d'accord.

— Formidable.

Il sourit et parut se détendre.

— Les cafés sont pour moi. Qu'est-ce que tu prends ?

— Euh...

Elle regarda le tableau, qui mentionnait un nombre hallucinant de types de café différents. On aurait dit un de ces panneaux d'arrivées et de départs qu'on trouve dans les aéroports, sauf qu'ici, il n'était pas écrit Ibiza, Malaga ou Corfou, mais Cuba, Maroc, Mexique, Inde. Frankie s'attendait presque à voir les lettres tourner en cliquetant et le tableau afficher de nouvelles informations.

Devant eux, un type en mocassins d'une quarantaine d'années passait sa commande.

— Je vais prendre un double moka sans matière grasse, grand modèle, deux tiers décaféinés, un tiers caféiné, torréfaction américaine, sans mousse, s'il vous plaît.

Hou ! là là ! Frankie se rendait soudain compte qu'elle n'avait jamais saisi toute la complexité du café. D'ordinaire, chez Prêt à Manger, elle commandait un cappuccino, mais vu que le choix se limitait à ça, un espresso ou un chocolat, c'était plus facile. Pourtant, elle était une fille moderne, une fille de la ville. Elle avait habité Londres, une métropole prise d'assaut par des multinationales comme la Seattle Coffee Company et les Caffé Nero, alors question café, elle n'en était pas à sa première expérience. Elle regarda le tableau une nouvelle fois. En fait, elle avait plutôt envie d'une tasse d'Earl Grey.

— C'est à vous, messieurs-dames.

Un caissier à l'air jovial et au visage couvert d'acné leur fit signe d'avancer. C'était le moment de commander.

— Alors, tu as fait ton choix ? demanda Reilly en la regardant.

Frankie se jeta à l'eau.

— Je vais prendre la même chose que toi, ça ira très bien.

Leurs cafés à la main, ils sortirent prendre le frais. Mais, hélas, il n'y avait pas la moindre trace de fraîcheur dehors. De la poussière, du brouillard, de l'humidité, oui ; de la fraîcheur, non. C'était de nouveau la canicule à Los Angeles, et les thermomètres indiquaient joyeusement 32 °C. Mais c'était ça ou le froid de l'air conditionné à l'intérieur, qui aurait eu vite fait de transformer leurs cappuccinos en cafés frappés avant même que la mousse soit retombée.

Ils s'assirent à une table sur le trottoir et, pendant quelques instants, ils sirotèrent en silence leurs gobelets géants bourrés de caféine. Frankie avait le sentiment que c'était à elle de lancer la conversation, aussi essaya-t-elle de trouver quelque chose à dire, mais rien ne lui vint. Dieu merci, Rita était là. On pouvait compter sur elle pour briser la glace.

Malheureusement, en l'occurrence, elle ne brisa pas la glace. Elle la pila en petits morceaux.

— Tu es marié ?

Elle venait de renoncer à faire fondre l'édulcorant, qui continuait à crépiter de façon inquiétante dans son gobelet.

Frankie faillit s'étouffer avec son cappuccino et se brûla le palais.

Reilly tira sur sa cigarette et sourit.

— Pourquoi cette question ?

Il avait l'air amusé.

— Comme ça. Ces derniers temps, tous les types que je rencontre sont mariés. Alors, au lieu de le découvrir après coup, je me suis dit que j'allais commencer par là. Au moins, je serai fixée.

— Non, je ne suis pas marié.

Il laissa tomber la cendre de sa cigarette sur le trottoir et but une gorgée de café, avant d'ajouter :

— Je suis divorcé.

Frankie essaya de ne pas sursauter et feignit l'indifférence. Divorcé ? Reilly avait été marié ? Elle avait du mal à l'imaginer avec une épouse. Pourquoi ? Parce qu'il était trop... Trop quoi ? Elle n'arrivait pas à mettre le doigt dessus. Il n'était tout simplement pas du genre à se marier. Elle songea à la photo dans son portefeuille. Peut-être que c'était son ex-femme.

— Et toi, tu es mariée ?

Il regarda Rita, qui attaquait avec entrain un muffin aux myrtilles allégé.

— Pas encore, répondit-elle, la bouche pleine, en agitant son annulaire gauche dépourvu d'alliance. Mais j'ai un copain. Il est à New York jusqu'à lundi.

Frankie commençait à être mal à l'aise. Le mariage était bien le dernier sujet qu'elle avait envie d'aborder. Elle prit la cigarette que Rita avait laissée se consumer dans le cendrier et tira dessus.

Rita s'en aperçut et fronça les sourcils. Bizarre. En temps normal, Frankie ne fumait qu'à la nuit tombée ou quand elle était énervée. Soudain, elle comprit.

— Oups, désolée, j'avais oublié.

Elle posa sa main sur sa bouche.

— Moi et ma grande gueule... Frankie est célibataire, ajouta-t-elle en se tournant vers Reilly.

Frankie se recroquevilla sur sa chaise. À entendre Rita, on aurait dit qu'elle souffrait d'une terrible maladie qui risquait de l'emporter.

Reilly aspira une dernière bouffée et jeta sa cigarette par terre.

— Je suis sûr que ça ne va pas durer.

Frankie sentait ses yeux braqués sur elle et commençait à être très gênée. Et elle ne trouvait toujours rien à dire. Par chance, Rita fit diversion en bondissant soudain de sa chaise.

— Bon Dieu, c'est pas vrai ! Je ne peux pas le croire !

Frankie saisit la perche au vol, soulagée qu'on change de sujet.

— Quoi ? demanda-t-elle.

— Là-bas...

— Où ?

— Là-bas...

Frankie regarda dans la direction que Rita lui indiquait. Un homme grand et brun d'environ trente-cinq ans traversait la rue en direction d'un cabriolet Isuzu Trooper. Une fois installé au volant, il se pencha vers la femme blonde et maigre assise à la place du passager et se mit à l'embrasser. Et pas sur la joue.

— Qui est-ce ? demanda Frankie en se tournant vers Rita.

Elle regretta aussitôt sa question. Il suffisait de voir le visage blafard de son amie pour connaître la réponse.

— Randy, souffla Rita.

## 18

— Salaud, salaud, salaud.

Rita marmonnait ce mot comme un mantra, en équilibre instable sur une jambe. Elle était à son cours de yoga énergétique et était censée faire la salutation au soleil, mais pendant que ses camarades poussaient des « mmm » inspirés et vénéraient les astres lointains, elle, elle maudissait Randy, ce fumier qui lui avait raconté qu'il partait en voyage d'affaires à New York, alors qu'il était chez lui avec celle qui était sa femme depuis quatre ans et demi.

Elle changea de position et se mit en équilibre sur l'autre jambe. Qu'il la trompe, passe encore, mais qu'il la trompe avec sa propre femme, c'était plus qu'elle n'en pouvait supporter. C'était bon pour le *Jerry Springer Show*. Les yeux fermés, elle inspira et expira profondément, tout en répétant :

— Salaud, salaud, salaud.

Après quelques minutes, elle commença à se sentir beaucoup mieux. Finalement, le yoga énergétique avait du bon.

Frankie tendit une jambe tremblante derrière elle et essaya de rester dans la position que le professeur avait décrite comme étant celle du chien. On était samedi soir, et Rita l'avait traînée de force au Beverly Hills Life Center, où elle avait pris un abonnement au cours de yoga pour six semaines. Cela faisait partie de son programme de découverte de soi. L'idée du programme avait germé après qu'elle avait découvert Randy avec sa femme devant le *Tea Leaf*.

La rupture avait eu lieu une semaine plus tôt. Horrifiée, Frankie avait vu Rita traverser en dehors des clous, marcher jusqu'au cabriolet Isuzu Trooper et attendre patiemment que Randy reprenne son souffle après avoir embrassé passionnément la blonde. Alors, sans prévenir, elle lui avait envoyé son poing dans la figure. Venant d'une famille de poids plume – dans sa jeunesse, son père avait été champion du comté de Cork pendant cinq années consécutives –, Rita était plutôt fière de son crochet gauche. Évidemment, à partir de là, les choses avaient assez vite dégénéré. La blonde avait déclaré qu'elle était l'épouse de Randy, puis avait contre-attaqué en traitant Rita de tous les noms et en la menaçant de lui intenter un procès pour coups et blessures, pendant que Randy, recroquevillé sur son siège et muet comme une carpe, frottait son menton endolori et vérifiait qu'il n'avait pas perdu de dent. Il avait fallu que Frankie intervienne, qu'elle pousse une Rita sanglotante dans la camionnette de Reilly et qu'ils prennent la fuite pour que le cauchemar s'arrête.

Sauf que le cauchemar ne s'était pas arrêté. Pendant les jours qui avaient suivi, Rita, qui réussissait d'habitude à calmer ses peines de cœur à l'aide de vin blanc bon marché et de cigarettes, avait continué à sombrer dans la déprime, quel que soit le nombre de bouteilles de chardonnay à trois dollars quatre-vingt-dix-neuf et de paquets d'American Spirit qu'elle liquidait. Pour ne rien arranger, le lundi, il y avait eu l'audition pour *Malibu Motel*. Rita trouvait qu'elle s'en sortait bien, jusqu'à ce que la directrice de casting, une femme revêche d'une quarantaine d'années habillée en Donna Karan, l'interrompe au milieu d'une réplique et lui dise : « On vous appellera, chérie. » Inutile de préciser qu'ils n'avaient jamais rappelé.

Rita était dans tous ses états. Cette fois, elle ne s'en tirerait pas en allant faire la fête et en se soûlant. On était à Los Angeles, pas à Londres. Se promener avec une cigarette dans une main et un gin tonic dans l'autre était nettement moins drôle quand l'une risquait de vous valoir une amende et l'autre de vous faire orienter par un barman charitable vers les Alcooliques Anonymes.

Rita avait donc changé de thérapie. À Los Angeles, quand on n'allait pas bien, il y avait deux possibilités. La première consistait à aller voir un psy, mais l'idée de donner cent dollars à un parfait inconnu pour qu'il l'écoute pendant une heure gémir sur ses problèmes déprimait Rita encore plus. Et puis, elle pouvait faire la même chose avec Frankie pour rien. Alors, elle avait opté pour la deuxième solution, beaucoup plus économique : les guides d'épanouissement personnel, les livres qui vous aident à vous faire du bien tout seul.

Après trois jours passés au lit, Rita avait testé tous les parfums de crème glacée de Ben and Jerry's et lu trois ouvrages : *Survivre au changement*, *Savoir s'imposer* et *Les femmes sont normales, les hommes viennent d'une autre planète*. Elle en était sortie pleine d'espoir et bien décidée à reprendre sa vie en main. Cela avait l'air plutôt simple. Pour être calme, épanouie, heureuse et réussir dans la vie, il lui suffisait de suivre un programme en dix étapes (elle préférait oublier qu'en additionnant tous les chapitres, cela devait faire quelque chose comme trois cent trente étapes). Mais, à en croire les éminents spécialistes de ce genre de littérature – des hommes et des femmes à lunettes qui avaient survécu au divorce, au cancer et à des accouchements traumatisants sans jamais perdre leur sourire de publicité pour dentifrice –, elle avait aussi besoin de quelques accessoires.

Rita avait donc rangé son cynisme dans sa poche et s'était rendue chez Banyan Tree, une boutique pleine d'encens et de carillons éoliens. Sur les conseils de Melissa, une vendeuse un peu timbrée qui vivait à Topanga Canyon et arborait des tatouages au henné, des bracelets porte-bonheur et des bagues indiennes en argent à chaque doigt, elle avait acheté des cristaux vivifiants, des huiles essentielles anti-stress, un jardin miniature zen et un livre sur le feng shui. Ravie de ses achats, elle était ensuite allée à Beverly Hills et s'était inscrite à un cours de yoga, avant de passer chez Mrs Gooch's, le supermarché bio des stars, où elle avait rempli son panier de fruits, de graines et de trucs qui germent. Quand elle était enfin rentrée chez elle, elle avait dépensé plus de mille dollars. Se faire du bien coûtait sacrément cher, finalement.

— Inspirez... Faites le dauphin.

Le professeur aux abdominaux en tablettes de chocolat lâchait ses instructions comme un sergent-major à une bande de troufions, sauf que les troufions en question étaient du genre beaux et éternellement jeunes, avec des jambes tellement bronzées, fines et musclées qu'on aurait dit des bretzels.

— Changez de position, restez, plus vite, serrez, poussez, tirez, transpirez.

Et ainsi de suite, sans une minute de répit. Le yoga énergétique était une école de rigueur qui ne tolérait pas le moindre relâchement de la part de ses disciples, juste l'odeur des calories brûlées – mille cinq cents en une heure, d'après les prospectus.

Frankie voulait bien le croire. Elle avait du mal à suivre le rythme, et elle avait l'impression que son corps allait se démantibuler, à force de se contorsionner dans des positions qu'elle n'avait vues que dans le *Kâma-sûtra*. Ce n'était pas le genre de yoga qu'elle avait imaginé quand elle s'était laissé enrôler par Rita. Où était le professeur hippie avec sa paire de sandales Birkenstock ? Où étaient l'encens et les musiques de relaxation ? Où étaient les femmes d'âge mûr aux joues roses et en caleçon léopard qu'on voyait toujours en photo au dos des vidéos de yoga ? Sans doute chez elles, les pieds sur la table, en train de manger du chocolat et de regarder la télé, se dit-elle en essayant d'enrouler ses jambes autour de ses coudes. Là où elle aurait voulu être, en somme.

— Je me sens incroyablement mieux. Pas toi ?

Le cours venait juste de se terminer, et Rita s'avançait en sautillant vers Frankie, sa serviette autour des épaules, la mine resplendissante.

— Tu plaisantes ? fit Frankie en haletant. Je suis sur les rotules. Et je suis sûre que je me suis déchiré quelque chose dans le mollet quand j'ai essayé de toucher mes orteils.

Elle sortit en clopinant de la salle tapissée de miroirs et poussa les portes battantes qui menaient aux vestiaires.

— Ça t'apprendra à avoir d'aussi longues jambes, répliqua Rita.

Frankie ne se donna pas la peine de répondre. Tout en essuyant les gouttes de sueur sur son front, elle se laissa tomber lourdement sur un banc, puis se baissa en gémissant pour délacer ses baskets.

Rita s'assit à côté d'elle.

— Ça m'a permis de chasser Randy de mon esprit.

Elle prit une des serviettes molletonnées fournies par le club et l'enroula autour de sa taille, puis glissa les mains dessous pour enlever sa tenue de gym. Pour quelqu'un qui aimait s'exhiber en short moulant et ultracourt, Rita était étonnamment pudique quand il s'agissait de se déshabiller dans un endroit rempli d'inconnus.

— Si seulement je pouvais en dire autant, soupira Frankie.

Elle enleva ses Nike et les jeta dans son casier.

— À mon avis, il me faudra plus que quelques salutations au soleil pour oublier Hugh.

— Tu es toujours aussi mordue, hein ?

Frankie hocha la tête.

— Je n'y peux rien. Personne ne lui arrive à la cheville.

Elle commença à essayer d'enlever son caleçon, qui lui collait aux mollets comme du film plastique.

— C'est peut-être cucul, mais il était ma moitié. Mon âme sœur.

Elle se releva, pivota sur elle-même et inspecta ses fesses dans la grande glace. Elle grimaça.

— Je sais que tu penses que je devrais voir d'autres mecs, mais je m'en sens incapable. La seule idée de sortir avec un autre homme que Hugh me dégoûte.

Rita détacha ses cheveux.

— Je te comprends. Depuis ce qui m'est arrivé avec Randy, je ressens exactement la même chose. En fait, je crois que j'ai besoin de faire une pause, moi aussi, question mecs.

— Toi ?

Frankie ne réussit pas à dissimuler son incrédulité. Rita, célibataire ? C'était un état qu'elle n'avait pas dû connaître depuis la classe de troisième.

— Oui, confirma Rita. C'est décidé. J'en ai marre de dépenser toute cette énergie pour les hommes.

Elle s'approcha de la glace, scruta son visage et pressa quelques points noirs sur son menton.

— Et que je te coure après, et que je te charme, et que je te laisse mariner... Et encore, moi, je ne fais pas trop attendre... Quand je pense à tout le temps que j'ai passé à me préoccuper des hommes, à penser aux hommes, à me demander s'ils allaient appeler, à me ronger les sangs parce qu'ils n'appelaient pas, à essayer de comprendre pour quelle raison ils appelaient exactement... Bon sang, c'est un travail à temps complet ! Si je m'étais donné autant de mal pour ma carrière, je serais en route pour les Oscars, à l'heure qu'il est.

Énervée par la vilaine marque rouge qui était apparue sur son menton, Rita s'écarta du miroir.

— De toute façon, je ne connais aucun homme qui soit digne de moi.

Elle fouilla dans son sac et en sortit un exfoliant pour le corps, un gant de crin et un tube tout neuf de crème anti-cellulite raffermissante qui vous garantissait la cuisse lisse en huit semaines.

— N'empêche que Reilly est charmant, ajouta-t-elle. Si je n'avais pas renoncé aux garçons, j'en ferais bien mon quatre-heures.

Frankie se raidit. Entendre prononcer le nom de Reilly la mettait mal à l'aise.

— Évidemment, tu as la priorité... Enfin, s'il t'intéresse.

— Moi ? Ne sois pas stupide. Ce type ne m'intéresse pas du tout.

Elle claqua la porte de son casier et tourna la clé.

— Pas la peine de monter sur tes grands chevaux, grogna Rita. Je sais que tu penses toujours à Hugh, mais Reilly a l'air d'un type vraiment bien. Je me disais simplement que tu finirais peut-être par l'apprécier, vu que vous allez travailler ensemble.

— Je travaille pour lui, Rita, répondit Frankie d'un ton plus calme. Je ne travaille pas avec lui. Et puis, c'est alimentaire. Rien de plus. Ça ne me ferait ni chaud ni froid de ne plus jamais le revoir.

Elle prit son shampooing et son après-shampooing et ouvrit la porte qui donnait sur les douches. Après avoir tiré le rideau derrière elle et ouvert les robinets, elle resta sans bouger sous le jet d'eau chaude, à songer à ce qu'elle venait de dire. Elle n'avait pas été tout à fait sincère. Il lui était arrivé de repenser à Reilly. Et plus d'une fois, pour être honnête.

Elle versa une noix de shampooing dans le creux de sa main et commença à se masser la tête. Bon, ces derniers jours, elle s'était surprise à penser à Reilly. Et alors ? Cela ne voulait pas dire qu'il lui plaisait. C'était Hugh qui lui plaisait, et Reilly ne lui ressemblait en rien. Négligé, mal fagoté, mal rasé, il fumait comme un pompier, buvait la bière au goulot et, à en juger par les papiers gras qui traînaient dans le Bronco, se nourrissait exclusivement de hamburgers et de frites. Même si elle avait cessé d'aimer Hugh – ce qui n'était évidemment pas le cas –, elle ne se serait jamais intéressée à Reilly. Ce n'était pas son genre d'homme. Elle ferma les yeux et se rinça la tête, puis s'essora les cheveux et fit pénétrer l'après-shampooing.

Si elle pensait parfois à Reilly, c'était sans doute parce qu'il avait été si gentil, le samedi précédent, quand Rita s'était mise à brailler après Randy. Hugh, lui, serait resté à l'écart. Il détestait qu'on se donne en spectacle en public. Le fait que ce soit Rita n'aurait rien arrangé. Ils n'avaient jamais vraiment été les meilleurs amis du monde. Oui, connaissant Hugh, il aurait sans doute planté Rita là. Reilly, lui, avait volé à son secours, tel un preux chevalier, avec un blouson en cuir défraîchi en guise d'armure étincelante et un camion tout défoncé à la place du fier destrier. Et Frankie devait admettre que c'était vraiment sympa de sa part. Après tout, il les connaissait à peine l'une et l'autre. Ce qui expliquait sans doute, d'ailleurs, qu'il ne l'ait pas rappelée, alors qu'il avait dit qu'il le ferait.

Elle rinça l'après-shampooing et attendit que toute la mousse ait disparu pour fermer les robinets. Puis elle retourna dans les vestiaires, les cheveux enroulés dans sa serviette. L'air frais lui fit du bien. Peut-être que l'assistante de Reilly était guérie et qu'il n'avait plus besoin d'elle. La belle affaire. Elle trouverait un autre boulot. Elle prit le sèche-cheveux, enleva sa serviette, secoua ses cheveux et se pencha, tête en bas. Qu'il appelle ou pas, c'était sans importance. Elle arrêta le sèche-cheveux et se regarda dans la glace. Elle était toute frisée et toute rouge. Mais si c'était sans importance, pourquoi est-ce qu'elle continuait à y penser?

— Tu sais ce qui me fait envie? lança Rita, qui revenait de la douche, un masque à l'argile collé sur le visage.

— Oui, mais je croyais que tu avais décidé d'arrêter le sexe, plaisanta Frankie en cherchant son anti-cernes dans sa trousse de maquillage.

— Très drôle. Figure-toi que je ne parle pas de ça.

— Alors, de quoi?

Frankie redoutait la réponse. Un nouveau programme d'épanouissement personnel était au-dessus de ses forces. Elle avait déjà dû se mettre au blé complet et aux aliments macrobiotiques, et depuis qu'elle avait lu son bouquin sur le feng shui, Rita passait son temps à lui rappeler de rabattre le couvercle sur les toilettes.

Rita eut un sourire malicieux.

— D'une margarita.

Frankie sourit à son tour.

— À la bonne heure! Comme je dis toujours: « Aide-toi, la tequila t'aidera. »

## 19

— Comment elle s'appelle?

— Qui ça?

— La fille à qui tu penses.

Dorian claqua des doigts comme un danseur de flamenco pour attirer l'attention de la serveuse.

— Il n'y a pas de femme.

Reilly joua avec son paquet de Marlboro. Il mourait d'envie d'allumer une cigarette, mais ici, c'était impossible. Dorian et lui se trouvaient au *El Carmen*, un restaurant mexicain célèbre pour ses margaritas, et ils entendaient bien profiter des tarifs de début de soirée. Ils n'étaient pas les seuls. L'endroit était bondé. La faune branchée de Hollywood enchaînait les tournées de margaritas, massée autour des tables en bois recouvertes de quesadillas au fromage et de plats de haricots frits. C'était le Mexique vu par Hollywood. Les murs blanchis à la chaux étaient couverts de couvertures mexicaines rayées et de faux avis de recherche qui promettaient une récompense à quiconque permettrait l'arrestation du bandit moustachu coiffé d'un sombrero (lequel bandit présentait toujours une ressemblance suspecte avec Chevy Chase). On entendait les Gypsy Kings s'époumoner dans les enceintes, tandis que des sosies de Salma Hayek et de Jennifer Lopez, vêtus de jupes de couleurs vives et de petits hauts à froufrous, apportaient des pichets de margarita à cinq dollars aux clients.

— Allez, quoi, tu n'as pas dit un mot depuis une demi-heure.

Dorian croisa le regard d'une serveuse à l'autre bout de la pièce et lui décocha un grand sourire.

— Il y a forcément une femme là-dessous.

— Non.

Reilly secoua la tête.

— Les femmes ne m'intéressent pas.

— Tu as perdu la tête ou quoi ?

Les yeux de Dorian parcoururent la serveuse de haut en bas, avant de se fixer sur son décolleté avantageux.

— Ne me dis pas qu'une paire d'obus pareils, ça ne t'intéresse pas !

Reilly fourragea dans ses cheveux. Il avait encore de l'huile de moteur sur les doigts. Les heures passées sous le Bronco, à essayer de réparer la fuite dans le joint de culasse défoncé par la Thunderbird, avaient laissé des traces.

— Je croyais que tu parlais des femmes, pas de leurs seins.

— Ça va ensemble, répondit Dorian, l'air distrait.

Il rajusta soudain le col de sa chemise Gucci en soie et se redressa. Reilly suivit son regard et vit que la serveuse avançait vers eux en zigzaguant entre les tables et les chaises.

— Tu n'as vraiment personne en vue ?

— Personne.

Reilly se pencha en avant, posa le coude sur la table et le menton dans sa main et trempa une chips de maïs dans le bol de guacamole.

— Tu ne crois pas qu'il est temps de te bouger ? demanda Dorian en appliquant rapidement une couche de pommade goût cerise sur ses lèvres. Ça fait plus de deux ans que tu es séparé de Kelly. Il te faut une petite amie.

— J'aime bien être seul. Pas de contraintes, pas d'emmerdes.

— Et pas de plaisir.

La serveuse approchait. Dorian se lécha les babines, prêt à passer à l'attaque.

— Tu n'as pas de petite amie non plus, que je sache, rétorqua Reilly.

— J'en ai plusieurs en même temps. C'est plus amusant.

Reilly sourit mollement et abandonna sa chips de maïs, qui resta fichée comme un aileron de requin dans la purée d'avocats pleine de grumeaux.

— Et ça se chiffre à combien en ce moment ?

— Vingt, à peu près.

Dorian adressa un sourire engageant à la serveuse, qui n'était plus qu'à quelques pas de leur table.

— Vingt et un, avec un peu de chance.

Quelques minutes plus tard, la petite amie potentielle de Dorian leur apporta quatre margaritas version extraforte, composées de tequila José Cuervo, de Cointreau, de jus de citron vert frais et de beaucoup de glace. Reilly descendit la première et savoura la sensation de l'alcool qui lui brûlait la gorge, pendant que Dorian discutait dans un de ses portables.

— Alors, comment ça s'est passé avec Frankie pendant la séance photo ?

Dorian referma son Panasonic métallisé, lécha le sel sur le bord de son verre et but une gorgée.

— Mmm, c'est divin.

Sans rien dire, Reilly attaqua sa deuxième margarita, avant de regarder Dorian, qui le dévisageait, l'air interrogateur.

— Qu'est-ce que tu veux savoir ? demanda-t-il enfin. Si j'ai couché avec elle ?

— Je ne t'aurais pas posé la question, mais puisque tu en parles…

Dorian prit l'air innocent, mais Reilly ne fut pas dupe.

— Bon sang, tu es pire qu'un chien en chaleur, mon vieux.

Il s'appuya contre le dossier de sa chaise et frotta la tache de cambouis sur son tee-shirt. Il ne réussit qu'à l'agrandir.

— Désolé de te décevoir, mais non, je n'ai pas couché avec elle.

— Et tu vas la revoir ?

— Peut-être, mais si c'est le cas, ce sera pour une autre séance photo. Je lui avais dit que je lui ferais signe si j'avais du boulot cette semaine, mais comme c'était assez calme, je ne l'ai pas appelée.

Il remua le contenu de son verre à l'aide du bâtonnet en plastique surmonté d'un mini-cactus.

— Frankie et moi, c'est pour le boulot. Mon assistante était malade, elle l'a remplacée. Fin de l'histoire. Si je ne la revois jamais, ce ne sera pas une grosse perte.

— Et c'est tout ?

— Oui.

Reilly avala les dernières gouttes de son cocktail et se mit à croquer les glaçons. Il n'allait certainement pas le dire à Dorian – Dieu sait quelles conclusions il pourrait en tirer –, mais il lui était arrivé de penser à Frankie cette semaine. Ce soir, en particulier, elle lui trottait dans la tête, sans qu'il sache vraiment pourquoi. Il n'avait pas envie de sortir avec elle. En réalité, il n'avait envie de sortir avec personne. Depuis son divorce, il se contentait d'aventures sans lendemain, et à ses yeux, Frankie n'était pas une fille d'un soir. De toute façon, honnêtement, cela ne lui disait rien de coucher avec elle. Elle était mignonne, personne n'aurait pu le nier, mais elle n'était pas son genre. C'était une bêcheuse, une tête de mule dotée d'un fichu caractère. En plus, à en juger par ce qu'elle avait mangé au déjeuner le jour de la prise de vue, elle était végétarienne. Il croisa le regard de la serveuse et lui fit signe de lui remettre la même chose. Mais pourquoi, s'il se moquait à ce point de revoir Frankie, avait-il envie qu'elle soit là, tout à coup ?

Rita prit le ticket des mains du voiturier et le fourra dans le faux sac Chanel qu'elle venait d'acheter à un stand de Venice Beach. Puis elle passa son bras sous celui de Frankie et se dirigea vers l'entrée du restaurant, illuminée comme un sapin de Noël.

— Cet endroit sert les meilleures margaritas de toute la ville, annonça-t-elle, tandis que le portier leur ouvrait la porte et qu'elles pénétraient dans le restaurant, où les accueillirent la musique des Gypsy Kings et l'odeur des haricots frits.

— Comment ça s'appelle ? demanda Frankie en essayant tant bien que mal de suivre le rythme de son amie, qui, morte de soif, la propulsait à travers le petit patio au sol recouvert de tomettes qui menait à la salle principale.

Rita s'arrêta un instant pour rajuster sa minijupe et répondit :

— *El Carmen*.

Reilly repéra Frankie avant qu'elle ne le voie. Vêtue d'un tee-shirt et d'un jean, elle se tenait à l'entrée du restaurant, en compagnie de sa colocataire rousse qu'elle dépassait de vingt bons centimètres. Il la regarda bavarder avec sa copine, puis la vit lever les yeux et tourner la tête vers lui. Elle eut l'air d'abord surpris, mais ensuite, elle lui sourit. Il lui rendit son sourire et se sentit soudain nerveux. Mais qu'est-ce qui lui prenait, bon sang ? Il avait trente-quatre ans et il réagissait comme un adolescent.

— Mon Dieu, Reilly est là, chuchota Frankie, dont le cœur se mit à battre au même rythme que le flamenco des Gypsy Kings. Ne regarde pas, surtout.

Ce n'était pas la chose à dire à Rita.

— Où ça ? cria-t-elle, si fort que sa voix couvrit la musique.

Elle se hissa sur la pointe des pieds et repéra Reilly et Dorian.

— Viens, on va s'installer avec eux, ajouta-t-elle en leur adressant de grands signes.

Elle se dirigea vers leur table, bousculant une foule de gens sur son passage. Frankie n'avait jamais eu autant besoin d'une margarita.

— Il n'y a pas moyen de vous échapper, hein ?

Rita se jeta au cou de Dorian, manifestement ravi, et l'embrassa sur les deux joues. Frankie resta en retrait, l'air gêné. Reilly semblait aussi embarrassé qu'elle.

— Salut, finit-il par dire.

Elle eut un petit sourire tordu.

— Écoute, je suis désolé de ne pas t'avoir appelée cette semaine, mais c'était plutôt calme au boulot.

— Pas de problème.

Elle essayait de faire la fille indifférente, alors qu'elle était déjà en train d'analyser sa phrase. « Je suis désolé de ne pas t'avoir appelée cette semaine, mais c'était plutôt calme au boulot. » Ça voulait dire qu'il ne l'avait pas délibérément évitée. Mais ça voulait dire aussi que pour lui, leurs relations étaient strictement professionnelles. Et alors ? Après tout, c'était exactement ce qu'elle avait dit à Rita. Il n'y avait pas de quoi se mettre dans tous ses états.

— J'ai été pas mal occupée, de toute façon, précisa-t-elle d'un ton désinvolte.

C'était vrai qu'elle avait eu un emploi du temps surchargé, entre le cours de yoga, les séances de bronzage sur le balcon et l'étude des bouquins d'épanouissement personnel de Rita.

— Parfait.

Il était visiblement soulagé.

— À vrai dire, je me sentais un peu coupable de ne pas t'avoir donné signe de vie. Surtout que c'est moi qui t'avais demandé ton aide.

— Il n'y a pas de problème, vraiment.

Elle tira nerveusement sur ses cheveux et regretta de s'être contentée d'un rapide coup de séchoir au lieu de prendre le temps de se faire un brushing. Elle voyait d'ici les frisettes remonter comme des ressorts et former un halo bouclé autour de sa tête. Magnifique.

— Alors, qu'est-ce qui ferait plaisir à ces deux superbes créatures ?

Dorian regarda Frankie et Rita.

— À ton avis ? répliqua Rita en lui donnant un coup de coude. Et j'en veux deux.

Dorian émit un rire de faune lubrique.

— Moi aussi, dit-il en posant la main sur ses reins et en la déshabillant des yeux.

Les pichets de margarita avalés l'estomac vide décidèrent de la nature de la soirée. Dorian – qui d'autre ? – aida à mettre de l'ambiance en invitant à leur table une flopée de blondes siliconées venues célébrer le vingt et unième anniversaire de l'une des leurs. Du coup, tout le monde se mélangea sur les bancs. Apparemment, personne n'y trouva à redire. Rita se blottit avec bonheur près de Reilly et du bol de guacamole, tandis que Dorian s'asseyait à côté de Cindy, la fille qui fêtait son anniversaire, ce qui ne l'empêcha pas de changer de place régulièrement pour pouvoir se frotter contre chacune de ses copines.

Frankie, elle, fut repoussée à l'autre bout, loin de Reilly, Rita et Dorian, mais juste à côté d'une grande blonde renversante à la Gwyneth Paltrow. Ladite blonde s'appelait Sandy, et elle était née avec un gène en moins, celui de la modestie. Frankie, qui voulait juste bavarder poliment, eut droit à un exposé détaillé sur Ben, son petit ami « vraiment trop mignon », qui jouait au basket et qu'on surnommait Big Ben, sa nouvelle Mustang « vraiment trop bien » et sa carrière de mannequin « vraiment trop dingue ».

Après une heure à apprendre tout ce qu'il y avait à savoir sur la vie vraiment trop géniale de Sandy, Frankie, à bout de nerfs, s'excusa et se réfugia aux toilettes. Elle referma la porte derrière elle et s'appuya contre le lavabo. Il n'y avait rien à faire, elle n'arrêtait pas de penser à Reilly. Depuis le début de la soirée, elle avait envie de parler avec lui, mais il était à l'autre bout de la table. Elle l'avait regardé discrètement pendant qu'il plaisantait avec Rita et bavardait avec Cindy. Une ou deux fois, il avait surpris son regard avant qu'elle ait eu le temps de détourner les yeux, et il avait souri.

L'alcool n'y changeait rien, sa présence continuait à lui filer le trac. Allez savoir pourquoi. Elle s'aspergea le visage d'eau froide et regarda dans la glace. Une fille avec des yeux de cochon et des frisettes de mouton la dévisagea. Oh ! là là ! Elle avait une de ces têtes. Elle farfouilla dans sa trousse de maquillage, s'appliqua un trait d'eye-liner, une tonne d'anti-cernes et du mascara. Elle sortit même le brillant à lèvres qu'elle avait eu gratuitement avec un magazine, s'en mit une couche et s'attacha les cheveux en queue-de-cheval. Elle s'examina dans le miroir et, soudain, se figea. Pourquoi est-ce qu'elle faisait tout ça ? Qui est-ce qu'elle cherchait à impressionner ? Oh, et puis zut. Il n'y avait pas de mal à se maquiller un peu. Elle le faisait pour elle, pour être un peu plus présentable, pour ne pas avoir trop de complexes quand elle devrait se rasseoir à côté de Sandy, Mademoiselle Vraiment Trop Parfaite. Et de toute façon, qui allait s'en apercevoir ?

— Waouh, mais on s'est refait une beauté ! hurla Rita lorsque Frankie revint s'asseoir à table – par chance, Sandy, qui était en train de se faire draguer par Dorian, ne lui prêta aucune attention.

Frankie se sentit rougir et lança un regard d'avertissement à sa copine, mais Rita n'en tint aucun compte. En temps normal, elle tenait l'alcool comme personne, mais ce soir, elle roulait presque sous la table. Elle avait atteint le stade d'ébriété où tout se noie dans un flou artistique, stade qu'elle avait franchi grâce aux énièmes margaritas qu'elle s'était envoyées pendant que Frankie était aux toilettes.

Reilly remarqua l'embarras de Frankie et l'encouragea d'un sourire.

— Tu es très jolie.

Puis il ajouta en baissant la voix :

— Mais tu devrais laisser tes cheveux détachés, ça te va bien.

— Je suis obligée de les attacher. Sinon, j'ai trop chaud, mentit-elle en regrettant de s'être fait une queue-de-cheval.

— Qui a envie d'aller s'amuser avec ces fabuleuses jeunes femmes ? demanda Dorian, sans plus prêter attention à Sandy, laquelle venait de lui apprendre l'existence de Big Ben, son petit ami basketteur.

— Moi ! s'écria Rita, qui était en train de finir le bol de guacamole et les chips au maïs.

Elle rota tranquillement.

— Oups, désolée, dit-elle en mettant sa main devant sa bouche. Je crois que je suis un peu bourrée.

— Où allez-vous ? demanda Frankie.

— Au *Cowboy Palace*, répondit Sandy en agitant sa crinière blond miel. Cindy veut faire du taureau.

Elle regarda Cindy, qui piqua un fard et se mit à glousser. Frankie n'y comprenait rien.

— Allez, venez, c'est trop dingue.

— Oui ! cria Rita, qui se redressa sur ses jambes, renversant deux ou trois verres dans la manœuvre.

Elle tituba dangereusement et se raccrocha à Dorian, qui prit la tête du cortège, sa troupe de filles derrière lui, tel le joueur de flûte de Hameln.

La limousine blanche que les blondes avaient louée pour la soirée sortit du parking au moment où ils quittaient le restaurant. C'était un truc énorme et tape-à-l'œil, avec une antenne satellite à l'arrière, des vitres fumées et une rangée de petites lumières blanches sur le côté.

Tout le monde s'entassa dans la voiture, sauf Frankie. Reilly n'était pas là. Où était-il passé ? Était-il parti sans dire au revoir ? Elle ne l'aurait jamais admis devant témoins, mais elle était affreusement déçue.

— Tu viens ? hurla Dorian en passant la tête par la vitre, tandis que la limousine commençait à rouler le long du trottoir.

Frankie hésita. Ils étaient tous soûls et partis pour bien s'amuser. Elle avait pas mal bu, elle aussi, mais pas assez pour se laisser tenter par une boîte qui s'appelait le *Cowboy Palace*. Il valait mieux qu'elle appelle un taxi et qu'elle rentre.

Soudain, Reilly se matérialisa à quelques centimètres d'elle.

— Désolé, j'étais parti fumer, dit-il avec un petit sourire d'excuse.

Elle fut soulagée. Et étonnée d'être aussi contente de le voir.

Il écrasa son mégot sous sa botte, jeta un coup d'œil à la limousine et afficha un grand sourire.

— Je monte si tu montes.

Elle le regarda. La décision n'était pas difficile à prendre. Elle sourit béatement, avant de crier à pleins poumons :

— Attendez !

# 20

C'était la première fois que Frankie montait dans une limousine. Elle s'enfonça dans la banquette en cuir noir et fit glisser ses doigts sur le bois des portières, doux et laqué comme du verre poli. Assise face au minibar, elle regarda Sandy servir le champagne, qui attendait au frais dans le seau à glace, et éclabousser son pantalon en daim beige Fred Segals à sept cents dollars. Sans un battement de faux cils, elle fit passer les coupes à la ronde.

— À Cindy, une fille vraiment trop chouette. Une amie gentille, loyale, généreuse, aimante... La meilleure personne qu'on puisse espérer rencontrer...

Elle écrasa une larme. On aurait dit Gwyneth Paltrow le jour où elle avait reçu son Oscar.

— Joyeux anniversaire, mon chou.

Cindy éclata de rire et trinqua avec tout le monde.

— Merci à tous, c'est vraiment génial, gloussa-t-elle, tandis que Dorian se pressait contre elle et lui murmurait quelque chose à l'oreille qui n'avait rien à voir avec « joyeux anniversaire ».

Tout le monde but et se mit à tripoter les gadgets. La limousine était dotée d'une télévision branchée sur MTV, d'un téléphone que Dorian avait tout de suite repéré, d'une télécommande qui permettait de faire descendre et monter la vitre qui séparait le chauffeur de ses passagers, d'un lecteur de CD avec une collection de disques un peu ringarde, de cendriers disposés un peu partout et, évidemment, d'un toit ouvrant électrique.

Rita battit des mains en voyant le toit s'ouvrir.

— J'ai toujours rêvé de faire ça ! cria-t-elle.

Elle se leva en vacillant sur ses quinze centimètres de talons aiguilles en peau de serpent et passa la tête dehors.

— Vive Los Angeles ! hurla-t-elle.

Elle réapparut quelques minutes plus tard, toute décoiffée, les yeux mouillés, se baissa et attrapa Frankie par le bras.

— Allez, viens. Tu vas voir, c'est génial.

Frankie essaya de résister. Personne d'autre ne passait la tête par le toit ouvrant. Les blondes restaient tranquilles, à siroter leur coupe de champagne et retoucher leur maquillage. Dorian, sans cesser de flirter avec Cindy, avait décroché le téléphone de voiture et essayait de les faire inscrire sur la liste des invités d'un club ultrasélect. Quant à Reilly, il était à moitié allongé sur la banquette et fumait une cigarette en plaisantant avec le chauffeur par l'interphone. Elle ne pouvait quand même pas se lever comme ça, d'un coup. Elle allait se sentir ridicule. De toute façon, elle ne faisait jamais ce genre de chose. Elle préférait regarder les autres se comporter comme des imbéciles et se ridiculiser. Elle hésita... puis se leva.

L'air frais de la nuit lui sauta au visage et s'engouffra dans ses cheveux. Elle inspira profondément et regarda les larges boulevards illuminés qui défilaient devant ses yeux. Elle ne se sentait pas ridicule du tout. Au contraire, elle se sentait divinement bien. Elle repensa à *Titanic* et eut soudain envie de crier : « Je suis la reine du monde ! » Elle sourit. Elle n'allait pas le faire, mais même si elle l'avait fait, cela n'aurait eu aucune importance. Elle était à Hollywood, non ? C'était sans doute la seule occasion qu'elle aurait jamais de jouer un peu la star.

Rita réapparut et lui tendit une Marlboro. Comment Hugh réagirait-il s'il la voyait maintenant, avec un verre de champagne dans une main et une cigarette dans l'autre ? Tel qu'elle le connaissait, il aurait une attaque. Elle prit une longue bouffée. Elle s'en fichait. Rita avait parfaitement raison. C'était génial.

En quinze minutes, ils passèrent de l'ambiance mexicaine d'*El Carmen* au décor texan du *Cowboy Palace*, un énorme ranch en bois décoré de guirlandes d'ampoules électriques, de roues de chariot et de selles de cheval. C'était un bar à thème populaire, qui semblait complètement déplacé au milieu des hôtels de luxe, des cafés branchés et des demeures de milliardaires de Sunset Boulevard.

Le chauffeur en livrée sortit pour leur ouvrir la portière. Tout le monde descendit, sauf Rita, qui était tellement soûle qu'elle faillit tomber. Heureusement, Dorian la rattrapa avant que ses genoux ne touchent le sol, la prit sous les bras et la porta à moitié jusqu'à l'entrée.

— Ce que tu peux être gentil... Merci... Je te jure, tu es vraiment, vraiment gentil, réussit-elle à dire, tandis qu'il l'aidait à monter les marches.

Dorian eut un petit sourire pincé. Il avait passé la soirée à draguer Cindy – avec un peu de chance, elle fêterait dignement son vingt et unième anniversaire en devenant sa vingt et unième conquête du moment –, mais tous les points qu'il avait marqués dans la limousine étaient perdus. Cindy courait devant avec Frankie, Reilly et les autres, tandis qu'il restait derrière avec Rita qui, en dépit de son petit mètre cinquante, pesait comme un poids mort dans ses bras.

En poussant les portes du saloon, Frankie comprit pourquoi Cindy et ses copines avaient tant insisté pour aller au *Cowboy Palace*. L'endroit était rempli de spécimens mâles. Il y en avait pour tous les goûts, depuis le lycéen aux joues roses qui avait trafiqué sa carte d'identité pour pouvoir entrer au mari adultère qui commençait à perdre ses cheveux. On se serait cru dans un marché aux bestiaux. Un parfum de testostérone flottait dans l'air – ce qui changeait de l'odeur de tabac qui régnait habituellement dans les boîtes. À cause de la loi antitabac, même les types déguisés en cow-boys, avec Stetson et santiags pour faire plus vrai, ne fumaient pas. Tant de cow-boys Marlboro en puissance, et pas une seule Marlboro à l'horizon ! songea Frankie avec un soupir.

Un orchestre jouait – de la country, évidemment. La chanteuse arborait une minijupe vraiment très mini, une tignasse hirsute et une veste en daim avec des franges et une boucle en argent. On aurait dit la maman de Shania Twain. Elle s'époumonait et encourageait les clients à s'agiter sur la piste. Il y avait plusieurs sortes de danseurs : certains n'avaient pas la moindre idée de la façon dont se dansait la country et tentaient désespérément d'apprendre ; d'autres participaient juste pour s'amuser et passaient leur temps à éclater de rire ; et quelques-uns, ceux qui portaient Stetson, lacets autour du cou et éperons, prenaient tout ça très au sérieux et effectuaient les pas avec une concentration extrême.

Cindy et ses copines ignorèrent le restaurant – la mode végétarienne avait épargné le *Cowboy Palace*, et les clients qui s'entassaient autour des tables à tréteaux dévoraient des côtes de porc et d'énormes steaks d'une livre – et se frayèrent un chemin jusqu'au bar, qui occupait tout un côté de la piste en bois. Comme il fallait s'y attendre, la vue de ce troupeau de blondes sculpturales provoqua des remous. Immédiatement, une meute d'hommes affamés se précipita vers elles pour leur offrir à boire. Dorian n'avait pas une chance. Il était déjà éliminé quand il arriva au bar pour passer sa commande. Personne ne s'intéressait plus à lui ni à son champagne.

— Regarde le taureau ! hurla Rita, surexcitée, en s'agrippant à Frankie.

Dans un coin de la salle se dressait une estrade sur laquelle trônait un taureau mécanique. Les hommes faisaient la queue et, quand venait leur tour, montaient crânement sur la bête, levaient les bras en l'air et cambraient le dos pour impressionner les filles qui assistaient au spectacle.

— Ça a l'air super ! glapit Rita. Je veux essayer.

Presque inconsciente cinq minutes plus tôt, Rita était miraculeusement revenue à elle et était à présent en pleine forme.

— Avec cette jupe ? demanda Frankie. Tu rigoles ?

— Pas du tout.

Rita était soûle et déterminée.

— Tu viens ?

Frankie secoua la tête.

— Quelle rabat-joie !

Rita éclata de rire et partit en titubant prendre sa place dans la queue.

Frankie décida de la laisser faire et chercha Reilly des yeux. Il se tenait à côté de Dorian et buvait une bière en regardant sans enthousiasme la piste de danse. C'était le moment ou jamais. Elle n'avait pas pu lui adresser la parole de toute la soirée, c'était l'occasion rêvée. Mais qu'allait-elle bien pouvoir lui dire ? Comment engager la conversation ? Elle se ressaisit. Où était le problème ? Il lui suffisait de rester naturelle. Elle prit son courage à deux mains et se dirigea vers le bar.

— Salut. Tu veux danser ?

Un garçon plutôt charmant se planta devant elle, lui barrant le passage. Il était rasé de près et portait un tee-shirt blanc très moulant plaqué sur le résultat de trois heures de musculation quotidiennes. Il lui souriait de toutes ses dents.

— Euh...

Elle hésita – après tout, il était très mignon, et ce n'était pas tous les jours qu'un bel inconnu l'invitait à danser –, puis refusa.

— Non, merci. Franchement, je suis assez nulle en danse.

De la part de quelqu'un dont la mère était championne de danses de salon et qui avait appris à danser à l'âge de six ans en regardant les films de Fred Astaire et de Ginger Rogers, ce n'était pas tout à fait exact.

Le type ne se découragea pas.

— Aucune importance. Je suis plutôt bon prof.

Il lui lança un sourire encore plus étincelant que le précédent, puis fit tourner sa Rolex autour de son poignet et lui tendit la main.

— Je m'appelle Jonathan.

Frankie se résigna aux inévitables présentations, le salua et lui serra la main. Maintenant qu'ils en étaient à s'appeler par leurs prénoms, elle voyait mal comment elle allait faire pour se débarrasser de lui. Et ce fut encore pire quand il apprit qu'elle venait de Londres – pour attirer l'attention d'un mâle à Los Angeles, cela venait en deuxième position, juste après les seins siliconés.

— C'est vrai ?

Ravi, il passa la main dans sa crinière blonde, qui retomba impeccablement, la raie bien au milieu.

— Je fais du business là-bas.

Elle esquissa un petit sourire. Manifestement, il attendait qu'elle lui demande de quel business il s'agissait, mais elle n'en avait pas envie. Elle avait déjà rencontré des garçons comme Jonathan dans les bars. Ils lui tombaient toujours dessus au moment où ses copines étaient parties aux toilettes. C'était le genre de mec pour qui draguer une fille consistait à parler de soi jusqu'à l'extinction de voix. Le point positif, c'était qu'elle n'avait pas à faire d'effort de conversation. Jonathan ignorait le sens du mot timidité et, sans y être invité, il se lança gaiement dans un long monologue sur ses affaires florissantes.

Jonathan était un millionnaire point. com – jeune, sûr de lui et arrogant –, et il ne fallut pas longtemps à Frankie pour tout savoir sur sa maison à Beverly Hills, son nouveau triplex à Miami, son coupé Mercedes qu'il allait changer pour la nouvelle Jaguar et son bateau amarré à Marina Del Rey sur lequel il aimait tellement naviguer. Mais Frankie se moquait pas mal de la vie merveilleuse de Jonathan. Ce qu'elle voulait, c'était discuter avec Reilly. Elle attendit qu'il fasse une pause pour pouvoir glisser un mot, s'excuser et partir, mais il ne fit pas de pause. Il continua à parler, parler, parler. Frankie commençait à désespérer.

— On pourrait peut-être dîner ensemble un de ces soirs ? J'ai une table réservée au *Mondrian*.

Jonathan avait beau être un trentenaire mignon et plein aux as, il était toujours célibataire, ce qui, quand on y réfléchissait deux secondes, n'avait rien de surprenant.

— Euh… en fait, je suis assez prise en ce moment.

Elle était en train d'envoyer balader un millionnaire. Ses parents ne le lui pardonneraient jamais.

— Et tu ne veux vraiment pas danser ?

Ce type ne renonçait donc jamais ?

— Je suis une catastrophe en danse, je t'assure.

— Vraiment ?

Soudain, elle sentit un bras autour de sa taille.

— Tu veux danser ?

C'était Reilly. Le cœur de Frankie fit un bond. Elle tourna la tête et le vit qui étudiait attentivement son visage, un sourire dans les yeux. Elle s'illumina et s'entendit répondre :

— Avec plaisir.

Pour la première fois de sa vie, Jonathan le millionnaire en resta sans voix.

## 21

— J'espère que je n'ai rien interrompu.

— Si, et heureusement, parce que j'étais partie pour y passer la nuit.

— Je me disais bien que tu avais la tête de quelqu'un qui attend les secours.

Debout côte à côte sur le bord de la piste, Reilly et Frankie se tenaient par la main et enchaînaient les pas en arrière et en avant. Chose étrange pour quelqu'un qui aurait pu valser les yeux fermés, Frankie n'arrêtait pas de s'emmêler les pieds.

— Désolée, je suis vraiment nulle.

Elle lui écrasa les orteils et gémit, mortifiée.

— Tu t'en sors très bien. Tu as ça dans le sang.

Elle lui adressa un sourire crispé. Bon sang, pourquoi était-elle aussi nerveuse ? On aurait dit une collégienne, pas une grande fille de vingt-neuf ans. Elle essaya de se concentrer sur le rythme de la musique, mais tout ce qu'elle entendait, c'étaient les battements assourdissants de son cœur.

— Oups, désolée...

Elle lui avait marché sur le pied, une fois de plus.

— Arrête de t'excuser et détends-toi.

Il serra sa main plus fort, l'attira vers lui et la fit passer sous son bras.

Décontenancée par cette soudaine proximité, Frankie rougit. Elle chercha désespérément quelque chose à dire pour avoir l'air d'une fille normale et décontractée – tout le contraire de ce qu'elle était en ce moment.

— Tu viens souvent ici ?

Elle aurait voulu disparaître sous terre. Mais qu'est-ce qui lui avait pris de poser une question pareille ? Ça ressemblait à une technique de drague, une technique de drague minable par-dessus le marché.

— Désolée...

Et zut, elle venait encore de s'excuser.

— En fait, je me demandais...

— Tu te demandais où j'avais appris à danser comme ça ?

Elle lui fut reconnaissante d'enchaîner si rapidement sur sa réplique catastrophique.

— Voilà, c'est exactement ce que je voulais dire.

Pas du tout, mais peu importait.

— C'est mon père qui m'a appris. Il m'emmenait souvent à des rodéos quand j'étais gosse, et après, il y avait toujours une soirée dansante.

Voilà qui expliquait le Stetson.

— Tu viens du Texas, alors ?

— J'y suis né. On a emménagé à New York quand j'avais treize ans. Ma famille vit toujours sur la côte Est.

Frankie absorba les informations comme une éponge absorbe l'eau et n'ouvrit plus la bouche. Elle se laissa porter par la musique et sentit sa confiance en elle revenir. À chaque nouveau pas – en arrière, puis en avant –, elle se détendait un peu plus. Jusqu'au moment où elle n'eut plus besoin de Reilly et passa toute seule sous son bras.

— Dis donc, ça vient.

Elle éclata de rire. Danser avec Reilly lui rappelait l'époque où elle valsait dans le salon, debout sur les chaussures vernies de sa mère. Elle se sentait heureuse et insouciante. Hugh, son ancien boulot à *Lifestyle*, l'appartement de Fulham commencèrent à s'effacer doucement, tandis que Reilly continuait à la guider sur la piste. Alors, sans réfléchir, sans se demander ce que les autres allaient en penser, elle défit sa queue-de-cheval. Ses cheveux volèrent autour d'elle pendant qu'elle tournait. Cela faisait des siècles qu'elle ne s'était pas sentie aussi bien.

— Alors, c'était comment, le taureau ?

Dorian était seul et soignait son ego meurtri au champagne.

— C'était nul, grommela Rita. Ils ne m'ont pas laissée monter. Il paraît que je n'ai pas la taille adéquate.

Elle se hissa sur un tabouret de bar et regarda dans le seau à glace.

— Mmm, c'est du champagne ?

— Oui. Sers-toi.

Dorian avait abandonné tout espoir d'arriver à ses fins avec Cindy. Celle-ci, cernée par les prétendants, n'avait pas refait surface depuis plus de vingt minutes.

— Il y a tout le magnum à s'envoyer.

Rita saisit la lourde bouteille et remplit son verre plus qu'à ras bord. La mousse coula sur le côté.

— Alors, raconte, qu'est-ce qui se passe ? demanda-t-elle en léchant ses doigts mouillés.

— Rien.

— Ne me dis pas que tu t'es pris une veste !

Elle n'en revenait pas. À sa connaissance, aucune femme n'avait jamais résisté à Dorian.

Il l'ignora.

— Allez, souris, Dorian. Même les meilleurs peuvent se planter. Regarde ce qui m'est arrivé avec Randy.

Elle avala une longue gorgée de champagne et sentit les bulles exploser contre son palais.

— Bois un coup, tu verras, ça va vite passer, dit-elle, tout en essayant de réprimer son hoquet.

Pourquoi est-ce que « se soûler au champagne » ne faisait pas partie des dix étapes mentionnées dans les guides d'épanouissement personnel ? C'était beaucoup plus efficace que le yoga, la méditation et les exercices de relaxation réunis.

— C'est déjà passé, mentit Dorian. Je voulais juste qu'on s'amuse un peu tous les deux.

— Tu voulais la sauter, quoi.

— Est-ce que j'ai dit ça ?

— Est-ce que c'est la peine ?

Rita sourit en secouant la tête.

— Franchement, Dorian, tu n'en as pas marre ? Quand est-ce que tu vas arrêter de faire le play-boy et te fixer ?

— Quand tu me le demanderas.

Elle éclata de rire et lui donna un coup de coude.

— Tu nous imagines ensemble ? Le cauchemar.

— Tu crois ? fit Dorian en la regardant droit dans les yeux.

Elle cessa de rire.

— Tu es bourré.

Il continuait à la regarder fixement.

— Et alors, tu ne l'es peut-être pas, toi ?

Rita était sous le choc. Au lieu de répondre, elle l'observa et, pour la première fois, elle vit quelqu'un d'autre que son voisin de palier. Un homme différent. Pas le type déjanté, extravagant et coureur de jupons qu'elle connaissait, mais quelqu'un qui avait de magnifiques yeux verts tachetés d'ambre et de larges épaules qui se dessinaient sous son tee-shirt Gucci noir. Elle n'avait jamais pensé à lui comme à un beau mec, mais il l'était. Il était même plutôt attirant. Gênée par le silence qui se prolongeait, elle était sur le point de dire quelque chose quand il se pencha brusquement vers elle, comme pour l'embrasser. Et, tout aussi brusquement, Rita retrouva ses esprits.

Mais qu'est-ce qui lui prenait ? C'était Dorian, bon sang ! Elle n'allait quand même pas coucher avec lui !

— Où sont passés Frankie et Reilly ? demanda-t-elle pour changer de sujet.

Dorian ne répondit pas. Il ne fallait pas être devin pour se rendre compte qu'il venait de se faire rembarrer pour la deuxième fois de la soirée. Il s'adossa au bar et désigna la piste de danse avec son verre.

Rita suivit du regard la direction qu'il lui indiquait et regarda Frankie et Reilly qui riaient et tournoyaient, main dans la main, au milieu de la piste.

— Ils forment un couple magnifique, tu ne trouves pas ?

Dorian hocha la tête.

— Dommage qu'elle ne l'intéresse pas.

Ses deux échecs successifs l'avaient aigri, et il n'avait pas l'intention de faciliter les choses à ceux qui semblaient mieux partis que lui.

— Qu'est-ce que tu en sais ? rétorqua Rita, en copine loyale qu'elle était.

— Il me l'a dit tout à l'heure.

— Quel connard prétentieux !

Et dire qu'elle avait cru que Reilly était un type bien !

— Remarque, tant mieux pour lui, parce qu'il ne l'intéresse pas non plus.

— On ne dirait pas, à la voir.

— Oui, mais c'est la vérité. Elle m'a dit qu'elle se fichait de ne plus jamais le revoir.

Dorian vida son verre et tendit le bras vers la bouteille pour se resservir.

— C'est marrant. Il m'a dit la même chose.

Ils se dévisagèrent sans parler, puis se remirent à regarder la piste de danse.

La chanson touchait à sa fin. Tandis que le rythme ralentissait, Frankie jeta un coup d'œil à Reilly. Il était complètement décoiffé, et il était sans arrêt obligé d'écarter les mèches qui lui tombaient sur le visage. Ses yeux descendirent plus bas, et elle remarqua successivement les taches d'huile sur ce qui avait dû être un jour un tee-shirt blanc, son Levi's élimé, ses bottes qui n'avaient pas dû être cirées depuis des lustres et qui étaient tellement éraflées et décolorées par le soleil qu'elles avaient perdu toute couleur.

Reilly surprit son regard.

— Ça va ? Tu veux t'asseoir un peu ?

— Moi ? Non, pourquoi ? Tu veux t'arrêter ?

— Pas question, dit-il avec un sourire malicieux. Pourquoi irais-je m'asseoir alors que je tiens dans mes bras la plus belle des femmes ?

C'était terriblement rebattu comme compliment, mais Frankie rosit de plaisir.

L'orchestre termina la chanson et commença à jouer un slow. Des couples quittèrent la piste, d'autres s'enlacèrent. Pendant quelques secondes, Frankie se demanda ce qu'elle devait faire, mais elle n'eut pas à réfléchir longtemps, car Reilly l'attira contre lui.

Au début, elle se raidit. Elle n'était pas à l'aise, avec son bras autour de sa taille, son corps contre le sien. C'était la première fois depuis sa rupture avec Hugh qu'elle se retrouvait aussi près d'un homme, et elle trouvait ça bizarre. C'était bizarre de sentir les bras de Reilly l'enlacer, d'être si proche de lui, avec seulement le fin coton de leurs deux tee-shirts entre eux.

Elle passa prudemment un bras autour de son cou. Reilly était beaucoup plus carré que Hugh, plus trapu, plus grand, plus massif. Elle se râpa l'intérieur du bras contre son menton hérissé de barbe. Cela la changeait de la peau bien rasée de Hugh. Mais ce qui la frappait le plus, c'était l'odeur de Reilly. Il n'y avait aucune senteur d'après-rasage, de gel pour les cheveux, de gel douche ou de bain de bouche – la recette de l'odeur artificielle de Hugh. Reilly sentait la bière, le tabac, l'essence.

Ils bougeaient à peine sur la piste. Ils se regardaient, mais cette fois, aucun d'eux ne parlait. Pas de question polie. Pas de bavardage. Pas de sourire. Soudain mal à l'aise, Frankie baissa les yeux et fit semblant de se concentrer sur ses pieds, qui bougeaient tout doucement. Reilly était l'exacte antithèse de Hugh. Leur allure, leur façon de parler, leur odeur, tout les opposait. Ils étaient aux antipodes l'un de l'autre. Ce qui expliquait pourquoi Reilly ne l'attirait pas. Elle sentait ses mains qui reposaient sur ses reins, douces, fermes, protectrices. Mais s'il ne l'attirait pas, pourquoi est-ce qu'elle avait eu cette drôle de sensation dans le ventre quand il l'avait prise dans ses bras, tout à l'heure ?

Était-il possible qu'elle se mente à elle-même ? Est-ce qu'elle niait ses sentiments parce qu'elle avait peur de la vérité ? « Allez, avoue, se dit-elle. Avoue ce que tu ressens vraiment. »

Alors que la guitare électrique entamait mollement le dernier couplet, Reilly se mit à lui caresser lente-ment le dos.

« Avoue que tu n'arrêtes pas de penser à lui. À sa manie de retourner la première cigarette dans un paquet parce que ça porte bonheur, à la façon dont il se frotte le menton quand il est énervé. Avoue que tu meurs d'envie de toucher cette cicatrice qui barre son sourcil, de suivre du doigt la veine qui court sur son avant-bras… »

Abrutie par l'alcool et le désir, elle mit ses deux bras autour du cou de Reilly et, les yeux fermés, posa la tête sur son épaule.

« Avoue que tu as passé toute la semaine à attendre que le téléphone sonne. Que tu voulais qu'il appelle. Que tu voulais entendre le son de sa voix. Que tu voulais le revoir… »

Alors que les dernières notes du slow s'évanouissaient, Frankie sentit qu'elle s'abandonnait enfin. Elle capitulait. Elle succombait. Peu importait le mot. Elle releva la tête de l'épaule de Reilly, regarda son visage, ses yeux, sa bouche. Autour d'eux, les autres couples quittaient la piste, mais elle s'en moquait. Elle ne savait pas si c'était l'effet des margaritas, du champagne ou encore d'autre chose, mais à cet instant précis, elle se fichait qu'ils soient le seul couple encore enlacé sur la piste de danse.

Elle se fichait que les gens les regardent. Elle ne pensait qu'à Reilly. Il l'attirait. En fait, il l'attirait tellement qu'elle avait l'impression de devenir cinglée. Elle ne voulait qu'une chose : qu'il se penche vers elle, qu'il l'attire contre lui, qu'il la serre fort. Et qu'alors, alors seulement, il l'embrasse jusqu'à ce qu'elle ne puisse plus respirer.

## 22

Hugh déboucha la bouteille de vin rouge qu'il venait d'acheter chez Oddbins et le goûta. Décevant. Le vin n'était pas mauvais, mais il ne valait pas le prix qu'il l'avait payé. Énervé, il remplit son verre, déballa les plats tout prêts et les fourra dans le micro-ondes. C'était sa quatrième commande de la semaine chez le traiteur thaïlandais. Il était 20 heures, il venait de rentrer du bureau et il était crevé. Trop d'acheteurs et pas assez d'appartements à vendre, même en incluant tous ces petits studios pourris où il y avait à peine la place pour un canapé-lit et qui se vendaient comme des petits pains à des prix prohibitifs.

Il vida le contenu de la barquette en aluminium dans une assiette, s'affala sur le canapé en desserrant sa cravate et envoya valser ses chaussures. Puis il piqua une fine tranche de poulet à la noix de coco avec sa baguette, attrapa la télécommande de la télé et se mit à zapper. Sur BBC1 : un documentaire sur les mouches tsé-tsé. Sur BBC2 : un imbécile de chef cuisinier qui essayait d'expliquer la recette du couscous. Sur ITV : un épisode de *Coronation Street*. Sur Channel 4 : un autre feuilleton débile. Sur Channel 5 : une émission de jardinage. Pendant un instant, il regarda distraitement l'écran, où s'agitait une bande de joyeux présentateurs en tee-shirt orange qui tentaient de transformer un morceau de terrain vague en jardin japonais avec seulement quelques graviers et un plan d'eau, le tout en une demi-heure.

Écœuré, il éteignit la télé. Il en avait ras le bol. On était vendredi soir, et il était assis tout seul sur son canapé avec un plat à emporter déjà froid et une bouteille de mauvais vin. Où étaient les folles nuits de célibataire ? Les fêtes ? Les femmes ? Il mâchouilla sans entrain une bouchée de nouilles tièdes. D'accord, il avait eu une ou deux aventures sans lendemain, mais coucher avec une inconnue n'était pas aussi excitant qu'il l'avait imaginé. En fait, c'était même plutôt réfrigérant. Et puis, de toute façon, la plupart des femmes qu'il avait rencontrées voulaient autre chose que du sexe. Elles voulaient une relation, des sentiments. Et c'était la dernière chose dont il avait envie, vu qu'il sortait juste d'une histoire sérieuse. Quant aux fêtes, il y avait bien eu, quelques semaines plus tôt, les fiançailles de Jessica et Adam, mais depuis, rien. Le mois de novembre n'était pas exactement la période idéale pour faire la fête. Il pleuvait, il faisait froid, et la nuit tombait tôt. Pas étonnant que tout le monde semble avoir renoncé à sa vie de célibataire. Chacun avait trouvé sa chacune, et tous avaient commencé à hiberner, blottis deux par deux sur le canapé avec une vidéo et une tasse de thé. Comme Frankie et lui, avant.

Mais rester tout seul chez lui ne le gênait pas. En fait, il appréciait cette solitude. Il aimait avoir de l'espace. Il pouvait faire ce qu'il voulait. Il se leva et monta le chauffage. L'appartement était glacial, ce qui n'avait rien de surprenant, étant donné qu'il faisait – 10 °C dehors. Apparemment, Londres avait sauté la case automne et plongé tout droit dans l'hiver arctique. Il surprit son reflet dans la fenêtre et s'aperçut qu'il avait une mine de déterré, le teint gris pâle, des cernes noirs sous les yeux. Il aurait bien eu besoin de vacances et de soleil. Frankie devait avoir un très beau bronzage, depuis près d'un mois qu'elle était à Los Angeles. Avec sa peau mate, elle devenait noire au soleil, contrairement à lui. Même avec un écran total, il prenait une teinte rouge vif.

Il se traîna jusqu'à la cuisine en râlant et vida les restes de son dîner dans la poubelle. Frankie ne lui manquait pas. Non, ce n'était pas ça. Il avait eu raison de mettre fin à leur histoire. Elle était devenue trop raisonnable, trop ennuyeuse, trop fidèle. Tout ce qu'elle voulait, c'était se marier et passer ses soirées tranquillement à la maison. Voilà pourquoi ça n'aurait jamais pu marcher entre eux. Lui, il était un bon vivant qui aimait s'amuser.

Il vida la bouteille de vin dans l'évier et regarda le liquide rouge sang disparaître dans le siphon. Puis il se mit à bâiller et regarda sa montre. Il était seulement 20 h 30, mais il n'avait pas envie de sortir. Il était lessivé. Il allait rester à la maison, prendre un bon bain et se coucher tôt.

## 23

— Bon sang, ce que je me sens mal !

Rita releva délicatement ses lunettes de soleil et se regarda dans le rétroviseur. Elle vit deux yeux injectés de sang qui la fixaient.

— Et j'ai une tête à faire peur.

Elle rabaissa ses Persol et retomba derrière le volant de sa Thunderbird. Frankie, qui était assise à côté d'elle sur le siège du passager, le dossier incliné au maximum, essayait – sans succès – d'ignorer le petit bonhomme invisible qui donnait des coups de marteau dans sa tête. Elle ouvrit à moitié les yeux, laissa passer un petit morceau de rayon de soleil, mais c'était trop violent, même avec ses lunettes noires.

— Moi aussi, grogna-t-elle.

Elle referma les paupières et descendit la visière de sa casquette de base-ball jusqu'à ce qu'elle lui couvre entièrement le visage.

Elles étaient bloquées sur Sunset Boulevard, grâce à Rita, qui avait eu la bonne idée d'aller à Malibu, malgré une gueule de bois monumentale due à la soirée au *Cowboy Palace*. Après deux heures dans les embouteillages, ça ne paraissait plus une si bonne idée. Le dimanche matin à Los Angeles, c'était l'heure de pointe en permanence. Du coup, au lieu d'être sur la plage en train de se reposer, d'écouter le bruit des vagues, de respirer le bon air marin et de peaufiner leur bronzage, elles étaient coincées dans les bouchons, à transpirer dans leur sauna décapotable au milieu des klaxons et des gaz d'échappement.

Frankie regarda l'aiguille rouge sur le cadran de la jauge, qui se rapprochait de plus en plus du point d'ébullition. La voiture risquait la surchauffe à n'importe quel moment, et elle aussi. Elle ouvrit le bidon d'eau de cinq litres destiné au radiateur de la voiture et en avala la moitié pour essayer de calmer sa soif. Elle ne se sentait pas bien du tout. Voilà ce qui arrivait quand on picolait et qu'on ne dormait pas assez. Elle n'avait aucune idée de l'heure à laquelle elle était rentrée, la veille. Tout ce dont elle se souvenait, c'était qu'elle avait quitté la piste de danse et vu Rita s'effondrer sur le bar, entre un seau à glace et un magnum de champagne vide. Une demi-douzaine d'hommes avaient commencé à tourner autour d'elle comme des vautours, et elle s'était dit qu'il valait mieux qu'elle aille la mettre au lit avant que quelqu'un d'autre ne s'en charge. Mais elle n'avait pas d'autres souvenirs de la soirée. Enfin, à part Reilly.

Un mélange de panique, de culpabilité, d'embarras et d'excitation la submergea, quand surgit de sa mémoire, aussi nette qu'un Polaroid, l'image de leurs corps enlacés sur la piste. Elle ne se rappelait pas ce qui s'était passé. Pas très bien, en tout cas. La tequila et le champagne avaient fait des dégâts. Elle avait l'esprit complètement embrumé. En un sens, ça l'arrangeait. C'était assez gênant comme ça de se souvenir qu'elle s'était collée à lui comme une sangsue et qu'ils s'étaient pelotés en plein milieu du *Cowboy Palace*, sans qu'en plus, sa mémoire l'assomme avec les détails. Lorsqu'elle s'était réveillée, elle avait eu quelques flashs confus de la soirée. Rien de trop compromettant. Elle s'était sentie soulagée. Mais à mesure que le brouillard se dissipait, elle s'était rendu compte que la nuit précédente avait laissé des traces : une gueule de bois mortelle et des sentiments pas clairs du tout.

Tout était tellement embrouillé ! Elle ne savait vraiment pas quoi penser de cette soirée. Est-ce qu'il s'était passé quelque chose entre eux ? Ils n'étaient pas partis ensemble, ça, elle en était sûre, mais elle se souvenait qu'elle en avait eu envie. Et ça lui fichait la trouille. Est-ce que ça voulait dire qu'elle était tombée amoureuse de Reilly ? Ou est-ce que c'était simplement la réaction classique à un chagrin d'amour – abus d'alcool, absence de l'être aimé, besoin d'affection ? Après tout, cela faisait des siècles qu'elle n'avait pas embrassé un garçon. On ne pouvait pas lui reprocher d'avoir eu envie de quelques baisers, même si ce n'était pas avec la bonne personne. Parce que Reilly n'était certainement pas la bonne personne. La bonne personne, c'était Hugh. Elle voulait que Hugh la prenne dans ses bras. Elle voulait que Hugh l'embrasse. La veille, elle était tellement soûle qu'elle aurait trouvé du charme à un chimpanzé. Mais il n'y avait qu'un homme qui l'attirait, et c'était Hugh, pas Reilly. Certainement pas Reilly.

Le feu passa au vert, et les voitures avancèrent. Rita aperçut un espace dans la file devant elle, accéléra et doubla une Range Rover aux vitres teintées – l'accessoire indispensable de la star hollywoodienne qui veut qu'on la remarque sans se faire voir. Laissant derrière elles les boutiques et les restaurants, elles se retrouvèrent rapidement devant les pelouses manucurées et les énormes maisons de Beverly Hills, filèrent sur les routes bordées de palmiers, longèrent l'hôtel couleur saumon qui avait servi de maison à Elizabeth Taylor et Richard Burton pendant leur premier mariage – à moins que ce ne soit pendant le second.

Frankie se cala confortablement dans son siège et décida d'ignorer sa gueule de bois pour profiter du paysage. C'était comme ça qu'on devait regarder Los

Angeles, à travers trois épaisseurs : premièrement, des verres fumés (horrifié qu'elle n'ait pas de lunettes de soleil, Dorian lui avait prêté une paire de Versace en écaille de la saison précédente) ; deuxièmement, le pare-brise de la voiture ; et troisièmement, évidemment, le brouillard. Le brouillard, à Los Angeles, c'était l'épaisse bande marron entre l'horizon et le ciel parfaitement bleu. Frankie l'avait remarqué dès qu'elle était descendue de l'avion. Ce qui était drôle, c'est que personne d'autre ne semblait y prêter attention. Sans doute parce que tout le monde était obsédé par un autre type de pollution : la fumée de cigarette. Fumer était mortel, ça polluait vos poumons et ça mettait en danger la société. Mais personne ne s'inquiétait de cette bande de brouillard permanente.

Après quatre semaines à Los Angeles, elle avait compris que pour les habitants de Los Angeles, le brouillard était un mirage. Ils refusaient de croire à son existence. Mais, comme disait Rita, quand on habitait la capitale mondiale du cinéma, la ville qui produisait de l'illusion à la chaîne, ça faisait partie du jeu de croire au ciel bleu, uniformément et incroyablement bleu… C'était l'illusion suprême.

— Je crois que je vais être malade, dit soudain Rita, les mains crispées sur le volant.

Frankie sortit de son état comateux.

— Tu plaisantes ?

— Non.

Rita secoua la tête en serrant les lèvres.

— Tu devrais peut-être te garer sur le côté.

— Quoi ? Et vomir sur le trottoir ?

— C'est toujours mieux que de me vomir dessus.

Frankie serra son paréo préféré contre sa poitrine et se colla contre la portière de la voiture.

— Je ne peux pas, on est en plein milieu de Bel Air…

— Qu'est-ce que ça change ?

— Ça change tout. C'est là qu'il y a la plus grande concentration au monde de stars, de réalisateurs et de producteurs.

Rita se pencha pour attraper ce qui restait d'eau pour le radiateur et l'avala.

— Quand j'ai dit que je voulais laisser une trace à Hollywood, je ne parlais pas de vomir au bout de l'allée de Steven Spielberg.

Heureusement, une fois réhydratée, elle reprit des couleurs, et elles poursuivirent leur route sans faire d'arrêt d'urgence. Elles traversèrent un nombre infini de banlieues ombragées, avant d'atteindre enfin le sommet d'une colline. Là, pour la première fois de sa vie, Frankie vit l'océan Pacifique. Ce n'était encore qu'une bande bleu marine à l'horizon, mais tandis qu'elles entamaient la descente de la colline, elle la vit s'élargir et s'étendre à perte de vue, jusqu'à ce que, comme un film sur écran géant, elle remplisse tout son champ de vision.

Rita gara la voiture au bord de la Pacific Coast Highway, une route à six voies poussiéreuse et très fréquentée qui continuait jusqu'à San Francisco. Frankie eut un pincement au cœur. Où était la plage mythique de Malibu ? Où étaient les maisons à un million de dollars ? Tout ce qu'elle voyait, c'étaient des murs de trois mètres de haut et des barrières de sécurité électroniques.

— C'est ça, Malibu ? lança-t-elle en descendant de voiture.

Elle suivit Rita, qui ne semblait pas encore très stable sur ses jambes, franchit une barrière et s'engagea dans un escalier métallique tellement raide qu'elle en eut mal derrière les jambes.

— Tu m'avais dit que c'était glamour.

— Arrête de râler, soupira Rita, qui avait allumé une cigarette et s'accrochait à la rampe de l'escalier.

Arrivée en bas, elle posa ses mains sur ses hanches et reprit son souffle. Quelque chose lui disait qu'il fallait qu'elle fasse un peu plus d'exercice et qu'elle arrête de fumer. Elle tira sur sa cigarette, se redressa et remonta ses lunettes sur son nez.

— Et maintenant, qu'est-ce que tu en dis ? Un peu mieux que Brighton, hein ?

Frankie enleva ses vieilles tongs éculées et enfouit avec délices ses pieds dans le sable doré et chaud. Devant elle s'étendait une grande plage quasiment déserte, à l'exception de quelques joggeurs et d'un couple qui promenait son chien. Comme tout en Amérique, la plage était immense. Elle continuait apparemment sur des kilomètres, sans doute même jusqu'à San Francisco. À quelques mètres de l'endroit où se brisaient les vagues, il y avait une rangée de maisons sublimes qui dominaient l'océan, très différentes les unes des autres. L'une, tout en verre bleu, ressemblait à une œuvre d'art moderne ; une autre, avec ses tours et ses gargouilles, avait des allures de château en carton-pâte ; tandis que, plus loin, se dressait une hacienda de style mexicain blanchie à la chaux, avec une terrasse à chaque étage et un bougainvillier rose framboise qui grimpait sur l'une des façades.

— Juste un peu, murmura Frankie en jetant sa serviette sur le sable.

Elle s'allongea, se redressa sur ses coudes et regarda autour d'elle. C'était le Malibu qu'elle avait imaginé. Le Malibu des séries télé. Le Malibu des soirées glamour sur la plage. Le Malibu qu'elle avait découvert, adolescente, dans les romans de Jackie Collins. Pendant longtemps, ça n'avait été pour elle qu'un lieu de fiction, mais aujourd'hui, il était bien réel. Et elle était là, elle, la petite Frankie de Fulham. D'accord, son bikini acheté deux ans plus tôt chez Marks & Spencer n'était pas très glamour – il était en vichy rose et se composait d'un soutien-gorge à armatures et d'une grande culotte qui lui recouvrait entièrement les fesses –, et sa silhouette évoquait plus le haricot que Bo Derek. Mais quelle importance ? Elle était sur la plage de Malibu, en train de se faire bronzer. Elle respira à fond, cambra les reins et leva la tête vers le ciel.

— J'adore cet endroit, déclara Rita en se laissant tomber sur le sable à côté d'elle. C'est tellement plus agréable que les plages bondées de Venice et de Santa Monica. Là-bas, on est serrés comme des sardines, et il y a plein d'Anglais expatriés...

Frankie la regarda. Rita était parfaitement sérieuse. Visiblement, l'ironie de ses propos lui échappait. Elle se mit à fouiller dans son sac et en sortit un flacon de crème solaire, un chouchou pour les cheveux, un baladeur, un tube de baume pour les lèvres, des lunettes de piscine, des cigarettes et son dernier bouquin d'épanouissement personnel, *Renoncer aux hommes et commencer à vivre*. Dans certaines circonstances, Rita était une fille prévoyante.

— Et puis, le paysage est beaucoup plus intéressant.

Elle fit un geste en direction des surfeurs qui entraient dans l'eau et en sortaient, portés par les vagues, leurs combinaisons moulées sur leurs corps d'athlètes.

— Je croyais que tu avais laissé tomber les hommes.

— J'ai laissé tomber, mais il n'y a pas de mal à regarder.

Elle sourit.

— Ni à être regardée.

Elle enleva le haut de son bikini et commença à s'enduire de crème solaire, tapotant au passage le petit morceau de chair superflu qu'elle avait sur le ventre.

— Tu peux m'en mettre dans le dos ?

Frankie s'assit et s'exécuta. Malgré une vie d'UV, de vacances à Tenerife et quatre mois en Californie, Rita était toujours aussi blanche qu'une tranche de mozzarella. Comme elle était rousse, elle ne bronzait jamais. À la place, elle se couvrait de taches de rousseur, brûlait, puis pelait comme un poivron rouge grillé au four.

— Et voilà.

Frankie lui rendit le flacon. Rita était à présent enduite d'une grosse couche blanche.

— Tu ressembles à un bonhomme de neige.

— Tout le monde n'a pas la chance, comme toi, d'avoir la peau mate, répliqua Rita, vexée. Mince et la peau mate. Je te déteste.

Frankie sourit, se retourna sur le ventre et se tortilla comme une anguille pour enlever son haut de maillot, car elle ne voulait pas avoir de marques. À la différence de Rita, elle n'osait pas se mettre seins nus. Elle n'était pas complexée par la taille de sa poitrine – 90 B, c'était bien assez, merci. Non, elle était trop timide. Hugh disait toujours qu'elle avait des seins ravissants, qui tenaient bien dans la main, et l'année précédente, pendant leurs vacances dans le Sud de la France, il l'avait persuadée d'enlever le haut. Elle ne l'avait fait que cette fois-là, et elle avait eu l'impression que tout le monde avait les yeux rivés sur ses seins. Ce qui était parfaitement illogique, vu que la plage de Juan-les-Pins était le paradis du sein nu. Hugh l'avait traitée de fille coincée. Ce qui était un peu fort, de la part d'un homme qui ne portait des shorts que s'ils lui arrivaient en dessous du genou.

Frankie attrapa le livre de Rita et le feuilleta distraitement jusqu'au chapitre *Les hommes et leurs manies qui nous agacent*. Il ne faisait pas loin de soixante pages.

— Comment tu te sens ? demanda Rita, qui tartinait ses chevilles de crème.

— Mal fichue, marmonna Frankie sans lever les yeux.

— Moi aussi. Je n'ai jamais la gueule de bois, d'habitude. Ça doit être à cause de ces foutues margaritas.

— Et du magnum de champagne, lui rappela Frankie.

Rita grogna, termina d'enduire ses jambes de crème, puis referma le flacon et se rallongea, bras et jambes en croix, sur sa serviette. Elle se mit à glousser.

— Je devais vraiment être bourrée, hier soir. Je viens juste de me souvenir que j'avais failli coucher avec Dorian.

— Quoi ?

Frankie arrêta de lire les divagations du docteur Bernstein sur « le comportement inacceptable des hommes dans la salle de bains ». Ce que racontait Rita était beaucoup plus intéressant que les dommages psychologiques subis par une femme dont le compagnon oublie toujours de remettre en place la lunette des toilettes.

— Calme-toi. Je ne l'ai pas fait. J'avais la tête à l'envers, mais je n'étais pas inconsciente. Enfin, pas complètement.

Elle eut soudain un flash et se revit en train de relever sa jupe pour montrer à Dorian le petit diable rouge tatoué sur sa fesse. Seigneur, elle devait vraiment être ivre morte. Elle n'avait pas de diable tatoué sur la fesse. D'ailleurs, elle n'avait pas de tatouage du tout.

— De toute façon, je te l'ai déjà dit, je renonce aux mecs. D'ailleurs, en parlant de ça, tu avais l'air de bien t'amuser, hier soir.

— Comment ça ? fit Frankie, soudain sur la défensive.

— Quand tu dansais avec Reilly. Tu avais l'air contente.

Reilly... Elle avait décidé tout à l'heure de ne plus penser à lui. Quoi qu'elle ait pu ressentir la veille, c'était une illusion. Elle aimait Hugh, point final.

— Tu trouves ?

— Je ne trouve pas, j'en suis sûre. Je vous ai vus tous les deux, juste avant de m'écrouler. Si je ne te connaissais pas aussi bien, j'aurais pu penser qu'il y avait quelque chose entre vous deux.

— Ne sois pas ridicule.

— Je ne suis pas en train de dire que c'est ce que j'ai pensé...

Rita savait qu'elle s'aventurait sur un terrain glissant. Frankie pouvait parfois être extrêmement susceptible.

— Je sais bien qu'il ne t'intéresse pas.

Elle chassa d'une pichenette la fourmi qui s'était aventurée dans son nombril.

— Et c'est aussi bien comme ça, non ?

— Pourquoi ?

Rita sentit qu'elle s'enfonçait dans les sables mouvants et essaya de se dégager.

— Eh bien, ce serait l'horreur si tu étais amoureuse de ce type, non ?

— Pourquoi ?

— Nom de Dieu, Frankie, en te voyant réagir comme ça, n'importe qui penserait que tu es attirée par ce type !

— Bien sûr que non, répliqua sèchement Frankie, en attrapant un coquillage pour se donner une contenance. Je suis curieuse, c'est tout. Pourquoi ce serait l'horreur ?

— Parce que c'est un connard.

— Un connard ? Depuis quand ? Je croyais que tu l'aimais bien.

— C'était le cas, jusqu'à hier soir.

— Pourquoi ? Qu'est-ce qui s'est passé hier soir ?

Les questions et les doutes se mirent à tourbillonner dans son esprit.

— J'ai raté quelque chose ?

Rita releva ses lunettes sur sa tête et s'assit.

— Écoute, je ne voulais pas t'en parler...

C'était faux. Dès qu'elle apprenait quelque chose d'un peu croustillant, Rita était incapable de le garder pour elle.

— ... mais vu que de toute façon, tu n'en as rien à faire de lui...

Frankie se redressa en tenant son soutien-gorge contre sa poitrine et leva les yeux vers Rita.

— Arrête de faire durer le suspense.

— Attends, il n'y a rien de grave...

— Rita !

Celle-ci soupira, résignée.

— Eh bien, apparemment, Reilly aurait dit à Dorian que ça ne l'intéressait pas... que tu ne l'intéressais pas, ajouta-t-elle.

Frankie ne dit rien. Elle ne pouvait pas parler.

Rita attrapa son poudrier et se regarda dans le miroir.

— Quel frimeur, franchement ! Comme s'il avait eu ses chances !

Frankie avait l'impression qu'un bus lui était rentré dedans. Un bus à étage. Elle déglutit et articula avec peine :

— Quand est-ce qu'il a dit ça ?

Sonnée, elle regarda Rita, qui était en train d'enlever un pâté de mascara sur un cil.

— Hier soir.

L'esprit de Frankie se mit à tourner en roue libre. Hier soir, Reilly l'avait prise dans ses bras sur la piste de danse. Hier soir, il l'avait regardée et lui avait murmuré qu'il tenait dans ses bras « la plus belle des femmes ». Hier soir… Elle se ressaisit. Si ce qui s'était passé hier soir ne comptait pas pour elle, pourquoi est-ce que cela aurait dû compter pour Reilly ? Elle ne l'intéressait pas, et alors ? Qu'est-ce que ça pouvait bien lui faire ? Il ne l'intéressait pas non plus. Elle rattacha son soutien-gorge, s'assit en tailleur sur sa serviette et décida que, dorénavant, elle n'accorderait plus la moindre seconde de ses pensées à ce type.

— Ça va ? Je crois que j'aurais mieux fait de ne pas ouvrir ma grande gueule.

— Arrête, ça va très bien. Il vaut mieux que Reilly ne soit pas attiré par moi. Comprends-moi bien, ce serait flatteur. Après tout, se faire plaquer n'aide pas vraiment à garder confiance en soi…

— Et merde ! Je savais que j'aurais dû me taire.

Sans relever, Frankie continua :

— Mais je ne veux pas qu'il soit attiré par moi. Ça ne ferait que compliquer les choses. Comme entre toi et Dorian.

Rita roula des yeux.

— Mais il n'y a rien de compliqué entre moi et Dorian. Il veut me mettre dans son lit, et moi, je ne veux pas. C'est plutôt simple, en fait.

Frankie éclata de rire. Son moral remonta.

— Bref, c'est plutôt rassurant que Reilly ne soit pas attiré par moi. Si jamais on doit retravailler ensemble, il vaut mieux qu'il n'y ait pas d'ambiguïté entre nous. C'est très bien qu'on soit juste amis.

Elle baissa les yeux, prit une poignée de sable et le regarda couler entre ses doigts.

— Et puis, le seul homme que j'aimerais attirer, c'est Hugh.

— Frankie…

— Je sais, je sais.

Elle sourit et leva les mains en l'air.

— Achève-moi.

# 24

— Ici la patrouille des plages de Los Angeles.

La voix réveilla Frankie en sursaut.

— Vous êtes en infraction.

Encore cette voix. D'où venait-elle ? Elle redressa la tête et regarda autour d'elle, en clignant des yeux dans la lumière éblouissante du soleil. Et elle eut la peur de sa vie. À moins de deux mètres de ses tongs avachies, il y avait un 4 x 4 jaune canari, et au volant de ce 4 x 4, un homme qui tenait un porte-voix. Voyant qu'elle remuait, il descendit de son siège et avança vers elle d'un pas décidé. Frankie le regarda approcher avec appréhension. Le mot « garde-côte » était écrit en lettres de dix centimètres sur son coupe-vent, mais avec ses cheveux couleur aubergine et sa bedaine de quinquagénaire, il n'avait rien des sauveteurs fringants et musclés *d'Alerte à Malibu*. Il se planta devant elle, les jambes écartées, et se racla la gorge.

— Désolé, ma petite dame, mais le nudisme est interdit dans l'État de Californie.

Il fit tinter l'énorme trousseau de clés qui était censé symboliser son autorité.

— De quoi parlez-vous ? Nous ne sommes pas nues.

Les bras entortillés dans le dos, Frankie se débattait avec son soutien-gorge. Pourquoi est-ce que ces trucs étaient toujours aussi faciles à enlever et aussi compliqués à attacher ?

— Je crains que votre...

Il marqua une pause et regarda Rita, qui était étendue sur le dos, ses lunettes sur le nez, et ronflait la bouche ouverte, ses seins opulents et laiteux offerts à la caresse du soleil.

— Euh... je crains que votre amie soit... hum... en infraction...

— Parce qu'elle est seins nus ?

Frankie venait de comprendre. C'était sûrement ça, le problème. Elle se pencha et secoua Rita, qui se réveilla en grimaçant, l'air hagard.

— Nom de nom, mais qu'est-ce qu'une fille doit faire ici pour pouvoir fermer les yeux cinq minutes ?

Elle aperçut alors le garde-côte, qui griffonnait quelque chose sur son carnet à spirale, tout en jetant discrètement des coups d'œil à sa poitrine.

— Bon D...

Elle s'assit, et ses seins généreux se balancèrent doucement, comme pour le narguer.

L'homme arracha une feuille de son carnet et la tendit à Rita, qui la fixa d'un air étonné.

— Vous me mettez une amende ?

Il hocha la tête.

— Vous êtes indécente, précisa-t-il d'un ton désapprobateur, tout en inspectant méthodiquement sa poitrine.

— Ah, bon ?

Elle lui lança un sourire aguicheur, histoire de l'amadouer. Mais cela ne marcha pas.

Le garde-côte rangea son carnet et son stylo dans la poche de son short, se racla de nouveau la gorge et, d'un doigt grassouillet à l'ongle rongé, remonta ses lunettes sur son nez tordu.

— Soit vous remettez votre haut, soit vous quittez la plage.

Et, sans attendre de réponse, il repartit vers son 4 x 4, se hissa sur son siège et se remit à rouler sur la plage.

Le visage de Rita s'assombrit tandis qu'elle le regardait s'éloigner.

— Bon sang, je n'arrive pas à y croire.

Elle fixa la contravention qu'elle tenait dans les mains.

— Ce connard m'a mis une amende de soixante dollars pour un bout de décolleté.

Elle attrapa son soutien-gorge et l'attacha rageusement autour de son cou.

— C'est un peu fort de café, quand on sait que c'est ici qu'ils tournent les épisodes d'*Alerte à Malibu*.

Furieuse, elle chiffonna le morceau de papier et le jeta dans son sac.

— Viens, on s'en va. J'ai une faim de loup, pas toi ?

Soudain impatiente, Rita ramassa sa serviette de plage, jeta son sac sur son épaule et partit à grands pas.

— Tu vas payer l'amende ? demanda Frankie en la suivant.

— Je n'ai pas vraiment le choix. Je n'ai pas envie de finir au tribunal.

Elle s'arrêta en bas de l'escalier qui menait à la route et se tourna vers Frankie.

— Tu me vois, avec mes nichons à la barre ? « Franchement, Votre Honneur, je ne comprends pas ce qu'on leur reproche », minauda-t-elle.

Elles se regardèrent et éclatèrent de rire.

Elles roulèrent jusqu'au *Hook, Line & Sinker Inn*, un restaurant de fruits de mer bon marché situé le long de la Pacific Coast Highway. C'était l'un des endroits préférés des surfeurs et des habitants les plus branchés et les moins snobs de Malibu. Contrairement aux autres restaurants spécialisés dans les fruits de mer, avec leurs serveurs en uniforme blanc et leurs beurriers individuels, leur piano en sourdine et leur silence de mort, c'était un self-service populaire et bruyant, avec de la mayonnaise et du ketchup en sachet et des beignets d'oignons à deux dollars.

— Ils font des *fish and chips* sensationnels, déclara gaiement Rita en entrant dans le parking.

Elle fit mine de se lécher les babines.

— Je sais que tu es végétarienne, mais tu pourras quand même manger des frites. Enfin, c'est vraiment dommage que tu ne puisses pas goûter les crevettes, elles sont délicieuses... J'espère qu'ils les font en beignets...

La tête paresseusement posée sur son avant-bras, qui avait emmagasiné toute la chaleur du soleil et brûlait comme un radiateur, Frankie regardait par la fenêtre. Apparemment, Rita avait décidé de faire un nouvel accroc à son régime draconien. Elle sourit, mais soudain, son sourire se changea en grimace.

— Oh, merde.

— Quoi ?

Rita donna un brusque coup de frein, et la voiture dérapa sur les graviers, soulevant un nuage de poussière.

— Droit devant...

Frankie montra du doigt une camionnette couverte de boue garée au fond du parking et à moitié cachée par des buissons.

— C'est la camionnette de Reilly.

— Tu es sûre ?

Derrière ses lunettes, Rita plissa les yeux pour essayer d'apercevoir quelque chose à travers la poussière.

— Oui. Je la reconnais, elle est toute défoncée.

— Et alors ? Vous n'avez pas de raison de vous éviter, si ?

Rita enclencha la marche arrière, se gara adroitement sur une place libre et coupa le contact. Le bruit du moteur mourut.

— On y va quand même ? demanda Frankie d'une toute petite voix.

— Bien sûr.

Rita tourna le rétroviseur vers elle et appliqua sur ses lèvres déjà couvertes d'écran total blanc une couche de rouge brillant.

— Pourquoi, tu ne veux pas ?

Frankie ne répondit rien. Elle était trop occupée à se battre contre elle-même. En quoi revoir Reilly était-il un problème ? Il ne s'était rien passé entre eux la veille. Il ne l'attirait pas, et elle ne l'attirait pas non plus. Mais s'il n'y avait pas de problème, pourquoi est-ce qu'elle se sentait soudain si mal ?

— C'est parce que Reilly est là, c'est ça ?

Le silence de Frankie était éloquent.

— Pourquoi est-ce que ça t'inquiète ? Je sais que c'est un connard, mais on n'est pas obligées de déjeuner avec lui. Fais comme si de rien n'était. On dit juste « salut », et on va se chercher quelque chose à manger.

Son estomac approuva en gargouillant tandis qu'elle sortait de la voiture.

— Et puis, tu viens de me dire que vous étiez amis.

— On l'est.

Frankie eut un sourire forcé. Elle faisait des histoires pour pas grand-chose. Rita avait raison, Reilly et elle étaient amis. Il fallait juste qu'elle se détende et qu'elle reste cool. Rester cool ? Elle n'avait jamais été cool de sa vie. Sauf peut-être une fois, à dix-sept ans, quand elle avait réussi son permis de conduire et qu'elle avait raccompagné Johnny Evans, le plus beau mec de sa classe de terminale, dans la Fiat Panda de sa mère. Avec son rouge à lèvres couleur lilas, son jean déchiré et Johnny Evans sur le siège du passager, elle était passée devant les autres élèves qui attendaient à l'arrêt du bus et s'était crue au paradis. Oui, ce jour-là, elle s'était sentie supercool.

Elle baissa le pare-soleil et regarda son reflet dans le petit miroir terni. En général, c'était le genre de miroir très flatteur qui supprimait les poches et les cernes, un peu comme si vous aviez de la vaseline sur vos lentilles. Mais cette fois, alors qu'elle n'en avait jamais eu autant besoin, l'image qu'il lui renvoyait était d'une netteté impitoyable. La fille qu'elle voyait dans la glace avait le visage rouge et couvert de grains de sable et des cheveux pris de folie. Malheureuse comme les pierres, elle rabattit le pare-soleil, sortit de la voiture et analysa sa tenue : un bikini défraîchi, un paréo décoloré par la Javel et une paire de tongs rayées bleu et blanc qui avaient connu des jours meilleurs. Comment rester cool, habillée comme ça ? Une robe coupée en biais de chez Ghost, un jean Earl ou même un simple trait d'eye-liner auraient été les bienvenus. Elle s'essuya le visage avec sa serviette pour essayer d'effacer les traces de son passage sur la plage. À cet instant précis, elle aurait volontiers vendu son âme contre sa trousse de maquillage qui l'attendait sagement là où elle l'avait laissée, sur l'étagère de la salle de bains.

— Salut, tout le monde !

Elles avaient à peine fait un pas dans le restaurant que Rita repéra sa cible et fonça droit vers la table de Reilly. Frankie l'aurait tuée. C'était ça, dire simplement « salut » ? Reilly eut l'air étonné. Ahuri, même. Il était assis avec trois autres personnes. En face de lui se trouvaient un homme avec des dreadlocks courtes et blondes et une jeune femme branchée aux cheveux courts, affublée d'une paire de lunettes en écaille aux verres couleur menthe. Mais l'attention de Frankie se focalisa rapidement sur la fille assise à côté de Reilly.

C'était une jolie blonde d'à peine vingt ans coiffée à la diable – une jolie façon de décrire le genre de coiffure faussement négligée qu'on ne peut obtenir qu'en se levant affreusement tôt le matin et en passant des heures à s'ébouriffer et à se chiffonner les cheveux. Elle portait un débardeur rose, idéal pour exhiber le genre de bras fin et musclé dont l'entretien nécessite des séances tri-hebdomadaires de gym avec un coach privé. Avachie sur l'assiette de Reilly, elle était occupée à grignoter les frites qu'il avait laissées sur le bord.

Le cerveau de Frankie fit une addition simple : il y avait deux filles et deux garçons à la table, ce qui faisait deux couples. Elle aurait voulu disparaître. Reilly avait un rendez-vous galant. Affreusement gênée, elle détourna les yeux de la fille et fit mine de s'absorber dans la contemplation du contenu de son sac de plage – une serviette froissée et *Renoncer aux hommes et commencer à vivre*. Le livre qui, quelques heures plus tôt, lui avait paru ennuyeux à mourir se révélait maintenant fascinant. Si fascinant qu'elle relut la quatrième de couverture une bonne dizaine de fois.

Et comme si la situation n'était déjà pas assez embarrassante, Rita, égale à elle-même, restait collée au bout de la table comme si de rien n'était. Elle donna une petite tape à Reilly en gloussant.

— Je n'arrive pas à le croire, encore toi ! Tu nous suis ou quoi ?

C'était de pire en pire. En quête d'un accessoire plus approprié que son livre, Frankie fit semblant de chercher quelque chose au fond de son sac – il n'y avait rien – et regretta de ne pas avoir de portable, qu'il ne sonne pas, qu'elle ne puisse pas parler à quelqu'un. N'importe qui, le service des renseignements, la police, les urgences, du moment qu'elle n'avait pas à adresser la parole à Reilly.

Reilly jeta un coup d'œil à Frankie. Tout ce qu'il voulait, c'était lui parler, mais au lieu de ça, il était obligé de discuter avec sa foldingue de copine, Rita. Il rit avec elle, mais il n'avait aucune idée de ce qu'elle racontait. Il n'arrivait pas à se concentrer. Il ne s'était toujours pas remis de l'arrivée de Frankie. C'était vraiment la dernière personne qu'il s'attendait à voir ici. Et elle était magnifique. Lui, par contre, il devait ressembler à un clochard. Et le pire, c'était qu'il était avec Jed et Sophie, deux vieux amis qui, depuis son divorce, s'étaient mis dans la tête de lui présenter toutes leurs copines célibataires. Aujourd'hui, ils étaient venus avec une poupée blonde du nom de Chrissy, une actrice débutante. Il regarda Frankie. Qu'est-ce qu'elle pouvait bien chercher dans son foutu sac ? Il pria en silence pour qu'elle lève la tête et qu'elle lui parle, qu'ils discutent de ce qui s'était passé la veille. Mais non, rien à faire. Et Rita continuait à glousser comme une hystérique dans son oreille. Finalement, il décida de se jeter à l'eau.

— Salut, Frankie.

Sa voix, basse, agréable, amicale, atteignit Frankie comme une flèche en plein cœur. Elle frissonna et releva la tête.

— Ah, tiens, salut.

Bon, elle avait peut-être parlé d'une voix un peu trop aiguë, mais elle y avait mis juste la bonne dose de surprise (du genre « je suis ravie de te voir, je n'avais pas remarqué que tu étais là, parce que j'étais très occupée à chercher quelque chose de très important dans mon sac ») et de familiarité (« on est tellement amis, c'est un peu comme si on était frère et sœur »).

— Comment tu te sens après la soirée d'hier ?

Reilly écarta une mèche rebelle de ses yeux et se cala contre le dossier de sa chaise pour s'écarter de Chrissy. Il ne tenait pas à ce que Frankie se fasse des idées.

Le cerveau de Frankie fonctionnait à plein régime. Comment est-ce qu'elle aurait dû se sentir ? Amoureuse ? Nauséeuse ? Est-ce qu'il faisait allusion à l'effet qu'il avait eu sur elle ou à celui des margaritas et du champagne ? Elle l'ignorait, mais il fallait qu'elle mette les choses au point. Maintenant qu'elle savait qu'elle ne l'intéres-sait pas, ce serait très gênant qu'il s'imagine qu'elle, elle était intéressée. C'était d'ailleurs probablement ce qu'il devait croire, vu qu'elle avait passé une bonne partie de la soirée pendue à son cou.

— J'ai la gueule de bois.

Malgré toute cette activité mentale, ce fut la seule réponse qu'elle trouva. Mais c'était encore la meilleure des excuses : elle était ivre morte, elle ne pouvait donc pas être tenue pour responsable de ce qui avait pu se passer.

— Moi aussi.

Il sourit. Il avait passé une bonne soirée, et il ne regrettait rien, malgré la gueule de bois.

Frankie hésita. Est-ce qu'il avait saisi le message ? Elle décida d'enfoncer le clou.

— Bon sang, j'étais vraiment soûle.

Elle eut un rire désinvolte.

— Qu'est-ce qu'ils mettent dans leurs margaritas ? J'étais tellement partie que je me rappelle à peine être allée au *Cowboy Palace*.

Cette fois, il ne pouvait pas ne pas comprendre. Tout ce qu'elle avait pu dire ou faire était à mettre sur le compte de l'ivresse. Si elle s'était collée contre lui, agrippée à son cou, ça n'avait rien à voir avec un quelconque élan de désir. Elle s'était accrochée à lui uniquement parce qu'elle ne tenait plus debout et qu'elle risquait de s'écrouler.

Reilly sentit sa bouche devenir sèche. Qu'est-ce qu'elle voulait dire ? Qu'elle ne se souvenait de rien ? Mais elle s'en souvenait forcément. Elle devait s'en souvenir.

— Tu ne te rappelles pas avoir dansé ?

— On a dansé ?

S'il avait su qu'elle avait été incapable de penser à autre chose depuis qu'elle s'était réveillée !

Reilly eut l'impression de recevoir un direct à l'estomac. Elle ne se souvenait de rien. Comment avait-elle pu oublier ? Il s'était passé quelque chose sur la piste de danse. Quelque chose entre eux avait changé. Il ne savait pas pourquoi, ni comment, ni de quoi il s'agissait au juste, mais il savait qu'il s'était senti formidablement bien à ce moment-là. Mais peut-être qu'il s'était trompé. Peut-être qu'il était le seul à avoir éprouvé cela. Peut-être que ce qui leur était arrivé la nuit précédente ne comptait pas pour elle. Qu'il ne comptait pas. Il attrapa sa bière et avala une gorgée. Elle avait un goût amer.

— Oui, on a dansé, dit-il d'une voix basse.

Ils se regardèrent. Frankie regretta ses mensonges en voyant l'expression sur le visage de Reilly. Ce n'était pas celle d'un frimeur plein d'assurance, plutôt celle de quelqu'un qui était blessé et déçu.

— Tu ne nous présentes pas ?

Les pensées de Frankie furent interrompues par l'intervention de l'homme aux dreadlocks.

— Si, bien sûr.

Reilly revint à lui et fit les présentations.

— Frankie, voici Jed, Sophie et Chrissy.

Jed et Sophie sourirent et lui serrèrent la main.

— Bonjour, dit l'un.

— Enchantée, fit l'autre.

Chrissy n'eut pas l'air aussi ravie qu'eux de faire sa connaissance. Toujours penchée vers Reilly, elle lança un vague « salut » et continua à tremper ses frites dans la mayonnaise.

Pendant un instant, il y eut un silence gêné. Frankie ne savait pas quoi faire. Elle avait envie de déguerpir, mais c'était délicat. Elle ne voulait pas paraître grossière, mais elle ne tenait pas non plus à rester plantée là comme une fan qui attend un autographe. Heureusement, l'estomac de Rita prit la situation en main en émettant un long borborygme.

— Bon sang, je crève de faim. On n'a pas encore mangé, expliqua-t-elle en gloussant.

— On devrait commander, ajouta aussitôt Frankie.

Elle lui désigna les tableaux noirs où était écrit le menu, puis se retourna vers la table.

— Eh bien, ravie de vous avoir rencontrés.

— Nous aussi, répondirent les autres en chœur.

Elle regarda Reilly.

— Bon... ben... à un de ces jours.

— Oui, c'est ça, fit Reilly, d'un ton plus sec qu'il ne l'aurait voulu.

Frankie tourna les talons et suivit Rita, qui se dirigeait de l'autre côté du restaurant. Reilly la regarda s'éloigner.

— C'était qui, cette fille ? roucoula Chrissy en posant la main sur la sienne.

Il détourna les yeux.

— Une amie, c'est tout.

Les mots qu'il venait de prononcer lui restèrent en travers de la gorge.

## 25

Rita était aux anges. Ce matin-là, après des mois de « merci, on vous appellera », elle avait reçu un coup de fil qui allait peut-être permettre à ses rêves d'actrice de devenir un peu plus réels. Son agent l'avait appelée pour lui annoncer que les producteurs de *Malibu Motel* tenaient à lui faire passer une nouvelle audition, non plus pour le rôle de Kimberley Kartier, mais pour celui de Tracy Potter, la réceptionniste anglaise qui avait son franc-parler.

— Tu te rends compte ? Je suis née pour jouer ce rôle ! s'exclama Rita, qui faisait la queue avec Frankie devant le Mann's Chinese Theatre.

Célèbre pour sa cour où, à l'instar du trottoir parsemé d'étoiles connu sous le nom de Walk of Fame, un grand nombre de stars hollywoodiennes avaient laissé les empreintes de leurs pieds et de leurs mains dans le ciment, ce cinéma était le préféré de Rita.

— S'il y a bien quelqu'un qui peut interpréter brillamment le rôle d'une réceptionniste, c'est moi. C'est ce que j'ai vécu pendant ces dix dernières années. Je n'aurai aucun effort à faire pour me glisser dans la peau du personnage.

Elles achetèrent leurs places et rejoignirent la foule qui s'agglutinait devant l'entrée.

— Regarde, c'est bon signe. J'ai les mains de la même taille que Marilyn Monroe.

Rita ne pouvait jamais s'empêcher de faire comme les touristes et de s'accroupir pour poser ses mains dans les empreintes de celles de Marilyn.

— Mes pieds aussi sont de la même taille.

Ce qu'elle démontra fièrement.

— Ça fait combien de fois que tu essaies ? demanda Frankie en souriant.

— Bah, quelques-unes, admit Rita. N'empêche que c'est bon signe.

— Ça ne veut rien dire. Ce qui compte, c'est le talent. Et tu en as.

— Tu le penses vraiment ?

Frankie hocha la tête et enfonça les mains dans les poches de sa veste.

— Personne n'aurait pu jouer le derrière de Daisy la vache avec autant de sensibilité que toi.

Incapable de garder son sérieux, elle pouffa.

— Non, franchement, tu es une actrice formidable. Tu vas voir, tu vas décrocher le rôle.

Elle était ravie pour Rita. Même si celle-ci ne parlait jamais vraiment de sa carrière, Frankie savait à quel point c'était important pour elle.

— J'espère, soupira Rita en croisant les doigts. Si je ne l'ai pas, je ne sais pas ce que je vais faire. Il doit me rester suffisamment d'argent pour tenir encore quelques mois, mais si je ne dégote aucun rôle d'ici là, il faudra que je rentre à Londres pour trouver un vrai travail. Je ne crois pas que je pourrais redevenir réceptionniste. Ça m'amuserait de jouer ce rôle pendant dix épisodes, mais pas d'en reprendre pour dix ans...

Sa voix s'éteignit tandis qu'elle continuait à passer en revue les empreintes des grands noms de Hollywood figées à jamais dans le ciment.

— Il y a mieux à faire dans la vie que de répondre au téléphone.

— Apprendre des textes par cœur, par exemple.

Fâchée, Rita alluma une cigarette.

— Apparemment, tu ne vois pas quel intérêt il peut y avoir à devenir actrice.

— Si, je vois. Cinq mille dollars par épisode.

Frankie posa son pied dans l'empreinte de Jane Russell. Elle était dix fois trop grande.

— Je ne fais pas ça pour l'argent.

Frankie prit l'air sceptique.

— Bon, ça a son importance, je le reconnais, reprit Rita.

Elle souffla la fumée de sa cigarette et fit tomber sa cendre sur les empreintes de Humphrey Bogart.

— Mais je ne suis pas comme toi. Je ne peux pas brandir une longue liste de diplômes. Jusqu'à ce que je commence à jouer la comédie, je croyais que j'étais condamnée à passer ma vie derrière un guichet, à me mettre du vernis en lisant le programme télé.

— Ça m'est arrivé même avec mes diplômes, plaisanta Frankie.

Mais Rita l'ignora et continua sur sa lancée.

— Tu as eu des ouvertures, pas moi. J'étais coincée. Jouer la comédie, c'était la seule façon que j'avais de m'en sortir.

Elle se ressaisit et sourit d'un air gêné.

— Désolée. J'en fais un peu trop, non ?

— Mais pas du tout, chérie, répliqua Frankie d'un ton mélodramatique.

Rita ne put s'empêcher de rire. Elle éteignit sa cigarette à moitié fumée, rangea pour plus tard le mégot taché de rouge à lèvres dans sa poche, et elles pénétrèrent dans le cinéma, bras dessus, bras dessous.

— Mmm, je crois que je pourrais tuer pour des chips au fromage, dit Rita lorsqu'elles se retrouvèrent dans le hall.

— La caméra grossit de cinq kilos, lui rappela Frankie en essayant de l'entraîner plus loin.

— Mais peut-être que si tu en prends, je pourrai en goûter quelques-unes, dit Rita, pleine d'espoir.

Frankie connaissait assez Rita pour savoir que « quelques-unes » signifiait le paquet entier. Elle était sur le point de refuser tout net lorsqu'elle aperçut l'expression rêveuse sur le visage de son amie. C'était difficile de dire non quand on savait que ce que Rita appréciait le plus au cinéma, c'était de manger des bonbons et des glaces dans le noir.

— Et si on prenait du pop-corn ? suggéra Frankie, qui ralentit le pas et la guida vers les gens qui faisaient la queue pour acheter d'énormes sachets de M & M's, des boissons gazeuses et des seaux de pop-corn tout juste sorti de la machine qui soufflait les petits grains couleur crème.

Rita enfonça les mains dans les poches déchirées de sa vieille veste en cuir Gucci et fit la grimace. Du pop-corn, ce truc plein d'air et pauvre en matière grasse ? Mais, soudain, elle cessa de froncer les sourcils. Elle venait de remarquer quelque chose de bien plus intéressant que du maïs soufflé.

— Hé, regarde-moi ça, chuchota-t-elle en donnant un coup de coude à Frankie.

Celle-ci suivit son regard. Évidemment, « ça », c'était un homme, mais pas n'importe quel homme. Frankie gémit. On pouvait faire confiance à Rita pour craquer sur un type en chemise rouge à manches courtes, casquette de base-ball et tablier assorti. Il se tenait derrière le comptoir et remplissait de pop-corn les cornets en cartons.

Le vendeur de pop-corn avait dû entendre Rita, car il releva la tête, ôta sa casquette et passa la main dans ses cheveux décolorés par le soleil.

— Sucré ou salé ? demanda-t-il, sa mesure à la main.

Mais avant qu'elles aient eu le temps de répondre, il poussa un cri strident.

— Hé, Frankie !

Il lâcha sa mesure en plastique, s'essuya les mains sur son tablier, bondit par-dessus le comptoir, ouvrit grands les bras et la serra si fort contre lui qu'il faillit l'étouffer.

Emprisonnée par une paire de bras musclés et bronzés, Frankie ne comprenait pas ce qui se passait. Elle jeta un regard en coin à Rita, qui ouvrait de grands yeux, incapable de dissimuler son étonnement. Comment se faisait-il que son amie connaisse cet apollon ?

Le vendeur de pop-corn desserra son étreinte et se mit à rire.

— Hé, tu ne te souviens pas ? C'est moi, Matt.

Il se frappa la poitrine.

— Tarzan, ajouta-t-il.

Dans le cerveau de Frankie, le déclic se fit. Matt, le Tarzan de la pub pour les céréales. Elle ne l'avait pas reconnu sans son pagne. Elle réussit à articuler un timide « bonjour », puis il la relâcha et commença à sauter dans tous les sens comme un chiot surexcité.

— C'est trop dingue !

Un large sourire apparut sur son visage.

— Comment ça va ?

— Très bien.

Elle essaya d'avoir l'air enthousiaste, mais ses talents d'actrice étaient décidément limités.

— Et toi ?

— Ça roule.

Il hocha la tête, tout en se balançant d'avant en arrière sur ses talons, incapable de tenir en place. Puis il remarqua que Frankie regardait fixement son uniforme et rougit.

— Hé, c'est seulement temporaire, en attendant de pouvoir jouer la comédie à plein temps.

Il recommença à gigoter avec enthousiasme.

— Ça ne devrait pas être long. J'ai un nouvel agent, et il m'a trouvé des boulots vraiment géniaux. Il y a deux semaines, j'ai joué un mort dans *Urgences*, et cette semaine, j'ai eu une réplique dans une pub pour un déodorant.

Il cessa de sourire, affecta un air sérieux et prit l'accent anglais.

— « Tient les odeurs à l'écart, du matin jusqu'au soir. »

Puis il se remit à sourire.

— Trop bien, hein ?

— Tu es acteur ?

Rita avait attendu qu'arrive le moment de sa réplique et entrait en scène dans les temps.

— Je suis actrice, moi aussi.

Elle décocha à Matt son sourire le plus ravageur.

— Pas possible !

Matt avait l'air stupéfait, comme si le métier d'acteur était quelque chose de rare et d'inhabituel à Los Angeles. Lui et Rita se mirent immédiatement à parler boutique : « Tu suis quels cours ? » « Tu as passé quelles auditions ? » « C'est qui, ton agent ? »

Frankie, mise sur la touche, se sentit verdir de jalousie. Elle avait l'impression d'assister à une parade nuptiale – Matt et Rita se rapprochaient peu à peu l'un de l'autre, le mâle se frottant la poitrine pendant que la femelle bombait la sienne.

— Hé, c'est pas bientôt fini ? fit une femme, qui passa devant Rita en agitant un billet de dix dollars. Je veux un grand Pepsi avec plein de glaçons.

Rita l'ignora.

— Tiens, je te laisse mon numéro de téléphone.

Joignant le geste à la parole, elle tira une carte de visite de son sac et la lui tendit.

— Trop bien.

Hypnotisé, Matt ne la quittait pas des yeux.

— Je t'appelle.

Il lui fit un large sourire, sans paraître remarquer la file qui grandissait devant son comptoir. Les clients s'énervaient de plus en plus, désespérant d'obtenir les sucreries et les sodas qu'ils étaient venus chercher.

— Je compte sur toi.

Elle lui fit un clin d'œil et gloussa.

Frankie ne pouvait qu'admirer la tactique de drague et le culot de Rita. Encore un instant, et elle allait lui sortir son déhanchement à la Marilyn Monroe.

— Bon, au revoir, alors.

Elle agita délicatement la main.

— À plus.

Matt agitait la main à son tour quand un géant se planta derrière lui et lui attrapa le bras.

— Moi et ma femme, on commence à avoir un peu faim.

D'un geste, il montra l'énorme femme qui s'était effondrée au milieu des sachets de M & M's.

— Je veux une demi-douzaine de paquets de gâteaux au beurre de cacahuète, deux seaux de pop-corn – un sucré et un salé – et un demi-litre de glace Ben & Jerry's parfum cerise. Et rapidement, parce que j'en ai marre d'attendre.

Désireuse de partir avant que la situation ne dégénère, Frankie dit au revoir à Matt. Mais celui-ci ne lui prêta aucune attention, trop occupé à suivre des yeux Rita, qui traversait le hall en se déhanchant. Il était tellement subjugué par le mouvement de ses fesses qu'il ne bougea même pas quand le client irascible menaça de le crucifier au milieu des Snickers en promotion.

— Bon sang, Frankie, comment ça se fait que tu connaisses un type pareil ?

Rita arrêta de tortiller des hanches dès qu'elles eurent quitté le hall et commencé à monter l'escalier.

— Je l'ai rencontré le jour de la séance photo.

« La séance photo que j'ai faite avec Reilly », précisa Frankie en elle-même.

— Et tu ne m'en as jamais parlé ?

Abasourdie, Rita ouvrit d'un coup sec la porte de la salle et entra à l'intérieur en vacillant sur ses hauts talons. Puis elle se retourna vers Frankie et soupira.

— Tu dois vraiment être amoureuse.

Frankie tressaillit.

— Pardon ? fit-elle en tendant les tickets à l'homme qui se tenait à l'entrée de la salle.

— Si tu n'as même pas remarqué Matt, c'est que tu dois vraiment être encore folle de Hugh.

Elle secoua la tête, pleine de respect et d'admiration devant tant de fidélité.

Frankie se détendit. Pourquoi diable avait-elle cru que Rita parlait de Reilly ? Furieuse contre elle-même, elle changea de sujet.

— En tout cas, j'ai cru comprendre que Matt te plaisait.

Tout en parlant, elle mit les billets dans sa poche et suivit l'ouvreuse, qui les guidait vers le bas de l'allée centrale en agitant sa lampe de poche de droite à gauche.

— Disons que je ne le chasserais pas de mon lit à coups de pied...

Rita s'interrompit et se mit à glousser en repensant à ses séances de boxe nocturnes.

— Enfin, pas exprès.

Elles trouvèrent le rang où elles étaient placées et passèrent devant les personnes déjà assises en s'excusant et en essayant de ne renverser ni canette de soda, ni cornet de pop-corn. Enfin, elles atteignirent leurs places, abaissèrent les sièges et s'assirent avec soulagement.

— Mais je croyais que tu devais renoncer aux hommes, reprit Frankie.

Rita montrait tous les signes de quelqu'un qui était en train de glisser sur la pente de la luxure, et elle savait que c'était à elle, sa meilleure amie, d'essayer de la sauver et de lui faire entendre raison. Mais Rita fit la sourde oreille. Elle ne voulait pas être sauvée.

— C'est un cas de force majeure.

Elle prit une poignée de pop-corn, se cala dans son siège et se mit à mâcher bruyamment.

— Franchement, qui pourrait résister ?

— Chut ! siffla quelqu'un derrière elles.

Rita soupira et se rapprocha de Frankie.

— Je veux dire, à part toi, bien sûr, murmura-t-elle. Mais tu es tellement accro à Hugh que tu ne remarques aucun autre homme, pas vrai ?

Au grand soulagement de Frankie, le générique du film commença sur ces entrefaites, lui évitant de répondre.

## 26

Pendant les quelques semaines qui suivirent, Rita eut six rendez-vous avec Matt – ce qui, à Los Angeles, était plus long que certains mariages –, et elle commençait à présenter tous les symptômes de la femme amoureuse : elle se couchait maquillée et en sous-vêtements Victoria Secret, au cas où, pour une raison que seuls les amoureux peuvent comprendre, Matt aurait fait un saut chez elle à 2 heures du matin. Elle n'avait plus d'appétit, pas même pour les nachos au fromage et les Oreo. Et elle commençait chaque phrase par son prénom : Matt avait un appartement vraiment génial, Matt était un acteur formidable, Matt avait le plus gros sexe qu'elle eût jamais vu – et elle en avait vu un certain nombre.

Frankie, dans le rôle de la meilleure amie dévouée, l'écoutait patiemment et essayait de prendre l'air intéressé quand Rita repassait les messages que Matt avait laissés sur son répondeur en essayant de deviner si, oui ou non, son ton était enthousiaste, très enthousiaste, plus qu'enthousiaste, ou quand elle se plongeait dans sa bible sur les relations de couple, *Découvrir l'âme sœur grâce à l'astrologie*, pour lire les caractéristiques de son signe et du sien et calculer leur compatibilité d'après la position de Vénus et les jours de pleine lune.

Après chacun de ses rendez-vous avec Matt, elle lui rapportait leurs conversations dans les moindres détails, en analysant chaque mot, chaque phrase, chaque intonation. Pendant des heures, elle lui racontait le dernier épisode de la romance du siècle, depuis la manière dont Matt avait cuisiné les spaghettis bolonaise jusqu'à la gâterie qu'elle lui avait faite dans la cabine d'essayage d'Urban Outfitters. Jusqu'à maintenant, ils n'avaient pas couché ensemble, ce qui, pour Rita, représentait le summum de la maîtrise de soi, étant donné qu'ils se connaissaient depuis plusieurs semaines. Mais il se trouvait que Matt n'était pas très entreprenant au lit.

— Manifestement, il préfère qu'on apprenne d'abord à se connaître, soupira-t-elle un soir, tout en caressant le vieux sweat-shirt de surf qu'il lui avait mis autour des épaules la veille, au cinéma, pour qu'elle n'ait pas froid. C'est mignon, non ?

Frankie ne protesta pas. Après tout, si porter un vieux sweat-shirt odorant et sortir avec un type au QI de loutre rendait Rita heureuse, tant mieux. Mais elle, elle était loin de nager dans le bonheur. Pendant que Rita passait ses soirées avec Matt et découvrait l'ivresse de la vie de couple, elle restait assise sur le canapé avec Ginger et Fred, à regarder *Ally McBeal* et à s'apitoyer sur son sort. La réussite de Rita, aussi bien dans sa vie amoureuse que professionnelle – on l'avait rappelée pour une troisième audition pour *Malibu Motel*, et elle attendait maintenant une réponse –, ne faisait que mettre en lumière le désert de sa propre vie.

Ces dernières semaines, elle était passée de journaliste à assistante photographe à son job actuel : bonniche de Dorian. Ce n'était pas vraiment le genre d'ascension sociale qu'elle avait en tête quand elle avait obtenu sa licence. Dorian, qui savait qu'elle était à court d'argent, lui avait proposé de la payer pour faire le ménage dans son appartement et arroser ses plantes. Elle avait failli décliner son offre, mais finalement, elle avait ravalé son orgueil et accepté. Elle avait désespérément besoin d'argent.

Elle aimait bien Los Angeles. Vraiment. Elle aimait le climat, elle aimait aller à la plage, elle aimait traîner avec Rita et Dorian. Même ses chats appréciaient le soleil. Mais elle se rendait compte maintenant que ç'avait été une idée stupide de venir à Los Angeles en croyant qu'il lui suffisait de s'enfuir pour que tout change. Qu'avait-elle espéré ? Que L.A., d'un coup de baguette magique, allait donner à sa vie un air de film hollywoodien ? Rester à Londres aurait impliqué d'affronter un avenir sans Hugh, sans appartement à Fulham et sans perspective de carrière. Mais c'était exactement le même avenir qu'elle devait affronter aujourd'hui. Les problèmes étaient les mêmes, seul le décor changeait. Alors, pourquoi n'admettait-elle pas qu'elle s'était trompée ? Pourquoi ne remballait-elle pas ses affaires et ne repartait-elle pas pour l'Angleterre ? Après tout, qu'est-ce qui la retenait à Los Angeles ?

Reilly. Chaque fois qu'elle se posait la question, son nom surgissait, et chaque fois, elle se disait qu'elle était ridicule, qu'elle connaissait à peine ce type. Mais depuis ce jour à Malibu où ils avaient eu cette détestable conversation guindée, il ne quittait plus ses pensées. Tout la ramenait à lui – une pub à la télé, un morceau de country à la radio, le *Tea Leaf* où elle prenait son cappuccino tous les matins. Un jour où elle faisait des courses au supermarché, elle avait cru le voir au rayon traiteur, à côté des pâtes fraîches, mais quand elle s'était approchée, elle avait découvert que c'était un type qui ne lui ressemblait pas du tout – il avait un bouc et portait des mocassins vernis noirs ornés d'une affreuse chaînette dorée. Même lorsqu'elle roulait sur Sunset Boulevard, elle cherchait des yeux tous les Bronco et scrutait l'habitacle pour voir si Reilly était au volant. Mais ce n'était jamais lui. Où était-il donc passé ? On eût dit qu'il s'était évanoui dans la nature.

Pendant un moment, elle envisagea de l'appeler pour lui dire bonjour. Mais elle se ravisa. Malgré ce qu'elle avait raconté à Rita, Reilly et elle n'étaient pas à proprement parler des amis – enfin, pas le genre d'amis qui se passent un coup de fil juste pour prendre des nouvelles. De quoi auraient-ils bien pu discuter, de toute façon ? De son rendez-vous avec Chrissy ? De son ex-femme ? De Hugh ?

Elle renonça donc à l'appeler. Et quelque chose lui disait qu'il ne le ferait pas non plus. Ce qui signifiait que sa relation avec Reilly était terminée avant même d'avoir commencé.

— Devine quoi ?

Rita entra dans le salon en clopinant, des bouts de coton entortillés entre les orteils. Dans une main, elle tenait un flacon de vernis à ongles, et dans l'autre, le téléphone sans fil.

— Quoi ?

Frankie était avachie sur le canapé, devant une course-poursuite retransmise en direct à la télé, et soignait sa déprime à l'aide d'un paquet de nachos au fromage. Depuis que Rita avait rencontré Matt, le paquet était resté sur une étagère, à prendre la poussière. Un peu comme elle, pensa-t-elle tristement.

— Dorian vient d'appeler. Il nous invite à notre première fête de Noël.

— Une fête de Noël ?

— Eh bien, on est le 10 décembre. Noël est dans deux semaines seulement.

— Doux Jésus, marmonna Frankie.

Elle continua à regarder la voiture qui fuyait à toute allure sur l'autoroute, poursuivie par les hélicoptères, et racla les dernières miettes de nachos collées au fond du paquet. Elle n'était pas d'humeur à fêter Noël. Elle était d'humeur à s'empiffrer devant la télé en regardant des imbécillités.

— Et devine qui organise la soirée ?

Bien décidée à attirer l'attention de son amie, Rita se mit à tourner en rond devant l'écran, empêchant Frankie d'assister au moment suprême de la course-poursuite : l'arrestation du fugitif.

Frankie comprit que c'était du chantage et qu'elle n'avait d'autre choix que de jouer le jeu.

— Qui ?

Rita prit une profonde inspiration et lâcha sa bombe.

— Carter Mansfield.

— Carter Mansfield ? répéta Frankie en laissant tomber le sachet froissé de Doritos.

Elle se redressa et écarta Ginger, qui s'était pelotonnée contre elle.

Carter Mansfield était une légende du cinéma, qui avait eu son heure de gloire dans les années 1970. Il était célèbre pour ses Levi's taille basse qui laissaient voir son nombril et ses chemises ouvertes qui révélaient une poitrine velue et l'inévitable chaîne en or. Dans les années 1980 et au début des années 1990, sa carrière avait commencé à faire du surplace, et son tour de taille à s'empâter. Mais ces derniers temps il s'était débarrassé de ses poignées d'amour, avait repris en main son avenir professionnel et avait tourné dans une série de films à succès, avec pour partenaires féminines quelques-unes des stars les plus glamours de Hollywood.

— C'est ce soir, cette fête ?

— Oui, Dorian passe nous prendre à 21 heures, répondit Rita, surexcitée. Tu te rends compte, il y aura tout le monde… Des acteurs connus, des réalisateurs, des producteurs, tous les grands noms de Hollywood…

Elle se tut brusquement.

— Mon Dieu, qu'est-ce que je vais mettre ? Le tailleur-pantalon que j'ai acheté la semaine dernière est encore couvert de sauce bolonaise.

Elle se souvint des circonstances dans lesquelles la sauce avait atterri sur son tailleur, ne put réprimer un petit sourire, puis revint sur terre. Elle posa le téléphone et le flacon de vernis sur la table basse, avant d'attraper le poignet de Frankie pour regarder l'heure à sa montre.

— 17 heures. Ouf, on a encore le temps.

Les doigts toujours serrés autour du poignet de Frankie, elle essaya de la tirer du canapé.

— Allez, bouge tes fesses.

Frankie soupira. Et dire que c'était la même bouche qui pouvait réciter du Shakespeare !

— Où on va ? marmonna-t-elle sans enthousiasme.

Elle n'était pas coiffée, elle portait un vieux jogging miteux, et elle venait d'avaler mille cinq cents calories et soixante-quinze grammes de graisse pure – si son séjour à Los Angeles lui avait appris une chose, c'était bien le nombre de calories et la teneur en graisse de chaque aliment. Le seul endroit où elle avait envie d'aller, c'était sous la douche.

— On est invitées à l'une des plus grosses fêtes de Hollywood, et je n'ai rien à me mettre. Où est-ce qu'on peut bien aller, à ton avis ?

Rita attrapa son portefeuille, ses clés de voiture et fourra ses pieds – toujours décorés de morceaux de coton – dans une paire de mules.

— On file à Rodeo Drive.

## 27

— Bonjour ! Comment allez-vous ?

La vendeuse, tout sourire, fondit sur Frankie juste au moment où celle-ci posait ses Nike boueuses sur le sol parfaitement ciré du magasin.

— Euh...

Elle était prise de court. À Londres, il était rare que les vendeurs vous accueillent dès le seuil de la boutique. Elle marmonna une vague réponse et fonça vers le fond du magasin, où elle fit mine d'être très intéressée par un pantalon en lin beige d'une banalité à pleurer.

— J'adore votre veste.

La vendeuse, qui ne renonçait pas aussi facilement, venait de la rejoindre.

— Elle est géniale.

— Euh... merci.

Était-ce de l'ironie ? se demanda Frankie en caressant sa veste en daim élimée, qu'elle avait depuis des années. Quand elle faisait du shopping dans Bond Street, l'équivalent londonien de Rodeo Drive, les vendeuses l'épiaient d'un œil soupçonneux, tout en continuant à feuilleter le dernier numéro de *Harpers and Queen*, et semblaient atteintes d'une soudaine surdité quand elle demandait un vêtement dans une autre taille. Elle n'était pas habituée à ce qu'on lui fasse des compliments. En fait, elle était plutôt habituée à faire tache dans le décor.

— J'aimerais bien me trouver la même. Vous l'avez achetée où ?

— Au marché de Portobello, répondit Frankie.

L'enthousiasme de la vendeuse, feint ou non, commençait à lui taper sur les nerfs. Elle essaya de fuir à l'autre bout du magasin, mais il n'y avait pas moyen de lui échapper. Dès qu'elle se retournait, la vendeuse était là.

— C'est une boutique de Beverly Hills ?

— Non, de Londres.

— Oh, vous venez de Londres ? J'ai de la famille à Londres.

Elle était sur le point de réciter son arbre généalogique quand son attention se reporta sur Rita, qui avait découvert des piles de hauts soigneusement pliés et était en train de les examiner les uns après les autres, avant de les jeter n'importe où en tournant sur elle-même comme un derviche.

La vendeuse se désintéressa de Frankie et, toujours aussi empressée, se précipita au secours de Rita.

— Vous voulez que je vous aide à trouver votre taille ?

Elle fourragea dans les tas de hauts, puis se chargea de tous les vêtements que Rita avait déjà sélectionnés et la guida vers une cabine d'essayage.

— Si vous avez besoin de quoi que ce soit, je suis juste à côté, lança-t-elle avec entrain.

— Est-ce que ce pantalon me grossit ?

Vingt minutes et plusieurs tenues plus tard, Rita se tenait devant le grand miroir qui avait été installé, allez savoir pourquoi, à l'extérieur des cabines. Elle portait un tailleur-pantalon blanc pattes d'éléphant. La vendeuse roucoulait et essayait de la persuader qu'elle ressemblait à Bianca Jagger le jour de son mariage. Rita n'en était pas convaincue. En fait, elle avait vaguement l'impression de ressembler à Elvis période strass et excès en tous genres. Elle avait besoin de l'avis sincère d'une vraie amie. Elle se tourna donc vers Frankie, qui parcourait distraitement un magazine, assise sur le canapé en cuir judicieusement installé à côté des cabines par la direction pour éviter que les maris et les petits copains impatients ne disparaissent – en emportant avec eux leurs cartes de crédit.

— Elvis, hein ? fit Rita avec une grimace.

Frankie leva les yeux de son exemplaire de *Vogue* et hocha la tête.

— Oui, en direct de Las Vegas.

Rita jura, bouscula la vendeuse, qui ne cessa pas de sourire pour autant, et fonça de nouveau dans la cabine d'essayage. Elle ôta le tailleur incriminé et le jeta sur le tas de vêtements recalés, qui commençait à prendre des proportions impressionnantes. Tout ce qu'elle avait essayé était soit de la mauvaise couleur, soit de la mauvaise taille, quand ce n'était pas la coupe qui n'allait pas. Un vrai cauchemar. Celui qui avait dit que le shopping était une forme de thérapie était un fieffé menteur.

— Et Gap ?

Frankie et Rita venaient de quitter la boutique, laissant la vendeuse enthousiaste plier et ranger tous les vêtements dans lesquels Rita avait pu rentrer, et attendaient sur le trottoir que le feu pour piétons passe au vert. Rita qui, d'habitude, traitait les règlements pardessus la jambe, refusait de traverser tant que le feu était rouge, de peur de récolter une nouvelle amende. En attendant, elle essayait de voir s'il y avait quelqu'un de connu dans la Corvette rose qui venait de s'arrêter à côté d'une Ferrari Testarossa.

— Des twin-sets pastel et des corsaires ? fit-elle en entendant la proposition de Frankie. On va à une fête à Beverly Hills, pas à un pince-fesse de quartier.

Pour la première fois de sa vie, elle était prête à renoncer aux marques bon marché qu'elle affectionnait pour se rabattre sur quelque chose d'un peu plus haut de gamme. Elle avait le sentiment que cette fête allait être l'occasion d'infiltrer le monde du show-business et de nouer des contacts précieux.

Le feu passa au vert, et elles traversèrent, faisant un crochet pour éviter les touristes japonais bardés de téléobjectifs Nikon et chargés de cadeaux de Noël qui se faisaient prendre en photo devant le *Regent Beverly Wilshire*, l'hôtel de Richard Gere dans *Pretty Woman*.

— L'idée, c'est d'entrer et de les faire tomber à la renverse, ajouta Rita, en regardant la blonde liftée enveloppée dans un manteau léopard et couverte de diamants qui sortait de la Corvette rose avec son pékinois et entrait chez Cartier acheter d'autres babioles. Qu'est-ce que tu penses de ce magasin là-bas ?

Elle désigna un énorme bâtiment en verre de trois étages.

— Versace ?

Frankie resta bouche bée. Rita devait être malade. Depuis quand portait-elle des vêtements de couturiers ? D'ordinaire, elle s'habillait chez Top Shop et New Look et avait un faible pour les tenues moulantes à moins de vingt livres.

— Ce n'est pas un peu au-dessus de nos moyens ? Liz Hurley doit être en mesure de s'habiller tous les jours en Versace, mais je ne pense pas qu'elle ait le même budget que nous.

— Si c'est assez bien pour elle, c'est assez bien pour nous, rétorqua Rita, vexée.

Sans se rendre compte qu'elle employait la formule de Frankie à contresens, elle se dirigea d'un pas décidé vers la boutique, ses chevilles vacillant dangereusement sur sa paire de talons aiguilles.

Un homme en costume gris à l'air patibulaire leur ouvrit la porte en verre fumé, et Frankie comprit aussitôt qu'elle s'était laissé avoir par l'apparente sérénité qui régnait dans les autres boutiques de Beverly Hills. Ici, il n'était pas question de sourires radieux, d'uniformes rose bonbon ou de jazz entraînant en bruit de fond. À la place, il régnait un silence de mort, seulement troublé par le chant solennel des moines bénédictins en musique d'ambiance et par le cliquetis des talons des vendeuses italiennes au visage revêche.

Sans remarquer la baisse de température, qui n'était pas seulement due à l'air conditionné, Rita commença à s'affairer, ôtant le papier de soie qui protégeait les petits hauts à paillettes et tirant sauvagement sur les cintres pour décrocher les robes en tissu lamé.

— Qu'est-ce que tu penses de ça ?

Elle sortit un modèle brodé et fendu très haut qu'elle plaça devant elle. Plus d'un mètre de tissu traîna sur le sol carrelé en céramique – manifestement, Donatella ne créait pas pour les femmes d'un mètre cinquante.

Frankie ne répondit pas. Ce n'était pas exactement un endroit où on pouvait courir dans tous les sens, chiffonner les pulls soigneusement pliés et attraper une jupe en criant : « Hé, regarde, ça irait bien avec mon nouveau dos nu Kookai. » On se serait cru dans un musée. Les clients étaient censés regarder et ne pas toucher, à moins d'être pleins aux as ou d'être Liz Hurley. Et elle n'était ni l'un ni l'autre.

— Mmm, je ne crois pas. C'est un peu ordinaire.

Rita était sur le point de remettre la robe sur son cintre quand une vendeuse se matérialisa à côté d'elle et la lui prit du bout des doigts, comme si elle craignait d'attraper une maladie contagieuse.

— Nous allons fermer, siffla-t-elle d'un ton glacial.

— Vous plaisantez ? Déjà ?

Surprise, Rita se tourna vers Frankie.

— Quelle heure est-il ?

— L'heure de partir.

— De toute façon, je n'ai jamais aimé ces créations avec les épingles à nourrice, râla Rita, après qu'on les eut reconduites à la porte.

Elle alluma une cigarette et, les mains sur les hanches, lança un regard furieux sur Rodeo Drive en soufflant la fumée par le nez comme un dragon.

— À ce prix-là, ils pourraient au moins se payer des fermetures Éclair.

— Dépêche-toi. Il est presque 19 heures.

Épuisée, Frankie s'assit en tailleur sur le sol. Elles étaient entrées dans tellement de magasins qu'elle en avait perdu le compte, mais Rita lui avait promis que celui-ci serait le dernier.

— À ce rythme-là, on ne sera jamais à l'heure.

— J'en ai pour une seconde, répondit Rita depuis sa cabine.

À force de marcher, ses pieds avaient gonflé dans ses mules comme des petits pains dans un four, et par paresse, elle avait essayé d'enlever son pantalon sans ôter ses chaussures. Moyennant quoi, ses talons étaient maintenant coincés dans l'ourlet dudit pantalon.

— Il faut que je trouve quelque chose de spécial pour ce soir. Tu sais, quelque chose d'un peu sexy.

Elle entrouvrit le rideau et sortit la tête de la cabine.

— Matt est aussi invité à la fête, et je sens que c'est ce soir qu'on va enfin… tu sais… coucher ensemble.

Dans un ultime effort, elle tira sur le bas du pantalon.

— Je n'en peux plus d'attendre. Tout ce suspense est en train de me tuer… Et ce fichu pantalon aussi, grogna-t-elle en donnant un dernier coup de pied.

Emportée par son élan, elle partit en arrière. Pour ne pas tomber, elle dut se rattraper au rideau, qui sortit à moitié de sa tringle.

— Nom de Dieu, jura-t-elle en essayant de retrouver son équilibre.

Elle reprit sa respiration et regarda Frankie.

— J'ai déjà acheté des sous-vêtements sensationnels, spécialement pour l'occasion. Des trucs en satin noir avec de la dentelle rouge tout autour.

Frankie sourit. Elle était au courant. Cela faisait plusieurs jours qu'elle avait remarqué le gros sac en plastique de chez Trashy Lingerie caché derrière le panier à linge, dans la salle de bains.

— Alors, c'est vraiment sérieux entre Matt et toi ?

— Absolument.

Rita hocha la tête.

— Tu sais comment ça se passe, quand on rencontre quelqu'un. Cinq minutes suffisent, parfois moins, pour savoir si ça va marcher.

— En fait, c'est un peu comme quand on se sèche les cheveux.

Avec un sourire ironique, Frankie tira sur une de ses boucles, puis la laissa se remettre en place.

— Certaines fois, on sait qu'on va y arriver avant même d'allumer le sèche-cheveux, et d'autres fois, on s'acharne dessus pendant des heures et on n'a toujours pas figure humaine.

— Exactement.

Rita sourit, radieuse.

— Eh bien, cette fois, je sais que ça va marcher. Je peux te dire que ça va être formidable. C'est le bon… J'en suis certaine.

Elle attrapa un pantalon en cuir et commença à l'enfiler.

— Tu as déjà dit ça à propos de Barry, lui rappela Frankie en ramassant quelques-uns des vêtements rejetés par Rita et en les rangeant sur leurs cintres.

Deux ans plus tôt, Rita avait eu une aventure avec ce Barry, un Écossais soi-disant millionnaire qui avait déclaré travailler dans le transport.

— Tu n'avais pas dit que tu voulais l'épouser, d'ailleurs ?

Rita rougit.

— C'était avant que je commande à dîner un soir et que je le retrouve devant notre porte avec une pizza géante.

Frankie se rappela la scène et se mit à rire.

— Mais comment est-ce que j'étais censée savoir que « travailler dans le transport », ça voulait dire parcourir Londres en mobylette pour livrer des pizzas Domino ? répliqua Rita en riant à son tour. Et moi qui imaginais déjà la grande vie – les vacances en Floride deux fois par an, l'immense maison avec le double garage, les voitures de sport et tout le tralala, alors que tout ce que Barry avait à me proposer, c'étaient des pains à l'ail et des boules de pâte à pizza. Je crois que je l'ai échappé belle.

Elle arrêta de tirer sur le pantalon. Coincé au niveau des mollets, le cuir était aussi tendu que la peau d'un tambour et refusait de monter plus haut.

— Bon, j'abandonne. Je ne rentrerai jamais là-dedans. J'ai dû me tromper de taille.

Elle tira sur le pantalon d'un coup sec pour l'enlever et le lança à Frankie.

— Vas-y, essaie-le.

— Moi, un pantalon en cuir ? Tu rigoles ?

— Pas du tout. Tu as la ligne idéale pour porter ça.

Frankie regarda le pantalon, tentée, puis secoua la tête.

— Je ne peux pas me l'offrir, de toute façon.

— Je te prête l'argent.

— C'est gentil, mais ce pantalon... ce n'est pas moi, c'est tout.

— Et c'est quoi, ton vrai moi ? Mince, tu as vingt-neuf ans, Frankie, pas quatre-vingt-neuf ! Fais preuve d'un peu d'audace, pour une fois.

Rita était plantée devant elle, en string, les mains fermement posées sur les hanches.

Frankie réfléchit. Peut-être que Rita avait raison, peut-être qu'elle avait besoin de changer d'image. Et puis, il n'y avait pas de mal à essayer, n'est-ce pas ? Elle ôta donc ses tennis et son jean, puis enfila le pantalon en cuir, ainsi qu'un petit haut lacé que Rita avait écarté un peu plus tôt. Les deux articles lui allaient parfaitement.

Rita émit un long sifflement.

— Tu es magnifique.

Frankie regarda son reflet dans la glace et fut surprise. Elle était métamorphosée.

— Tu trouves ?

Elle n'avait pas l'habitude de porter ce genre de vêtements. Hugh la préférait en robe ou en tailleur-pantalon, bref, dans une tenue à la fois sobre et élégante. Là, ce n'était ni l'un ni l'autre. Le pantalon en cuir la moulait comme une seconde peau, et le haut était vraiment minuscule.

— Tu es sûre que je n'ai pas l'air... comment dire... vulgaire ?

Rita leva les yeux au ciel.

— Franchement, est-ce que c'est mon genre de choisir des fringues vulgaires ?

La question était délicate. Heureusement, Frankie n'eut pas à répondre.

— Et qu'est-ce que tu penses de ça ? lui demanda Rita en se trémoussant dans une robe en soie rouge.

Elle inspira et se tourna face au miroir.

— Tu es superbe.

Frankie était sérieuse. Après plusieurs semaines de déchaînement hormonal et de battements de cœur effrénés, les kilos superflus de Rita avaient fondu, et elle avait une silhouette de rêve – le genre de corps avec des seins, des fesses et une taille de guêpe qu'on ne voyait jamais dans les pages mode des magazines, mais que les hommes du monde réel adoraient.

— Tu ne trouves pas que ça me fait de trop gros seins ?

— On est à Los Angeles, ne l'oublie pas, la ville où les seins ne peuvent jamais être trop gros.

Rita bomba la poitrine, et le tissu se tendit.

— Tu as raison.

— Si j'en juge par toutes les photos avant-après que j'ai vues dans *L.A. Weekly*, il y en a bien pour cinq mille dollars dans ton corsage. Tu devrais en être fière.

Frankie observa sa propre silhouette.

— J'aurais de la chance si on m'en donnait dix dollars, moi.

Rita éclata de rire et se regarda de nouveau dans la glace.

— Espérons que je plairai à Matt là-dedans.

— Aucun doute, assura Frankie.

L'expression de Rita devint sérieuse.

— Je n'aurais jamais cru dire ça, mais je suis contente qu'on n'ait pas couché ensemble. C'est comme si on avait pris tout le temps nécessaire pour se faire la cour.

— Ça fait seulement trois semaines.

Rita se renfrogna.

— Ne joue pas les prudes avec moi. Je sais que tu as couché avec Hugh au bout de trois jours…

Elle s'arrêta net et se mordit la lèvre. Quelle imbécile ! Quand donc apprendrait-elle à tourner la langue dans sa bouche avant de parler ?

Frankie glissa une boucle de cheveux derrière son oreille sans rien dire. Les souvenirs revenaient en masse.

— Je sais, dit-elle enfin, c'était le soir du réveillon de 1997. Bon sang, ça paraît si loin.

Elle parlait à voix basse.

— Dire que ça fait presque deux ans. Les choses ont tellement changé. On a tous changé.

Rita lui frotta affectueusement le bras et lui sourit pour la réconforter.

— Eh oui, même toi.

Elle recula, haussa les sourcils et détailla Frankie de haut en bas.

— Mais regarde-toi ! Hugh aurait du mal à te reconnaître.

Frankie elle-même avait du mal à se reconnaître.

— Alors ? Tu le prends ou pas ?

Rita remit son pantalon et son dos nu et attrapa la robe rouge. Elle était prête à passer à la caisse.

— Allez, on ne vit qu'une fois. Et puis, c'est Noël.

Frankie fixa de nouveau son reflet. Et elle réalisa une chose : pour la première fois depuis des siècles, elle se plaisait. Pendant des semaines, elle s'était considérée comme une ratée, comme la victime sans défense des événements. Mais il avait suffi d'une nouvelle tenue pour lui faire voir une autre Frankie, une nouvelle Frankie, une Frankie qui allait reprendre sa vie en main. Et il fallait bien un pantalon en cuir à trois cents dollars pour fêter ça, non ? Elle sourit.

— Tu as raison. Au diable l'avarice !

# 28

La fête battait déjà son plein quand Frankie et Rita arrivèrent. Des serveurs en smoking proposaient des boissons et des sushis aux centaines d'invités rassemblés sur une terrasse de la taille d'un stade, tandis qu'autour de la piscine en forme de cœur, des blondes tout en jambes et en silicone dansaient, vêtues de bikinis qu'elles avaient piqués à leurs Barbie, devant un groupe de musiciens qui hurlaient une reprise de *Play That Funky Music, White Boy*. On se serait cru dans un clip sur MTV.

— Je me sens un peu trop habillée, chuchota Rita en s'arrêtant en haut des marches qui descendaient jusqu'à la terrasse.

— Personne ne nous a dit d'apporter un maillot de bain.

Rita semblait déçue, mais Frankie, elle, se sentait soulagée. La seule idée de se montrer dans son bikini Marks & Spencer aux côtés des blondes qui ondulaient la faisait frissonner.

— Je crois que j'ai besoin d'un verre, dit-elle en essayant d'attirer l'attention d'un des serveurs. Pas toi ?

Elle se sentit soudain idiote d'avoir apporté du vin. Ce n'était pas le genre de soirée où on offrait une bouteille, même si celle qu'elle avait choisie devait être meilleure que la piquette qu'elle avait l'habitude d'acheter chez Oddbins. Elle vit soudain un serveur approcher, dissimula la bouteille de chardonnay derrière une statue en marbre et attrapa deux cocktails sur le plateau qu'on lui tendait.

Dès l'instant où, guidées par les hommes du service de sécurité armés de talkies-walkies, elles avaient franchi l'énorme portail électrique et que l'énorme bâtisse était apparue, Frankie avait su que, malgré le Sérum Beauté Express de Clarins et le maquillage Estée Lauder, malgré les quarante minutes passées à défriser ses boucles et son nouveau pantalon en cuir, elle n'était pas à sa place. Jusqu'à présent, son expérience des soirées s'était résumée à celles où elle était allée avec Hugh dans des deux-pièces londoniens, avec le disque du Buena Vista Social Club qui tournait sur la chaîne stéréo, une table de salle à manger pliante couverte d'amuse-gueules de chez Marks & Spencer, de sauces toutes prêtes et de vins australiens rouges ou blancs qu'on vous servait dans des verres Habitat, ou dans des tasses ébréchées si vous arriviez après être allé au pub. Il n'y avait jamais de calèches pour conduire les invités de marque jusqu'à l'entrée, ni de concerts de musique avec des pop stars hyperconnues, ni d'hommes en uniforme blanc qui ressemblaient à Richard Gere dans *Officier et Gentleman* et vous servaient des huîtres sur des plateaux d'argent. Tout cela était intimidant, mais il y avait au moins une chose qui la réconfortait. Elle n'était pas toute seule. Elle avait Rita.

— Tu as vu tout cet alcool gratuit ? s'écria joyeusement Rita en avalant une grande gorgée de son cocktail. Ça me change de certaines des soirées où je suis allée. La plupart du temps, tu peux t'estimer heureuse si tu arrives à mettre la main sur une canette de bière tiède.

Elle passa la langue sur ses lèvres d'un air gourmand.

— C'est un peu dommage que je ne puisse pas en profiter pleinement.

— Pourquoi tu ne pourrais pas en profiter ?

Frankie n'avait jamais vu Rita refuser un verre, surtout quand elle n'avait pas à le payer.

— Je ne veux pas être soûle quand Matt arrivera.

Elle soupira.

— J'ai décidé de le séduire, et ce n'est pas avec des taches de cocktail sur ma robe et du mascara sur le menton que je réussirai.

— Il doit arriver à quelle heure ?

Frankie tripotait timidement les lacets de son haut. Elle n'avait pas l'habitude d'avoir un décolleté aussi pigeonnant. Même si elle le devait principalement à son Wonderbra.

— Dans une demi-heure environ. Il vient directement après une audition.

Rita balaya les alentours du regard, et un sourire se dessina sur ses lèvres.

— Et moi qui me demandais où était passé Dorian…

— Je crois qu'il a dit qu'il avait des affaires à régler, non ?

Frankie abandonna ses lacets, intriguée.

— Eh bien, ça a l'air vraiment sérieux.

Rita fit un geste en direction de la piscine, dans laquelle Dorian se frottait de haut en bas contre une blonde en string imprimé zèbre.

— Ce n'est pas cette Pamela Machin-chose ?

— Elle lui ressemble, admit Frankie, comme la plupart des filles ici.

Elle regarda Dorian en sirotant son verre. Apparemment, lui se sentait parfaitement à sa place.

Rita s'accroupit et recolla les pansements qu'elle avait mis sur ses orteils pour éviter que ses nouveaux escarpins à brides ne la blessent.

— Au fait, je n'ai pas encore vu Reilly.

— Reilly ? fit Frankie d'un ton qu'elle espérait détaché. Tu ne m'avais pas dit qu'il était invité.

Elle vida son verre et sentit que sa main tremblait.

— Désolée, j'ai complètement oublié. Tu me connais, ma mémoire est une vraie passoire.

Une fois ses pansements bien en place, Rita se releva.

— Dorian les a invités, lui et cette blonde avec qui il était à Malibu. Comment s'appelle-t-elle, déjà ?

Elle se mit à fouiller dans son sac, à la recherche de son paquet d'American Spirit.

— Chrissy ?

Frankie n'avait pas oublié son prénom. Il était gravé dans sa mémoire au fer rouge.

— Oui, c'est ça.

Rita trouva enfin son paquet d'American Spirit tout fripé et le tendit à Frankie.

Il ne restait qu'une cigarette, et en temps normal, Frankie aurait refusé, mais cette fois, le besoin l'emportait sur les bonnes manières. Elle la prit, ainsi que le briquet, et s'octroya une bonne bouffée de nicotine. Alors, comme ça, Reilly sortait avec Chrissy ? Elle ne voyait pas en quoi ça pouvait la contrarier, mais ça la contrariait.

Elle avala une longue gorgée de son cosmopolitain et savoura le goût âcre de la vodka, de l'airelle et du citron. Le tabac et l'alcool lui firent tourner la tête. Ce soir, elle s'était promis de tout oublier, de s'amuser, de rire, de vivre un peu. Et qu'est-ce qui l'en empêchait ? Qu'est-ce que ça pouvait bien faire que Reilly arrive avec sa nouvelle petite copine ? Ça ne devait pas lui gâcher sa soirée. Elle aspira la dernière goutte d'alcool de son cocktail et agita son verre vide. Elle avait envie de se soûler.

— Ça te dit, un autre ?

— On dirait que tu as envie de te mettre dans l'ambiance, commenta Rita avec un sourire approbateur.

— Parfaitement. Après tout, c'est toi qui n'arrêtes pas de me dire que je suis jeune, libre et célibataire, répondit Frankie en attrapant deux autres verres sur le plateau d'un séduisant serveur. Allez, viens, on ne va pas rester là toute la nuit.

Elle tendit un verre à Rita, but une gorgée du sien, qui menaçait de déborder, et se dit qu'il n'y avait qu'une solution : foncer tête baissée. Alors, sans attendre Rita, qui était restée en arrière pour piquer deux sushis – bon, d'accord, trois, mais il n'y avait pratiquement pas de matière grasse dans les sushis –, Frankie rassembla tout son courage, descendit les marches qui menaient à la terrasse et se mêla à la foule des fêtards.

Trois verres de kir royal plus tard, Frankie se sentait assez courageuse pour circuler sans Rita qui, maintenant que Matt était arrivé, était assise à califourchon sur lui à côté du buffet de fruits de mer et le gavait d'huîtres, tout en lui frottant l'entrejambe comme si elle astiquait les chandeliers en argent de sa mère.

Pendant des années, Rita lui avait expliqué que la confiance en soi décuplait le pouvoir de séduction, et

Frankie était en train de découvrir qu'elle avait raison sur toute la ligne. Jamais elle n'avait autant attiré l'attention de la gent masculine. Et ce n'était pas seulement à cause de son pantalon en cuir, même s'il y était certainement pour quelque chose. Qu'est-ce qui plaisait tant aux hommes dans les pantalons en cuir ? Mystère. Mais, l'un après l'autre, ils venaient vers elle et lui demandaient s'ils pouvaient toucher pour voir si c'était « vrai ». Pas étonnant que Hugh ait été à ce point opposé à l'idée qu'elle en achète un.

Au lieu d'être rouge de honte et de ne pas savoir quoi répondre, elle riait et engageait même la conversation, racontant avec enthousiasme des histoires qui, un peu plus tôt, lui auraient paru sans intérêt et assez ennuyeuses, mais qui étaient soudain devenues des anecdotes terriblement drôles et amusantes. Bronzée, sûre d'elle-même et souriante, Frankie avait l'impression de ne plus rien avoir de commun avec l'épave larmoyante qui s'était envolée de Heathrow avec des trous dans son collant noir, deux mois plus tôt. Et elle aimait ça.

## 29

— Frankie chérie...

Transpirant dans sa chemise rose à paillettes qu'il avait déboutonnée jusqu'à son nombril poilu, Dorian quitta la piste de danse et, découvrant Frankie seule pour la première fois de la soirée, glissa ses bras autour de sa taille.

— Ce que tu es sexy, ce soir, murmura-t-il à bout de souffle. Viens avec moi, je vais te présenter l'un des hommes les plus séduisants de L.A.

Il pressa sa joue chaude et collante contre la sienne, puis la fit passer entre les statues de glace sculptées spécialement pour la fête et l'entraîna vers un groupe de pontes du cinéma qui étaient en train de jouer à la roulette.

En les voyant approcher, un homme assez âgé, vêtu d'un tee-shirt noir uni et d'un jean, se leva.

— Ah, Dorian. Ravi de voir que tu as encore le coup d'œil pour les dames.

Tel Marlon Brando dans *Le Parrain*, il ouvrit ses bras pour étreindre Dorian, lui tapa dans le dos et laissa échapper un rire rauque de fumeur.

Dorian sourit avec respect, comme un fils dévoué.

— Voici Frankie, ma fabuleuse nouvelle voisine anglaise, dit-il en la serrant contre lui. Frankie, je te présente Carter, notre hôte.

Carter ? C'était Carter Mansfield ? Frankie avait du mal à le reconnaître. Au cinéma, il avait toujours l'air d'un colosse à qui rien ne peut arriver, un de ces hommes mystérieux et pleins de charisme qui font craquer toutes les femmes. Mais face à elle, elle avait un homme vieillissant d'un mètre soixante-dix à la chevelure clairsemée. On ne pouvait pas dire qu'il manquait de charme. Honnêtement, pour un homme de cinquante-six ans, il n'était pas trop mal. Oui, mais qui n'avait pas eu vent du lifting qu'il s'était fait faire quelques années plus tôt et des multiples opérations qu'il avait subies pour supprimer la graisse qu'il avait emmagasinée sous le menton ?

— Enchanté.

Carter Mansfield garda un œil sur Dorian et laissa l'autre parcourir Frankie de haut en bas. Apparemment, elle passa le test avec succès. Carter Mansfield tendit son verre encore à moitié plein à Dorian en disant :

— Tu n'irais pas me chercher un autre verre, par hasard ?

Il n'y avait pas de hasard. C'était un message pour que Dorian s'éclipse, et comme celui-ci venait de repérer un croupier de sexe féminin fort appétissant, il était parfaitement disposé à obéir. Il fit un clin d'œil à Frankie, prit le verre de Carter et s'éloigna rapidement en direction de la table de black jack.

— Alors, Frankie, comment trouvez-vous la soirée ? demanda Carter Mansfield.

Il prit sa main dans la sienne, douce et manucurée, et la pressa contre ses lèvres minces.

— C'est fantastique.

Elle ne trouva rien d'autre à dire. Carter Mansfield était en train de lui embrasser la main. C'était complètement fou. Et très troublant. Elle avait l'impression d'être offerte en sacrifice à une espèce de dieu.

Il sourit, révélant une rangée parfaite de dents en porcelaine, dont la blancheur semblait étrange à côté de son bronzage orange.

— Joli pantalon.

— Merci.

— Vous êtes mannequin ?

Elle ne put s'empêcher de sourire. Ainsi, même les stars de cinéma utilisaient les techniques de drague les plus éculées. Mais au lieu d'accueillir sa question en répliquant avec incrédulité : « Moi ? Mannequin ? », elle émit un petit rire flatté.

— Non, je suis écrivain…

Sa voix s'éteignit soudain. Elle venait de repérer quelqu'un de l'autre côté de la pelouse, une silhouette appuyée contre la rambarde en haut des marches. Reilly. Ses jambes se mirent à trembler, comme le jour où elle avait essayé le tapis de course au club de gym.

— Écrivain ? répéta Carter sans s'apercevoir de son trouble. Vous devriez me donner votre numéro. Ma maison de production est toujours à la recherche d'écrivains talentueux.

— Euh… oui, formidable.

Elle détourna les yeux des marches et se tourna de nouveau vers lui.

— Et quel genre d'œuvres produisez-vous ? demanda-t-elle pour essayer d'entretenir la conversation.

Carter remarqua alors son agitation et sa nervosité. C'était compréhensible – après tout, il était une star de cinéma. Il posa une main rassurante sur son bras.

— Je produis aussi bien pour le cinéma que pour la télé. Parmi mes projets actuels, il y a un nouveau feuilleton qui va faire fureur…

Frankie, qui l'écoutait d'une oreille distraite, jeta un coup d'œil par-dessus son épaule en direction des marches. Reilly était toujours là. Elle était en train de l'observer quand il tourna la tête vers elle. Son profil se détacha sur la pénombre. Il fumait une cigarette. Et il était seul. Où était Chrissy ?

— *Malibu Motel*.

— Vous avez dit *Malibu Motel* ?

Elle reporta son attention sur Carter Mansfield. Et se rendit compte qu'il avait la main posée en haut de son bras. Gênée, elle s'écarta un peu.

— Ma colocataire a passé des auditions pour ce feuilleton.

Incapable de résister, elle regarda de nouveau vers l'escalier. Reilly était en train de descendre les marches. Il avait l'air de chercher quelqu'un. Probablement Chrissy, pensa-t-elle. Elle vit ses yeux scruter la foule et s'arrêter sur elle. À en juger par l'expression de son visage, il l'avait reconnue.

— Eh bien, si elle est aussi belle que vous, dites-lui de m'appeler.

Elle adressa soudain son plus beau sourire à Carter Mansfield. Mais c'était pour Reilly, pas pour son hôte. Elle sentait qu'il l'observait, et elle voulait qu'il pense qu'elle était en train de passer un merveilleux moment avec l'une des stars les plus célèbres de Hollywood, pas qu'elle s'ennuyait à mourir avec un ringard vieillissant qui essayait de la draguer.

Carter fut surpris par cette réaction enthousiaste, mais aussi soulagé. Pendant un instant, il avait cru que son charme n'opérait plus.

— Tenez, voici mon numéro.

Il lui serra le bras. La pression de ses doigts rappela à Frankie la bande Velcro que son médecin utilisait pour prendre sa tension.

— Merci.

Tout en jouant avec ses cheveux pour faire bonne mesure, elle prit la carte dédicacée qu'il lui tendait et la rangea dans la poche arrière de son pantalon. Puis, très contente d'elle, elle chercha Reilly du coin de l'œil. Son sourire s'évanouit. Il n'était plus là.

Qu'est-ce que Frankie avait dans la tête pour flirter avec ce couillon au régime ? Carter Mansfield était le plus gros dragueur de toute la ville. Mais si elle aimait les vieux pleins de sous, c'était son problème, après tout. Pourtant, Reilly fut blessé quand il la vit sourire à Carter. Cela lui rappela son visage lorsqu'elle lui avait souri après leur danse au *Cowboy Palace*. Mais ça ne servait à rien d'y penser. Reilly tira rageusement sur sa cigarette. Interrompre Frankie et son play-boy du troisième âge allait être délicat, mais il n'avait pas le choix. Et de toute façon, pour être tout à fait franc, ce qu'il voulait le plus au monde c'était mettre fin à cette scène d'intimité.

— Tu n'aurais pas vu Dorian ?

Frankie se retourna et vit Reilly. Il se tenait derrière elle, le visage froid et dur.

— Non. J'ignore où il est, répondit-elle sèchement.

S'il avait décidé d'être désagréable, elle le serait aussi.

— Il faut que je lui parle.

— Est-ce que ce type vous ennuie ?

Carter Mansfield bomba le torse et voulut s'interposer entre Reilly et Frankie.

— Tu as intérêt à faire gaffe, mon pote, ou j'appelle la sécurité.

Reilly ne lui accorda aucune attention. À l'écran, Carter Mansfield était convaincant dans le rôle du voyou arrogant et autoritaire, mais dans la vraie vie, il était ridicule. Reilly regarda Frankie droit dans les yeux.

— C'est urgent.

Au même moment, il y eut un bruit de moteur dans le ciel. Tout le monde leva la tête. Un hélicoptère tournoyait au-dessus des palmiers et projetait sur la foule une lumière blanche et aveuglante.

— Qu'est-ce que c'est que ça ?

Tout en portant la main à sa tête pour s'assurer que ses implants capillaires à dix mille dollars étaient toujours en place, Carter Mansfield vacilla légèrement tandis que la panique commençait à se répandre dans la foule.

Une voix amplifiée par un mégaphone retentit soudain par-dessus le vacarme.

— Ici la police.

Ce fut aussitôt la débandade parmi les invités qui, pour la plupart, étaient soûls et/ou défoncés à la cocaïne.

Le bruit assourdissant des pales qui tournaient, le grondement des moteurs et le vagissement aigu des sirènes de police se mélangeaient à la musique mixée par le DJ. Les tourbillons de vent couchaient l'herbe de la pelouse, et les invités se dispersaient, affolés, avec une idée fixe en tête : quitter la fête. Deux réalisateurs d'un âge respectable, surpris en pleine action avec des actrices d'une vingtaine d'années, trébuchèrent, perdirent l'équilibre et tombèrent dans la piscine avec leur tenue de soirée griffée. Quelques fêtards ivres morts, croyant que c'était un jeu, arrachèrent leurs vêtements et plongèrent tout nus pour les rejoindre. La fête avait tourné à l'émeute.

Reilly saisit Frankie par le bras et la tira vers les buissons, loin du buffet de fruits de mer qui s'était renversé et avait répandu sa pêche sur les bords de la piscine, précipitant les homards vivants dans une mer de chlore.

— Attends-moi ici, je reviens tout de suite.

— Où est-ce que tu vas ?

— Il faut que je trouve Dorian.

— Pourquoi ? Qu'est-ce qui se passe, bon sang ?

Au même instant, elle vit Rita, qui s'était lancée dans une séance de préliminaires avec Matt, émerger à moitié nue des buissons en remontant sa robe à la hâte. Matt, lui, semblait avoir perdu son pantalon.

— Frankie, qu'est-ce qui se passe ? cria-t-elle en lui faisant des signes désespérés.

Elle empoigna Matt et avança sur la pelouse à présent jonchée de verres cassés et de bouteilles de champagne, en titubant sur ses talons aiguilles qui s'enfonçaient dans l'herbe.

— Je ne sais pas, murmura Frankie tout bas.

Mais elle n'allait pas tarder à le découvrir. Un bataillon de policiers armés avait débarqué, et à sa grande surprise, ils passèrent les menottes à Carter Mansfield, qui secoua la tête avec perplexité, faisant s'agiter ses rares cheveux dans le vent.

— C'est un vrai scandale ! hurla-t-il. Est-ce que tu sais qui je suis, petit con ? Est-ce que tu le sais ? Je suis en très bons termes avec le commissaire, et il va te virer, tu entends ? Il va te botter le cul !

Mais le policier baraqué l'ignora.

— Monsieur Clive Carter, alias Donald Algernon Marglethwite, vous êtes en état d'arrestation pour détention de stupéfiants de classe A.

Frankie se tourna vers Reilly, qui était revenu bredouille.

— Ils arrêtent Carter Mansfield pour détention de drogue ? fit-elle, incrédule.

Reilly approuva, l'air sombre.

— Et il n'y a pas que lui, marmonna-t-il, en lui montrant les invités que la police rassemblait pour leur faire gagner la sortie.

Ils étaient à plus de cent mètres d'eux, et tout d'abord, elle ne reconnut personne. Puis elle repéra un morceau de soie rose.

— Dorian ?

Au moment où elle prononçait son nom, Rita et Matt les rejoignirent, couverts de boue et à bout de souffle. Rita lança un regard interloqué à Frankie, puis en direction de Dorian. Personne ne parla. Matt et Rita s'enlacèrent, Reilly et Frankie gardèrent timidement leurs distances, mais tous regardèrent Dorian, qui venait soudain d'être éclairé par les projecteurs de l'hélicoptère. Il avait les poignets menottés dans le dos, et on le poussait sans ménagement dans l'escalier, tel un prisonnier qu'on envoie à la potence. Il se débattit, se retourna pour chercher désespérément de l'aide, regarda en direction de ses amis. Mais, aveuglé par les projecteurs, il ne réussit pas à les voir. Alors, il recommença à avancer en trébuchant, puis il franchit la grille pour rejoindre les voitures de police qui attendaient plus loin.

## 30

Ils roulaient en silence. Reilly conduisait tassé derrière son volant, l'air grave. Frankie était prostrée à côté de lui, les paupières closes, le visage tourné vers la vitre ouverte. Rita et Matt étaient blottis à l'arrière comme deux oisillons, coincés entre un barbecue démonté, du matériel photo et des piles de vieux journaux.

L'ambiance de fête était retombée depuis longtemps. Ils venaient de passer plus de deux heures au commissariat central de Beverly Hills pour essayer de comprendre ce qui arrivait à Dorian. En pure perte. On n'avait rien voulu leur dire. Puisqu'ils n'avaient aucun lien de parenté avec le prévenu, ils étaient forcément suspects, et on les avait sèchement informés que même si aucune charge n'était retenue contre M. Dorian Wilde, celui-ci n'en passerait pas moins la nuit derrière les barreaux. Et on leur avait fait comprendre que c'était là qu'ils allaient eux-mêmes finir s'ils n'arrêtaient pas de poser des questions.

— Pauvre Dorian, murmura Rita. Dire qu'il va devoir passer la nuit là-bas !

Elle savait à quel point il était habitué à son matelas à ressorts, à sa couette cent pour cent plumes d'oie et à son édredon en fausse fourrure. Et puis, il avait besoin de son verre d'eau minérale sur sa table de chevet et de ses bougies aux huiles essentielles pour sombrer gentiment dans le sommeil. Il n'allait pas tenir le coup dans sa cellule en béton.

— Qu'est-ce qui va lui arriver, selon toi ? demanda-t-elle en se penchant vers Reilly.

— Je n'en sais rien.

Reilly secoua la tête, sans quitter la route des yeux.

— Je n'en sais vraiment rien, répéta-t-il doucement, comme s'il se parlait à lui-même, le visage plissé par l'inquiétude.

Quelques minutes plus tard, ils bifurquaient dans l'allée qui menait à l'appartement de Rita. Reilly s'arrêta derrière la Thunderbird et laissa tourner le moteur. Frankie descendit la première. Le Bronco n'avait que deux portes, et il fallait qu'elle rabatte son siège pour que les deux tourtereaux puissent passer.

— Merci de nous avoir raccompagnés, dit Rita, qui réussit à s'extraire de la camionnette sans lâcher Matt.

Ils ne prirent pas la peine d'attendre Frankie et remontèrent l'allée, lascivement enlacés.

Frankie les laissa partir. Elle commençait à avoir très mal à la tête, et la perspective de dormir sur le canapé, la tête sous l'oreiller pour essayer d'étouffer les bruits qui n'allaient pas manquer de sortir de la chambre de Rita, n'était pas très rieuse. Elle connaissait, pour en avoir fait les frais un nombre incalculable de fois, le volume sonore que la voix de Rita atteignait quand elle se mettait à hurler des obscénités et à vociférer en pleine action.

L'air frais de la nuit lui faisait du bien. Elle s'appuya contre la portière du passager, qui était restée ouverte, et jeta un coup d'œil à Reilly. Ils ne s'étaient presque pas parlé de la soirée. Elle se creusa la tête pour trouver quelque chose à dire, consciente que les secondes s'écoulaient comme des grains de sable colorés dans un sablier.

Ce fut Reilly qui rompit le silence.

— Alors, qu'est-ce qui se passe entre ta colocataire et le surfeur ?

Frankie se détendit. La glace était rompue.

— Ils se sont rencontrés il y a trois semaines. Rita est amoureuse.

— Ah, bon ?

Frankie hocha la tête. Qu'est-ce qui leur prenait de discuter de ça ? Il était 2 heures du matin, et l'histoire de Rita et de Matt était le cadet de ses soucis, mais évidemment, c'était beaucoup plus facile et nettement moins délicat que de parler d'eux.

— C'est formidable pour Rita, mais moins formidable pour moi, vu que je vais encore devoir dormir sur le canapé.

Elle regretta aussitôt sa phrase. La fille triste, seule et désespérée, ce n'était pas le genre d'image qu'elle voulait donner.

— Parce que d'habitude, vous partagez le même lit ?

Frankie eut un sourire gêné. Elle venait d'alimenter le fantasme masculin le plus répandu : deux filles ensemble

— Il n'y a qu'une chambre, expliqua-t-elle. On n'a pas bien le choix.

Reilly posa ses bras sur le volant et fixa un point devant lui. Au bout d'un instant, il se remit à parler.

— Écoute, je ne sais pas si ça peut t'intéresser, mais il y a une chambre d'amis chez moi, dit-il d'un ton évasif.

Prise de court par sa proposition, Frankie répondit sans réfléchir :

— Chrissy pourrait ne pas apprécier.

Elle savait qu'elle n'aurait pas dû prononcer ce nom, mais c'était la première chose à laquelle elle avait pensé.

Reilly fronça les sourcils.

— Chrissy ?

Il passa la main sur sa barbe de trois jours, l'air perplexe.

— Qui est Chrissy ?

Frankie se sentait de plus en plus embarrassée.

— La fille avec qui tu étais à Malibu. Rita m'a dit que Dorian vous avait invités tous les deux à la soirée. Alors, j'ai pensé que…

Elle s'interrompit. Elle venait de réaliser que personne ne lui avait jamais dit que Chrissy était la petite amie de Reilly. Pourquoi fallait-il toujours qu'elle saute aux conclusions ?

Remarquant que sa cigarette était consumée jusqu'au filtre, Reilly la jeta par la fenêtre et en alluma une autre avec un vieux Zippo. Il prit une bouffée et se renfonça dans son siège en hochant la tête.

— Dorian est un entremetteur de première, murmura-t-il, un petit sourire sur les lèvres.

Il tourna la tête et regarda Frankie droit dans les yeux.

— Je n'ai vu cette fille qu'une fois, le jour où je t'ai croisée au restaurant. Honnêtement, j'avais même oublié son prénom.

— Ah.

Troublée par son regard, elle baissa les yeux sur sa main et se mit à jouer avec le bracelet en argent qu'elle portait au poignet. Elle se sentait incroyablement soulagée et joyeuse, mais elle était aussi un peu gênée. Ses allusions à Chrissy avaient dû lui donner l'air d'une fille jalouse.

— Remarque, en même temps, « Chrissy », ça se retient moins bien que « Carter Mansfield », ajouta Reilly après un silence. Ça, c'est un nom qu'on n'oublie pas.

Frankie releva la tête.

— Mais ce n'est pas forcément un nom qu'on a envie de se rappeler.

— Ah, bon ? Vous aviez pourtant l'air de bien vous entendre, tous les deux, quand je suis arrivé.

Ainsi, il était jaloux, lui aussi… Et cela la flattait. Cela la réjouissait, même, ce qui était encore plus étonnant.

— Heureusement que tu es intervenu. Sinon, j'aurais peut-être été arrêtée avec ce plouc.

— J'en doute.

— Pourquoi ? Dorian a bien été arrêté.

Reilly tira longuement sur sa cigarette, avant de l'enfouir dans le cendrier qui débordait de vieux mégots desséchés.

— Dorian a été arrêté parce que les flics ont appris que quelqu'un vendait de la dope à la soirée.

Il parlait si doucement qu'avec le bruit du moteur, Frankie avait du mal à l'entendre.

— La police attendait dehors quand je suis arrivé. J'ai entendu des bribes de conversation.

— C'est probablement Carter Mansfield le dealer.

— Enfin, Frankie, réfléchis. Ce type est une star de cinéma multimillionnaire.

Il passa nerveusement ses doigts dans ses cheveux en désordre.

— Je suis sûr qu'il n'a rien contre quelques lignes de coke, mais le seul trafic de drogue auquel il se soit jamais livré, c'est dans les navets qu'il a tournés.

— Mais si ce n'est pas lui, qui est-ce ?

Il se mordilla la lèvre inférieure et ne répondit pas. Frankie crut que son silence était un aveu de culpabilité.

— Toi ?

— Bon sang, mais tu me prends pour qui ?

— Mais qui alors ?

Elle n'y comprenait rien et commençait à en avoir marre. Il était un peu tard pour jouer aux devinettes.

Reilly poussa un gros soupir.

— Je crois que les flics en avaient après Dorian.

— Dorian ?

Elle scruta nerveusement l'obscurité autour d'elle, comme si elle craignait que quelqu'un les espionne, caché dans les buissons.

— C'est Dorian ?

Frankie n'arrivait pas à y croire.

— Tu es en train de m'expliquer que Dorian est un trafiquant de drogue ?

Soudain, tout prit sens. Les portables qui sonnaient sans arrêt, les virées qu'il enchaînait « pour aller boire un café », le portefeuille gonflé de billets de banque, l'attaché-case gris métallisé qui ne le quittait jamais. Pas étonnant qu'il soit aussi populaire dans le monde de la nuit et que la jet-set l'invite à toutes ses fêtes !

— Ce n'est pas si grave. Il ne vend pas de drogue dure, surtout de l'herbe.

Frankie eut un regard inexpressif.

— De la marijuana, précisa-t-il.

— Je connais, répliqua-t-elle d'un ton sec. J'ai été étudiante.

Elle regretta aussitôt son mouvement d'humeur et essaya de paraître plus détendue.

— Où est-ce qu'il s'approvisionne ?

— Il a ses propres plantations.

Il y eut un silence.

— Compris. Le balcon.

Frankie se revit soudain chez Dorian, en train d'arroser ses plantes avec amour. Ses plants de cannabis. Seigneur, elle était complice...

— La journée a été longue, reprit Reilly. Il vaut mieux que j'y aille, je dois me lever tôt demain. Je pars au Mexique. Pour le boulot, pas en vacances.

Il remarqua son expression déçue.

— Je t'aurais bien demandé d'être mon assistante, mais c'est un gros tournage publicitaire, et j'ai besoin de quelqu'un d'expérimenté.

— Pas de problème, répondit-elle machinalement.

Reilly tripota les fils de son bracelet tressé en se demandant s'il devait renouveler sa proposition pour la nuit. S'il le faisait, elle allait sans doute penser qu'il la draguait et l'envoyer balader. Mais s'il ne faisait rien, il ne la reverrait peut-être plus jamais. Qu'avait-il à perdre ?

— L'offre tient toujours, pour la chambre d'amis.

Frankie hésita. En temps normal, elle aurait refusé, mais elle n'était pas dans son état normal. Pas après la soirée qu'elle venait de passer. Elle était en train de poursuivre ses délibérations avec elle-même quand elle entendit l'écho de rires et de cris d'enthousiasme en provenance de l'appartement. Ils sourirent. Rita arrivait au bon moment, comme toujours.

Sans rien dire, elle sauta à l'intérieur du Bronco et claqua la portière tandis que Reilly passait la marche arrière. Il se retourna, une main sur le volant, l'autre sur le dossier, et commença à reculer dans l'allée. Frankie promena son regard sur son visage, détaillant les fines rides au coin de ses yeux, la ligne profonde qui lui barrait le front – voilà ce qui arrivait quand on fronçait trop les sourcils –, les taches de rousseur sur l'arête de son nez, à peine visibles sous le bronzage. Elle repensa à la première fois où elle l'avait observé, dans l'avion pour Los Angeles. À ce moment-là, c'était un parfait inconnu, un type qui l'exaspérait au plus au haut point, quelqu'un qu'elle espérait ne plus jamais revoir. C'était bizarre, après tout ce qui s'était passé, de se retrouver de nouveau assise à côté de lui et de le regarder. Mais, cette fois, elle voyait quelqu'un de complètement différent.

— Ça me fait plaisir de te revoir, Reilly.

Les mots étaient sortis tout seuls.

Pendant un instant, il ne répondit rien, et elle crut qu'il ne l'avait pas entendue.

Reilly était tout simplement incapable de répondre. Frankie avait parlé doucement, mais chacun de ses mots résonnait en lui comme un grondement de tonnerre. Cela n'avait l'air de rien – après tout, ce n'était pas comme si elle lui venait de lui déclarer sa flamme éternelle. Mais il savait que la signification de ces mots excédait de loin le simple « contente de te voir, mon vieux ». C'était la première fois qu'elle reconnaissait qu'il comptait pour elle. La première fois qu'il sentait qu'elle tenait à lui.

Il passa la première, se tourna vers elle et planta ses yeux dans les siens.

— Moi aussi, ça me fait plaisir de te voir, Frankie.

Ils n'ajoutèrent rien. C'était inutile. Finalement, Reilly détourna la tête, appuya sur l'accélérateur et s'enfonça dans la nuit balayée par les phares des voitures.

## 31

La maison de Reilly était perchée en haut d'une rue étroite et sinueuse. Compte tenu de l'état de son camion, Frankie s'était attendue à une garçonnière en désordre – un petit appartement avec du linge sale partout, des emballages de plats à emporter sur toutes les surfaces planes et un évier débordant de vaisselle. Mais elle s'était trompée. Pour commencer, c'était rangé.

— La femme de ménage vient de passer, avoua-t-il en allumant une lampe, tandis qu'elle le suivait dans le salon au plafond voûté.

Frankie regarda autour d'elle. Le mobilier se composait de deux gros canapés en velours, usés jusqu'à la corde par endroits, d'une énorme bibliothèque remplie de livres et de CD, tous sortis de leurs boîtiers, et d'une table basse en bois maculée de taches de café, de vin rouge et d'huile d'olive. C'était une pièce agréable. Il y avait même une vraie cheminée, dont le manteau était couvert d'objets hétéroclites : un morceau de bois flotté, une statue africaine avec une lance brisée, un petit avion à hélices fait dans une canette de Budweiser, un cadre mexicain en argent posé à plat.

Frankie le prit. Le verre avait disparu, mais il y avait encore une photo à l'intérieur. Elle l'approcha de la lumière pour mieux la voir. C'était Reilly avec une femme, celle dont il conservait la photo dans son portefeuille. Ils s'enlaçaient sur une plage. Elle riait devant l'objectif en retenant ses cheveux que le vent rabattait sur son visage, et Reilly la regardait en souriant. Ses cheveux étaient beaucoup plus courts qu'aujourd'hui, et il avait l'air plus mince, plus jeune, plus heureux.

— C'est ton ex-femme ?

Il hocha la tête, frotta une allumette et l'approcha des bougies d'un chandelier recouvert par plusieurs années de cire fondue.

— Oui, Kelly et moi. Avant notre mariage.

— Et le verre ?

Il haussa les épaules et lui sourit, un peu honteux.

— L'un de nous deux a dû le casser.

Il disparut dans la cuisine et revint avec une bouteille de Jack Daniel's et deux verres.

— Ça te dit ?

— Oui. Bonne idée.

L'alcool retarderait sans doute l'arrivée de la gueule de bois. Et puis, l'idée de se trouver à 3 heures du matin chez un homme – chez Reilly –, avec un pantalon en cuir sur les fesses et un verre de whisky à la main lui plaisait. Elle trempa ses lèvres dans le liquide ambré. C'était fort et bon. Elle sourit. Si seulement Hugh pouvait la voir maintenant ! Elle regarda une nouvelle fois la photo et passa son pouce dessus pour enlever la poussière.

— Vous êtes restés mariés combien de temps ? demanda-t-elle, étonnée de sentir la jalousie s'insinuer en elle à la vue de la photo de Kelly.

Reilly se servit de whisky, reposa la bouteille, puis se laissa tomber sur le canapé et posa les pieds sur la table.

— Moins de deux ans.

— Elle te manque ?

Confuse, elle reprit aussitôt :

— Pardon, ce ne sont pas mes affaires.

Elle remit le cadre debout, puis changea d'avis et le recoucha.

Reilly la regarda un instant sans rien dire, puis se pencha pour tirer le tiroir de la table. Il farfouilla à l'intérieur et finit par trouver ce qu'il cherchait, un paquet de Rizla et une petite pochette en plastique transparente pleine d'herbe.

— Est-ce que ton ex te manque ? demanda-t-il tranquillement.

Il lécha la bande collante du papier à cigarette et commença à rouler un joint.

Frankie hésita. Elle avait failli hurler « oui », mais quelque chose l'avait retenue.

— Je pense à lui.

Elle passa ses doigts sur le crépi du mur et marcha jusqu'aux portes-fenêtres ouvertes. Le dos tourné à Reilly, elle regarda le jardin plongé dans la nuit et écouta les hurlements des coyotes au loin.

— Je me demande ce qu'il est en train de faire, avec qui il est. Si je lui manque.

— Depuis quand êtes-vous séparés ?

— Oh, ça doit faire à peu près sept semaines, cinq jours et...

Elle se retourna vers lui et regarda sa montre.

— ... bientôt dix heures.

Elle sourit et but une gorgée de whisky. Comme Reilly ne réagissait pas, elle ajouta :

— C'était censé être une blague.

— J'avais saisi.

Reilly sourit.

— Je suis américain, mais je ne suis pas si abruti que ça.

Il lui jeta un regard moqueur, tordit l'extrémité du joint, l'alluma et regarda le papier se recroqueviller et se consumer. Ensuite, il le glissa entre ses lèvres, prit une longue bouffée, puis recracha lentement la fumée.

— Tiens, essaie, dit-il en le lui tendant. C'est ce que Dorian fait de mieux.

Il y avait des années que Frankie n'avait pas fumé d'herbe, et elle avait oublié à quel point c'était agréable. Reilly mit quelques CD de groupes américains dont elle n'avait jamais entendu parler, et ils restèrent sur le canapé, à boire du whisky, à fumer, à rire, à discuter. Ils ne voyaient pas passer le temps. Les CD d'une heure semblaient se terminer au bout de cinq minutes, les joints finissaient dans le cendrier quelques secondes après avoir été allumés, et pendant tout ce temps, ils parlaient, sans jamais marquer de pause pour chercher quelque chose à dire, sans jamais tomber dans un de ces silences atrocement gênants. Cela faisait des siècles que Frankie ne s'était pas sentie aussi bien avec quelqu'un qui n'était pas Hugh.

— Alors, qu'est-ce que tu penses de mon nouveau pantalon ?

Elle était franchement défoncée et ne résistait plus au plaisir de flirter un peu. Elle leva la jambe droite et la tourna dans tous les sens pour bien lui montrer son pantalon.

— Formidable.

Il sourit et la regarda agiter sa jambe en l'air. Frankie était très drôle quand elle avait fumé.

— D'ailleurs, j'ai toujours bien aimé ton look... Sauf peut-être le jour où on s'est rencontrés à l'aéroport.

Il baissa la tête pour éviter le coussin qu'elle lui lançait.

Elle éclata de rire et ramena ses genoux contre sa poitrine.

— C'est une idée de Rita, expliqua-t-elle en tirant sur le joint qu'il lui tendait. Selon elle, j'avais besoin de changer d'image. Mais je ne suis toujours pas sûre que ce soit vraiment moi.

Elle se rendit soudain compte qu'elle était en train de dire n'importe quoi et lui repassa le joint. Maintenant, elle comprenait pourquoi elle avait loupé tellement de cours à la fac.

— C'est quoi, ton vrai moi ?

Frankie prit un air pensif.

— Bon sang, je n'en sais plus rien. Pendant longtemps, j'ai cru que c'était faire carrière, avoir un joli appartement, épouser Hugh...

Elle soupira et s'appuya contre le dossier du canapé. Sa tête pesait une tonne, tout à coup.

— Et qu'est-ce qui s'est passé ? demanda-t-il en tirant sur le joint.

Des braises tombèrent sur son tee-shirt, et il les balaya vivement avant qu'elles ne fassent un trou dans le tissu.

— Hugh ne voulait pas se marier. En tout cas, pas avec moi.

Elle enroula une mèche de cheveux autour de son doigt, puis la regarda se dérouler.

— Il a dit qu'il avait besoin d'espace.

Elle gloussa.

— Besoin d'espace. C'est bête de dire ça.

Elle repensa à son anniversaire au bowling, aux émotions qui l'animaient ce soir-là, à tous ces sentiments dont elle avait cru qu'ils la mineraient jusqu'à la fin de sa vie. Sans prévenir, les larmes se mirent à lui picoter les yeux.

— Pourquoi est-ce qu'il ne m'a pas simplement dit qu'il ne m'aimait plus ? murmura-t-elle.

— Hé.

Reilly se pencha vers elle et écarta doucement les cheveux de son visage. Au même moment, une larme roula sur la joue de Frankie. Elle renifla, mal à l'aise.

— Désolée, fais comme si je n'étais pas là. Je ne voulais pas casser l'ambiance.

Elle s'essuya les yeux et se barbouilla les joues de mascara au passage.

— C'est juste l'alcool, l'herbe, Dorian, la police, tout ça.

Une larme un peu noire coula le long de son nez.

— Bon sang, tu dois vraiment me prendre pour une idiote...

Reilly regarda son petit visage tiré et marbré et eut soudain très envie de la serrer dans ses bras. Elle avait l'air tellement fragile, tellement perdue.

— C'est normal de passer par de sales moments quand on se fait larguer. Une rupture, c'est injuste. Il y a toujours quelqu'un qui trinque. Cette fois, c'est toi.

Il lui pressa la main.

— Si ça peut te consoler, j'ai continué à penser à Kelly pendant six mois, peut-être un an. Et puis, un jour, je me suis réveillé et j'ai compris que c'était fini. En fait, ça faisait déjà un moment, mais je ne m'en étais pas rendu compte.

— Mais comment sait-on qu'on en a fini avec quelqu'un ?

Elle frotta ses yeux injectés de sang.

— On le sait, c'est tout.

Il se pencha vers la table pour remplir leurs verres.

— Un jour, tu entendras à la radio une chanson que vous aimiez tous les deux, et ça ne te fera plus pleurer. Tu te réveilleras un matin, et ta première pensée ne sera pas pour lui. Tu arrêteras de voir son visage quand tu t'endors ou quand tu fermes les yeux. Et lorsqu'il t'arrivera quelque chose de drôle ou de triste, ce ne sera plus avec lui que tu auras envie de partager ce moment.

Il reprit le joint, le mit entre ses lèvres et aspira à plusieurs reprises. En vain. Il s'était éteint.

— Tu oublieras son numéro de téléphone, le jour de son anniversaire, peut-être même la date de votre rencontre, mais lui, tu ne l'oublieras jamais.

Il ralluma le joint, prit une bouffée et recracha un serpentin de fumée bleue.

— Désolé, c'est l'herbe, ça me fait parler comme un psy à deux balles, ajouta-t-il avec un sourire gêné.

Fatiguée, Frankie s'étira sur le canapé.

— Pourquoi est-ce que vous vous êtes séparés, toi et Kelly ?

Il haussa les épaules.

— Ça ne marchait pas, c'est tout. Elle voulait quelqu'un de plus ambitieux que moi, de plus entreprenant. Je la rendais folle, à bricoler sans arrêt dans mon camion, traîner et prendre des photos. Je gagnais à peine ma vie comme photographe, à l'époque.

Il se tut un instant et écrasa le joint dans le cendrier.

— Elle disait que j'avais besoin de grandir. Pour elle, être grand, c'était porter un costume et aller au bureau.

Il sourit tristement et regarda Frankie.

— Elle a fini par me quitter pour un avocat plein aux as qui roule dans une Mercedes à cent mille dollars et joue au golf au club de Bel Air.

— Hugh joue au golf.

— Il est avocat ?

— Non, agent immobilier.

Elle sourit.

— Mais il porte un costume... et une cravate.

Elle recommença à glousser. Reilly la regarda rire aux éclats, ses longs cheveux étalés sur le coussin. Il tendit la main, écarta les boucles foncées qui lui tombaient dans les yeux et laissa ses doigts courir sur son front. Les gloussements de Frankie ralentirent, puis cessèrent. Elle reprit sa respiration et resta un moment sans bouger, à le regarder.

— J'ai besoin d'un verre d'eau.

Quelque chose la forçait à se ressaisir, comme si une partie d'elle-même était restée fidèle à Hugh. Elle se leva du canapé en titubant et se dirigea vers la cuisine. Mais en chemin, un objet attira son regard. Il y avait un petit piano droit au fond du salon, près de la fenêtre.

— Tu joues ?

Elle marcha jusqu'au piano, leva le couvercle et effleura les touches. Cela lui rappela son enfance, quand son père jouait pour elle.

— Un peu. Quand j'étais adolescent, je me prenais pour un auteur-compositeur.

— Tu me joues quelque chose ?

— Oh, non. Il est tard.

Il s'étira sur les coussins et alluma une cigarette.

— S'il te plaît.

Elle avança la lèvre inférieure en une moue implorante.

Impossible de résister. Reilly se leva et alla s'installer sur le petit banc. Il s'ébouriffa les cheveux, puis posa les mains sur le clavier et commença à jouer des intros des Beatles, un petit morceau de Bob Dylan, un peu de Cat Stevens. Frankie s'appuya contre le piano, regarda ses mains, écouta.

— Non, Reilly, sérieusement…

Elle se baissa pour lui enlever la cigarette qui pendait au coin de sa bouche.

— Joue-moi une de tes chansons.

Il sourit en secouant la tête.

— S'il te plaît. Pour moi.

Il hésita.

— Tu es sûre de vouloir entendre ça ?

Il avait beau avoir fumé, il se sentait nerveux. Il n'avait pas joué une seule de ses chansons depuis son divorce.

Frankie acquiesça en souriant.

— Sûre et certaine.

Il marqua une pause. Pendant un court instant, Frankie crut qu'il allait se dégonfler, mais il se pencha, plaqua un accord, attendit, puis enchaîna avec un autre accord et encore un autre. Les premières mesures d'une chanson emplirent lentement la pièce. Ensuite, elle entendit sa voix, basse et douce, qui parlait plus qu'elle ne chantait.

*Il y a un endroit en moi*
*Que toi seule connais,*
*Ces sentiments en moi*
*Que tu m'as laissés.*

Il se détendait et jouait avec plus d'assurance à chaque nouvelle mesure. Elle l'observa, avec ses larges épaules voûtées au-dessus du piano, ses cheveux qui lui tombaient sur le visage, et comprit qu'elle en avait fini de se battre contre les sentiments qu'elle éprouvait pour lui. Un jour, à force de ne pas être écoutés, ils s'évanouiraient pour de bon. Et ce n'était pas ce qu'elle voulait. Elle posa son verre vide sur le piano et s'assit à côté de lui.

*Ferme mes yeux et emmène-moi là-bas,*
*Je ferme les yeux et tu m'emmènes là-bas.*

La dernière note mourut. Il leva les yeux et la regarda. Frankie soutint son regard sans rien dire. Elle savait qu'elle était au bord d'un immense précipice et qu'elle risquait de tomber à tout moment. Elle sentait qu'elle lâchait prise, que ses doigts glissaient, mais elle ne luttait pas. Elle voulait tomber.

Elle s'approcha plus près de lui et effleura son visage du bout des doigts. C'était un geste simple, tout bête, mais plus intime, plus excitant que tout ce qu'elle avait connu avec Hugh pendant les deux années qu'ils étaient restés ensemble. Son souffle se fit plus court quand sa main frôla la cicatrice qui lui barrait le sourcil, descendit le long de sa joue, glissa sur sa barbe de trois jours et atteignit la commissure des lèvres. Alors, elle se pencha lentement et fit ce qu'elle avait envie de faire depuis si longtemps. Elle l'embrassa.

Pendant une fraction de seconde, il hésita, avant de s'abandonner. Il l'attira contre lui, l'enveloppa de ses bras, la serra contre sa poitrine et l'embrassa passionnément. Les yeux fermés, le cœur battant à tout rompre, ils échangèrent ces longs baisers affamés qu'ils avaient tant attendus.

# 32

À 6h11 très exactement, Frankie sentit la terre trembler. Cette fois, Reilly n'y était pour rien. Elle le regarda. Il dormait à côté d'elle, enfoui sous la couette, ses jambes enlacées aux siennes. Elle n'arrivait toujours pas à croire à ce qui s'était passé entre eux. À ce qui se passait entre eux.

La nuit précédente était un pot-pourri de souvenirs confus – le visage de Reilly dans son cou, ses mains qui couraient sur la peau douce et nue de ses épaules, le bruit des touches écrasées quand il l'avait poussée contre le piano, le dragon tatoué à l'encre bleue qu'elle avait découvert à moitié caché sous les poils de son torse, sa langue qui serpentait sur son ventre, puis descendait en dessous de son nombril... Elle ne se rappelait plus comment ils s'étaient retrouvés dans la chambre, mais elle savait qu'elle était tombée sur un grand lit, que chacun avait déshabillé l'autre – comment avait-il réussi à lui enlever son pantalon en cuir ? Mystère – et que, pour finir, même leurs sous-vêtements avaient disparu. Ils s'étaient retrouvés nus. Elle s'était retrouvée nue. Nue dans un lit avec un homme qui n'était pas Hugh.

Mais au lieu d'être pétrifiée par la peur et les complexes, au lieu de penser à sa cellulite, à ses seins pas assez gros et pas assez fermes, à son ventre qui snobait les tapis de sol et les séries d'abdominaux depuis des lustres, elle avait écouté Reilly lui dire qu'elle était une fille sensationnelle, terriblement belle et désirable. Et elle l'avait cru. Elle ne s'était peut-être pas rasé les jambes depuis une semaine, elle ne s'était peut-être pas épilé le maillot depuis encore plus longtemps, mais quand Reilly lui avait dit tout ça, elle s'était sentie magnifique.

Reilly... Une merveille. Une bombe. Un sex-appeal à vous faire perdre tout contrôle. Elle s'était toujours juré de ne jamais coucher le premier soir, mais certaines promesses étaient faites pour ne pas être tenues. Celle-là, notamment. Essayer de résister à Reilly, c'était essayer de résister à une cigarette quand elle était soûle, à un KitKat la veille de ses règles, à un ensemble Karen Millen le jour de sa paie. Évidemment, ça faisait bizarre de se retrouver avec lui – elle avait quand même partagé son lit avec Hugh pendant presque deux ans –, mais c'était aussi terriblement excitant. Autrement dit, ils avaient fait l'amour comme des dieux. Elle avait toujours cru que ce genre de feu d'artifice sexuel n'existait qu'au cinéma et dans l'imagination fertile des romancières quinquagénaires en manque. Mais là, c'était la vraie vie. Avec Hugh, c'était bien, mais comparé à ce qu'elle avait vécu avec Reilly, c'était de l'imitation bas de gamme. Elle avait l'impression de découvrir le dom perignon après avoir toujours trinqué au mousseux de chez Marks & Spencer.

Frankie fut brutalement tirée de sa rêverie. Cette fois, elle en était sûre. La terre tremblait pour de bon.

Elle leva la tête de l'oreiller et scruta la pénombre de cette chambre qu'elle ne connaissait pas. Mais elle n'y voyait rien. Elle ne pouvait se fier qu'à ses autres sens. Et ce qu'elle sentait, c'étaient des vibrations qui lui rappelaient l'époque où elle vivait dans son sous-sol à Earls Courts, avec le métro qui passait juste à côté et qui faisait trembler les tasses sur l'égouttoir et onduler l'image sur l'écran de la télé. Le problème, c'était que la District Line n'arrivait pas jusqu'à Los Angeles. Ce qui ne laissait qu'une solution. Il y avait un tremblement de terre.

La panique lui serra la gorge quand le sol se mit à tanguer. Du coin de l'œil, elle vit l'armoire années 1930 plaquée contre le mur vaciller sur ses pieds en noyer. Elle se rappela les images de séisme qu'elle avait vues aux informations, avec les maisons qui s'écroulent, les autoroutes qui s'effondrent, les gens enterrés vivants. Elle ne voulait pas finir comme ça.

— Reilly, chuchota-t-elle.

Il ne remua pas.

Elle n'osait pas bouger. Tout bon sens l'avait désertée, et elle craignait qu'au moindre mouvement, les secousses dans la chambre ne s'amplifient.

— Reilly, dit-elle un peu plus fort.

Un verre glissa du coffre, se brisa sur le parquet et réveilla Reilly. Il ouvrit lentement les yeux et cligna des paupières comme un gros chat qui lézarde au soleil.

— Qu'est-ce qu'il y a ?

Le murmure de sa voix rauque eut un effet magique. À peine eut-il prononcé ces mots que la terre s'immobilisa dans un grondement. Tout redevint calme. Seuls les morceaux de verre sur les lattes du plancher, les alarmes hurlantes des voitures et les chiens qui aboyaient plus bas dans la rue témoignaient de ce qui s'était passé.

Il étendit un bras puissant vers elle et l'attira contre lui.

— C'était juste une secousse, pas de quoi se frapper, chuchota-t-il.

Il sourit en voyant son expression naïve et apeurée.

— J'ai eu tellement peur. J'ai cru que…

— Chut, tout va bien. Il ne va rien t'arriver.

Il commença à l'embrasser doucement, d'abord sur les paupières, puis sur la bouche.

— Enfin, rien, peut-être pas.

Sa main remonta nonchalamment le long de sa cuisse.

Frankie trembla, mais cette fois, cela n'avait rien à voir avec la peur. Elle ferma les yeux et poussa un grand soupir satisfait. Ça recommençait. Et c'était un régal.

— Devine quoi ?

Frankie claqua la porte d'entrée et avança d'un pas lourd jusqu'au salon plongé dans l'obscurité. Les rideaux étaient tirés. Elle se figea en découvrant Rita affalée sur le canapé, en train de gratter son vernis écaillé et de regarder une émission sur les stars. L'atmosphère était à l'orage. Il était 15 heures, et elle était encore en robe de chambre.

— Quoi ? marmonna Rita sans même prendre la peine de lever les yeux.

Frankie sentit confusément que ce n'était pas le meilleur moment pour lui parler de Reilly. Elle négocia un virage à cent quatre-vingts degrés et fit ce que seule une Anglaise raisonnable sait faire quand elle se retrouve dans une situation délicate : elle parla météo. Heureusement, à Los Angeles, même le climat se distinguait par sa démesure et ses excentricités, ce qui permettait des commentaires plus inspirés que l'éternel crachin anglais. Elle décida donc de lancer la conversation sur le tremblement de terre.

— Alors, tu as eu le grand frisson, la nuit dernière ?

— Tu parles, c'était le calme plat, oui, répondit Rita d'une voix amère. Matt était hors jeu.

— Matt ? Mais je te parle du tremblement de terre. Tu n'as rien senti ?

— Quel tremblement de terre ? Qu'est-ce que tu racontes ?

Frankie poussa un soupir excédé. Rita avait le sommeil lourd, mais quand même pas au point de pouvoir continuer à ronfler quand il y avait un séisme de 3,5 sur l'échelle de Richter. Elle lui prit la télécommande des mains et passa sur CNN News. Une journaliste dépêchée sur les lieux commentait les dégâts irréversibles causés sur le réseau autoroutier par le séisme.

— Ah.

Apparemment aussi intéressée que si Frankie avait mis les résultats de base-ball, Rita continua à se concentrer sur l'ongle de son pouce et arracha avec rage la couche de vernis encore intacte.

— Ah, ça.

Frankie savait que ce n'était pas la peine d'insister quand Rita était de mauvaise humeur. Elle laissa donc tomber le sujet, s'assit, fit voler ses escarpins à bride et ferma les yeux. La tête lui tournait encore après les événements de ces vingt-quatre dernières heures. D'abord, la fête, puis l'arrestation de Dorian et, enfin, Reilly. Elle pensa à lui avec tendresse. Quand elle s'était réveillée, il était déjà parti, et elle était restée couchée dans son lit pendant des heures, de peur de rompre le charme si elle se levait. Elle avait respiré l'oreiller sur lequel il avait posé sa tête, s'était mise à sa place pour s'imprégner de la chaleur que son corps avait laissée sur le matelas, et pendant tout ce temps, elle n'avait pas cessé de sourire comme une collégienne amoureuse. Elle venait de découvrir la vie après Hugh.

— Tu veux un Oreo ?

Rita agita le paquet devant elle comme un rameau d'olivier, signe qu'elle avait envie de parler.

— Non, merci.

Frankie sortit de sa rêverie et secoua la tête.

— Alors, dis-moi, quel est le problème ? Je croyais que c'était l'amour fou entre vous.

— C'est la merde, oui.

Un nerf tressauta nerveusement dans la joue de Rita, tandis qu'elle prenait un Oreo dans le paquet et l'ouvrait en deux.

— La nuit dernière, j'ai tout essayé. Le champagne, les huîtres, le massage à l'huile essentielle, les dessous sexy, les bougies d'aromathérapie…

— Et alors ?

— Et alors, ça a été la soirée la plus chère et la plus nulle de ma vie.

Elle enfonça d'un geste furieux les deux moitiés d'Oreo dans sa bouche et se mit à mastiquer avec détermination. Le régime à base de désir concentré et d'hormones déchaînées avait vécu.

— On s'est tapé tous les préliminaires habituels, et je peux te dire que j'y ai mis de l'enthousiasme. Mais, après, quand est arrivé le moment fatidique, rien. *Nada*.

— Tu veux dire que vous n'avez pas couché ensemble ?

— Je veux dire qu'on n'a fait que dormir.

— Mais je croyais que…

— Moi aussi, je croyais, murmura tristement Rita. C'est dingue ce qu'on peut se tromper dans la vie.

— Peut-être qu'il avait un peu trop bu.

— Le type qui a des problèmes d'érection parce qu'il a trop picolé ? Mais tu n'y es pas du tout ! C'était Luke Skywalker avec son sabre laser de bout en bout.

Elle en avait fini avec ses ongles de main et s'attaquait maintenant à ses ongles de pied.

— Du coup, j'ai halluciné quand il m'a dit qu'il n'avait pas envie.

Frankie n'y comprenait rien non plus.

— Peut-être qu'il a un problème, suggéra-t-elle.

— C'est moi qui ai un problème, grogna Rita. C'est moi qui sors avec un mec qui ne veut pas coucher avec moi.

— Peut-être qu'il a une libido en panne, dit Frankie, à court d'idées. C'est possible, non ?

— Et je me serais arrangée pour dénicher le seul hétéro de L.A. avec une libido à zéro, c'est ça ?

Rita secouait la tête, incrédule.

— Remarque, ce serait bien ma chance. Je réussis enfin à me trouver un mec pas trop mal, ni gay, ni marié, ni en thérapie ni dans l'église de scientologie. Et, bingo, il est impuissant !

Frankie prit un air compatissant.

— C'est comme dans *Sex and the City*. Tu sais, l'épisode où Sarah Jessica Parker tombe sur ce type mignon, bien sous tous rapports...

— ... et nul au lit, acheva Rita sur un ton sinistre. Je l'ai vu.

Elle alluma une cigarette et contempla le bout incandescent.

— Peut-être que je ne lui plais pas.

Elle aspira une grande bouffée.

— C'est possible, non ?

Elle baissa les yeux sur sa robe de chambre en éponge. Elle portait encore son ensemble de chez Trashy Lingerie, pénible rappel de ce qu'aurait pu être sa nuit.

— Peut-être que je ne l'excite pas.

Elle prit son poudrier sur la table basse, l'ouvrit et examina son reflet.

— Et ça pourrait se comprendre. J'ai une tête atroce. Regarde.

Elle attrapa la peau de son visage entre ses doigts et se mit à la malaxer comme de la pâte à pain.

— N'importe quoi. Tu as bonne mine, je t'assure.

— C'est facile pour toi de dire ça, tu as des pommettes.

— Toi aussi.

— Non, moi, je n'ai pas de pommettes. Et les pommettes sont les portemanteaux du visage…

Elle s'enfonça l'index dans la joue.

— Et tu sais ce qui se passe quand on ne met pas ses vêtements sur des cintres : ils se froissent et se fripent.

Elle jeta un nouveau coup d'œil au miroir.

— Comme moi.

Le monologue pathétique de Rita fut interrompu par un crissement de pneus. Frankie se tourna vers la fenêtre et vit une des voitures de Dorian sortir en marche arrière de l'allée, puis foncer à la vitesse de la lumière en direction de Laurel Canyon.

— C'était Dorian ?

Elle n'avait pas réussi à distinguer le conducteur derrière les vitres teintées de la BMW.

Rita hocha la tête.

— Oui. Il est rentré il y a deux ou trois heures. Apparemment, les flics ne pouvaient pas le garder. Pas de preuve.

Elle décida que la cigarette et l'Oreo n'allaient pas bien ensemble et écrasa l'American Spirit.

— Pas étonnant, d'ailleurs. Dorian est la dernière personne qu'on pourrait soupçonner d'être un trafiquant de drogue.

Frankie ne répondit rien. Elle se sentait coupable. Avec tout ce qui s'était passé entre elle et Reilly, l'arrestation de Dorian lui était complètement sortie de la tête.

— Comment va-t-il ?

— Il a mal partout.

Rita fit la grimace.

— La fouille au corps a été sauvage. Quand je l'ai vu ce matin, j'ai eu du mal à le reconnaître. Le pauvre garçon s'est fait casser la gueule. Il arrivait à peine à parler. Je lui ai donné du thé à la réglisse avec une goutte de cognac, et il pouvait tout juste tenir sa tasse, tellement sa main tremblait.

Elle referma son poudrier d'un geste sec et regarda Frankie. Alors, pour la première fois depuis que son amie était rentrée, elle remarqua qu'elle portait les mêmes vêtements que la veille. Elle plissa les yeux.

— Où étais-tu passée ?

Frankie eut un sourire faussement penaud et répondit dans un murmure :

— J'étais chez Reilly.

Rita arrêta de respirer. Oui, à présent, elle la voyait, cette petite lumière qui brillait dans les yeux de Frankie.

— Nom de Dieu, tu n'as pas...

Elle n'arrivait pas le croire. Ce n'était pas possible. La Frankie qui ne vivait que pour Hugh, la Frankie qui n'aimerait jamais un autre homme que Hugh, la Frankie qui ne pouvait même pas regarder un autre homme que Hugh, cette Frankie-là n'avait quand même pas...

Frankie hocha la tête.

Stupéfaite, Rita se laissa retomber contre le dossier du canapé, la bouche ouverte.

— Merde alors.

— Et trois fois, dit Frankie avec un grand sourire.

## 33

Pendant plusieurs jours, le visage de Frankie resta en permanence éclairé par un immense sourire. Parce que Reilly l'avait appelée. Pas deux ou trois jours après leur nuit ensemble, mais juste quelques heures après qu'il l'eut quittée endormie dans son lit. Il appelait depuis l'aéroport mexicain de Cancun, sur une ligne qui grésillait et où il y avait de l'écho, pour lui dire de sa voix basse et traînante qu'il avait passé une soirée formidable et qu'il avait hâte de rentrer à Los Angeles pour « reprendre les choses où ils les avaient laissées ».

Le téléphone pressé contre son oreille, les lèvres collées au combiné, Frankie avait bu ses paroles, puis elle les avait répétées à Rita. Bon, dit comme ça, ça faisait peut-être un peu crétin, voire légèrement macho. Mais le ton de Reilly n'avait pas été celui de l'enfoiré qui pousse son pote du coude en lui faisant un clin d'œil. Il avait eu l'air nerveux, inquiet. Comme s'il n'arrivait pas vraiment à croire à ce qui s'était passé entre eux.

Il n'était pas le seul.

— Moi, je trouve que c'est formidable, déclara Rita, alors qu'elles traînaient au milieu des sapins de Noël, à la recherche de l'épicéa norvégien qui ferait merveille dans l'appartement. C'est pile ce qu'il te faut, une petite aventure. Surtout à cette époque de l'année. Pense à tout ce que vous allez pouvoir faire sous le gui.

Elle en vola une branche sur un présentoir et se hissa sur la pointe des pieds pour l'agiter au-dessus de la tête de Frankie.

Frankie éclata de rire et la repoussa, mais un étrange malaise s'était insinué en elle quand elle avait entendu Rita parler de « petite aventure ». Est-ce que ça allait se résumer à ça ? Quelques semaines à boire et à flirter dans des restaurants italiens, avec Reilly qui la peloterait sous la table ? Quelques semaines à s'embrasser comme des adolescents sur les pistes de danse, à coucher ensemble jusqu'à s'en rendre malade ?

Après une semaine d'appels internationaux avec Reilly, coincé dans une cabine à pièces mexicaine sur les plages lointaines de Tulum ou près des ruines mayas de Chichen Itza, Frankie ne pouvait pas s'empêcher de penser que derrière leur babillage sur la pluie et le beau temps se cachaient des sentiments inexprimés. Que ça allait être beaucoup plus qu'une aventure éclair. Beaucoup plus qu'une histoire pour s'amuser un peu, dont il ne lui resterait rien, sinon des souvenirs flous de sorties et de dîners arrosés, des relevés astronomiques de carte bleue et, si le Ciel décidait de la punir, une bonne crise de cystite après toute cette débauche d'activité.

Oui, avec Reilly, ce devait être autre chose.

Elle passa distraitement les doigts sur les aiguilles d'un sapin.

— Il est parfait, murmura-t-elle.

— Ah, bon ? Celui-là ?

Rita bondit, saisit le sapin par les branches, le secoua énergiquement et le leva devant elle pour l'examiner plus attentivement.

— Oui, tu as raison. Adjugé, vendu.

Rayonnante, elle redonna un peu de volume à ses cheveux, défit le premier bouton de son chemisier et trottina en direction du séduisant vendeur.

Frankie la regarda zigzaguer entre les stars, reconnaissables à leurs lunettes noires et leurs casquettes de base-ball, et les Pères Noël en plastique gonflable. Elle sourit. Ce n'était pas du sapin qu'elle avait voulu parler.

En une semaine, Frankie s'était faite à l'idée qu'elle n'était plus simplement l'ex de Hugh, mais la maîtresse de Reilly. La maîtresse de Reilly... Ça avait un côté interdit et excitant qui ne lui déplaisait pas. Mais il allait quand même lui falloir un peu de temps pour s'y habituer. Les premiers jours après le départ de Reilly pour le Mexique, elle avait été tourmentée par des remords épouvantables. Comme si, d'une certaine façon, elle était en train de tromper Hugh. Elle savait que c'était cinglé et tordu, mais une fille ne perd pas comme ça l'habitude d'être fidèle à un homme dont elle a cru qu'il serait son compagnon pour la vie. Il n'y avait pas si longtemps, elle rêvait d'un solitaire de chez Tiffany et s'entraînait à signer « Madame Hugh Hamilton ». Et voilà qu'aujourd'hui, sans prévenir, elle s'emballait pour un buveur de bière, un carnivore, un type négligé et arrogant... un Américain sexy en diable à qui elle pensait sans arrêt.

Bien sûr, à mesure que les jours passaient et qu'elle y réfléchissait, elle avait été obligée d'ouvrir les yeux et de reconnaître que ce qui s'était passé entre elle et Reilly n'avait rien d'une surprise. Les signes étaient là depuis des semaines, elle ne les avait simplement pas reconnus. Elle avait été tellement obnubilée par Hugh et par ce qu'elle avait perdu qu'elle n'avait pas vu ce qu'elle avait sous les yeux, à portée de sa main. Mais maintenant qu'elle avait enlevé ses œillères, elle comptait bien profiter de ce qui s'offrait à elle. Quoi qu'il arrive.

— Mince alors, il est vraiment très gros. Vous croyez qu'il va rentrer là-dedans ?

Rita détailla d'un œil entraîné le vendeur, un grand type d'un mètre quatre-vingts nommé Michael qui mâchouillait du chewing-gum et portait des Ray-Ban, ainsi qu'une casquette de base-ball à l'envers. Il était en train d'essayer de faire tenir le sapin de Noël sur la banquette arrière de la Thunderbird, où s'entassaient déjà des guirlandes multicolores, plusieurs cartons de décorations et six bombes de neige artificielle. Rita était contre l'idée déco des designers pour Noël – une composition minimaliste de brindilles argentées rehaussée de trois ou quatre bougies disposées avec goût. Elle préférait les guirlandes électriques qui clignotent aux couleurs de l'arc-en-ciel, la neige qu'on vaporise sur les fenêtres pour dessiner des bonshommes de neige et les cartes de vœux qu'on suspend au plafond.

Michael essuya le filet de sueur qui perlait sur son front avec son gant de travail, puis adressa un sourire d'expert aux deux jeunes femmes.

— Je n'ai jamais rencontré de problème avant.

Frankie resta impassible. Apparemment, ce type se croyait irrésistible, mais elle, elle le trouvait écœurant, avec sa queue-de-cheval noire et luisante qui sortait de sa casquette.

À l'évidence, ce n'était pas le cas de Rita. Elle gloussa comme une poule et se pencha sur le capot de la voiture en serrant ses seins l'un contre l'autre. Si Michael n'avait pas remarqué son décolleté avant, au moins, là, elle était sûre qu'il ne le raterait pas. Elle l'allumait de façon scandaleuse, elle le savait, mais elle n'en avait rien à faire. Cela pouvait toujours servir de nouer des relations avec un vendeur de sapins d'une vingtaine d'années, étant donné l'état de sa vie sexuelle.

Malgré la nuit décevante après la fête de Carter Mansfield, elle et Matt se voyaient toujours, mais elle commençait à se demander sérieusement combien de temps elle allait pouvoir rester avec un surfeur apparemment incapable d'honorer les rouquines du Lancashire. Ça faisait un mois qu'ils s'étaient rencontrés, et ils n'avaient toujours pas couché ensemble. Elle était dans un état de manque affreux. Si elle ne s'envoyait pas en l'air très vite, son hymen allait se reformer, elle en était sûre.

Pourtant, elle y mettait de la bonne volonté. Après l'échec mortifiant de la lingerie et de l'huile de massage, elle avait suivi le conseil de Frankie, qui lui avait recommandé de s'asseoir avec Matt et de parler tranquillement de son problème d'impuissance. Malheureusement, pour Rita, « s'asseoir et parler tranquillement », ça voulait dire se planter au milieu de la chambre, attraper la cellulite de ses fesses à pleines mains et hurler : « C'est à cause de ça, hein, dis ? » Comme on pouvait s'y attendre, cette méthode n'avait donné aucun résultat. Elle ne savait toujours pas pourquoi Matt ne voulait pas coucher avec elle. La seule chose qu'elle savait, c'était qu'elle ne couchait pas avec lui. Et que ça l'affectait. Beaucoup.

— Faites attention à ne pas vous piquer avec toutes ces aiguilles. Certaines peuvent faire assez mal.

Michael était en train de finir d'attacher le sapin sur la banquette arrière. C'était la seule façon de le faire tenir, contrairement à ce qu'il avait crânement affirmé au début.

— Ne vous inquiétez pas, l'amour vache, ça me connaît.

Rita fit un clin d'œil à Frankie, qui se retint de fuir au galop.

Heureusement, les tentatives de flirt de Rita furent interrompues par la musique de *Mission impossible*, qui s'échappait de son sac à main léopard. C'était sa toute dernière acquisition : un portable. Elle l'avait acheté la semaine précédente, sur le conseil de son agent, qui prétendait qu'elle devait être joignable à n'importe quel moment. Manque de chance, on confondait son numéro avec celui d'un traiteur thaï de Ventura Boulevard qui assurait les livraisons à domicile et restait ouvert vingt-quatre heures sur vingt-quatre. Si bien qu'au lieu de crouler sous les propositions de rôles, elle était submergée, nuit et jour, par des commandes de porc à la sauce aigre-douce, de nouilles aux champignons noirs et de riz blanc.

— Si c'est une autre commande pour du poulet au curry, je leur dis d'aller se faire foutre, marmonna-t-elle entre ses dents, tandis qu'elle farfouillait dans son sac.

Elle décrocha juste au moment où le portable allait s'arrêter de sonner.

— Oui ? aboya-t-elle, prête à lancer sa bordée d'injures.

Mais elle n'en fit rien. Elle se mordit les lèvres et colla l'appareil contre son oreille pour mieux entendre.

— Oui, c'est moi...

Il y eut un silence, et Frankie vit Rita devenir blême.

— Ah, d'accord... Oui, oui... Je veux dire, bien sûr... Oui, oui... D'accord... Au revoir.

Elle regarda son Nokia posé dans sa main comme si elle n'avait jamais vu de portable de sa vie.

— Alors ?

Frankie s'attendait au pire. Jamais Rita n'avait été aussi blanche.

— Qu'est-ce qui se passe ?

Rita avait perdu sa langue et semblait complètement sonnée.

— Rita, pour l'amour du Ciel, est-ce que tu vas me dire ce qui se passe ?

D'une main tremblante, Rita sortit son paquet de cigarettes et en alluma une. Elle aspira violemment, et son visage retrouva des couleurs, tandis qu'un large sourire s'étalait sur ses lèvres. Elle avait à présent le même air de joie béate que ces gagnants du loto qu'on voit dans les journaux avec leur chèque en carton à la main. Elle recracha un nuage de fumée, se mordit la lèvre et déclara lentement :

— Je l'ai eu...

Elle se tut, le temps de tirer deux fois sur sa cigarette.

— J'ai eu le rôle dans *Malibu Motel*. Celui de Tracy Potter, la réceptionniste...

Sa voix se brisa alors que le sens de ses propres mots semblait enfin parvenir à son cerveau. Elle s'agrippa à Frankie et la dévisagea.

— Ô bon Dieu, je n'y crois pas ! Je l'ai eu, ce foutu rôle ! Je l'ai eu, je l'ai, je l'ai eu !

Les clients célèbres qui faisaient leurs courses de Noël incognito cessèrent de charger leurs énormes sapins dans leurs énormes voitures et se retournèrent pour voir d'où venaient les cris. Ils essayèrent de froncer leur front tendu au Botox et contemplèrent à travers leurs lunettes de soleil design la petite rouquine pulpeuse avec son haut léopard et sa minijupe, qui poussait des hurlements de joie et se trémoussait dans tous les sens. Ils la virent attraper une guirlande et la passer autour du cou de son amie, avant de répéter l'opération avec le vendeur. Puis elle se mit à jeter de la neige artificielle en l'air en gloussant comme une folle échappée de l'asile.

Rita savait que tout le monde la regardait, mais elle s'en fichait. Elle allait beaucoup attirer l'attention, à l'avenir, alors autant commencer à s'y habituer. Elle allait devenir célèbre. C'était dur à croire, mais elle avait finalement réussi.

Rita Duffin était partie pour devenir une star. Une star de *soap opera* hollywoodien.

## 34

— Joyeux Noël, mes chéries.

Dorian accueillit Rita et Frankie sur le pas de la porte en agitant une branche de gui, vêtu du tablier de boucher qu'il avait passé par-dessus son costume en peau de serpent.

— Vous êtes absolument sensationnelles, comme toujours.

Il sourit de toutes ses dents, passa sa langue sur ses lèvres et les prit langoureusement l'une et l'autre par la taille pour les conduire jusqu'à la terrasse, où il avait installé des guirlandes électriques et un arbre de Noël laqué or premier choix.

— Qu'est-ce que vous diriez d'un sherry ? proposat-il en soulevant la carafe en cristal qui miroitait au soleil.

C'était le 25 décembre, et Rita et Frankie étaient venues en voisines fêter Noël avec Dorian qui, après ses problèmes avec la police, avait retourné sa veste Versace et abandonné son mode de vie de débauché. Il était toujours dans le commerce, mais il avait laissé tomber les substances illicites et s'enrichissait maintenant en vendant des actions sur le Net. Et ce n'était pas tout. Au lieu de rester au lit toute la journée avec la gueule de bois et une représentante de l'espèce femme-enfant, il se levait maintenant à 6 heures du matin pour aller faire son jogging, accompagné d'Elvis, qui trottinait au bout de sa laisse extensible. Toute la journée, il travaillait dur et sans s'arrêter sur son portable, occupait ses soirées à cuisiner du risotto au saumon fumé et à regarder des DVD et, à 23 heures au plus tard, il était au lit.

— J'ai pensé que vous auriez peut-être le mal du pays, alors j'ai fait une virée dans la boutique anglaise de Santa Monica. La vieille dame qui tient le magasin m'a dit d'acheter du pudding, de la crème anglaise Bird's, de la farce Paxo et quelques bouteilles de Bristol Cream.

Visiblement très content de lui-même, Dorian avala une gorgée de sherry et fit la grimace.

— Nom de Dieu, comment est-ce que vous pouvez boire un truc pareil ?

Il toussa, vida son verre dans l'un des nombreux pots de fleurs maintenant vides et sortit une bouteille de vodka.

— Qu'est-ce que vous diriez d'un bloody mary à la place ?

Apparemment, il avait renoncé à beaucoup de choses, mais pas à l'alcool.

— Pourquoi pas ?

Frankie essaya de sourire gaiement, mais le cœur n'y était pas.

La veille, Reilly l'avait appelée. Il était quelque part au Mexique, mais où ? Elle n'en savait rien. La ligne était très mauvaise, et tout ce qu'elle avait réussi à entendre, c'était :

— Une méchante tempête par ici... quelques jours avant d'arriver à Mexico... suis vraiment désolé...

Elle n'avait pas eu besoin de compléter les blancs pour comprendre qu'il ne serait pas rentré à Los Angeles pour Noël. Elle avait essayé de ne rien laisser paraître, mais la déception l'avait anéantie.

Ces deux dernières semaines avaient ressemblé aux instants qui précèdent le décollage d'une fusée spatiale. Un mélange de tension, d'excitation et d'impatience faisait battre son cœur plus vite en permanence. Depuis qu'il était parti pour le Mexique, elle comptait les jours, les heures et les minutes qui la séparaient de son retour. Et maintenant, elle n'avait plus la moindre idée du temps qu'il lui faudrait attendre.

— Frankie en a marre, déclara Rita, faisant voler en éclats la contenance qu'elle essayait de se donner. Reilly est bloqué dans un coin perdu du Mexique.

Elle s'allongea sur le hamac et commença à se balancer en direction de la montagne de tartelettes qui se dressait au milieu de la table basse en rotin.

— Je lui ai dit de ne pas s'en faire, mais tu sais comment c'est…

Sa voix devint inaudible : elle parlait la bouche pleine.

— … quand on est jeune et amoureux.

Frankie lança un regard noir à son amie. Elle n'avait pas envie que tout le monde – Dorian, en l'occurrence – sache ce qu'elle éprouvait pour Reilly. Mais c'était trop tard.

— Oui, un petit oiseau m'a dit que vous étiez plus que de simples amis, tous les deux.

Le regard que Dorian échangea avec Rita indiquait clairement qu'il y avait eu commérage.

— L'imbécile, te laisser toute seule à la maison !

Il leva les yeux au ciel, ajouta le jus de tomate à la vodka et se mit à agiter le shaker argenté autour de sa tête. Après quelques secondes, il versa la boisson épicée dans trois verres.

— Si tu te sens trop seule, n'oublie pas, j'habite à côté.

Il tendit un verre à Frankie et lui fit un clin d'œil entendu.

— Je ne vois pas comment je pourrais l'oublier, répliqua-t-elle sèchement.

L'instant d'après, pourtant, elle souriait. On ne pouvait pas faire longtemps la tête à quelqu'un comme Dorian.

— Je propose un toast. Aux amis absents.

Il leva son bloody mary.

Frankie savait qu'il faisait allusion à Reilly, mais elle pensa tout à coup à Hugh, là-bas en Angleterre, à dix mille kilomètres d'elle. Elle chassa aussitôt son image. C'était un fantôme du passé, le fantôme d'un Noël d'autrefois. Il fallait qu'elle se concentre sur le présent. Elle était sous le soleil de Californie avec ses amis, plus heureuse qu'elle n'aurait cru l'être même un mois plus tôt.

Elle sourit, respira à fond et trinqua avec Dorian.
— Aux amis absents.

Hugh se gara devant la maison de ses parents à Tunbridge Wells et coupa le contact. Le moteur se tut, et il resta un moment sans bouger au volant de sa Golf, à regarder la neige tomber sur le pare-brise en gros flocons épais et farineux qui s'accrochaient sur les côtés et déposaient sur la vitre un manteau de confettis blancs. Soudain, il repensa à Frankie et à l'année précédente, quand ils étaient partis chez ses parents, encore mal en point après le réveillon de Noël. Il la revoyait, recroquevillée sur le siège du passager tandis que la voiture fonçait sur la M25, affublée de son gros chapeau avec rabats pour les oreilles et de cet horrible pull que sa mère lui avait acheté pour son anniversaire. Il se rappelait encore le moment où il avait quitté la route des yeux pour la regarder. Et où il s'était dit qu'elle était vraiment belle, gueule de bois ou pas.

Il regarda le siège vide à côté de lui et se ressaisit. Noël le rendait bêtement sentimental. Il ouvrit la portière, abandonnant la chaleur douillette de la voiture pour les morsures du froid de décembre. Des rafales de vent glacé lui fouettèrent le visage et s'engouffrèrent sous les manches de son manteau, de son pull en cachemire et de sa chemise Ralph Lauren. Il ferma son manteau, se pencha pour prendre les cadeaux sur la banquette arrière et essaya de ne pas les faire tomber dans la congère pendant qu'il se battait avec ses clés pour fermer la Golf. Enfin, après avoir plusieurs fois déclenché l'alarme, il réussit à se faire obéir de la voiture, qui poussa un bip et clignota sur les côtés.

— Saleté d'hiver.

Il faillit glisser sur le trottoir, se rétablit de justesse et remonta l'allée jusqu'à la porte d'entrée de la maison.

Il n'était pas fou de joie à l'idée de passer toute la journée en famille. L'année précédente, il était avec Frankie. Ensemble, ils avaient ri aux mauvaises charades de son père, ils avaient fait poliment la conversation à son beau-frère Jerry, qui était ennuyeux comme la pluie, ils avaient joué avec les jumeaux insupportables de sa sœur, ils avaient enduré douze heures de télé abrutissante. Mais aujourd'hui, il était tout seul. Il soupira et introduisit la clé dans la serrure.

— ... alors je lui ai dit : « Si tu ne veux pas coucher avec moi, tu vas te faire foutre », expliqua Rita en reprenant une part de pizza épicée au salami.

Frankie trempa les lèvres dans sa coupe de champagne et sourit, les yeux dans le vide. Elle n'écoutait pas vraiment l'histoire de Rita, qui était en train de raconter comment elle avait laissé tomber Matt. C'était complètement surréaliste, songeait-elle, de se retrouver assise sur la terrasse de Dorian pour Noël, à manger de la pizza et prendre un bain de soleil en admirant les gratte-ciel de Los Angeles. C'était dix mille fois mieux que d'être à Londres.

— C'est vrai, quoi, je ne suis pas la Vierge Marie ! fit Rita en agitant sa part de pizza.

— Pas vraiment, non, répliqua Dorian, qui jouait au maître d'hôtel et servait ses louches de farce.

Il avait décidé que la farce devait rester l'accompagnement du jour, même si sa courageuse tentative de dinde rôtie avait échoué quelques heures plus tôt.

C'était cette histoire de temps de cuisson proportionnel au nombre de kilos qui l'avait fichu dedans. Dorian n'avait jamais été très bon en maths, et il s'était emmêlé les pinceaux, divisant là où il aurait dû multiplier. Ce qui, d'après l'estimation grossière de Frankie, signifiait que le magnifique oiseau, même en mettant le thermostat au maximum, ne serait pas cuit avant le lendemain. Dorian avait donc décidé de laisser reposer la bête en paix dans le four, les ailes déployées sur la plaque de cuisson, puis il avait sorti sa liasse de dépliants de ventes à emporter et avait commandé une pizza chez Domino. C'était la première fois que Frankie voyait arriver son repas de Noël sur un scooter, avec un litre de Coca Light gratuit.

— Mais je ne vais pas me mettre à déprimer pour ça, reprit Rita en ignorant la remarque de Dorian. Honnêtement, je sais depuis le début qu'on n'a rien à faire ensemble.

Pour faire passer ce gros mensonge, elle enfourna un gros morceau de farce à la sauge et aux oignons.

— Ce n'est pas comme si j'avais été amoureuse de lui. Rien à voir avec toi et Hugh, Frankie.

Celle-ci tressaillit en entendant prononcer le nom de Hugh. Elle n'avait pas du tout songé à lui ces derniers jours, mais aujourd'hui, pour de mystérieuses raisons, il refaisait surface à tout propos. Même ses parents, qui étaient partis en croisière pour les vacances et étaient en train de danser autour des îles Canaries, lui avaient demandé si elle avait de ses nouvelles quand ils l'avaient appelée pour lui souhaiter un joyeux Noël. Sa mère avait toujours eu un faible pour Hugh et ses chemises parfaitement repassées. Elle n'avait pas réussi à cacher sa déception quand Frankie avait répondu qu'elle ignorait ce qu'il était devenu.

— Quelqu'un veut un verre de bulles ? demanda Dorian, qui revenait de la cuisine avec une nouvelle bouteille de champagne et un sac de biscuits chinois.

Rita se leva en titubant et lui tendit son verre avec enthousiasme.

— Tu sais quoi ? Je suis sûre qu'il est en train de passer un Noël pourri sans toi.

Frankie regarda sa montre – c'était le soir à Londres.

— Je suis certaine que Hugh va très bien, murmura-t-elle.

Elle attendit que Dorian ait fini de servir tout le monde pour avaler une grande gorgée de champagne.

— Il est sans doute en train de regarder *La Mélodie du bonheur* en ce moment même.

Rita et Frankie se regardèrent pendant une seconde, avant d'éclater de rire en se tenant les côtes, tandis que Dorian les observait, médusé, en se demandant ce qu'il pouvait y avoir d'aussi drôle dans un film avec Julie Andrews.

*Doe a deer, a female deer,*
*Ray, a drop of golden sun.*

Coincé entre sa grand-mère et sa grand-tante Prudence sur le petit canapé en cuir, Hugh soupirait d'ennui. Il n'en pouvait vraiment plus. Il venait déjà de se farcir deux heures d'émissions spécial Noël, et maintenant, il avait droit à *La Mélodie du bonheur*. Il s'agita, mal à l'aise. Le volume de la télé était monté à fond, tout comme le thermostat du chauffage central, et il avait trop chaud. Il balaya la pièce du regard. Son père s'était endormi dans son fauteuil, et son chapeau en papier violet, qui lui était tombé sur le visage, s'agitait comme un drapeau chaque fois qu'il poussait un ronflement. Bien qu'elle se soit resservie plusieurs fois de charlotte, sa sœur Belinda, qui était enceinte jusqu'aux dents, était en train de vider la boîte d'orangettes, tandis que son beau-frère Jerry, qui votait vert et portait des vestes en velours avec des pièces aux coudes, jouait au train avec ses satanés jumeaux, à quatre pattes sur le sol.

— Quelqu'un reprendra du thé ? demanda sa mère d'une voix chantante, en passant la tête dans le salon.

— Quoi ? tonna grand-tante Prudence, qui était sourde comme un pot, mais refusait de l'admettre. Qu'est-ce que tu dis ?

— Est-ce que tu veux du thé ? hurla sa mère qui, pour plus d'efficacité, montra une tasse.

— Eh bien, tu ne pouvais pas le dire, non ? s'exclama grand-tante Prudence avec impatience. J'en veux bien, mais seulement si tu le prépares dans une théière. Je déteste ces immondes sachets de thé.

— Il reste encore du super-gâteau de Noël de mamie ? babilla Belinda en finissant la dernière orangette.

Hugh l'observa avec ahurissement. Elle ne mangeait pas pour deux, elle mangeait pour le tiers-monde. La question de sa sœur resta sans réponse, car un cri perçant venait de sortir de la bouche de Crispin, qui s'était pris un coup de rail en plastique sur le nez de la part de Jemima, sa jumelle.

— On peut mettre la cassette de *Bob le Bricoleur* ? demanda Jerry, jamais à court d'idées. Crispin adore *Bob le Bricoleur*. Pas vrai, petit bonhomme ?

Le petit bonhomme arrêta de pleurer et, tenant son nez ensanglanté entre ses doigts, hocha vigoureusement la tête.

Hugh se renfrogna. Il en avait vraiment marre. Et comme si ça ne suffisait pas, il y avait encore une fête de famille pour le Nouvel An la semaine suivante. Son cœur se serra. Il valait mieux ne pas y penser. C'était trop dur.

— Qu'est devenue la gentille jeune femme avec qui tu étais ? demanda mamie, qui ressuscita brutalement au moment où Julie Andrews disparaissait dans ses collines, remplacée par Bob le Bricoleur. Elle m'avait acheté une très jolie paire de chaussons, l'année dernière.

Hugh soupira. Étant donné que les vieux de la famille n'arrêtaient pas de le harceler pour qu'il se marie et qu'il leur « fasse d'autres petits-enfants », il avait préféré ne pas leur parler de sa rupture avec Frankie.

— Elle est en Amérique.

— En Amérique ? aboya Prudence, qui venait de retrouver, comme par miracle, une audition parfaite. Mais enfin, qu'est-ce qu'elle fait là-bas ?

— Elle s'amuse, je suppose, répondit Hugh en soupirant d'envie.

— Mais c'est très loin, l'Amérique, reprit sa grand-mère en l'examinant derrière les verres grossissants de ses lunettes. Je ne comprends vraiment pas les jeunes d'aujourd'hui. Pendant la guerre, nous étions obligés de nous séparer de ceux que nous aimions… Je n'ai pas vu ton grand-père pendant près de dix-huit mois.

L'évocation de son époux depuis longtemps disparu fit trembloter sa voix, et elle caressa tendrement sa vieille alliance en or.

— Mais aujourd'hui, rien ne vous y oblige. Surtout à cette période de l'année. Tu ne l'aimes donc pas ?

La question laissa Hugh sans voix. Il avait beaucoup pensé à Frankie, ces derniers temps, mais il s'était dit que c'était à cause de la fin de l'année. C'était la période des bilans, où on analysait ce qui s'était passé pendant les douze mois écoulés et où on prenait des résolutions pour les douze mois à venir. Mais, tout à coup, brutalement confronté à la question de sa grand-mère, il venait de comprendre qu'il se racontait des salades. S'il pensait à Frankie, ça n'avait rien à voir avec la période de l'année. C'était parce qu'elle lui manquait. Sa vie n'était pas plus belle ni plus amusante depuis qu'il était célibataire. Au contraire. Il venait de vivre des mois tristes et désolés, avec des aventures d'un soir sans intérêt, des repas tout prêts, des grasses matinées seul le dimanche matin. Il n'avait plus personne contre qui se blottir sur le canapé, personne avec qui regarder une cassette vidéo, personne pour qui préparer le repas – d'accord, il n'avait fait la cuisine que deux fois en deux ans, mais quand même –, personne avec qui boire du café et manger des croissants le dimanche matin dans le petit bistrot français du coin de la rue. Finalement, il était bien obligé de le reconnaître, il s'était trompé. Il ne voulait pas de tout cet espace. Il voulait que Frankie le remplisse. Il voulait qu'elle revienne.

Il regarda les yeux bleus délavés de sa grand-mère et hocha la tête.

— Si, j'imagine que si.

— Eh bien, alors, va la retrouver. Sinon, tu la perdras.

Elle lui tapota la cuisse avec son doigt osseux.

— Je crois que je l'ai déjà perdue, murmura-t-il en sentant soudain sa confiance en lui se lézarder.

— Quoi ? Qu'est-ce que tu dis ? tonna Prudence en se penchant vers lui. Parle plus fort.

— J'ai dit que je l'avais déjà perdue… J'ai déjà perdu Frankie.

C'était difficile à admettre quand on était, comme lui, habitué à tout réussir.

— Foutaises, répondit-elle en secouant la tête et en faisant claquer son dentier. Tu es un homme, non ? Si tu l'aimes, tu vas là-bas et tu la récupères.

Elle serra le poing, soudain ragaillardie.
— Et vite. Sinon, elle va te filer sous le nez.

Il était environ 22h30, et les guirlandes électriques clignotaient dans la fraîcheur de la nuit. Rita, Frankie et Dorian, qui étaient venus à bout de quatre pizzas géantes et de presque tout le bar de Dorian, gisaient sur le balcon, enveloppés dans des couvertures mexicaines. Ils fumaient et mangeaient des chocolats en jouant au strip-poker et en écoutant Sister Sledge.
— J'en ai marre de ce jeu, gémit Dorian.
Il avait proposé un strip-poker uniquement dans l'espoir de voir Rita toute nue. Malheureusement pour lui, il ne savait pas que Rita avait six grands frères, tous joueurs, et qu'elle avait passé son enfance à jouer aux cartes, pas à la poupée. Moyennant quoi, elle avait encore tous ses vêtements, alors qu'il était en caleçon sous sa couverture mexicaine qui le grattait.
— Pourquoi est-ce qu'on ne s'occupe pas plutôt des biscuits chinois ?
— D'accord, dit Rita en ramassant les cartes. C'est moi qui commence.
Elle s'empara du paquet, plongea la main dedans en fermant les yeux, puis sortit un biscuit, le coupa en deux avec les dents et retira le ruban de papier blanc.
— « Ouvrez vos oreilles et soyez attentif, vous rencontrerez le succès. »
Elle battit des mains, ravie.
— Voilà, c'est tout moi. Une future star.
Elle lança le sac à Dorian, qui pêcha un biscuit.
— Qu'est-ce que ça dit ?
— Euh...
Couché sur le hamac, Dorian essaya d'extraire le morceau de papier tout en maintenant la couverture sur son torse nu. C'étaient dans des moments comme celui-ci qu'il regrettait de ne pas avoir fréquenté plus assidûment la salle de musculation au club de gym, au lieu de traîner à côté de la piscine pour draguer les filles en maillot.

— « Sexe programmé avec une rousse ayant traversé l'Atlantique. »

Rita lui lança un chocolat fourré à la fraise, tandis qu'ils éclataient de rire tous les trois.

— À toi, Frankie.

Frankie prit le sac des mains de Dorian et fouilla à l'intérieur.

— Allez, c'est parti.

Elle sourit en ouvrant le gâteau.

— « Une surprise vous attend. »

Elle roula des yeux.

— Ah, bon. Mais quelle surprise ?

— Si tu le savais, ça n'en serait pas une.

Frankie sursauta. C'était une voix. Une voix d'homme. Une voix familière.

Elle se retourna. Et dans l'ombre, debout devant la baie vitrée, elle aperçut Reilly.

— Vous ne m'avez pas entendu frapper, avec la musique, alors je me suis permis d'entrer.

Il passa ses doigts dans ses cheveux et eut un sourire crispé.

— J'ai réussi à attraper un vol à Veracruz. Mieux vaut tard que jamais, hein ?

Il parlait en regardant nerveusement Frankie, qui s'était levée et le dévisageait. Son jean et son tee-shirt étaient maculés de taches de boue, et il avait la peau roussie par le soleil. Des mèches de cheveux décolorés lui tombaient sur le visage, et une véritable barbe lui couvrait maintenant le menton et la gorge. Il était plus débraillé et négligé que jamais, mais le cœur de Frankie ne s'arrêta pas à ce genre de détail et fit un saut périlleux digne d'un gymnaste aux Jeux olympiques.

Pourtant, elle hésita et resta immobile, sans rien dire. Ce fut Reilly qui bougea le premier. Il l'enlaça, la souleva du sol et la serra très fort contre lui, le visage enfoui dans ses cheveux.

— Nom d'un chien, qu'est-ce que tu m'as manqué !

C'était le cadeau de Noël que Frankie avait tant espéré.

Hugh savait qu'il ne devait pas attendre une minute de plus. Sa grand-mère et sa grand-tante avaient absolument raison. Pourquoi est-ce qu'il ne l'avait pas compris plus tôt ? C'était comme s'il s'arrachait les cheveux depuis plusieurs semaines sur un problème compliqué et que deux vieilles retraitées lui donnent en une seconde toutes les solutions.

— Merci, murmura-t-il.

Il déposa un baiser sur leurs joues poudrées et parfumées à la lavande, puis quitta le canapé et enjamba Belinda et Jerry, qui étaient maintenant en train de chanter avec Bob le Bricoleur et tenaient chacun un jumeau sur les genoux.

— Maman, j'y vais.

Hugh intercepta sa mère, qui revenait de la cuisine avec un reste de gâteau et ses vieilles tasses en porcelaine de Chine, et l'embrassa rapidement.

— Quoi ?

Stupéfaite, elle le regarda disparaître dans l'entrée.

— Mais je viens juste de refaire du thé, et papa voulait qu'on joue plus tard à « Qui veut gagner des millions ? ». Pourquoi est-ce que tu pars si tôt ? Où est-ce que tu vas ?

Sans s'arrêter, Hugh ouvrit la porte d'entrée et laissa pénétrer dans la maison une rafale de vent glacé.

— À Los Angeles.

## 35

Frankie ne se rappelait pas qui avait eu l'idée d'aller à Las Vegas pour le 31 décembre. Sans doute Dorian. À moins que ce ne soit Rita. Dans sa mémoire, ce qui s'était passé après le retour surprise de Reilly le jour de Noël baignait dans une espèce de flou artistique.

Mais aujourd'hui, c'était la Saint-Sylvestre, il était 15 heures, et elle regardait le paysage défiler à travers les vitres teintées, tendrement blottie contre Reilly à l'arrière de la Ford Expedition toute neuve que Dorian s'était offerte pour Noël. Ils venaient de quitter l'autoroute. Devant elle, surgissant du désert de poussière, apparurent les premières rangées d'hôtels illuminés, avec leurs enseignes clignotantes et leurs casinos géants. D'immenses royaumes imaginaires coupés du reste du monde, dont la seule religion était le jeu, et le seul langage l'argent. Frankie frissonna d'excitation.

— Bon sang, c'est quand même autre chose que les illuminations de Blackpool, souffla Rita.

Dorian se gara devant le *Caesar's Palace*, et ils abandonnèrent la fraîcheur de l'air conditionné pour la fournaise du désert du Nevada.

— On dort là ? murmura Frankie, tandis que des portiers en jaquettes et chaussures vernies s'empressaient de venir décharger leurs bagages.

Elle tombait des nues. Elle s'était attendue à passer la nuit dans un petit motel à vingt dollars la chambre, avec des trous de cigarette dans la moquette et un couvre-lit en chenille sur le lit. Et cet endroit-là n'avait pas l'air bon marché.

— Parfaitement, répondit Dorian en s'étirant.

Il éclata de rire en voyant sa mine inquiète.

— Pas de panique. C'est moi qui régale.

— Dorian est un flambeur, commenta Reilly, qui venait de se réveiller.

Ébloui par la lumière du soleil, il se frotta les yeux. Puis il attrapa son Stetson poussiéreux, passa son bras autour des épaules de Frankie, et ils suivirent les portiers, qui traversaient la cour au galop.

— Les casinos l'adorent, ajouta-t-il en nichant sa tête dans le cou de Frankie, encore mal réveillé.

Dorian, qui marchait en tête, l'entendit.

— Vous n'aurez rien à payer. L'hôtel, le room service, la nourriture, l'alcool... Tout est gratuit.

Il battit des bras avec l'enthousiasme du chef d'orchestre qui dirige sa propre symphonie.

— Gratuit ? Tout ? répéta Rita comme un perroquet.

— Si tu sais abattre ton jeu au bon moment, oui.

Rita fit la moue. Quelque chose lui disait qu'il ne parlait plus poker. Dorian passa langoureusement un bras autour de sa taille, et ils pénétrèrent dans un vaste labyrinthe de machines à sous, de miroirs, de lumières multicolores et de tapis de feutrine verte.

Tandis que Dorian entraînait Rita jusqu'au salon VIP aux vitres fumées, Frankie s'attarda pour regarder les rangées de petits soldats qui, une main sur la manette et l'autre dans le seau de pièces, nourrissaient les machines à sous comme des animaux au zoo.

Elle leva les yeux vers Reilly.

— Tu joues ?

— Ça m'arrive. Quand je me sens en veine.

— Et c'est le cas en ce moment ? demanda-t-elle.

Un sourire se dessina sur les lèvres de Reilly. Depuis cette fameuse nuit chez lui, il n'arrivait pas à croire à sa chance, à croire que quelqu'un comme Frankie puisse s'intéresser à quelqu'un comme lui. Il la prit dans ses bras et l'attira contre lui.

— À ton avis ?

Durant la semaine qui s'était écoulée, Frankie avait enfreint toutes les règles du jeu de la séduction : 1) laisser passer soixante-douze heures entre chaque appel téléphonique, 2) s'inventer une vie sociale frénétique au moment de convenir d'un rendez-vous, 3) affecter un air détaché et ne pas l'inviter à monter prendre un café, même si on en mourait d'envie. Elle, elle n'avait pas quitté Reilly un seul instant, lever et coucher inclus. Pour la première fois de sa vie d'adulte, elle avait oublié tout ce que les magazines féminins, Rita et des années d'expérience lui avaient enseigné sur l'art et la manière d'attraper un mec. Elle n'avait pas envie de se compliquer la vie. Elle voulait juste être avec Reilly. C'était aussi simple que ça.

Jetant le règlement par-dessus bord, ils ne s'étaient donc pas quittés pendant plusieurs jours. Ils avaient marché pieds nus sur la plage de Malibu en regardant les dauphins faire des sauts périlleux au-dessus des vagues, ils avaient roulé jusqu'à Santa Barbara dans le Bronco tout défoncé, ils avaient bu de la bière en regardant le soleil se coucher. Chaque soir, ils avaient fait des barbecues chez lui – hamburgers végétariens et chardonnay pour elle, steaks d'une livre et Jack Daniel's pour lui –, puis ils s'étaient pelotonnés l'un contre l'autre dans le hamac, s'étaient raconté leur enfance, s'étaient parlé de leur vie, jusqu'à ce que leurs paroles se changent en grondements rauques et ivres et qu'ils ne puissent plus contrôler leurs mains.

Frankie n'était pas du tout préparée à ça. Elle n'aurait jamais imaginé qu'elle rencontrerait, si vite après Hugh, un type qui, en une minute, était capable de la faire rire aux éclats, puis de l'attendrir jusqu'aux larmes. Tout était trop beau pour être vrai. Même sexuellement, c'était époustouflant.

Bon, mais est-ce que les débuts n'étaient pas toujours magiques ? Elle avait réfléchi à la question un après-midi, nue à côté de Reilly, dans la chaleur qui suit l'orgasme. Les débuts, mais les débuts de quoi ? Elle avait freiné à temps. Si sa rupture avec Hugh lui avait appris une chose, c'est que rien n'était jamais acquis, dans une relation. Il n'y avait aucune garantie. Qui pouvait dire ce que l'avenir leur réservait ?

Après tout, ils n'avaient même pas évoqué les sentiments qu'ils avaient l'un pour l'autre. Ils n'avaient jamais eu de ces conversations embarrassées où chacun a peur d'exprimer ce qu'il ressent et préfère tester l'autre, au cas où il se serait complètement fourvoyé et où il serait le seul à éprouver ce qu'il éprouve. Peut-être que Rita avait raison, peut-être que ce n'était qu'une aventure, peut-être qu'elle y accordait trop d'importance. Peut-être que Reilly, de son côté, ne voulait rien d'autre que quelques semaines de parties de jambes en l'air sans engagement. Il devait envisager leur relation comme une amourette de vacances, intense, certes, mais qui s'arrêterait dès qu'elle aurait quitté Los Angeles.

Cette pensée l'avait attristée, et elle s'était absorbée dans la contemplation du plafond. Il s'était passé tellement de choses ces dernières semaines qu'elle avait du mal à y voir clair. Une chose, néanmoins, était sûre : elle n'allait pas passer sa vie à Los Angeles. Très vite, elle allait devoir affronter la dure réalité du retour à Londres – trouver une chambre à louer, rembourser ses dettes, sans doute signer un contrat dans une agence d'intérim jusqu'à ce qu'un boulot plus intéressant se présente. Rien que d'y penser, elle avait le moral à zéro. Elle avait tourné la tête sur l'oreiller et regardé Reilly. Son torse nu n'était qu'à moitié couvert par le drap. Elle avait souri. Le retour à la réalité attendrait encore un peu.

— Je crois que je vais exploser. Je ne peux plus rien avaler.

Dorian laissa tomber sa crevette et repoussa l'assiette où s'empilaient les carcasses roses translucides.

— Moi non plus, grogna Reilly.

Il engloutit la dernière bouchée de son steak et se cala contre le dossier de sa chaise. Il aurait volontiers défait sa ceinture, mais il n'en portait pas.

L'idée de déjeuner à l'heure du goûter était signée Dorian. Après avoir fait un tour dans leurs somptueuses suites avec terrasse, ils étaient donc redescendus pour trouver quelque chose à manger. Moins d'une heure plus tard, ils avaient succombé aux charmes du « buffet Las Vegas » : des tables qui serpentaient en un immense zigzag, ployaient sous les montagnes de fruits de mer, puis sous de gigantesques plateaux de viande froide, de fromages, de pains, de salades et de fruits, et qui débouchaient sur des vitrines réfrigérées remplies de desserts – cheesecakes, gâteaux à la crème, sablés du Mississippi, cookies aux pépites de chocolat.

Frankie était restée bouche bée devant cette débauche de nourriture. C'était donc ici que les habitants de Los Angeles venaient se goinfrer quand ils en avaient marre de surveiller leur ligne.

— Vous voulez quelque chose ? cria Rita depuis le buffet des desserts.

Pour la première fois depuis sa puberté, elle n'était plus au régime, et ce grâce au réalisateur de *Malibu Motel* qui, après avoir eu l'idée « vraiment trop dingue » de faire de Tracy Potter une réceptionniste anglaise potelée, lui avait donné l'ordre de prendre cinq kilos. Bizarrement, maintenant qu'elle avait la possibilité de manger tout ce qu'elle voulait sans culpabiliser, Rita avait découvert qu'elle n'en avait pas envie, et elle avait perdu quasiment deux kilos en une semaine.

Elle dédaigna le sablé du Mississippi et revint avec une salade de fruits.

— Vous n'avez pas répondu, alors j'ai pris quatre cuillères. Comme ça, on pourra tous piocher dans le bol, dit-elle en posant la salade de fruits sur la table.

— Merci, mais je passe.

Dorian leva les mains en signe de reddition et quitta la table. Il aperçut son reflet dans les grandes glaces qui tapissaient les murs de la salle et essaya d'ajuster la ceinture de son pantalon en velours. Non, ça le serrait trop. Finalement, il renonça et remit sa veste.

— Quelqu'un est partant pour une partie de black jack ?

— Moi, dit Reilly en repoussant sa chaise.

Cela faisait trois ou quatre ans qu'il n'était pas venu à Vegas, et l'envie de jouer le démangeait. D'autant qu'ils étaient avec Dorian et que sa réputation les précédait comme un tapis rouge. Depuis leur arrivée, ils avaient été gratifiés d'un nombre impressionnant de hochements de tête, de sourires et de poignées de main du type « les amis de M. Wilde sont mes amis ».

— Allez, les filles, c'est l'heure d'admirer les professionnels à l'œuvre.

— À une condition, dit Rita, qui mâchouillait pensivement un gros kumquat.

Dorian attendit. Qui sait ? Son obstination avait peut-être fini par payer.

— Laquelle ?

— Cette fois, tu dois rester habillé. C'est ton défi du jour.

Rita s'esclaffa, et son rire se répercuta dans le restaurant à la manière d'un boomerang. Les autres clients levèrent la tête et fixèrent Dorian, qui avait pris la teinte de son costume en velours framboise.

Il serra les dents et sourit pour dissimuler l'embarras que lui causait le rappel de son humiliation au strip-poker. Il avait l'ego délicat et se froissait facilement. Ce qui enchantait manifestement Rita. Il fit demi-tour sur ses mocassins Gucci et marcha vers les lumières du casino. Quelque chose lui disait que Rita ne le laisserait jamais oublier sa défaite au strip-poker.

## 36

Entrer dans le casino, c'était pénétrer dans un autre monde, un univers hermétiquement clos où l'argent était remplacé par des jetons en plastique, la lumière du jour par des néons multicolores, et où l'absence de toute pendule indiquait que le temps n'avait aucun sens et que le monde extérieur n'existait plus. Et dans cet univers-là, il n'y avait soudain plus de différence entre les gens. Depuis le multimillionnaire en smoking qui misait des jetons de cent mille dollars jusqu'à la retraitée aux boucles bleutées qui glissait de la petite monnaie dans les fentes des machines à sous, tout le monde poursuivait le même but. Chacun espérait qu'à la prochaine distribution de cartes ou au prochain coup de manette la chance serait de son côté, qu'il décrocherait le jackpot, qu'il empocherait le million. Et si ce n'était pas cette fois, ce serait la prochaine fois. Ou la prochaine, ou encore la prochaine. Pas étonnant que les gens deviennent dépendants au jeu.

— Je m'appelle Valeen, et voici mon mari, Bunt.

De l'autre côté de la table de craps, une femme en robe bustier lourdement maquillée et chargée de bijoux souriait à Frankie.

— Nous fêtons nos noces de rubis. Pas vrai, chéri ?

Elle posa son verre de martini maculé de rouge à lèvres et caressa affectueusement la bedaine de son mari, qui était en train de fumer un cigare.

— Quarante ans, qui pourrait le croire ?

Frankie sourit et hocha la tête. Valeen n'avait pas l'air d'avoir plus de quarante-cinq ans. Peut-être qu'elle s'était mariée gamine. À la réflexion, elle se souvenait vaguement d'avoir lu dans *Marie Claire* un reportage sur ces filles du Middle West qu'on mariait lorsqu'elles étaient encore mineures. Puis elle regarda un peu plus attentivement Valeen. Elle remarqua le décolleté en papier crépon et les taches brunes sur les mains et comprit. Valeen n'était pas une de ces gamines de l'Oklahoma mariées trop jeunes, c'était une sexagénaire du Texas, bien entretenue, qui avait subi plusieurs liftings, une ablation des poches sous les yeux, un ravalement du menton et un de ces remodelages du nez à la Cybil Shepherd très en vogue dans les années 1970.

— Vous vous êtes mariés ici, à Vegas ? demanda Frankie pour être polie.

— Absolument, répondit Valeen, ravie d'avoir trouvé quelqu'un à qui raconter l'histoire de sa vie. À la petite chapelle blanche du Seigneur. C'était le plus beau jour de notre vie. Pas vrai, chéri ?

Elle jeta un regard plein d'amour à Bunt, qui tira sur son cigare et continua à miser. De toute évidence, c'était un homme avare de paroles.

— On ne se connaissait que depuis deux semaines, mais je savais que c'était lui. Je savais que je l'aimerais jusqu'à ce que la mort nous sépare.

Valeen poursuivit sur sa lancée pendant quelques instants, puis elle demanda :

— C'est votre mari ?

Elle vida son verre de martini et leva ses faux sourcils noirs – un coup de laser pour enlever les poils, un coup de laser pour redessiner les poils – en direction de Reilly. Assis plus loin à la table, il buvait de la bière et discutait tactiques de jeu avec Dorian et Rita, qui étaient en train de se soûler avec le champagne offert par la maison.

— Oh, non.

Frankie eut un sourire gêné.

— Nous sommes...

Elle chercha le mot juste. Que pouvait-elle dire ? Qu'ils étaient amoureux ? Que c'était son petit ami ? Qu'ils couchaient ensemble ? Elle rougit.

— On se voit de temps en temps. Rien de sérieux.

Elle regarda Reilly, qui surprit son regard et lui sourit.

— Rien de sérieux ? Ce n'est pas ce que je dirais, vu d'ici, mon cœur, déclara Valeen d'une voix traînante. Vraiment, non, je ne dirais pas ça.

Il était 19h30, et cela faisait presque deux heures qu'ils jouaient. À vrai dire, personne n'avait conscience du temps qui passait. Grisée par l'alcool – la maison offrait verre sur verre –, les Marlboro Lights et l'exaltation du jeu, Frankie découvrait que perdre de l'argent pouvait être très agréable. Comme tous les novices, elle avait mis moins de cinq minutes à claquer au black jack les cinquante dollars que Reilly lui avait donnés. Juste derrière elle arrivaient Reilly et Rita, qui avait vite perdu à la roulette les deux cents dollars qu'elle avait gagnés au poker. La chance ne souriait qu'à Dorian.

— Allez, Dorian ! hurla Rita, agrippée à la table de jeu.

Dorian, qui avait raflé dix mille dollars au poker, comptait ses gains.

— Je mise tout sur le prochain coup de dés, déclarat-il, après avoir empilé ses jetons multicolores.

Rita approuva fébrilement.

— Est-ce que je peux faire comme Demi Moore et embrasser les dés ? demanda Frankie.

Elle éclata de rire et but une gorgée de margarita, pendant que Dorian prenait les deux petits cubes rouges que lui tendait le croupier.

— À condition que je puisse faire Robert Redford.

— Oublie ça tout de suite, murmura Rita en protégeant Frankie de ses bras. Cette femme vaut plus d'un million de dollars.

— Hé, dites, vous venez d'Angleterre ? beugla soudain Valeen, qui se sentait exclue, de l'autre côté de la table.

Elle enfourna l'olive de son martini et agita son verre vide en direction de la serveuse.

— Oui, répondit Rita en riant. Ça s'entend, non ?

Valeen poussa un cri et posa sa main couverte de diamants sur son décolleté.

— Seigneur, j'adore votre famille royale ! s'exclamat-elle, les yeux brillants, la voix tremblante d'émotion. Votre reine est une lady incroyable. Même si, avec tout le respect que je dois à cette chère Liz, je pense qu'elle aurait besoin d'être légèrement relookée. Vous n'êtes pas d'accord ?

Valeen s'interrompit pour prendre son nouveau martini, qu'elle renversa à moitié sur sa robe.

— Bunt me dit toujours que je devrais lui donner des conseils. Vous savez, montrer un petit bout de jambe par-ci, un petit morceau de poitrine par-là. Peut-être mettre un petit peu plus de fard à joues et se faire quelques mèches.

Elle lissa sa crinière dorée à la Ivana Trump.

— C'est vrai, cela ne fait pas de mal de se soigner un peu. On n'est pas obligé d'y aller avec le char d'assaut. Regardez, moi, par exemple.

Elle partit d'un grand rire sonore et renversa la tête en arrière, révélant les cicatrices qu'avait laissées le bistouri du chirurgien plastique dans son cou.

— Mesdames, messieurs, faites vos jeux.

Le croupier acheva de faire place nette. Les curieux s'attroupèrent.

Quelques joueurs autour de la table misèrent dix ou vingt dollars. Un petit gars à lunettes et blazer à chevrons y alla de cent dollars. Bunt mâchouilla pensivement son cigare avant de se décider à parier cinq cents dollars. Dorian, lui, inspira à fond et avança ses jetons sur le tapis vert.

— Tout sur le sept.

Tout le monde autour de la table retint son souffle. C'était quitte ou double. Si le sept sortait, il gagnait dix mille dollars de plus. Si c'était un autre chiffre, il perdait tout.

— Allez, c'est parti, murmura-t-il en secouant les dés dans sa main.

— Du nerf, mon gars, cria Rita d'une voix suraiguë.

Dorian donna un coup de poignet et lâcha les dés. Dans un film, il y aurait eu un long ralenti, plan par plan, pour permettre aux spectateurs de voir les petits cubes rouges s'échapper de sa main, glisser entre ses doigts, monter en l'air, passer devant les visages tendus, nerveux et captivés des personnes massées autour de la table, puis redescendre et toucher le tapis.

Frankie cessa de respirer quand les dés frappèrent la table. Ils rebondirent une fois sur le côté en bois, deux autres fois sur la feutrine, avant de rouler et de s'immobiliser. Pendant une seconde, personne ne parla. Dorian avait fait un cinq et un deux. Sept au total.

— C'est pas vrai ! Je n'y crois pas ! s'écria soudain Rita.

Elle glissa de son tabouret, renversant son verre, qui vint éclabousser le décolleté de Valeen. Évidemment, elle ne se rendit compte de rien, trop occupée à hurler comme une sirène : « Je n'y crois pas, je n'y crois pas » et à repousser les blondes en jean marbré qui s'approchaient pour renifler Dorian avec, au fond des yeux, le sigle dollar qui clignotait comme sur les machines à sous. Enfin, elle réussit à attraper le héros du moment par le col de sa veste.

— Tu as été incroyable, dit-elle dans un souffle, avant de l'embrasser à pleine bouche.

Frankie aurait été incapable de dire ce qui eut le plus d'effet sur Dorian : le gain de vingt mille dollars ou le baiser de Rita. Elle le regarda refaire surface. Il avait l'air sonné. Et Rita aussi, qui venait juste de comprendre ce qu'elle avait fait. Pendant un instant, ils se regardèrent sans rien dire.

— Tu es un gros veinard, dit Reilly en lui donnant une claque dans le dos et en hochant la tête. Ce couple-là, c'était vraiment quelque chose.

— Oui, bien joué, commenta Frankie, les joues rosies par l'excitation, les bras autour de la taille de Reilly.

Dorian exultait. Il n'arrivait pas à croire à sa chance. Lorsque la tête cessa de lui tourner, il tenta de se redonner une contenance, s'essuya la bouche avec une serviette et lissa ses cheveux, qui avaient perdu leur discipline dans le feu de l'action. Puis il se frotta les mains en regardant la serveuse qui avançait vers lui en se tortillant dans son costume de gladiateur trop juste. Elle portait un magnum de dom perignon dans les mains.

— Avec les plus vives félicitations de la direction, récita-t-elle. Combien de coupes, monsieur ?

Dorian regarda Reilly, qui secoua la tête.

— Non, merci.

— Tu ne trinques pas avec moi ? dit Dorian, déçu.

— On pensait faire un saut dans la chambre pour se rafraîchir, expliqua Frankie en posant la tête sur l'épaule de Reilly.

Rita roula des yeux et sourit. Pas besoin d'eau froide ou de gant de toilette pour le genre de rafraîchissement que ces deux-là avaient en vue.

— Ne soyez pas trop longs, dit-elle avec un clin d'œil. Le concert ne va pas tarder à commencer.

Elle désigna la piste de danse, décorée de centaines de ballons et de serpentins argentés et dorés. Au milieu de la scène, on avait installé une batterie, un synthétiseur et un micro. La troupe de danseuses à paillettes était déjà là, et même le crooner, avec sa permanente et son bronzage aux UV – Tom Jones en personne. Tout le monde était prêt à faire basculer Vegas dans le XXIe siècle à coups de balancements pelviens.

Rita regarda Frankie et Reilly qui marchaient en zigzaguant, accrochés l'un à l'autre comme deux élastiques. Son cœur se serra. C'était le réveillon du Jour de l'an, et elle n'avait pas de petit ami. Même Valeen avait Bunt, et Bunt avait Valeen.

— Ça va ? demanda Dorian, qui avait remarqué qu'elle s'était rembrunie.

— Oui, oui.

Elle essaya de remonter sur le tabouret du bar. Mais c'était compter sans la minijupe et sa maladresse, due aux deux Tequila Sunrise et aux quelques verres de champagne qu'elle avait avalés. À la troisième tentative, elle renonça à faire la fille pudique. Elle coinça sa jupe dans son string et monta sur le tabouret à califourchon.

— Je vais toujours bien, tu me connais.

Elle alluma une cigarette et essaya de se remonter le moral en aspirant le tabac à pleins poumons.

— C'est juste cette époque de l'année, le compte à rebours jusqu'au nouveau millénaire, *Auld Lang Syne*, tout ça.

Elle finit son cocktail et pêcha un glaçon au fond, qu'elle entreprit de sucer jusqu'à ce qu'elle en ait extirpé la dernière molécule d'alcool.

— J'aimerais bien avoir quelqu'un avec qui partager ce moment.

— Tu m'as, moi, répondit Dorian calmement, en lui tendant une coupe de champagne.

Ils trinquèrent. Maintenant que les décharges d'adrénaline avaient cessé, il se rendait compte qu'il était d'humeur sentimentale. Et qu'il était plutôt bourré.

Rita regarda Dorian à travers les vapeurs de l'alcool. Elle le voyait en double, mais ses deux visages finirent par se confondre et ne faire plus qu'un.

— Merci, dit-elle, avant de se mettre à glousser.

— Qu'est-ce qu'il y a de drôle ?

Rita sourit.

— Si on ne trouve personne, on pourra toujours se rouler une pelle à minuit, hein ?

Dorian se pencha vers elle, et son tabouret manqua de basculer sous lui. Il prit appui sur les cuisses nues de Rita pour retrouver son équilibre.

— On n'est pas obligé d'attendre minuit.

Rita regarda ses doigts, qui serraient toujours sa cuisse. Le contact de sa main n'était pas désagréable. En fait, pour être honnête, c'était même assez excitant.

— Tu ne renonces jamais ? murmura-t-elle, consciente de ne plus très bien articuler.

Dorian s'approcha plus près.

— Tu veux que j'arrête ?

Rita pesa le pour et le contre. Il y avait eu Randy, puis Matt, mais depuis, plus rien.

— Non, murmura-t-elle en secouant la tête.

Alors, tels deux athlètes jaillissant de leurs starting-blocks, ils se précipitèrent l'un sur l'autre et s'embrassèrent avec toute la fougue et la maladresse de l'adolescence. Rita ne s'était pas amusée comme ça depuis des lustres.

Reilly regarda Frankie, étendue sur le lit immense. Son long corps élancé s'étalait sur le matelas, en partie recouvert par le drap. Des boucles retombaient sur son visage et ses yeux fermés. Leurs coupes de champagne, la bouteille vide de moët et chandon et le bol de fraises à moitié plein gisaient sur la table de chevet. Encore endormi, il promena un doigt sur l'omoplate de Frankie, avant de descendre lentement la main le long de sa colonne vertébrale.

Difficile de croire qu'ils ne se voyaient que depuis six jours. Il avait l'impression qu'il l'avait toujours connue. Aujourd'hui, il la regardait qui somnolait, et il ne pouvait pas s'imaginer vivre sans elle. Ni l'un ni l'autre n'avaient parlé de ce qui se passait entre eux. Au début, il avait pensé qu'elle était sous le coup de son histoire d'avant, que ce serait une simple amourette de vacances, qu'il allait l'aider à aller mieux, qu'il lui redonnerait confiance, qu'il panserait ses blessures avec elle jusqu'à ce qu'elle soit suffisamment rétablie pour se tenir sur ses jambes. Pourtant, après leur première nuit, il n'avait pu s'empêcher d'espérer quelque chose de plus. Cette nuit-là avait été électrique. Et pas uniquement sur le plan sexuel, même si, oui, ç'avait été formidable. C'était simplement le fait d'être ensemble. De parler, de rire, de se regarder. La façon qu'elle avait de sourire, son odeur, tout en elle lui convenait. Elle avait rallumé une lumière qui était restée très, très longtemps éteinte en lui.

Il avait commencé par essayer de se persuader qu'il perdait la tête. Cela faisait si longtemps qu'il n'avait pas eu de relation avec une femme qu'il confondait le sexe et l'amour. Frankie voulait une aventure, rien de plus. Il avait essayé de prendre du recul quand il était au Mexique, mais il n'avait pas cessé de penser à elle pendant qu'il travaillait et de compter les jours avant son retour à Los Angeles. C'était fou d'espérer qu'elle puisse partager ses sentiments quand il reviendrait, il le savait. Pour l'amour de Dieu, ils n'avaient couché qu'une seule fois ensemble, et il était parti en Amérique centrale! Mais c'était ça, la partie la plus extraordinaire de l'histoire. Quand il l'avait revue sur la terrasse de Dorian, emmitouflée dans sa vieille couverture toute mitée, et qu'elle l'avait regardé, il avait compris qu'il n'avait pas de souci à se faire. Elle partageait ses sentiments.

Après Kelly, il avait pensé que plus jamais il n'éprouverait quelque chose comme ça pour quelqu'un, mais Frankie avait tout bousculé. Cette tête de mule raisonneuse, cette fille incroyable, magnifique, cette femme-là avait tout changé. Et maintenant, couché à côté d'elle, il mourait d'envie de lui dire ce qu'il éprouvait. Peut-être parce qu'il avait bu et que cela le rendait sentimental. Ou peut-être pas. En tout cas, une chose était sûre: ce qu'il allait lui dire était sincère. Simplement, il n'avait pas eu le cran de le lui dire avant.

— Salut.

Elle ouvrit les yeux et esquissa un sourire qui s'acheva en bâillement. Puis elle roula sur le côté, se redressa sur un coude, prit une fraise et croqua dedans.

Reilly sourit et glissa la main dans ses cheveux emmêlés.

— Qu'est-ce qu'on fait, maintenant? demanda-t-il.

— On retourne jouer, non?

Elle haussa les épaules et lui offrit le reste de sa fraise.

— Qu'est-ce qu'on peut faire d'autre à Vegas?

Reilly hésita. C'était maintenant ou jamais.

— On peut se marier.

Les mots ne s'imprimèrent pas tout de suite dans l'esprit de Frankie. Pendant une fraction de seconde, tout se figea, puis ils l'atteignirent de plein fouet. Se marier? Qu'est-ce que c'était que cette histoire? Elle, elle essayait de ne pas s'emballer, de se dire que Reilly ne cherchait qu'une brève aventure, et voilà qu'il lui demandait de passer le restant de ses jours avec lui. Elle ne pouvait pas le croire. Non, il n'était sûrement pas sérieux. Cela faisait moins d'une semaine qu'ils sortaient vraiment ensemble. Ils n'avaient pas rencontré leurs parents respectifs. Elle ne connaissait même pas son nom de famille!

Le souffle coupé par ce tourbillon d'émotions, elle plongea le regard dans ses yeux bleu nuit. Et, une nouvelle fois, elle eut l'impression qu'elle l'avait toujours connu.

— C'est quoi, ton nom de famille?

Il fronça les sourcils.

— McKenzie. Pourquoi?

Les dés venaient de tomber. Francesca McKenzie. Ça sonnait bien... Bon sang, mais à quoi pensait-elle? Ils étaient soûls tous les deux, c'était le réveillon, ils disaient n'importe quoi. Épouser Reilly était une folie.

— Donne-moi une seule bonne raison de dire oui.

— Je t'aime.

Trois mots. Il n'en fallut pas plus. Soudain, ce n'était plus si fou que ça.

## 37

— Tu vas faire quoi? cria Rita.

Elle s'efforçait de retrouver une contenance, après une séance passionnée de baisers et de pelotage fébrile, mais apparemment, il n'y avait rien à faire. Elle tangua dangereusement sur son tabouret et se retint à Dorian qui, le visage barbouillé de brillant à lèvres, se dépêchait de rentrer sa chemise dans son pantalon, tout en essayant, simultanément, de dissimuler son érection.

— Je vais me marier.

Frankie sourit, surexcitée, et agita son annulaire pour montrer la bague que Reilly avait confectionnée avec le papier doré du bouchon de champagne.

— Quand ?

— Ce soir, dit Reilly avec un grand sourire.

Le temps parut s'arrêter une fraction de seconde, puis, soudain, Rita éclata en sanglots déchirants. Frankie n'en revenait pas. Elle s'était attendue que Rita jure, rie, crie. Elle s'était attendue à tout sauf à ça.

— Désolée, désolée, couina Rita, qui tentait de se maîtriser.

Dorian restait silencieux, encore sous le choc de son étreinte avec la rouquine du Lancashire.

— Je n'y peux rien, c'est plus fort que moi, expliqua Rita en hoquetant. Les mariages me font toujours pleurer.

Elle prit le dessous-de-verre imbibé de champagne pour se tamponner les yeux, puis enlaça en rugissant le couple de tourtereaux, qu'elle couvrit de baisers humides.

Elle allait se marier. Frankie ne pouvait toujours pas y croire. Tout était arrivé si vite. Elle avait à peine dit oui que Reilly l'avait plaquée contre son torse nu, l'avait embrassée à pleine bouche en lui disant à quel point il était heureux, l'avait soulevée de terre et fait tournoyer dans la chambre, avant de basculer de nouveau sur le lit en riant, bêtement heureux. Dans un état d'euphorie incontrôlable, ils s'étaient rhabillés à toute vitesse et avaient pris un taxi jusqu'au City Hall pour remplir les formulaires et obtenir leur licence de mariage. La procédure complète avait pris moins d'une heure, et aussitôt après, ils étaient retournés au casino pour annoncer la nouvelle à Dorian et à Rita.

Frankie n'avait pas pris une seconde pour réfléchir, cogiter, analyser la situation. Et elle n'avait pas envie de le faire. Elle avait été une fille raisonnable et sensée pendant presque toute sa vie. Quand elle était petite, elle allait se coucher de bonne heure, elle faisait toujours ses devoirs, elle était un modèle de discipline en classe. Même à l'adolescence, elle ne s'était jamais révoltée, elle ne s'était jamais teint les cheveux avec ces colorations express qu'on trouve gratuitement dans les magazines pour les treize-quinze ans, elle ne s'était jamais fait percer plusieurs trous dans les oreilles, elle n'avait jamais traîné avec la bande des fumeurs. Toujours prudente, toujours réfléchie, elle avait fait ce qu'on attendait d'elle. Elle avait passé son bac, elle était allée à l'université, elle avait trouvé un travail sérieux. Bon, d'accord, elle avait fumé un peu d'herbe et elle avait été horriblement soûle deux ou trois fois, mais aujourd'hui encore, à vingt-neuf ans, elle n'avait toujours pas eu d'aventure d'une nuit, elle n'avait toujours pas pris d'ecstasy, et elle continuait à attendre pour traverser que le petit bonhomme soit vert. Jusqu'au jour où elle avait sauté dans un avion pour Los Angeles, elle n'avait jamais rien décidé sur un coup de tête, elle n'avait jamais pris de risque. Et où cela l'avait-il menée ? À se faire licencier et larguer par son petit ami.

Mais maintenant, tout avait changé. Elle avait changé. Elle voulait de la spontanéité et de l'insouciance. Elle voulait savourer le cocktail de champagne et d'amour que la vie lui offrait. C'était une sensation incroyable, presque trop merveilleuse pour être vraie. Et pourtant, c'était réel. Ce n'était pas du cinéma, c'était sa vie. Elle n'en revenait pas.

— Et le tailleur-pantalon beige ?
— Trop banal.
— Et ma petite robe noire ?
— Tu ne vas pas à un enterrement !

Frankie grogna et lança les deux tenues sur le tas de vêtements déjà écartés qui jonchaient la moquette à monogramme. Elle replongea dans sa valise. C'était à se taper la tête contre les murs. Cela faisait une demi-heure qu'elle était avec Rita dans sa suite, à essayer de trouver quelque chose à se mettre, et elle commençait à paniquer. Le temps était compté. Décider de ce qu'on va porter pour aller au pub était déjà dur, alors pour son propre mariage... Et ça n'aidait pas de n'avoir aucun article dans sa valise qui puisse vaguement faire cérémonie distinguée. Ce qui n'était pas très étonnant, vu qu'elle avait préparé ses affaires la veille en pensant plutôt shorts et bikini que longue robe blanche satinée avec voile assorti.

— Et ça ?

Couchée sur le lit, une cigarette entre les lèvres, Rita montrait la robe au crochet et la petite veste bordée de velours qui allait avec. C'était l'ensemble Karen Millen qu'elle avait acheté pour son anniversaire.

Frankie secoua la tête en faisant la grimace.

— Mauvais souvenir, murmura-t-elle.

Elle abandonna sa valise, à présent vide, et fouilla dans la pile de vêtements sur le sol comme si c'était le premier jour des soldes chez Hennes. Autant chercher une aiguille dans une meule de foin. Elle surprit son reflet dans la glace. Seigneur, il fallait aussi qu'elle s'occupe de ses cheveux. Comme toujours après l'amour, ils étaient tout emmêlés.

— Tu es sûre, pour le tailleur-pantalon ? demanda-t-elle.

Peut-être que Rita allait avoir pitié d'une future mariée en culotte et reconsidérer la question.

Elle aurait dû se douter que non. Rita prit un air atterré, stoppa net sa préparation de cocktails à base de vodka et champagne et fit mine de lui lancer le shaker.

— Tu ne peux pas te marier dans un tailleur Next ! C'est un mariage, pas un rendez-vous professionnel. Si Reilly te voit dans ce truc, il ne va pas te demander ta main, il va te demander d'aller faire des photocopies.

— Bon, moi, je renonce, dit Frankie, vexée.

Elle s'assit sur le lit à côté de Rita qui, en vraie bonne copine, lui tendit un cocktail à réveiller les morts et une cigarette. Frankie accepta l'un et l'autre et sourit pour s'excuser.

— Désolée. Je sais que je suis chiante.

— Arrête tes salades. C'est juste le trac prénuptial.

Rita lui adressa un grand sourire, se leva et avança vers la salle de bains en chancelant.

— Tous les futurs mariés passent par là.

Elle avait marié ses six frères, alors elle savait de quoi elle parlait.

« Je vais me marier. » Frankie se répétait la phrase dans sa tête, mais son cerveau n'avait toujours pas enregistré le message. Pour elle, une future mariée, c'était quelqu'un qui passait l'heure du déjeuner à feuilleter discrètement tous les magazines de mariage chez W.H. Smit, qui mettait une douzaine de mois à choisir les compositions florales et à organiser le buffet, qui se payait des descentes chez Harvey Nicks pour essayer toutes les robes qu'elle ne pourrait jamais s'acheter. Jamais elle n'avait imaginé qu'elle préparerait son mariage avec sa meilleure copine dans la suite d'un hôtel de Las Vegas, avec une bague en papier aluminium autour du doigt et un shaker rempli d'alcool.

Elle regarda sa demoiselle d'honneur, qui titubait en direction de la salle de bains.

— Depuis que je suis petite, je rêve du jour où je vais me marier.

Elle poussa un soupir et savoura le picotement du champagne et de la vodka sur sa langue.

— Je me souviens, quand j'avais onze ans, je voulais la robe de la princesse Diana, avec des perles et du satin partout, et une longue traîne immense. Ne t'inquiète pas, ça m'a vite passé. Mais j'ai toujours pensé que je porterais une robe – pas une robe à crinoline, un truc simple avec un voile…

Elle s'allongea et posa la tête sur l'oreiller.

— … et que j'aurais des demoiselles d'honneur et un de ces gâteaux à trois étages avec des petits bonshommes dessus. Et que j'arriverais avec mon papa dans une vieille Rolls et que, quand j'entrerais dans l'église, tout le monde me regarderait et me trouverait belle.

Elle éclata de rire, un peu honteuse, et but une grande gorgée.

— Et que devant l'autel, vêtu d'un pantalon gris et d'une redingote avec un œillet à la boutonnière, m'attendrait l'homme que j'allais épouser...

Sa voix faiblit soudain. Dans un flash, elle venait de se revoir quelques mois plus tôt, assise sur la poubelle à pédale de la cuisine de l'appartement de Fulham, le reçu d'une bague de fiançailles dans la main.

— J'ai toujours pensé que cet homme, ce serait Hugh.

Elle se tut et alluma une cigarette. La tête se mit à lui tourner, et ce n'était pas seulement dû au mélange de champagne et de nicotine. Repenser à Hugh l'avait ébranlée, et les souvenirs avaient commencé à déferler en masse.

— Ce soir, on aurait fêté nos deux ans, murmura-t-elle en se rappelant le réveillon de 1997 et leur première nuit ensemble.

Mais c'était stupide de penser à Hugh. Elle sombrait dans la tristesse et les regrets, alors que, quelques instants plus tôt, elle délirait de bonheur et d'enthousiasme.

— Tu crois que je suis folle ?

Un cri provint de la salle de bains.

— De quoi ? D'être sorti deux ans avec cette tête de nœud ou de te marier avec le type le plus sexy sur terre après George Clooney ?

Frankie sourit. On pouvait toujours compter sur Rita pour une réponse directe.

— Donc, ça ne t'étonne pas qu'on se marie, Reilly et moi ?

— J'admets que c'est un peu rapide, mais moi, la seule chose que je regrette, c'est que tu n'aies pas fait de soirée pour enterrer ta vie de jeune fille. On aurait pu aller au *Cloudsbar*. On aurait bien rigolé.

À ce moment-là, la porte de la salle de bains s'ouvrit, révélant Rita, toujours assise sur la cuvette des toilettes.

— Écoute, peu importe ce que les autres peuvent penser. C'est ta vie, c'est toi qui décides.

Pour de mystérieuses raisons, Rita se mettait toujours à philosopher quand elle avait un peu trop bu, et ce qu'elle aimait par-dessus tout, c'était passer des heures à partager ses petits secrets de sagesse.

— Regarde, moi, je suis venue à L.A. pour essayer de devenir actrice. Moi, actrice à Hollywood !

Elle sourit et s'imagina dans le rôle de Tracy Potter. Le tournage commençait dans quelques jours.

— Tout le monde pensait que j'étais maboule, mais je n'en avais rien à foutre. D'accord, c'était risqué. Mais qu'est-ce que j'avais à perdre si ça ne marchait pas ? Un boulot d'intérim, une vieille Mini en bout de course et cet appartement de merde qu'on louait toutes les deux.

Elle leva les yeux au ciel.

— Mais j'ai pris la bonne décision. Et regarde-moi maintenant.

Frankie la regarda, avec sa culotte autour des chevilles, son khôl qui avait coulé jusqu'au milieu de ses joues et son rouleau de papier toilette à la main. Catherine Zeta Jones avait du souci à se faire.

— La vie, c'est comme un grand casino. Tout est risqué. Il n'y a pas de garantie. Mais si tu veux vraiment quelque chose, il faut foncer. Si ton bonheur est en jeu, tu n'as pas d'autre choix que de parier en suivant ton instinct. Il faut vivre au présent. Sinon, tu passes ton temps à imaginer ce qui aurait pu se passer.

Rita remonta son string, se redressa un peu trop vite et se rattrapa au lavabo en marbre pour ne pas tomber.

— De toute façon, si ça ne marche pas, tu peux toujours composer le 1-800-Divorce. C'est bête comme chou, j'ai vu des publicités. Tu écoutes le message enregistré, et après, tu tapes 1 si tu as des enfants, 2 si vous avez souscrit ensemble un prêt immobilier, 3 si…

— C'est bon, c'est bon, j'ai saisi l'idée.

Frankie sourit en hochant la tête. Elle connaissait SOS Pizza, mais pas SOS Divorce. Elle imagina les prospectus dans les boîtes aux lettres, avec des offres spéciales du type « divorcez et bénéficiez d'une réduction de cinquante pour cent la prochaine fois ». Mais elle ne voulait pas penser à ça. Elle se traîna hors du lit, ouvrit une petite bouteille d'Évian et la but d'une traite, histoire de diluer la quantité d'alcool qu'elle avait dans le sang. Finalement, ce n'était peut-être pas une bonne idée de boire. Tout ce champagne lui embrouillait les idées et la rendait sentimentale et mélancolique. Mais Hugh faisait partie du passé, désormais. C'était avec Reilly qu'elle allait se marier. L'avenir, c'était Reilly.

— Je crois que tu devrais mettre ça.

Frankie se retourna. Rita sortait de la salle de bains, un vêtement dans les mains.

— Tu plaisantes ? Un pantalon en cuir ! Pour mon propre mariage...

D'un regard sévère, Rita lui intima de se taire.

— Tu vas te marier à la chapelle d'Elvis, tu portes une bague de fiançailles en papier alu, on va chanter *Love me tender* au lieu de se taper *La Marche nuptiale*, et le pasteur aura une combinaison blanche en strass.

Elle agita le pantalon.

— Alors, c'est oui ?

Incapable de rester sérieuse devant une telle perspective, Frankie éclata de rire, prit le pantalon des mains de Rita et disparut dans la salle de bains pour se préparer.

## 38

— Ici, ici !

Rita, qui s'était concocté, vite fait bien fait, une tenue de demoiselle d'honneur avec un pantalon en velours frappé taille basse et un dos nu en lycra, sauta en l'air et agita les bras comme une hystérique pour faire signe à la limousine blanche qui devait les emmener à la chapelle.

Reilly et Dorian étaient partis devant depuis cinq minutes, car Rita, qui prenait son rôle de demoiselle d'honneur très au sérieux, leur avait dit, dans des termes parfaitement clairs, que ça portait malheur de voir la mariée avant la cérémonie et que non, ils ne pouvaient pas monter tous ensemble dans un petit taxi.

Debout à côté d'elle, Frankie regarda le ruban blanc flotter sur le capot de la limousine qui avançait vers l'hôtel. Le moment était arrivé. Elle allait se marier. Son estomac prit exemple sur Rita, qui continuait à danser la gigue, et sa gorge se serra. Malgré l'anesthésie au champagne, elle se sentait encore nerveuse.

— Tu es sûre que ça va ? demanda-t-elle avec inquiétude.

Elle se tourna vers Rita. Elle avait de sérieux doutes sur le pantalon en cuir. Il avait produit son petit effet le soir de la fête de Carter Mansfield mais, cette fois, il s'agissait de son mariage.

— Peut-être que tu avais raison. Peut-être que j'aurais dû mettre l'ensemble Karen Millen.

— Arrête de te faire de la bile, tu es magnifique, dit Rita, qui retouchait rapidement son rouge à lèvres.

Elle referma son poudrier et le rangea dans son sac à main.

— La plupart des mariées ressemblent à des abat-jour. Toi, au moins, tu auras l'air sexy sur tes photos de mariage.

Frankie s'agrippa soudain au bras de Rita.

— Oh, merde.

— Quoi ?

— L'appareil photo. Tu l'as pris ?

Rita eut un regard inexpressif.

— Tu ne te souviens pas ? Reilly t'a demandé d'emporter son appareil à la chapelle, bafouilla Frankie, qui se mit à paniquer en comprenant que Rita était tellement soûle qu'elle ne se souvenait sans doute même pas de son propre nom. On n'aura pas de photo.

Elle eut soudain envie de pleurer.

— Oh, allez, Frankie, ce n'est pas la peine de te mettre dans un état pareil, assura Rita d'une voix douce. Je vais aller le chercher, cet appareil.

Frankie fut d'abord soulagée par la proposition de Rita, jusqu'à ce qu'elle la voie chanceler, ivre morte, sur ses talons aiguilles en peau de serpent.

— Non, j'y vais. Toi, tu restes ici, ordonna-t-elle en lui flanquant son bouquet dans les mains.

Rita l'avait confectionné avec les fleurs fraîches de la chambre, ravie que les cours de composition florale qu'elle avait suivis des années plus tôt pour mieux s'insérer dans la vie professionnelle servent enfin à quelque chose.

— Et ne t'inquiète pas, la mariée arrive toujours en retard, de toute façon ! cria-t-elle, tandis que Frankie rentrait en courant dans l'hôtel.

Elle la regarda disparaître dans l'hôtel et se retrouva seule devant le chauffeur plutôt appétissant qui, croyant que c'était elle la mariée, lui adressa ses félicitations et lui ouvrit la portière. Rita essaya de prendre un air de circonstance tandis qu'elle grimpait à l'arrière. Finalement, ça avait l'air plutôt marrant de se marier, songeat-elle en s'installant sur la banquette en cuir et en ouvrant le minibar inclus dans la location.

C'était l'embouteillage dans le *Caesar's Palace*, entre les gens qui étaient venus pour jouer et ceux qui étaient là pour fêter le Jour de l'an. À moins de vingt minutes de minuit, le casino bourdonnait d'excitation. Frankie fendit des hordes de touristes déchaînés, de serveuses à moitié nues et de joueurs fanatiques avant de réussir à atteindre le hall de l'hôtel. Les portes de l'ascenseur s'ouvrirent, et elle se joignit dans la cabine aux fêtards hilares qui soufflaient dans leurs mirlitons. Elle appuya sur le bouton du douzième étage. Puis, coincée entre un couple qui essayait de battre le record du baiser le plus long avec la langue et une fille au regard triste et à la silhouette massive qui portait une robe à fleurs aux couleurs criardes, Frankie regarda les chiffres romains qui indiquaient les étages s'allumer avec une lenteur infernale.

— Allez, allez, murmura-t-elle entre ses dents.

L'ascenseur s'arrêta à tous les étages. Chaque fois, il se vidait de certains de ses passagers, qui se précipitaient dehors en traînant des serpentins, pressés d'aller faire la fête dans une des chambres de l'hôtel, puis il se remplissait de nouveaux venus en liesse – tout le monde avait sa destination à atteindre et voulait arriver à temps pour le compte à rebours. Enfin, il s'arrêta au douzième étage, les portes s'ouvrirent, et Frankie débarqua.

Elle avança rapidement dans le couloir et regarda sa montre. Plus que dix minutes. Elle parcourut les numéros sur les portes, à la recherche de celui de sa chambre. Normalement, ce n'était pas un exercice compliqué, mais quand on avait bu et qu'on paniquait, ça devenait beaucoup plus difficile. Elle finit par repérer le 1204 et commença à chercher sa clé dans son sac à main. Soudain, alors qu'elle était en train de fourrager dans son sac, elle se dit que ce moment lui paraîtrait comique, plus tard, quand elle serait depuis longtemps une femme mariée. Elle sourit, trouva sa clé et se mit à fredonner *La Marche nuptiale*, tout en essayant de repérer la serrure.

— Frankie ?

Elle sursauta violemment en entendant la voix familière. La clé lui glissa des mains et atterrit silencieusement sur la moquette. Elle se retourna et vit une silhouette de l'autre côté du couloir, presque cachée dans l'ombre. Ce n'était pas possible. Elle plissa les yeux pour mieux voir. Non, ce n'était pas vrai. La silhouette s'avança dans la lumière... Elle ne s'était pas trompée. C'était Hugh.

Ses jambes se dérobèrent sous elle, et elle dut se retenir à la poignée de la porte. Pendant une fraction de seconde, elle eut l'impression de remonter le temps à toute vitesse, de retraverser l'Atlantique, de revenir à Fulham. Elle respira plusieurs fois à fond et essaya de se ressaisir. Hugh ? À Las Vegas ? C'était forcément une hallucination due au champagne. Cela ne pouvait pas être réel.

Mais si, c'était bien réel. Incapable de bouger, elle le dévisagea. Il n'avait pas changé. Il portait exactement le même genre de vêtements qu'avant – une chemise bleu pâle Ralph Lauren, un jean impeccablement repassé, ses mocassins JP Tod. Élégant, rasé de près, il avait mis du gel dans ses cheveux blonds et dégageait cette odeur immédiatement reconnaissable, mélange de déodorant, de bain de bouche et d'après-rasage Hugo Boss. Elle connaissait tout ça tellement bien. Et, en même temps, cela lui paraissait tellement étranger.

Pendant quelques minutes, elle resta là, à le regarder en vacillant, pendant que son cœur palpitait comme un jeu de cartes qu'on bat. Elle essaya de parler, mais sa voix avait apparemment disparu au fond de sa gorge. On eût dit que son cerveau avait arrêté de fonctionner, sous le choc, en voyant Hugh. Les vapeurs du champagne s'étaient dissipées, et elle se sentait soudain affreusement sobre.

Hugh dévisageait Frankie. Dieu merci, il l'avait enfin trouvée. Il avait cru ne jamais y arriver dans cette ville atroce, pleine d'Américains vulgaires et d'hôtels encore plus vulgaires. Cela lui avait pris des heures, et il avait fini par se dire qu'il ne réussirait pas à la localiser avant minuit. Mais, vingt minutes plus tôt, la chance avait fini par lui sourire. Le réceptionniste du *Caesar's Palace* lui avait dit que Frankie était descendue chez eux et qu'elle occupait une suite avec terrasse – Dieu seul savait avec quel argent elle avait pu se payer un truc pareil. Il avait raccroché le téléphone, quitté son motel en trombe et foncé jusqu'ici. Son discours était prêt, il l'avait répété plusieurs fois devant la glace, mais se retrouver, comme ça, nez à nez avec elle, le laissait sans voix. Il était aussi choqué qu'elle. Elle avait tellement changé qu'elle était presque méconnaissable. Depuis quand est-ce qu'elle s'achetait des pantalons en cuir ? Et des hauts qui lui couvraient à peine la poitrine ? Ce devait encore être une idée de sa copine timbrée, Rita. Il la regarda. Appuyée contre la porte de sa suite, elle était muette. Et soudain, une autre pensée lui traversa l'esprit. Elle n'était quand même pas soûle ?

— Qu'est-ce que tu fais là ?

Frankie arrivait enfin à murmurer quelque chose.

— Je te cherchais.

Il avança vers elle et s'arrêta à moins d'un mètre.

— J'ai pris un avion pour Los Angeles et, quand j'ai fini par trouver ton appartement, tes voisins m'ont dit que tu étais partie pour Las Vegas. Alors, j'ai loué une voiture, j'ai roulé jusqu'ici, et j'ai fait le tour de tous les hôtels de la ville. Ça m'a pris la journée pour te retrouver.

Il marqua une pause et passa ses doigts dans ses cheveux.

— J'avais besoin de te voir, de te dire que j'avais commis une stupide erreur. J'ai été tellement idiot, Frankie.

Frankie n'en croyait pas ses oreilles. Hébétée, elle le regarda jouer nerveusement avec ses boutons de manchette. Il était toujours mal à l'aise quand il devait parler de ses sentiments. Cela n'avait pas changé.

Il se raidit et redressa les épaules.

— Le fait d'être resté tout seul ces derniers mois...

Il avala sa salive plusieurs fois en repensant à ses aventures d'un soir.

— ... m'a permis de comprendre que je ne voulais pas vivre sans toi.

Il respira à fond.

— Tu m'as manqué, Frankie. Je veux que tu me donnes une seconde chance.

Son discours fut couvert par le bruit de la musique en bas et le décompte qui commençait. Dix, neuf, huit, sept...

Ils se regardèrent sans rien dire. Puis, soudain, il se baissa, mit un genou à terre et s'éclaircit la gorge.

— Ce que j'essaie de dire, c'est...

Il sortit un petit écrin en velours de la poche de poitrine de sa chemise et tenta de l'ouvrir.

Six, cinq, quatre...

Il tripota le fermoir pendant quelques secondes de ses doigts brûlants et moites de sueur.

Trois…

Soudain, la boîte s'ouvrit d'un coup.

Deux…

C'était un diamant de chez Tiffany.

Un…

Une immense clameur monta d'en bas pendant que, tout autour, dans un vacarme assourdissant, Las Vegas rugissait d'une même voix pour fêter le nouveau millénaire. Un feu d'artifice explosa dans le ciel, des ballons éclatèrent, des gens hurlèrent. Le groupe au rez-de-chaussée se mit à jouer *Auld Lang Syne*.

Mais, au milieu de tout ce bruit, la seule chose que Frankie entendit, ce fut la voix de Hugh.

— Veux-tu m'épouser ?

## 39

Le paysage défilait à toute allure derrière la vitre de la voiture. Une terre nue et aride, un magasin d'alimentation délabré, une station-service. Frankie appuya sur le bouton pour descendre sa vitre. Elle avait une gueule de bois épouvantable. Elle ferma les yeux, laissa retomber sa tête contre l'appui-tête et respira à pleins poumons l'air chaud et poussiéreux. On était le 1er janvier 2000, et un nouveau millénaire venait de commencer. Contrairement à ce que tous les illuminés de la terre avaient annoncé, la prophétie de Nostradamus ne s'était pas réalisée, il n'y avait pas eu d'apocalypse, le monde n'avait pas disparu dans une boule de feu. Tout était encore là, bien en place. Mais les choses ne seraient plus jamais comme avant.

La veille, Hugh était revenu dans sa vie et avait tout chamboulé. En quelques secondes à peine – le temps qu'il formule sa demande –, tout était devenu confus et incertain. Hugh lui demandait de l'épouser. Il lui demandait de prendre la décision la plus importante de sa vie. Mais ce qu'il ne savait pas, c'était qu'il lui demandait de faire un choix. De choisir entre un amant américain qu'elle connaissait à peine et un ex avec qui elle était restée deux ans.

Dans le couloir faiblement éclairé, en voyant Hugh en équilibre instable sur son genou, elle avait éprouvé un mélange de joie et d'horreur. Tout à coup, Hugh voulait qu'elle revienne, il voulait l'épouser, il voulait qu'ils passent le reste de leur vie ensemble et qu'ils vivent à jamais heureux. Est-ce que ce n'était pas tout ce qu'elle avait toujours désiré ? Une bague de chez Tiffany, un mariage en blanc et Hugh en haut-de-forme, queue-de-pie et œillet à la boutonnière ? Est-ce que ce n'était pas ce dont elle avait rêvé, toutes ces nuits où elle était restée sans dormir à côté de Rita, à mouiller son oreiller de larmes ?

Oui, mais Reilly ? Il l'attendait à la chapelle. Probablement était-il en train de blaguer avec Dorian, sans se douter une seule seconde de ce qui se passait. Elle avait eu un coup au cœur. Normalement, elle ne croyait pas à ce genre de trucs, mais c'était peut-être le destin. Peut-être que le retour soudain de Hugh était un signe. Le signe que son mariage avec Reilly était une erreur. Peut-être que Rita avait raison depuis le début quand elle disait que c'était juste un peu une petite aventure. Elle avait voulu oublier sa rupture avec Hugh, elle s'était laissé abuser par trop de margaritas, elle avait cédé à la griserie du réveillon, elle avait confondu le sexe avec l'amour.

Elle s'était retenue à la porte de sa chambre pour ne pas tomber. Peut-être que c'était mieux ainsi. Peut-être que Reilly était en train de se poser des questions et qu'il serait soulagé d'apprendre qu'elle annulait tout. Peut-être même qu'il avait changé d'avis et qu'il n'était pas à la chapelle. Cette idée l'avait attristée, mais elle s'y était accrochée, tout en sachant qu'elle ne collait pas avec l'image de Reilly couché à côté d'elle dans le lit, lui disant qu'il l'aimait, lui demandant de l'épouser. Elle avait essayé de chasser cette image de son esprit. Il ne pensait pas ce qu'il disait. C'était juste l'effet de l'alcool. En le quittant maintenant, elle lui rendait service. Au moins, comme ça, le lendemain, il se réveillerait simplement avec la gueule de bois, pas avec une femme dont il ne voulait pas.

Elle avait essayé de se concentrer sur Hugh. Son brusque retour l'avait dégrisée, elle avait retrouvé ses esprits. Sa présence rendait les quelques mois qui venaient de s'écouler aussi irréels qu'un rêve. Sa vie à Los Angeles, sa cohabitation avec Rita, son coup de foudre pour Reilly… Rien de tout cela n'était réel, rien ne pouvait durer. Mais elle le savait depuis le début, non ? Elle savait bien qu'elle s'était enfuie à Los Angeles pour pouvoir un jour rebondir, rentrer à Londres et reprendre le fil de sa vie.

Et maintenant, c'était possible.

En quelques secondes, son vœu avait été exaucé. Hugh était revenu. Allait-elle prendre le risque de le perdre une seconde fois ?

Malgré le flot de pensées confuses qui s'agitaient dans sa tête, Frankie avait répondu à la question. Elle avait regardé l'homme avec qui elle avait partagé un appartement, des vacances à l'étranger, des réunions de famille, une histoire, et elle avait su qu'elle ne prendrait pas le risque. On avait beau être à Las Vegas, l'enjeu était trop important. C'était pour cela qu'elle avait dit oui.

Frankie revint à la réalité en voyant la pancarte qui indiquait la direction du Grand Canyon. Ils allaient y rester quelques jours, pour « se retrouver », comme disait Hugh. Ensuite, ils retourneraient à Los Angeles, elle ferait ses valises, et ils prendraient le premier vol retour pour Heathrow. Retour à l'appartement de Fulham, retour à leur vie d'avant. Elle regarda Hugh. Il avait mis ses lunettes et fronçait les sourcils, concentré sur la conduite. Elle ne s'était toujours pas faite à l'idée qu'ils étaient de nouveau ensemble, qu'ils formaient de nouveau un couple. Elle passait son temps à vérifier qu'il était bien là, assis à côté d'elle, qu'il n'était pas un mirage né de son cerveau embrumé par l'alcool.

— On n'aurait pas dû tourner là ? dit-elle.

Ils venaient juste de passer devant un panneau de sortie.

— Merde.

Il freina brutalement. Le camion derrière eux pila et klaxonna avec colère.

— Nom de Dieu, qu'est-ce qu'ils ont, ces foutus Ricains ? Ils ne savent pas conduire ou quoi ?

Sans mettre son clignotant, il déboîta et se déporta deux files plus loin, manquant, cette fois, de provoquer un carambolage.

Frankie s'accrocha à sa ceinture de sécurité. Elle avait pris l'habitude de rouler tranquillement dans le Bronco de Reilly, les pieds sur le tableau de bord, en papotant et en écoutant Howard Stern débiter ses âneries à la radio. Elle avait oublié les crises de nerfs dont Hugh était capable quand il avait un volant entre les mains. Une fois, à Londres, il avait failli se faire assommer par un chauffeur de taxi.

— Désolée, chérie, c'est à cause de leurs panneaux ridicules.

Il sourit d'un air penaud et posa sa main sur la sienne.

— Ça va ?

— Oui, pas de problème.

Frankie hocha la tête, respira profondément et ferma les yeux.

Ils étaient partis de Las Vegas juste après minuit et avaient roulé sans s'arrêter jusqu'au lever du soleil, avant de dormir quelques heures dans la voiture, si bien que maintenant, sous le soleil de plomb de midi, ils étaient tous les deux éreintés. Et ils avaient encore cent cinquante kilomètres à faire. Avec un peu de chance, ils arriveraient avant la tombée de la nuit. Et peut-être en un seul morceau.

Après quelques heures de plus à se perdre, à faire demi-tour, à demander leur route dans des stationsservice et des magasins d'alimentation, ils finirent par attaquer la montée en zigzags qui menait au bord du Grand Canyon. Le temps qu'ils arrivent à leur hôtel, il était presque 16 heures, et le soir tombait. Pendant que Hugh s'occupait des formalités, Frankie s'enferma dans la cabine à pièces située dans le hall.

La nuit précédente, elle avait fait ses valises et laissé un mot à la réception. Elle ne pouvait pas aller trouver Rita, qui était soûle comme une barrique à l'arrière de la limousine enrubannée de satin blanc. Comment aurait-elle pu expliquer ça à Hugh ? Que lui aurait-elle dit ? « Désolée, est-ce que tu peux m'attendre quelques minutes, le temps que j'aille toucher un mot à ma demoiselle d'honneur » ? L'idée l'avait fait reculer. Hugh n'aurait certainement pas été ravi d'apprendre qu'elle avait failli épouser un autre homme.

Elle composa le numéro de Rita et attendit que son amie décroche, mais elle n'eut droit qu'au répondeur, avec la voix chantante de Rita qui disait : « Bonne année à tous. On est parti à Vegas gagner des millions. Parlez après le bip. »

Frankie laissa un bref message – tout allait bien, elle était avec Hugh et entre de bonnes mains, et elle lui expliquerait tout quand elle reviendrait à L.A. Elle savait que Rita comprendrait. Deux amies se comprennent toujours quand il est question d'hommes.

Elle raccrocha le combiné et regarda dehors. Les derniers rayons du soleil disparaissaient. Elle songea un instant à appeler Reilly, puis se ravisa. Qu'aurait-elle pu lui dire ? Qu'elle était désolée ? Cela lui aurait fait une belle jambe.

— Une bouteille de chardonnay. Bien fraîche, s'il vous plaît.

Hugh referma la carte des vins et la tendit au serveur. Il regarda Frankie en souriant.

— Pardon, chérie, tu préférais peut-être du champagne ? Pour fêter ça ?

— Mon Dieu, non. Du chardonnay, c'est parfait.

Frankie était sincère. Elle ne voulait plus jamais boire de champagne. Les parois de son estomac ne s'étaient toujours pas remises de la demi-douzaine de coupes qu'elle avait avalées la veille.

Ils étaient attablés dans le restaurant plutôt chic de l'hôtel, une salle douillette avec un grand feu dans la cheminée et des murs lambrissés. Frankie était assise face à Hugh, qui semblait à des milliers de kilomètres d'elle, de l'autre côté de la grande table où s'alignaient un ensemble de verres étincelants et une panoplie complète de couverts.

Hugh se pencha par-dessus la table et lui prit la main.

— Tu es très en beauté, ce soir.

Elle portait un des ensembles qu'il préférait, le tailleur-pantalon beige, et elle avait attaché ses cheveux. Comme il le lui avait suggéré.

— Je te retrouve telle que tu étais avant.

Frankie sourit. Se retrouver tous les deux au restaurant, c'était comme si les derniers mois n'avaient jamais existé. Hugh n'avait pas changé. Il était toujours aussi beau. Et sa mémoire n'avait pas exagéré le temps qu'il mettait à se préparer. Ce soir, elle l'avait attendu pendant près d'une demi-heure, jusqu'à ce qu'il sorte enfin de la salle de bains dans un nuage de vapeur. On se serait cru sur un plateau télé, quand le chanteur apparaît dans un tourbillon de brume artificielle.

— Qu'est-ce que tu penses du jour de la SaintValentin ?

— Quoi ?

Elle s'arracha à ses pensées et reposa le petit pain qu'elle avait distraitement commencé à réduire en miettes.

Hugh n'eut pas le temps de répondre, car le serveur revenait avec la bouteille. Frankie le regarda passer son bras derrière son dos et verser un fond de vin dans le verre de Hugh. C'était vraiment insupportable. Pourquoi est-ce que les serveurs faisaient toujours ça ? Pourquoi est-ce que c'était toujours à l'homme de goûter ? Hugh huma le vin, avant de prendre une gorgée, qu'il fit consciencieusement rouler dans sa bouche pendant un moment. Puis il avala et acquiesça en silence.

— Pour le mariage.

C'était sa réponse à la question de Frankie. Il éclata de rire en voyant son expression ahurie.

— Moi aussi, j'ai d'abord pensé que c'était nul. Mais quand on y réfléchit, c'est plutôt kitsch, en fait. Ça pourrait être assez amusant.

Il joua avec son bouton de manchette argenté en forme de club de golf.

— Allez, j'avoue, c'est Adam et Jessica qui m'ont soufflé l'idée.

— Adam et Jessica ?

— Oui, je leur ai dit que je venais ici pour te demander ta main. Ils m'ont conduit à l'aéroport. Est-ce que je t'ai dit qu'Adam s'était acheté une de ces nouvelles Jag ?

Frankie ne l'écoutait plus. Elle venait soudain de comprendre que Hugh n'avait pas douté un seul instant de sa réponse, qu'il avait toujours su qu'elle lui pardonnerait et qu'elle retournerait avec lui. Et il avait eu raison, non ? Elle lui avait pardonné, elle avait dit oui.

Alors, pourquoi est-ce que cela l'énervait ? Elle ne savait pas. Mais ce qui l'énervait encore plus, c'était d'imaginer que son mariage était organisé par un crétin en chemise hawaïenne et la petite allumette qui lui servait de copine, une fille qui trouvait que rien n'était plus génial que de fêter un anniversaire dans un bowling.

Elle se mordit la lèvre. Pas une fois, quand elle se morfondait en pensant à Hugh et à sa vie à Londres, elle ne s'était souvenue de l'existence de gens comme Adam et Jessica. C'était incroyable, ce que la mémoire pouvait être sélective.

— Alors, qu'est-ce que tu en penses ?

— Oui, c'est une bonne idée.

Elle hocha la tête en essayant de paraître enthousiaste. Après tout, peu importait Adam et Jessica. Ce qui comptait, c'était que Hugh se mette enfin à parler de leur relation. Qu'au bout de deux ans, il cesse de discuter des taux d'intérêt, du marché immobilier ou du jeu de Tiger Woods pour parler mariage. De leur mariage.

— Adam devrait pouvoir s'arranger pour que la réception ait lieu à Soho House.

— Ce serait formidable.

Ce serait l'horreur, oui, songea-t-elle en s'efforçant de sourire et de ne pas penser à tous les imbéciles prétentieux qui étaient membres de ce club – Adam, par exemple.

Enfin, leurs plats arrivèrent. Un saumon en croûte pour Hugh et des pâtes pour Frankie. Elle ne mangea pas beaucoup, elle n'avait pas faim. Elle picora dans son assiette et but – beaucoup trop – pendant qu'ils discutaient. Ils avaient d'un commun accord décidé de ne pas parler des derniers mois. Hugh avait dit que c'était sans doute mieux qu'ils gardent ça pour eux. On repartait sur de nouvelles bases. À quoi bon parler du passé quand l'avenir leur tendait les bras ? Elle avait accepté. Parler du passé, ç'aurait été parler de Reilly.

Ils avaient donc continué à discuter de leur mariage. Enfin, plus exactement, Hugh avait continué à discuter du mariage, point par point, abordant le sujet des invités – « Je ne peux pas saquer mon boss, Graeme, ni Sandra, sa femme, mais je ne veux pas compromettre mes chances d'avancement. Et si on les invitait juste pour la fête le soir ? » –, de la cérémonie – « Tu veux vraiment un mariage religieux ? Moi, en fait, je pensais à la mairie de Chelsea » – et de la lune de miel – « Je sais que tu aimes faire le lézard sur la plage, mais moi, je préférerais le Népal. »

Quelle ironie ! pensa Frankie. Autrefois, elle avait rêvé de parler mariage avec Hugh, mais là, au bout d'une seule soirée, elle trouvait que c'était vraiment barbant, tous ces préparatifs. Pendant que Hugh attaquait le sujet de son enterrement de vie de garçon – Adam avait suggéré qu'il parte en week-end faire la fête avec ses copains –, elle regarda distraitement sa bague de fiançailles, qui brillait de mille feux, aussi droite sur son doigt qu'un petit nouveau dans une salle de classe. C'était un solitaire, un diamant de forme allongée qui avait été monté sur des griffes en or vingt-deux carats. Elle le toucha, et ce geste lui rappela soudain la bague que Reilly avait faite pour elle avec le papier doré de la bouteille de champagne. Elle ne savait pas où elle était passée. Sans doute l'avait-elle perdue en quittant précipitamment Las Vegas. Son cœur se serra un instant. Mais qu'est-ce qui lui prenait ? La bague de fiançailles de Hugh était belle, pourquoi est-ce qu'elle pensait à celle de Reilly ?

Ils finirent leur café et les orangettes servies avec, puis rentrèrent dans leur chambre. Frankie mourait d'envie d'une cigarette. Mais, sachant à quel point Hugh détestait la voir fumer, elle attendit qu'il soit dans la salle de bains. Il en avait pour un moment, entre le dentifrice, le fil dentaire et le gargarisme – elle avait largement le temps de fumer une petite cigarette.

Elle enfila sa veste en cuir, fit coulisser les portes qui menaient à la petite terrasse en bois, s'assit sur une des chaises en fer forgé et alluma une American Spirit de Rita. Elle tira dessus et regarda le bout de la cigarette devenir orange. C'était si calme et si tranquille, ici. Pas de ronronnement de voitures, pas de bruit de télévision, pas d'échos de conversation. Le chalet était perché tout en haut du canyon. Dans la journée, il y avait une vue splendide, disait le dépliant de l'hôtel, mais ce soir, tout ce qu'elle voyait, c'étaient le velours de la nuit et les petits points lumineux des auberges voisines.

Après quelques minutes, elle commença à avoir froid. Elle jeta son mégot au loin et enfouit en grelottant ses mains dans les poches de sa vieille veste en cuir. Au bout de ses doigts, elle sentit quelque chose de petit et de fin. Elle le sortit. C'était la bague de Reilly, toute cabossée d'avoir été écrasée dans sa poche. Elle avait dû la ranger dans sa veste la veille, quand elle avait fait ses valises. Ensuite, ça lui était complètement sorti de l'esprit. Elle regarda longuement la bague posée dans la paume de sa main. La revoir éveillait tant de souvenirs, tant d'émotions !

— Qu'est-ce que tu fais dehors ?

Hugh venait d'apparaître.

— Oh, rien, répondit-elle en adoptant un air dégagé, tandis que ses doigts se refermaient sur la bague comme une plante carnivore sur une mouche. Je prenais l'air, c'est tout.

Hugh lui sourit affectueusement, l'enlaça et se pencha pour l'embrasser. Pas un baiser passionné avec langues qui s'enlacent, mais un baiser bien net sur les lèvres. C'était la première fois qu'ils s'embrassaient depuis qu'il lui avait fait sa demande en mariage, et Frankie, bizarrement, se rendit compte qu'elle était gênée. Où était le feu d'artifice ? Les battements de cœur qui s'accélèrent ? Le souffle qui vient à manquer ? Elle refoula ces pensées. Elle était bêtement romantique, voilà tout. Le feu d'artifice, ça n'arrivait qu'au cinéma.

— Tu as fumé ?

— Non, répondit Frankie d'une petite voix.

Elle avait l'impression d'être une gamine qui vient de se faire surprendre en train de piquer des bonbons.

— Mmm.

Il n'avait pas l'air convaincu, mais il la serra plus fort contre lui.

— Tu viens te coucher ?

C'était sa façon de dire qu'il avait envie de faire l'amour. Dix années d'internat dans des écoles privées pour garçons n'avaient pas aidé Hugh à être loquace dans l'expression de ses désirs. Il était plutôt du genre à employer des formules comme : « Tu n'es pas fatiguée ? » ou « Et si on se couchait tôt ? »

Frankie hésita. C'était le moment où ils étaient censés disparaître dans les bras l'un de l'autre, tomber sur le lit et faire l'amour comme des fous. Le moment dont elle avait rêvé pendant des mois. Alors, pourquoi se sentait-elle aussi nerveuse ? Aussi gênée ? Aussi coupable ? Oui, coupable, se répéta-t-elle avec stupéfaction. En couchant avec Hugh, elle allait avoir l'impression de tromper Reilly. C'était complètement surréaliste. Elle était ridicule. Elle allait épouser Hugh. Elle aimait Hugh. Non ?

Elle sourit et lui serra affectueusement la main.

— J'arrive dans une minute.

Elle regarda Hugh disparaître dans la chambre, s'appuya contre les barreaux métalliques de sa chaise et essaya de mettre de l'ordre dans ses idées. Avec tout ce qui s'était passé durant ces dernières quarante-huit heures, elle perdait les pédales. Elle se sentirait sans doute beaucoup mieux après une bonne nuit de sommeil. Elle ouvrit la main et regarda une nouvelle fois, très rapidement, la bague de Reilly, avant de la ranger bien au fond de sa poche. Elle aurait préféré l'avoir perdue. Ce truc était une source de problèmes.

Les lampes de chevet diffusaient une faible lumière dans la chambre, projetant des ombres sur le vase rempli de fleurs. Hugh les avait achetées pour elle dans une des stations-service où ils s'étaient arrêtés. Elle lui jeta un coup d'œil. Il était déjà couché et lui tournait le dos. Elle remarqua qu'il avait soigneusement plié ses vêtements sur une chaise, au lieu de les jeter n'importe où par terre, comme l'aurait fait Reilly.

— Hugh ?

Il ne répondit pas. Elle ouvrit sa veste et la laissa tomber sur le sol. Il fallait bien mettre un peu de désordre pour les femmes de ménage, non ?

— Hugh ?

Elle s'apprêtait à lui toucher l'épaule quand elle entendit sa respiration profonde et lourde. Il dormait, vaincu par l'effet combiné du décalage horaire et des deux bouteilles de chardonnay. Frankie sourit, mais très vite, son sourire disparut. Pourquoi diable se sentait-elle aussi soulagée ?

# 40

— Nom de Dieu, la mariée infidèle !

Frankie poussait timidement la porte de l'appartement quand Rita sortit de sa chambre en serrant précipitamment la ceinture de sa robe de chambre en satin autour de sa taille.

Frankie laissa tomber sa valise sur le sol et sourit d'un air coupable.

— Je peux tout expliquer.

— Tant mieux, fit Rita.

Elle trottina vers la cuisine et alluma tranquillement la bouilloire, avant de s'appuyer contre le réfrigérateur, les bras croisés, et de fixer Frankie avec un regard accusateur.

— Mais tu as intérêt à ce que ça tienne debout.

Elles s'installèrent sur le balcon, avec deux tasses de thé et un paquet de cigarettes. Frankie raconta tout à Rita – le brusque retour de Hugh le soir du réveillon, sa demande en mariage, ce qu'elle avait ressenti et les raisons qui l'avaient poussée à dire oui. C'était un soulagement de pouvoir enfin parler à quelqu'un, de pouvoir alléger son cœur. Pendant ce temps, Rita joua son rôle de meilleure amie et de confidente. Elle l'écouta patiemment, veilla sur les sachets de thé qui infusaient, se chargea de trouver des allumettes, hocha la tête avec compréhension.

— Je sais que j'ai pris la bonne décision, que j'ai raison d'épouser Hugh, murmura Frankie en caressant Fred, blotti sur ses genoux. Tu te rappelles comme j'ai souffert quand on s'est séparés, non ?

Elle lança un coup d'œil à Rita.

— Je pensais qu'on ne se remettrait jamais ensemble. Je pensais que notre histoire était terminée pour de bon. Du coup, quand j'ai rencontré Reilly...

Elle ne finit pas sa phrase et se mit à jouer avec les oreilles en velours de Fred.

— Enfin, bref, je suis vraiment heureuse.

Rita n'en était pas tout à fait convaincue. Pour quelqu'un qui était censé être heureux et amoureux, Frankie avait l'air franchement déprimée. Mais cette fois, elle allait garder son avis pour elle. Elle n'avait jamais aimé Hugh, mais ce n'était pas le moment de recommencer à le débiner. Frankie avait besoin d'une bonne copine qui la soutienne. Et, en tant que bonne copine, le rôle de Rita était d'approuver sans réserve et de se taire.

Elle se força à sourire et serra la main de Frankie pour la réconforter.

— À quelle heure est ton avion ?

— À 17 heures 30.

— Et ces deux-là, qu'est-ce qu'ils deviennent dans l'histoire ?

Rita poussa un peu Ginger, qui prenait presque toute la place sur la chaise longue.

— Ça, c'est le plus dur, soupira Frankie en caressant le gros chat tigré sur ses genoux. Fred commence à se faire vieux, il a de l'arthrose dans les pattes, et Ginger fait des infections pulmonaires. Je ne supporte pas l'idée qu'ils soient obligés de passer six mois en quarantaine… enfermés dans une cage…

Sa voix devint inaudible. Elle ne le dirait pas à Rita, mais Hugh avait en réalité suggéré de les faire piquer, prétendant que « c'était la meilleure solution, indépendamment des allergies qu'ils lui donnaient. »

— Ils n'ont qu'à rester ici avec moi, dit Rita, devançant la question de Frankie. De toute façon, je crois que la vie à L.A. leur convient nettement mieux que les quatre murs du minuscule appartement de Fulham.

Frankie savait qu'elle avait raison, mais elle en était malade. Abandonner Fred et Ginger lui déchirait le cœur.

— Merci.

Elle sourit avec reconnaissance à Rita.

— Merci pour tout.

Elle se leva, enleva les poils roux qu'avait laissés Fred sur son tee-shirt et regarda sa montre.

— Seigneur, je ne m'étais pas rendu compte qu'il était si tard ! Il faut que je me bouge et que je commence à emballer mes affaires.

Sur ce, elle rentra à l'intérieur.

— Attends !

Rita bondit de sa chaise longue, mais il était trop tard. Frankie avait déjà ouvert la porte de la chambre et reçu le choc de sa vie. Tout comme Dorian, qui attendait depuis une demi-heure, bâillonné et menotté au lit, vêtu en tout et pour tout des sous-vêtements Victoria's Secret de Rita. Frankie plaqua la main sur sa bouche, partagée entre l'envie d'éclater de rire et celle de hurler. Rita apparut quelques secondes plus tard et prit la couleur de ses cheveux.

— Je peux tout expliquer.

Il ne lui fallut pas longtemps pour emballer ses affaires. Chose bizarre, ses vêtements semblaient presque tous avoir pris un coup de vieux en l'espace de quelques mois. « Doux Jésus, je portais vraiment ça ? » se demanda-t-elle en pliant une immonde jupe trapèze avec des fronces sur le côté. Elle était peut-être dans le *Vogue* de l'année précédente, mais elle allait finir dans la poubelle cette année. Il faudrait vraiment qu'elle fasse le tri dans sa penderie quand elle serait à Londres. Cela lui donnerait une bonne excuse pour aller faire les boutiques – même si elle ne savait pas avec quoi. Elle avait depuis longtemps épuisé ses cartes de crédit et elle devait mille dollars à Rita.

Tout en fourrant ses livres et ce qui restait de vêtements dans deux valises, elle se dit qu'elle rembourserait Rita dès qu'elle aurait trouvé du travail. Puis elle regarda ses bagages. Tout était bourré à craquer. Sa gorge se serra. On approchait maintenant du moment fatidique. Elle balaya des yeux l'appartement et comprit à quel point elle s'était attachée à cet endroit. Sans s'en rendre compte, elle avait fini par le considérer comme sa maison.

— Bon, ça y est, dit-elle.

Affectant un air gai et détaché, elle traîna ses bagages dans l'entrée.

— Tu ne t'en vas pas déjà, quand même ? Je viens juste de préparer du thé à la réglisse.

Après avoir été découvert par Frankie en tenue affriolante, Dorian avait, avec un certain à-propos, enfilé un tee-shirt et était parti s'occuper dans la cuisine, histoire de dissimuler son embarras. Il tenait à sa réputation de Don Juan, et se faire surprendre par la colocataire de sa nouvelle maîtresse avec un soutien-gorge et des porte-jarretelles en dentelle portait un coup à sa virilité. Virilité dont Frankie avait, par ailleurs, pu avoir un bon aperçu.

— Je t'ai déjà dit de ne pas préparer ce truc ici. Ça pue dans tout l'appartement, maintenant, gronda Rita en lui donnant joyeusement un coup de torchon.

Frankie sourit. Rita lui avait dit que c'était juste une histoire de sexe – elle n'en pouvait plus, et Dorian était toujours mieux qu'un vibromasseur –, mais il suffisait de les voir rire et plaisanter ensemble pour comprendre qu'ils partageaient beaucoup plus que de simples orgasmes simultanés. On aurait dit un vieux couple marié.

— Il faut que j'y aille. Hugh m'attend dans la voiture. On va directement à l'aéroport.

Elle jeta un regard à Rita.

— Il a préféré ne pas entrer.

— Bon sang, femme, dis-lui de venir. Ça me ferait plaisir de rencontrer ton futur mari.

Visiblement désireux de montrer à Frankie que l'épisode Las Vegas était oublié, Dorian sourit de toutes ses dents. Jusqu'à ce qu'il voie l'expression de Rita et change d'avis.

— Quoique… Il ne vaut peut-être mieux pas. Il y a parfois une de ces circulations, sur la 405.

Il prit Frankie par la taille, la serra très fort contre lui et l'embrassa.

— Salut, beauté. N'oublie pas de prendre soin de toi.

Il semblait ému. Frankie lui adressa un petit sourire triste. Dorian allait lui manquer. Il n'y avait personne à Fulham qui lui ressemble de près ou de loin.

— Bon, eh bien, voilà.

Rita était en robe de chambre dans l'allée et se mordait la lèvre. Elle essayait d'être courageuse, mais elle n'avait jamais été très forte pour les adieux. D'une minute à l'autre, elle allait se mettre à vagir comme un nouveau-né.

Frankie hocha la tête et se força à sourire. Il y avait encore une toute dernière chose. Elle n'avait pas parlé de Reilly. Elle n'avait pas osé, craignant d'éveiller la colère de Rita. Mais maintenant qu'elle était sur le point de partir, il fallait qu'elle pose la question.

Mais ce ne fut pas la peine. Rita lut dans ses pensées.

— Je lui ai dit que tu passais aujourd'hui reprendre tes affaires et que tu partais cet après-midi.

Elle leva les yeux vers Frankie et fit une petite moue désolée.

— Il ne voulait pas te voir. Mais il m'a donné quelque chose pour toi. Il m'a dit d'attendre que tu aies fini de tout emballer. Je crois qu'il voulait que ce soit ton dernier souvenir de L.A.

Elle sortit une photo de sa poche et la tendit à Frankie. C'était une photo d'elle en noir et blanc, prise sur la plage de Malibu. Elle riait, en courant vers le sable pour échapper aux grosses vagues qui venaient de tremper son jean. Normalement, elle détestait qu'on la prenne en photo – elle se sentait tellement coincée, tellement godiche –, mais ce jour-là, Reilly l'avait mise à l'aise, et elle s'était détendue. Frankie se rappela la scène et regarda longuement la photo. Jamais elle ne s'était vue avec un visage aussi heureux.

— Je me suis trompée, lâcha Rita.

— Quoi ?

Frankie leva les yeux de la photo.

— Ce n'était pas qu'une aventure... En tout cas, pas pour lui.

Elles se regardèrent sans dire un mot.

— Frankie, tu te dépêches ? cria Hugh depuis la voiture. On va être en retard.

— Oui, oui, j'arrive.

La gorge nouée, Frankie embrassa longuement Rita, qui avait mis ses lunettes de soleil pour cacher ses larmes, puis, avec un petit salut de la main, elle se dirigea vers Hugh, qui était sorti de la voiture et attendait maintenant de charger ses bagages dans le coffre. Elle ne regarda pas en arrière.

## 41

— Qantas, Virgin, Delta, Air Malaisie...

Hugh parcourait les guichets d'enregistrement, à la recherche de l'enseigne rouge, blanc et bleu de British Airways. L'aéroport de Los Angeles était bondé. Les touristes s'agitaient dans tous les sens avec leurs bagages et leurs souvenirs mal emballés, les familles et les amis se faisaient leurs adieux, les agents de sécurité se promenaient en parlant dans leurs talkies-walkies, les vétérans de la guerre du Vietnam secouaient leurs boîtes en ferraille pour récolter des pièces. Et Frankie suivait Hugh, qui avait réquisitionné un chariot et passait d'un guichet à l'autre.

— Ah, c'est là, déclara-t-il joyeusement.

Il se renfrogna aussitôt.

— Typique. Il faut toujours que ce soit la queue la plus longue.

La file des voyageurs zigzaguait sur plusieurs mètres entre les rubans de protection blancs. Hugh prit place dans la queue à contrecœur.

— Ça va, chérie ? Tu ne dis rien.

— Oui, ça va très bien.

Frankie se força à sourire, sans enthousiasme. Non, en fait, ça n'allait pas du tout. Pendant le trajet jusqu'à l'aéroport, elle n'avait pas arrêté de songer aux derniers mots de Rita : « Ce n'était pas qu'une aventure... En tout cas, pas pour lui. »

Lors de la première nuit qu'ils avaient passée ensemble, après la fête chez Carter Mansfield, Reilly lui avait dit quelque chose qu'elle n'avait pas oublié : qu'elle saurait qu'elle en avait fini avec Hugh quand elle ne penserait plus à lui le matin en se réveillant et le soir en s'endormant, quand elle ne verrait plus son visage en fermant les yeux. Or, la nuit précédente, tandis qu'elle était couchée à côté de Hugh et qu'elle essayait de trouver le sommeil, ce n'était pas à Hugh qu'elle avait confusément pensé dans cet état de torpeur qui sépare la veille du sommeil, ce n'était pas son visage qu'elle avait vu quand elle avait éteint la lumière. C'était celui de Reilly.

La queue avança. Devant eux, il y avait un jeune couple. L'homme avait passé un bras autour de la taille de sa compagne, et elle avait la tête posée sur son épaule. Frankie ne put s'empêcher de les regarder quand ils s'embrassèrent tendrement. Et de remarquer la façon dont le jeune homme regardait son amie. C'était exactement de cette façon-là que Reilly la regardait. Elle eut un pincement au cœur, détourna la tête et jeta un coup d'œil à Hugh.

Il était occupé à remplir les étiquettes à bagages et ne faisait pas attention à elle. Elle l'observa qui passait soigneusement l'élastique des étiquettes autour des poignées de ses valises, dont le plastique commençait à se déchirer après tant d'années de vacances au rabais. Tout le contraire de sa luxueuse valise à roulettes Samsonite.

— Personne suivante.

Derrière son comptoir, l'employée de British Airways leur fit signe.

— C'est à nous.

Hugh s'empressa de pousser son chariot, perdant au passage son stylo Bic, qui tomba par terre. Toujours au pas de course, il fonça jusqu'au guichet.

Frankie était moins pressée. En fait, elle avait l'impression d'avoir du plomb dans ses chaussures.

— Combien de bagages ?

— Six, j'en ai bien peur. Ma fiancée n'aime pas voyager léger.

Hugh émit un petit rire qui sonna faux. Il essayait de charmer l'hôtesse pour qu'elle les dispense du supplément bagages.

— Pas vrai, chérie ?

Il passa le bras autour de sa taille, mais son geste était gauche, raide. Une démonstration d'affection destinée uniquement à l'uniforme derrière le guichet.

Frankie ne répondit pas. Elle n'arrivait pas à parler, mais en elle, une voix hurlait à lui briser les tympans : « Stop, j'ai fait une erreur ! » Parce qu'elle avait fait une erreur. Et une belle. Hugh n'avait peut-être pas changé, mais elle, si. Elle n'était plus la fille vissée au bar de Heathrow qui avalait cul sec des vodkas pour essayer de noyer son chagrin, elle n'était plus la fille qui était arrivée à Los Angeles avec la gueule de bois et le cœur brisé.

Quand elle réussit enfin à se l'avouer à elle-même, elle comprit qu'elle ne pouvait pas retourner à sa vie d'avant. Son histoire avec Hugh avait dépassé la date de péremption. Hugh lui avait demandé de l'épouser, mais pas une fois il ne lui avait dit qu'il l'aimait. Et elle non plus. Parce qu'elle n'aimait plus Hugh. Son cœur se mit à cogner comme un marteau-piqueur. Elle aimait Reilly.

— Hublot ou couloir ?

— Ni l'un ni l'autre.

— Quoi ? firent l'hôtesse et Hugh d'une même voix.

— Je ne pars pas avec toi.

Son pouls battait si vite qu'elle avait presque du mal à parler. Mais elle éprouvait un immense soulagement.

Elle n'avait plus aucun doute, à présent. Elle savait ce qu'elle devait faire. C'était même la première fois depuis des semaines qu'elle était sûre de quelque chose. Elle aimait Reilly. D'accord, elle avait sans doute tout gâché, mais il y avait peut-être encore une chance, une toute petite chance. Rita avait raison. Il fallait suivre son cœur.

Elle observa Hugh. Pour la première fois de sa vie, il avait l'air complètement décontenancé.

— Tu as oublié quelque chose ? Si tu as laissé des affaires chez Rita, on pourra toujours se les faire expédier, dit-il en bafouillant d'une voix suraiguë.

Il tira sur le col de sa chemise, qui commençait à le serrer.

Frankie secoua la tête.

— Je n'ai rien oublié.

Elle tenait bon, et elle irait jusqu'au bout.

— Ce n'est plus comme avant entre nous, Hugh. Quand tu m'as quittée, j'ai cru que je ne m'en remettrais jamais. Tu m'as brisé le cœur, tu sais…

Elle l'observa pendant quelques instants. Tout à coup, elle eut de la peine pour lui.

— Je suis désolée, je n'aurais pas dû dire oui quand tu m'as demandée en mariage. Mais quand je t'ai vu soudain débouler à Las Vegas, j'ai retrouvé d'un coup tous les sentiments que j'éprouvais autrefois pour toi. Sauf que maintenant, je sais que ce n'était que ça : des sentiments d'autrefois.

Elle avala sa salive et respira profondément.

— Je ne t'aime plus, Hugh.

Hugh parut incrédule.

— Écoute, je sais que ça va prendre un peu de temps de se réhabituer l'un à l'autre, dit-il en s'éclaircissant la gorge, l'air embarrassé. Et si tu es en train d'essayer de me dire que tu as couché avec quelqu'un d'autre, ce n'est pas un problème. Évidemment, je ne veux pas connaître les détails, mais je te mentirais si je te disais que je n'ai eu aucune aventure.

Il rougit.

— Tu sais, je n'ai pas été à proprement parler célibataire, ces derniers mois.

Mais Frankie resta inébranlable.

— Ça n'a rien à voir avec le fait que j'aie couché avec quelqu'un d'autre.

— Quoi ? Tu l'as fait ?

Il était atterré.

Derrière eux, les gens s'impatientaient et lançaient des regards insistants dans leur direction. Hugh, qui sentait leurs yeux braqués sur lui, était de plus en plus nerveux. Il n'aimait pas être au centre de l'attention, sauf sur un terrain de golf. Qu'est-ce qu'ils avaient, ces foutus Américains, à le regarder fixement comme ça ? Ils se croyaient où ? Au zoo ?

Il s'éclaircit la gorge, passa ses doigts dans ses cheveux, l'air excédé, et se pencha vers Frankie.

— Tu essaies de te venger, c'est ça ? siffla-t-il. Je sais que tu n'étais pas contente qu'on se sépare le jour de ton anniversaire, mais je t'ai dit que je regrettais.

Il jeta un regard furieux à la femme qui mangeait du pop-corn et qui venait de s'aventurer au-delà de la ligne blanche pour pouvoir mieux entendre leur conversation et retransmettre, ensuite, les informations aux autres personnes dans la file.

— Je ne suis pas en train d'essayer de me venger.

— Si tu t'attends que je rampe devant toi, tu peux toujours courir.

Hugh jeta un regard noir aux gens qui se massaient autour d'eux. Mais la foule l'ignora et continua à les regarder. C'était mieux qu'au cinéma.

— Tu te trompes complètement, soupira Frankie. Ce n'est pas ce que je veux.

Elle enleva la bague de son doigt et la lui tendit.

— Je regrette, Hugh.

Autour d'eux, les murmures d'impatience cessèrent, et les passagers tendirent l'oreille pour entendre les répliques cruciales. L'hôtesse, qui avait assisté à toute la scène, retint son souffle.

Hugh regarda fixement la bague. Il n'arrivait pas à y croire.

— Ça veut dire quoi ?

Frankie ne résista pas à l'envie de répliquer, comme il l'avait fait au bowling :

— Ça veut dire que c'est fini.

Il y eut quelques applaudissements quand Frankie rassembla ses affaires, tourna les talons et partit, laissant Hugh abasourdi devant le guichet d'enregistrement. Elle savait qu'il n'essaierait pas de la suivre, il était trop orgueilleux pour cela. Et c'était très bien comme ça. Elle n'avait aucune envie qu'il lui coure après. Elle traîna ses valises au milieu des passagers attroupés, qui la regardèrent passer comme une vedette de série B, puis traversa l'aéroport en direction des portes automatiques. Dieu seul savait ce qui allait se passer maintenant, ce qu'elle allait faire à Los Angeles sans argent et sans boulot. Elle n'y avait pas réfléchi une seconde. Mais une chose était sûre : cette fois, elle avait pris la bonne décision.

Elle ne s'arrêta de marcher qu'une fois dehors, quand elle sentit les poignées de ses valises lui scier les doigts. Elle les laissa tomber sur le trottoir, incapable de faire un mètre de plus, et inspira profondément l'air chaud, poussiéreux et pollué de Californie. Puis, appuyée contre le mur, elle suivit d'un œil distrait le ballet des voitures qui s'arrêtaient et repartaient devant le hall des départs.

Normalement, c'était le moment du film où le type dont l'héroïne est amoureuse débarque sans prévenir pour lui déclarer son amour. Frankie sourit tristement. Elle était à Los Angeles, mais elle ne se faisait pas d'illusions. Tout à l'heure, quand elle s'était dit qu'il lui restait une chance, elle avait pris ses rêves pour la réalité. Elle avait tout gâché avec Reilly. Il ne lui pardonnerait jamais, et ça pouvait se comprendre. Après tout, elle l'avait planté devant l'autel le soir du 31 décembre.

Elle s'accroupit par terre, fouilla dans son sac à main et en sortit un paquet de cigarettes tout écrasé. Rita le lui avait donné « en cas d'urgence ». Elle sourit. Il fallait qu'elle appelle Rita, mais pas tout de suite, elle n'était pas prête. Elle avait besoin de rester seule quelques minutes pour réfléchir. Elle l'appellerait quand elle aurait fumé sa cigarette. Enfin, si elle trouvait du feu... Évidemment, elle avait tout – des Tampax, des chewing-gums, des stylos – sauf des allumettes.

Ses doigts effleurèrent son portefeuille, et en dessous, à moitié cachée, elle vit la bague de Reilly. Elle avait failli la jeter, mais quelque chose l'en avait empêchée. Elle la glissa à son doigt. Bon sang, elle se comportait comme une idiote. Elle et Reilly, c'était fini, et plus tôt elle l'accepterait, mieux ce serait. Elle renifla. Bon, où étaient ces foutues allumettes ?

— Vous voulez du feu ?

Elle releva la tête. Reilly se tenait devant elle.

Pendant un instant, elle fut incapable de parler. Les mots restaient coincés dans sa gorge. Elle avait répété ce qu'elle lui dirait si un jour, elle le revoyait, elle avait tout bien préparé. Mais quand elle le découvrit debout devant elle, avec son vieux jean en fin de vie, son tee-shirt troué qu'il refusait de jeter, sa barbe de trois jours, ses cheveux dans tous les sens et ces sacrés grands yeux bleus où elle pouvait se noyer, elle oublia tout.

— Qu'est-ce que tu fais là ?

Il soutint son regard, et un sourire se dessina lentement sur ses lèvres.

— Tu as vraiment cru que j'allais laisser filer comme ça une Anglaise aussi casse-pieds ?

Ce n'était pas exactement la réponse romantique qu'elle avait espérée.

— Parce ce que tu me trouves casse-pieds ?

— Tu m'as quand même plaqué.

— Je ne dirais pas ça comme ça...

Elle s'interrompit, car Reilly l'attirait contre lui.

— Tais-toi, Frankie, dit-il en se penchant vers elle pour l'embrasser.

Qui a dit que ça n'arrivait qu'au cinéma ?

## Ce mois-ci, retrouvez également les titres de la collection

# *Aventures et Passions*

Le 1er juillet

***L'Étoile de Jaipur***

de Patricia Cabot (n° 7613)

**Jeremy, duc de Rawlings, retrouve son Angleterre natale après quelques années passées aux Indes. Ses victorieuses batailles à l'étranger le ramènent auréolé de gloire. Notamment grâce à son célèbre sauvetage de l'Étoile de Jaipur… C'est donc en homme accompli que Jeremy retrouve Maggie, celle qu'il voulait épouser en dépit des conventions sociales. Mais leurs retrouvailles ne se font pas sans étincelles car l'Étoile de Jaïpur n'est autre qu'une magnifique princesse indienne qui a suivi le jeune homme dans la froide Angleterre…**

Le 8 juillet

***Un baiser diabolique***

de Liz Carlyle (n° 7692)

**Malgré son emploi du temps surchargé, le duc de Walrafen lit les virulentes lettres de la gouvernante de son oncle, Aubrey Montfort, et s'en amuse. Elle insiste pour qu'il prenne plus à cœur les intérêts et la santé du vieil homme. Mais lorsque ce dernier est retrouvé mort et que l'on soupçonne un meurtre, ce n'est plus drôle. Walrafen part enquêter sur place et découvre avec fascination une jeune femme belle et altière qui a tout d'une aristocrate et rien d'une gouvernante.**

Le 8 juillet

***Impétueuse Elizabeth***

de Pamela Britton (n° 7693)

**Lucien St. Aubry a toujours été entouré par la mort. Ses parents, son meilleur ami, puis son frère aîné sont décédés et la haute société a fini par croire qu'il portait malheur. Le pire c'est qu'il est accusé du meurtre de son frère… Lors d'un bal, cédant à une inspiration soudaine, Lucien décide de séduire la jeune lady Elizabeth Montclair, simplement parce qu'elle le déteste. Mais lorsqu'ils sont surpris dans une situation compromettante, il doit l'épouser.**

NOUVELLE
COLLECTION

# *Amour et Mystère*

## ***Sous le charme d'un amour envoûtant***

Le 8 juillet
***Quand surviennent les ténèbres***
de Shannon Drake (n° 7695)

**Au cours d'un voyage en Écosse, Jade visite un cimetière avec un groupe de touristes. L'excursion tourne soudain au cauchemar lorsque l'occupante de la tombe principale, Sophie de Brus, se réveille et se jette sur eux ! Heureusement, un homme mystérieux, Lucian, se porte à leur secours.**
**Un an plus tard, à La Nouvelle-Orléans, Lucian, qui n'est autre qu'un vampire, réapparaît dans la vie de Jade. Parce qu'elle ressemble à s'y méprendre à la femme qu'il a aimé des siècles plus tôt, elle est en danger.**

NOUVELLE
COLLECTION

# *Passion intense*

## ***Quand l'amour vous plonge dans un monde de sensualité***

**Le 8 juillet**
***Caresses interdites***
**de Bertrice Small, Thea Devine (n° 7694)**
**Veuve depuis peu, la jeune Lucinda entend en profiter mais, son frère n'est pas de cet avis. Pour la punir, il la fait emmener dans une propriété isolée où un maître masqué doit lui faire entendre raison grâce à des jeux coquins... Contre toute attente, Lucinda capture le cœur de son geôlier.**
**Pour éponger les dettes de son père, Drue est obligée d'épouser Court, mais elle affirme que ce sera toujours sans amour. Court décide alors de la soumettre grâce à des jeux amoureux qui ne tardent pas à les faire succomber tous les deux.**
**Deux nouvelles historiques et sensuelles par les maîtres incontestés du genre.**

7690

Composition Chesteroc Ltd
Achevé d'imprimer en France (La Flèche)
par Brodard et Taupin
le 8 juin 2005. 30037
Dépôt légal juin 2005. ISBN 2-290-34726-4

Éditions J'ai lu
84, rue de Grenelle, 75007 Paris
*Diffusion France et étranger : Flammarion*